EU TE DAREI O SOL

EU TE DAREI O SOL

JANDY NELSON

Tradução
Sofia Soter

1ª edição

— Galera —
RIO DE JANEIRO
2025

PREPARAÇÃO
Isabel Rodrigues

REVISÃO
Paula Prata
Mariana Rimoli

CAPA
Capa adaptada do design original
de Theresa Evangelista

IMAGEM DE CAPA
Thinkstock

TÍTULO ORIGINAL
I'll Give You the Sun

CIP-BRASIL. CATALOGAÇÃO NA PUBLICAÇÃO
SINDICATO NACIONAL DOS EDITORES DE LIVROS, RJ

N349e Nelson, Jandy, 1965-
Eu te darei o sol / Jandy Nelson ; tradução Sofia Soter. - 1. ed. - Rio de Janeiro : Galera Record, 2025.

Tradução de: I'll give you the sun
ISBN 978-65-5981-564-7

1. Ficção americana. I. Soter, Sofia. II. Título.

CDD: 813
24-94846 CDU: 82-3(73)

Meri Gleice Rodrigues de Souza - Bibliotecária - CRB-7/6439

Texto revisado segundo o Acordo Ortográfico da Língua Portuguesa de 1990.

Direitos exclusivos de publicação em língua portuguesa somente para o Brasil adquiridos pela
EDITORA GALERA RECORD LTDA.
Rua Argentina, 120 – Rio de Janeiro, RJ - 20921-380 - Tel.: (21) 2585-2000,
que se reserva a propriedade literária desta tradução.

Impresso no Brasil

ISBN 978-65-5981-564-7

Seja um leitor preferencial Record.
Cadastre-se e receba informações sobre nossos
lançamentos e nossas promoções.

Atendimento e venda direta ao leitor:
sac@record.com.br

PARA PAPAI E CAROL

Lá fora, depois dos conceitos de certo e errado, tem um campo. Nos vemos lá.

— RUMI

Não acredito em nada além do sagrado do afeto do coração e da verdade da imaginação.

— JOHN KEATS

Onde há um grande amor, há sempre milagres.

— WILLA CATHER

Para crescer e se tornar quem se é de verdade, é necessário coragem.

— E. E. CUMMINGS

O MUSEU INVISÍVEL

Noah

13 anos

Começa assim.

Zephyr e Fry — os sociopatas do bairro — correndo desembestados atrás de mim, e a floresta toda tremendo sob meus pés enquanto eu disparo pelo ar, pelas árvores, por esse medo que chega a ser paralisante.

— Agora você tá fodido, viado! — grita Fry.

Aí Zephyr me alcança, puxa meu braço, os dois braços, para trás enquanto Fry agarra meu caderno. Dou um pulo para recuperá-lo, mas estou de mãos atadas, sem ter como reagir. Tento me desvencilhar de Zephyr. Não dá. Tento piscar para ver se eles viram mariposa. Nada. Os dois continuam ali: babacas de cinco metros do primeiro ano que jogam do penhasco gente de treze anos, que nem eu, só por diversão.

Zephyr me segura em um mata-leão por trás, e seu peito arfante pressiona minhas costas, enquanto minhas costas pressionam o peito dele. Estamos pingando de suor. Fry começa a folhear o caderno.

— Anda desenhando o quê, hein, Bolha?

Imagino ele sendo atropelado por um caminhão. Ele exibe uma página cheia de desenhos.

— Zeph, se liga nesse monte de cara pelado aqui.

O sangue congela nas minhas veias.

— Não são caras. É *Davi* — solto, na esperança de não parecer um ratinho falando e de ele não chegar aos desenhos mais recentes, tipo os que fiz hoje mesmo, quando estava espionando, desenhos *dos dois* saindo da água, com a prancha de surfe debaixo do braço, sem a roupa de neoprene, sem roupa nenhuma, tão encharcados que chegavam a brilhar, e, hum... de mãos dadas.

Talvez eu tenha apelado para a licença poética. Eles vão achar... Na verdade, vão me matar antes mesmo de me matar, isso, sim. O mundo começa a girar descontroladamente. Despejo na cara de Fry:

— Conhece? Michelangelo? Já ouviu falar?

Não vou agir como de costume. *É só se fazer de forte que você vai ser forte*, como meu pai repetiu tantas e tantas vezes — como se eu não passasse de um guarda-chuva empenado.

— É, já ouvi falar, sim — responde Fry, com aquela bocona enorme aglomerada no meio dos outros traços também enormes, tudo debaixo da maior testa do mundo, tornando bem fácil confundi-lo com um hipopótamo. Ele arranca a folha do caderno. — Fiquei sabendo que ele era *gay*.

Ele *era mesmo* — minha mãe escreveu um livro inteiro sobre o assunto, não que Fry saiba disso. Ele vive chamando todo mundo de gay, isso quando não chama de bicha e viado. E eu de: bicha, viado *e* Bolha.

Zephyr solta uma gargalhada demoníaca, sombria. O som vibra pelo meu corpo.

Fry mostra o próximo desenho. Mais Davi. A parte de baixo. Um estudo detalhado. Eu congelo.

Os dois caem na gargalhada. O som ecoa pela floresta. Escapa dos pássaros.

Tento me soltar outra vez dos braços de Zephyr para puxar o caderno de Fry, mas isso só faz Zephyr me apertar com mais força ainda. Zephyr, que parece até o Thor. Ele esmaga meu pescoço com um braço e, com o outro, segura meu tronco como um cinto de segurança. Está sem camisa, porque acabou de sair da praia, e seu calor atravessa minha camiseta. O cheiro de coco do bronzeador dele invade meu nariz, minha cabeça — assim como aquele cheiro forte de maresia, como se ele o carregasse até ali... Zephyr, arrastando a maré que nem um cobertor... Seria bom, seria *tudo* (RETRATO: *O garoto que levou o mar*) — mas agora não, Noah, essa *com certeza* não é a melhor hora para pintar mentalmente esse imbecil. Volto à realidade, sinto gosto de sal, lembro que vou morrer...

O cabelo comprido de Zephyr, que mais parece uma alga, está molhado, pingando no meu pescoço e no meu ombro. Percebo que nossa respiração está sincronizada; estamos arfando daquele jeito pesado, carregado. Tento dessincronizar. Tento dessincronizar da gravidade também, flutuar. Não consigo fazer nenhuma das duas coisas. Não consigo fazer nada. O vento espalha pedaços dos desenhos — agora principalmente retratos de família — para longe enquanto Fry vai rasgando um por um. Quando chega a um desenho de Jude comigo, rasga bem no meio, me cortando da imagem.

Eu me vejo ser soprado para longe.

Vejo ele chegar cada vez mais perto dos desenhos que vão ser o motivo da minha morte.

Meu batimento cardíaco ecoa até no ouvido.

Até que, de repente, Zephyr diz:

— Não rasga assim, Fry. A irmã dele diz que ele é bom.

Só porque ele gosta da Jude? Agora quase todo mundo gosta dela, porque ela surfa melhor do que qualquer um deles, gosta de pular do penhasco e não tem medo de nada, nem de tubarão nem do nosso pai. E por causa do cabelo dela — eu gasto todos os lápis amarelos para desenhar. Tem uns mil quilômetros de comprimento e todo mundo no norte da Califórnia tem medo de acabar enroscado nele, principalmente criancinhas, poodles e, agora, surfistas babacas.

Também tem os peitos, que juro que apareceram de uma hora para a outra.

Inacreditavelmente, Fry escuta Zephyr e acaba largando o caderno.

Jude me espreita da página, ensolarada e com aquele olhar sabichão. *Obrigado*, digo para ela em pensamento. Ela vive me tirando de enrascadas, o que normalmente me enche vergonha, mas dessa vez, não. Dessa vez ela arrasou.

(RETRATO, AUTORRETRATO: *Gêmeos: Noah no espelho, Jude fora*)

— Tá sabendo o que a gente vai fazer com você, né? — pergunta Zephyr com a voz rouca no meu ouvido, de volta à programação homicida de antes.

Tem muita coisa dele nesse hálito. Muita coisa dele em mim.

— Por favor, gente — imploro.

— Por favor, gente — imita Fry numa voz esganiçada de menininha.

Fico enjoado. Não é à toa que o Pico do Diabo, o segundo penhasco mais alto da colina, de onde eles planejam me jogar, tem esse nome. Lá embaixo fica um amontoado de pedras afiadas e um redemoinho traiçoeiro que puxa seus ossos direto para o submundo.

Tento me desvencilhar de Zephyr de novo. E de novo.

— Pega as pernas dele, Fry.

Então Fry, do alto dos seus três mil quilos hipopotâmicos, se aproxima de mim e pega meus tornozelos. Foi mal, mas não vai rolar. Não vai mesmo. Odeio água, ainda mais porque tem uma grande chance de eu me afogar e ir boiando até a Ásia. Preciso manter meu crânio intacto. Esmagá-lo seria equivalente a demolir um museu secreto antes de verem o que tem lá dentro.

Por isso eu cresço. Cresço e cresço até bater a cabeça no céu. Depois conto até três e *surto*, agradecendo mentalmente ao meu pai por todas as lutas das quais ele me obrigou a participar na varanda, combates fatais em que ele só podia usar um braço e eu podia usar de tudo, e mesmo assim ele acabava me derrubando, porque tem uns dez metros de altura e o corpo feito de peças de caminhão.

Mas eu sou filho dele, um filho *colossal*. Sou um Golias irado e destruidor, um tufão vestido de pele, e me agito, me debato, tento me soltar, enquanto eles me seguram à força, rindo e comentando "o cara tá loucaço". E acho que escuto até um tom de respeito na voz de Zephyr quando ele diz:

— Não consigo segurar ele, parece até uma enguia.

Isso só me dá mais vontade ainda de brigar — amo enguias, são *elétricas* —, então começo a imaginar que sou um fio desencapado cheio de energia, e me agito de um lado para o outro, sentindo o corpo deles, quente e escorregadio, se contorcer ao meu redor, me segurando de novo e de novo, e eu sempre escapando, nós três entrelaçados, a cabeça de Zephyr imprensada contra o meu peito e Fry atrás de mim com o que parecem cem mãos, é tudo um borrão de movimento e caos e me sinto perdido, perdido, perdido, perdido, até começar a desconfiar... a perceber que... estou com o pau duro, e duro de um jeito sobrenatural, metido na barriga de Zephyr. Um raio de pavor me atravessa. Imagino o massacre de facão mais sangrento e nojento da história — meu truque infalível para amolecer o pau —, mas agora já era. Zephyr congela por um instante, depois dá um pulo para sair de cima de mim.

— Mas que...?

Fry rola no chão e para ajoelhado.

— Que foi? — pergunta, arfando, para Zephyr.

Me afasto e caio sentado, abraçando os joelhos. Não posso me levantar por medo de acabar mostrando o volume, então faço o máximo possível para segurar o choro. Uma sensação enjoativa vai se infiltrando por todos os meus poros, que nem um furão, e fico ofegante e começo a dar meus últimos suspiros. Mesmo que eles não me matem aqui, agora, ainda hoje a colina toda vai saber o que aconteceu. Melhor engolir dinamite e me jogar do Pico do Diabo mesmo. Isso é pior, mil vezes pior, do que eles verem uns desenhos ridículos.

(AUTORRETRATO: *Enterro na floresta*)

Mas Zephyr não diz nada, só fica ali parado com aquele jeitão de Viking, só que esquisito e calado. Por quê?

Será que desliguei ele com o poder do pensamento?

Não. Ele gesticula para o oceano e diz para Fry:

— Deixa isso para lá. Vamos pegar a prancha e dar o fora.

Sou engolido por uma onda de alívio. Será que ele não sentiu? Não, impossível — estava duro que nem aço, e ele deu um pulo e surtou total. Ele ainda está surtado. Então por que não está me chamado de viadobichaBolha? Será que é porque gosta de Jude?

Fry gira o dedo na altura da orelha e diz para Zephyr:

— Tem alguém com os parafusos soltos, mano.

Depois, para mim:

— Quando menos esperar, Bolha.

Ele simula minha queda do Pico do Diabo com aquela mão gigante. E pronto. Depois disso os dois voltam para a praia.

Antes que esses Neandertais acabem mudando de ideia, alcanço rapidinho meu caderno, enfio ele debaixo do braço e, sem olhar para trás, aperto o passo entre as árvores como alguém cujo corpo não está tremendo, cujos olhos não estão marejados, alguém que não se sente tão recém-nascido neste mundo.

Quando a barra está limpa, disparo que nem um guepardo — eles vão de zero a cento e vinte quilômetros por hora em três segundos, e eu consigo correr quase na mesma velocidade. Sou o quarto aluno mais rápido do sétimo ano. Consigo abrir o ar como se ele tivesse um zíper e desaparecer lá dentro, e é o que faço até me afastar bem deles e do que aconteceu. Pelo menos não sou um efemeróptero. Efemerópteros machos têm que se preocupar com dois pintos. Já passo metade da vida no chuveiro com um só, pensando em coisas em que, por mais que eu tente, não consigo parar de pensar, porque gosto muito, muito, *muito* de pensar nelas. Cara, como eu gosto.

No riacho, pulo de pedra em pedra até encontrar uma caverna legal para ficar vendo o sol nadando na água revolta pelos próximos cem anos. Devia existir um gongo ou uma trombeta, sei lá, para acordar Deus. Porque eu queria dar uma palavrinha com ele. Na verdade, quatro palavrinhas:

QUE PORRA É ESSA?!

Depois de um tempo, já que, como sempre, não tive resposta, pego os carvões do bolso. Surpreendentemente, conseguiram sobreviver à situação toda. Me sento e abro o caderno. Pinto uma página inteira, depois outra e mais outra. Faço tanta pressão que acabo quebrando um bastão atrás do outro, usando todos até só restar um toquinho, como se a escuridão estivesse saindo do meu dedo, de mim, para a página. Pinto o resto do caderno todo. Leva horas.

(UMA SÉRIE: *Garoto na caixa da escuridão*)

No jantar do dia seguinte, nossa mãe anuncia que a vovó Sweetwine andou de carro com ela à tarde para dar um recado para mim e Jude.

Só que a vovó já morreu.

— Finalmente! — exclama Jude, recostada na cadeira. — Ela me prometeu!

O que a vovó prometeu a Jude, logo antes de morrer enquanto dormia, três meses atrás, é que, se Jude precisasse muito de sua ajuda, ela apareceria na mesma hora. Jude era sua neta predileta.

Nossa mãe sorri para Jude e apoia as mãos na mesa. Também apoio as minhas, até reparar que estou espelhando minha mãe e as escondo no colo. Minha mãe é contagiante.

E é uma viandante — tem gente que simplesmente não veio daqui, e ela faz parte desse grupo. Faz anos que junto provas. Voltaremos a isso depois.

Agora: sua expressão está radiante e agitada enquanto ela descreve a cena, contando que, primeiro, o carro ficou impregnado do perfume da vovó.

— Lembram que o cheiro dela entrava no ambiente antes dela chegar?

Minha mãe inspira fundo, dramática, como se a cozinha estivesse sendo invadida pelo aroma pesado e floral da vovó. Também inspiro fundo, dramático. Jude inspira fundo, dramática. Todo mundo na Califórnia, nos Estados Unidos, na Terra, inspira fundo, dramático.

Menos nosso pai. Ele pigarreia.

Ele não acredita. Porque é uma alcachofra. Palavras da mãe dele, vovó Sweetwine, que nunca entendeu como pariu e criou alguém tão cabeça-dura. Nem eu entendo.

Um cabeça-dura que estuda *parasitas*. Sem comentários.

Olho de relance para ele, com aquele bronzeado de salva-vidas e aqueles músculos, aqueles dentes que brilham no escuro, aquela normalidade toda que brilha no escuro, e sinto tudo azedar — porque o que aconteceria se ele soubesse?

Até agora Zephyr não abriu a boca. Você provavelmente não sabe disso, porque no mundo todo só eu sei, mas em Portugal chamam pênis de mijão. E sabe qual é o tamanho de um mijão de baleia? Três metros. Repito: TRÊS METROOOOOS! É assim que me sinto desde o que aconteceu ontem:

(AUTORRETRATO: *O mijão de concreto*)

Pois é.

Mas às vezes acho que meu pai desconfia. Às vezes acho que até a torradeira deve desconfiar.

Por baixo da mesa, Jude me dá um chute na perna para chamar minha atenção, e reparo que passei um tempo só encarando o saleiro. Ela aponta para nossa mãe, que está de olhos fechados e mãos cruzadas no peito. E depois para nosso pai, que olha para nossa mãe como se as sobrancelhas dela tivessem ido parar no queixo. Arregalamos os olhos um para o outro. Mordo a bochecha para segurar o riso. Jude faz a mesma coisa — a gente tem o mesmo interruptor para rir. Encostamos os pés debaixo da mesa.

(RETRATO FAMILIAR: *Mãe comunga com os mortos no jantar*)

— E aí? — insiste Jude. — Qual foi o recado?

Nossa mãe abre os olhos, dá uma piscadela e volta a fechá-los, prosseguindo com uma voz toda fantasmagórica de médium:

— Aí eu inspirei aquele ar perfumado e vi meio que um brilho...

Ela abana os braços como se fossem lenços e fica ali, curtindo o momento. É por isso que ela vive ganhando o prêmio de professora do ano — todo mundo quer participar do mesmo filme que ela. Nós nos debruçamos na mesa para ouvir as próximas palavras, o Recado Lá de Cima, mas nosso pai nos interrompe e joga um balde de chatice no momento.

Ele nunca ganhou o prêmio de professor do ano. Nunquinha. Sem comentários.

— É importante explicar para as crianças que isso é tudo metafórico, meu bem — diz ele, se empertigando tanto que a cabeça atravessa o teto.

Na maior parte dos meus desenhos ele é tão grande que não cabe na folha, então nem me dou ao trabalho de incluir a cabeça.

Minha mãe ergue os olhos, sem o menor sinal de humor no rosto.

— Só que não é metafórico, Benjamin.

Antigamente meu pai fazia os olhos da minha mãe brilharem; agora ele só faz ela ranger os dentes. Não sei por quê.

— O que estou dizendo, literalmente — diz/rosna ela —, é que a inimitável vovó Sweetwine, que já morreu, apareceu no carro e sentou do meu lado, simples assim.

Ela sorri para Jude e continua:

— Na verdade ela estava toda arrumada com um dos Vestidos Flutuantes dela, um *espetáculo*.

Vestido Flutuante era a marca de vestidos da vovó.

— Ah! Qual era? O azul?

O jeito como Jude faz a pergunta deixa meu coração apertado.

— Não, aquele com florezinhas laranjas.

— Lógico — respondeu Jude. — Look perfeito pra um fantasma. A gente conversou mesmo sobre as roupas que ela usaria no além.

Me ocorre que nossa mãe está inventando essa história porque Jude não para de sentir saudade da vovó. No final, ela mal saía do lado da cama da vovó Sweetwine. Quando nossa mãe as encontrou naquela última manhã, uma dormindo e a outra morta, estavam as duas de mãos dadas. Eu achei bizarro à beça, mas fiquei na minha.

— E aí... — insiste Jude, arqueando as sobrancelhas. — O recado?

— Sabe o que eu adoraria? — pergunta nosso pai, bufando e ofegante, se intrometendo na conversa só para a gente nunca descobrir qual foi a porcaria do recado. — Adoraria se a gente finalmente declarasse o fim do Reino do Ridículo.

Lá vem ele outra vez. O reino a que ele se refere começou quando a vovó veio morar com a gente. Meu pai, "um homem da ciência", nos mandou encarar toda a baboseira supersticiosa que saía da boca da mãe dele com um pé atrás. Vovó mandou a gente não dar ouvidos à alcachofra que era seu filho e botar para trás o pé esquerdo, porque o direito à frente dá sorte.

Aí ela pegou a "bíblia" — um livro enorme encadernado em couro cheio de um monte de ideias absurdas (leia-se: baboseira) — e começou a pregar. Para Jude, principalmente.

Meu pai pega uma fatia de pizza do prato. Queijo escorre pela borda. Ele olha para mim.

— E aí, Noah? Quem está meio aliviado de a gente não estar comendo um daqueles ensopados da sorte da vovó?

Fico quieto. Foi mal, mas não vai rolar, meu velho. Eu *amo* pizza, tipo, mesmo enquanto estou comendo pizza, queria estar comendo pizza. Mas eu não entraria no bonde do meu pai nem se o Michelangelo estivesse a bordo. A gente não se dá bem, mesmo que às vezes ele se esqueça disso. Já eu não esqueço nunca. Quando escuto aquele vozeirão ribombante me perseguindo para eu ir com ele assistir a um jogo de futebol americano ou a um daqueles filmes cheios de explosões, ou para escutar jazz que faz meu corpo virar do avesso, eu abro a janela do quarto, pulo e vou em direção às árvores.

Vez ou outra, quando não tem ninguém em casa, eu entro no escritório e quebro os lápis dele. Um dia, depois de uma conversa especialmente nojenta com Noah Guarda-Chuva Empenado, em que ele riu e disse que, se Jude não fosse minha irmã gêmea, ele teria certeza de que nasci de partenogênese (eu pesquisei: é a concepção sem pai), entrei de fininho na garagem quando estava todo mundo dormindo e arranhei o carro dele com uma chave.

Como às vezes, quando desenho, consigo enxergar a alma das pessoas, sei o seguinte: a alma da minha mãe é um girassol tão imenso que mal deixa espaço para os órgãos. Jude e eu dividimos uma alma só: uma árvore com folhas pegando fogo. E a do meu pai é um prato cheio de vermes.

Jude pergunta para ele:

— Você não acha que a vovó acabou de te ouvir falando mal da comida dela?

— Não, de jeito nenhum — responde nosso pai, e engole a fatia de pizza que nem um aspirador.

A gordura deixa a boca dele toda brilhante.

Jude se levanta. O cabelo dela se espalha ao redor da cabeça que nem estalactites de gelo. Ela olha para o teto e declara:

— *Eu* sempre amei sua comida, vovó.

Minha mãe aperta a mão dela e diz para o teto:

— Eu também, Cassandra.

Jude sorri com aquela empolgação que vem de dentro.

Meu pai simula um tiro na própria cabeça.

Minha mãe franze a testa de um jeito que a faz parecer ter uns cem anos.

— Aceite o mistério, professor — diz ela.

Ela vive dizendo isso para meu pai, mas, antes, dizia de outro jeito. Dizia como se abrisse uma porta para ele passar, em vez de bater a porta na cara dele.

— Eu casei com o mistério, professora — responde ele, como sempre, mas, antes, parecia um elogio.

Comemos pizza. É tudo bem sem graça. Os pensamentos dos nossos pais deixam o ar todo escuro. Eu me escuto mastigar, e Jude volta a encostar o pé no meu debaixo da mesa. Eu retribuo o gesto.

— E o recado da vovó? — pergunta ela, quebrando o gelo e com um sorriso esperançoso no rosto.

Nosso pai vira para ela, agora com o olhar mais suave. Ela é a filha predileta dele. Já nossa mãe não tem prediletos, então a vaga está livre.

— Como eu dizia — diz nossa mãe, dessa vez com a voz normal, áspera, como se fosse uma caverna falando. — Hoje à tarde eu estava passando de carro pela EAC, a escola de belas-artes, e foi então que a vovó apareceu para dizer que seria o lugar perfeito para vocês dois.

Ela balança a cabeça e a expressão fica mais leve, voltando à idade normal.

— E seria mesmo. Nem acredito que nunca pensei nisso. Fiquei pensando naquela frase do Picasso: "Toda criança é uma artista. O problema é continuar sendo uma artista depois de crescer." — Ela faz aquela cara de doida bem típica de pessoas em museus que parecem que vão roubar as obras de arte. — Mas essa é a oportunidade da vida de vocês, gente. Não quero que vocês acabem com seus espíritos reprimidos que nem...

Ela deixa o resto da frase no ar, passa a mão pelo cabelo — preto e bagunçado que nem o meu — e vira para meu pai.

— Quero muito que eles estudem lá, Benjamin. Sei que é caro, mas que oportu...

— Foi só isso? — interrompe Jude. — A vovó só disse isso? Foi esse o recado *do além*? Tinha a ver com *escola*?

Parece que ela está prestes a chorar.

Eu, não. Estudar artes? Nunca imaginei uma coisa dessas, nunca nem imaginei que não precisaria estudar na Roosevelt, no Colégio Cuzão junto com todo mundo. Estou achando é que meu sangue começou a brilhar dentro do corpo.

(AUTORRETRATO: *Uma janela escancarada no meu peito*)

Minha mãe volta a fazer aquela cara de descompensada.

— Não é qualquer escola, Jude. É uma escola que vai te deixar gritar de peito aberto todo dia por quatro anos. Não querem gritar de peito aberto?

— Gritar o quê? — pergunta Jude.

Isso faz meu pai rir baixinho, daquele jeito irritante.

— Sei não, Di — responde ele. — É um negócio muito fechado. Você esquece que, pra gente, arte é só arte, não uma religião. — Minha mãe pega uma faca e enfia na barriga dele, girando. Meu pai continua, sem dar bola.— E, de qualquer jeito, eles ainda estão no sétimo ano. Falta um bocado para o ensino médio.

— Eu quero ir! — explodo. — Não quero acabar com meu espírito reprimido!

Percebo que essas são as primeiras palavras que pronunciei em voz alta na refeição inteira. Minha mãe abre um sorrisão para mim. Ele não tem como tirar isso da cabeça dela. Aposto que lá não tem nenhum surfistonto. Só deve ter gente de sangue brilhante. Só revolucionários.

Minha mãe diz para meu pai:

— Eles vão passar o ano se preparando. É uma das melhores escolas de belas-artes do país e o ensino também é de ponta, não tem erro. E fica logo aqui do lado!

A animação dela só me deixa mais empolgado. Talvez eu comece a sacudir os braços.

— É muito difícil de entrar. Mas vocês têm o necessário. Têm um talento natural e já sabem de muita coisa.

Ela abre um sorriso tão orgulhoso que parece que o sol nasce na mesa. É verdade. Enquanto outras crianças liam histórias, nós líamos história da arte.

— Vamos começar as visitas a museus e galerias neste fim de semana mesmo. Vai ser ótimo. Vocês podem fazer competições de desenho.

Jude vomita um vômito azul fluorescente na mesa toda, mas só eu reparo. Até que ela desenha direitinho, mas é diferente. Para mim, a escola só deixou de parecer oito horas diárias de cirurgia abdominal quando percebi que todo mundo preferia que eu os desenhasse a falar comigo ou esmurrar minha cara. Ninguém nunca quis esmurrar a cara de Jude. Ela é brilhante e engraçada e normal — não revolucionária — e fala com todo mundo. Eu falo só comigo. E com a Jude, lógico, mas principalmente em silêncio, porque a gente é assim. E com minha mãe, porque ela é viandante. (As provas, rápido: até agora, ela não atravessou nenhuma parede nem levantou a casa com o poder do pensamento nem parou o tempo nem nada totalmente absurdo, mas algumas coisas já aconteceram. Um dia desses, por exemplo, ela estava tomando chá no deque, como sempre faz, e, quando cheguei mais perto, percebi que ela estava flutuando. Pelo menos foi o que me pareceu. E o mais importante: ela não tem pais. Foi encontrada ainda bebê numa igreja em Reno, no estado de Nevada. Oi? Foi deixada lá por *eles*.) Ah, e eu também falo com Rascal, o vizinho, que na real é um cavalo, mas tudo bem.

Daí, Bolha.

Na maior parte do tempo me sinto um refém.

Meu pai apoia os cotovelos na mesa.

— Dianna, dá um tempo. De verdade, acho que você está se projetando neles. Sonhos antigos acabam morrendo mesmo...

Minha mãe não o deixa dizer mais nenhuma palavra. Ela começa a ranger os dentes alucinadamente. Parece estar engolindo um dicionário de palavrões ou uma guerra nuclear.

— NoaheJude, levem os pratos para a sala de estar. Preciso falar com o pai de vocês.

Não nos mexemos.

— NoaheJude, agora.

— Jude, Noah — insiste meu pai.

Pego meu prato e saio colado em Jude. Ela estica a mão para trás e eu a pego, e só então percebo que ela está usando um vestido colorido que nem um peixe-palhaço. A vovó ensinou ela a costurar. Ah! Escuto o novo papagaio do vizinho, Profeta, pela janela aberta.

— Onde o Ralph se meteu? — grasna ele. — Onde o Ralph se meteu?

É a única coisa que ele fala, e fala o dia inteiro. Ninguém sabe quem é Ralph, muito menos onde ele se meteu.

— Merda de papagaio idiota! — grita meu pai com tanta força que deixa todo mundo de cabelo em pé.

— Ele não faz por mal — digo mentalmente para Profeta, e só depois percebo que falei em voz alta.

Às vezes as palavras pulam da minha boca que nem sapos verruguentos. Começo a explicar ao meu pai que estava falando com o papagaio, mas paro porque vai acabar pegando mal, então, em vez disso, escapa da minha boca um balido esquisito, que faz todo mundo, exceto Jude, me olhar de um jeito estranho. Saímos correndo pela porta.

Logo depois nos largamos no sofá. Não ligamos a televisão para tentar escutar a conversa, mas os dois estão cochichando furiosamente e é impossível decifrar. Depois de dividir cada mordida da minha pizza com Jude porque ela esqueceu de trazer o prato, ela diz:

— Achei que a vovó ia dizer alguma coisa incrível no recado. Tipo se tem mar no céu, sabe?

Eu me recosto no sofá, aliviado por estar sozinho com Jude. Quando estamos só nós dois, nunca sinto que fui feito de refém.

— Ah, mas é óbvio que tem mar, só que é roxo, a areia é azul e o céu é verde pacas.

Ela sorri, pensa por um momento, depois diz:

— E, quando a gente cansa, entra na nossa flor e pega no sono. Durante o dia, todo mundo fala em cores, em vez de som. É o maior silêncio. — Ela fecha os olhos e continua, devagar: — Quando as pessoas se apaixonam, elas pegam fogo.

Jude adora essa — era uma das favoritas da vovó. A gente brincava assim com ela quando era pequeno.

— Me levem embora! — dizia vovó. Ou às vezes: — Me tirem daqui, crianças!

Quando Jude abre os olhos, a magia toda foi embora do seu rosto. Ela suspira.

— Que foi? — pergunto.

— Não vou estudar naquela escola. Só tem alien lá.

— Alien?

— É, só tem gente bizarra. Chamam de Escola Alien da Califórnia.

Caramba, caramba, valeu, vovó. Meu pai vai ter que ceder. Preciso estudar lá. Gente bizarra artista! Estou tão feliz que parece até que estou pulando num trampolim, quicando para todo lado aqui dentro.

Mas não Jude. Ela está super para baixo. Então digo, para fazer ela se sentir melhor:

— Talvez a vovó tenha visto suas mulheres voadoras e por isso quer que a gente estude lá.

Jude anda fazendo esculturas com areia molhada a três enseadas daqui. Que nem ela sempre faz com purê de batata, com a espuma de barbear do nosso pai ou com qualquer outra coisa quando acha que não tem ninguém de olho. Lá do alto da falésia tenho visto ela esculpir essas versões maiores, feitas de areia, e sei que é o jeito de ela tentar se comunicar com a vovó. Sempre sei o que está passando na cabeça de Jude. Mas não é tão fácil para ela saber o que passa na minha, porque eu tenho persianas que fecho quando necessário. Que nem ultimamente.

(AUTORRETRATO: *O garoto escondido dentro do garoto escondido dentro do garoto*)

— Não acho que elas sejam arte. É... — diz ela, deixando o resto da frase no ar. — É por sua causa, Noah. E você tem que parar de me seguir pela praia. E se eu estivesse beijando alguém?

— Quem?

Eu sou só duas horas, trinta e sete minutos e treze segundos mais novo do que Jude, mas ela sempre me faz sentir como se eu fosse o irmãozinho mais novo. Eu odeio.

— Quem você estaria beijando? — insisto. — Você beijou alguém?

— Só conto se você me contar o que aconteceu ontem. Sei que aconteceu alguma coisa, e que foi por isso que a gente não fez o caminho de sempre pra escola hoje.

Eu não queria ver Zephyr nem Fry. A escola deles fica ao lado da nossa. Nunca mais quero ver eles. Jude encosta no meu braço e diz:

— Se alguém tiver feito alguma coisa ou dito alguma coisa pra você, me conta.

Ela está tentando entrar na minha cabeça, então eu fecho as persianas. Rápido, bato a janela com tudo, eu de um lado, ela do outro. Não vai ser que nem os outros shows de horrores: como no ano passado, naquele dia em que ela deu um soco na cara de Michael Stein, que mais parece uma pedra, durante um jogo de futebol, porque ele me chamou de retardado quando me distraí com um formigueiro tão maneiro que era surreal. Ou aquela vez que fiquei preso na correnteza e ela e nosso pai tiveram que me arrastar para fora do mar na frente dos surfistontos todos da praia. Agora é diferente. Esse segredo é que nem andar constantemente sobre carvão em brasa. Me levanto do sofá para escapar de qualquer possível telepatia — e é bem aí que começam os gritos.

São altos, parece até que vão rachar a casa ao meio. Que nem têm sido ultimamente.

Eu me largo de novo no sofá. Jude me olha. Os olhos dela são de um azul-geleira bem claro; para desenhá-los, uso principalmente branco. Normalmente eles transmitem uma sensação leve, que nem nuvens fofinhas e harpas, mas agora só estão muito assustados. Todo o resto foi esquecido.

(RETRATO: *Mãe e pai com cabeça de chaleira apitando*)

Quando Jude fala, é com aquela mesma voz de quando era pequena, fina que nem papel de seda:

— Acha mesmo que é por isso que a vovó quer que a gente vá pra essa outra escola? Porque viu minhas mulheres voadoras?

— Acho, sim — minto.

Na verdade acho que ela estava certa, antes. Acho que é por minha causa.

Ela chega mais perto, até estarmos encostados um no outro. A gente é assim. É nossa pose. O grude. A gente estava assim até no ultrassom da barriga da nossa mãe, e também estava assim no desenho que Fry rasgou ontem. Diferente da maior parte das pessoas nessa terra, nós estávamos juntos e chegamos juntos desde as primeiras células. É por isso que quase ninguém repara que Jude praticamente fala por nós dois, que só sabemos tocar piano com nossas quatro mãos no teclado, e não sozinhos, que nunca conseguimos jogar joquempô porque, em treze anos, jamais escolhemos diferente. É sempre duas pedras, dois papéis, duas tesouras. Quando não desenho a gente assim, desenho como meias-pessoas.

A calma do grude me invade. Ela inspira fundo, e eu faço a mesma coisa. Talvez estejamos velhos demais para isso, mas dane-se. Consigo vê-la sorrindo mesmo olhando bem para a frente. Expiramos juntos e inspiramos juntos, expiramos, inspiramos, de dentro para fora, de fora para dentro, até nem as árvores lembrarem o que aconteceu ontem no bosque, até as vozes dos nossos pais irem da loucura à música, até não termos apenas a mesma idade, mas sermos a mesma pessoa, completa e inteira.

Uma semana depois, tudo muda.

É sábado, e eu, Jude e nossa mãe estamos no centro da cidade, no café da cobertura do museu, porque nossa mãe ganhou a briga e, daqui a um ano, vamos nos candidatar à EAC.

Do outro lado da mesa, Jude está falando com nossa mãe e, ao mesmo tempo, me mandando ameaças de morte secretas porque acha que meus desenhos estão melhores do que os dela, e estamos competindo. A juíza é nossa mãe. E, tá, talvez eu não devesse ter tentado consertar os desenhos de Jude. Ela tem certeza de que eu estava tentando acabar com eles. Sem comentários.

Ela revira os olhos para mim discretamente. Chega a um 6,3 na escala Richter. Penso em dar uma joelhada na perna dela por baixo da mesa, mas resisto. Em vez disso, tomo meu chocolate quente e espio disfarçadamente um grupo de caras mais velhos à minha esquerda. Quanto ao meu mijão de concreto, só sofri consequências em pensamento (AUTORRETRATO: *Picadinho de garoto é dado a um formigueiro*). Talvez Zephyr acabe não contando para ninguém mesmo.

Todos os caras da mesa ao lado têm alargador de borracha na orelha e piercing na sobrancelha, e brincam entre si que nem lontras. Provavelmente estudam na EAC, penso, e só de pensar nisso sinto meu corpo todo vibrar. Um deles tem um rosto de lua, olhos grandes e azuis e a boca vermelha e volumosa, do tipo que Renoir pinta. Eu *amo* essas bocas. Com o dedo, desenho o rosto dele na minha calça, embaixo da mesa, quando ele me flagra olhando. Só que, em vez de me fuzilar com o olhar pra eu cuidar da minha vida, ele me lança uma piscadela, devargazinho, impossível de interpretar errado, e volta a atenção para os amigos enquanto eu vou de sólido para líquido.

Ele piscou para mim. Como se *soubesse*. Mas não me senti mal. Muito pelo contrário. Na verdade, queria conseguir parar de sorrir, e agora, ai, nossa — ele olhou de volta e também sorriu. Minha cara está começando a ferver.

Tento me concentrar na minha mãe e em Jude. Estão falando da bíblia absurda da vovó. De novo. Nossa mãe diz que é uma enciclopédia de crenças estranhas. Que a vovó reunia ideias de todo canto, de todo mundo, deixava até a bíblia aberta no balcão da loja de vestidos, do lado do caixa, para as clientes escreverem suas próprias baboseiras.

— Na última página — diz nossa mãe para Jude —, está escrito que, em caso de morte prematura, o livro é seu.

— Meu? — pergunta ela, e me lança um olhar cheio de arrogância. — *Só* meu?

Agora ela está toda toda. Dane-se. Até parece que quero uma bíblia dessas.

Minha mãe responde:

— Diz exatamente assim: "Deixo esta escritura para minha neta, Jude Sweetwine, a última portadora remanescente do Dom Sweetwine."

Cuspo vômito verde-vivo na mesa toda.

A vovó Sweetwine decidiu que Jude tinha o Dom Sweetwine da Intuição quando descobriu que Jude sabia fazer uma flor com a língua. A gente tinha quatro anos. Depois Jude passou dias comigo na frente do espelho, apertando minha língua com o dedo, tentando me ensinar para eu também ter o Dom Sweetwine. Mas não adiantou. Minha língua até virava e enroscava, mas não florescia.

Volto a olhar a mesa de lontras. Estão se preparando para ir embora. Cara de Lua joga a mochila no ombro e murmura "tchau" para mim.

Engulo em seco, olho para baixo e pego fogo.

Então começo a desenhá-lo mentalmente, de cabeça.

Minutos depois, quando volto a prestar atenção, nossa mãe está contando a Jude que, diferente da vovó Sweetwine, ela nos assombraria insistente e exageradamente, nada de visitinhas rápidas no carro.

— Eu seria aquele tipo de fantasma que se intromete em tudo — diz ela, dando uma risada que mais parece um terremoto e gesticulando. — Sou controladora demais. Vocês nunca se veriam livres de mim! Nunca!

Ela solta uma gargalhada meio vilanesca.

O esquisito é que de repente parece que ela está bem no meio de um furacão. O cabelo está esvoaçando, o vestido balançando de leve. Dou uma olhada embaixo da mesa para ver se tem uma saída de ar ali, mas não tem. Viu? Outras mães não têm seu clima particular. Ela abre um sorriso todo carinhoso para a gente, como se fôssemos filhotinhos de cachorro, e sinto um nó na garganta.

Eu fecho a persiana enquanto elas falam em detalhes do tipo de fantasma que nossa mãe seria. Se ela morresse, o sol se apagaria. Ponto-final.

Em vez disso, eu penso no dia de hoje.

Que fui de pintura em pintura pedindo para elas me devorarem, e todas aceitaram.

Que minha pele coube em mim o tempo todo, nem chegou a embolar no tornozelo nem apertar demais a cabeça.

Minha mãe tamborila os dedos na mesa, me trazendo de volta ao presente.

— Então, vamos dar uma olhada nesses cadernos — diz, animada.

Eu fiz quatro desenhos em pastel da coleção permanente: um Chagall, um Franz Marc, dois Picassos. Escolhi essas pinturas porque reparei que elas me olhavam com tanta atenção quanto eu as olhava. Ela disse que não era para a gente sentir que precisava copiar exatamente. Eu não copiei nada. Chacoalhei os originais na cabeça e deixei eles saírem misturados comigo.

— Eu primeiro — digo, empurrando meu caderno para as mãos da minha mãe.

Jude revira os olhos, dessa vez alcançando 7,2 na escala Richter, e faz o prédio todo tremer. Nem ligo, não vejo a hora. Hoje, enquanto eu desenhava, alguma coisa aconteceu. Acho que trocaram meus olhos por outros melhores. Quero que minha mãe perceba.

Fico observando ela folhear lentamente, antes de botar os óculos de vovó que ficam pendurados no pescoço e olhar para os desenhos de novo *e de novo*. Chega um momento em que ela me encara como se eu tivesse virado uma toupeira-nariz-de-estrela, depois volta a olhar para o caderno.

Todo o barulho do café — as vozes, o zumbido da cafeteira, o tilintar de copos e pratos — desaparece enquanto eu vejo o dedo dela passando sobre a página. Consigo ver pelos olhos dela, e o que vejo é o seguinte: meus desenhos são bons. Começo a sentir que sou um foguete prestes a decolar. Vou passar para a EAC, com certeza! E ainda tenho um ano para me certificar disso. Já pedi para o sr. Grady, professor de artes, me ensinar a misturar tinta a óleo depois da aula, e ele topou. Quando acho que minha mãe finalmente acabou, ela volta ao começo e repassa tudo outra vez. Ela não consegue parar! Sua cara está transbordando de felicidade. Ah, estou me tremendo todo.

Até que sou cercado. Um ataque psíquico dispara de Jude. (RETRATO: *Verde de inveja*) Pele: verde-limão. Cabelo: verde-abacate. Olhos: verde-folha. Ela toda: verde, verde, verde. Vejo ela abrir um pacotinho de açúcar, derramar um pouco na mesa, passar o dedo nos grãozinhos e pressionar na capa do caderno. Baboseira da bíblia da vovó para dar sorte. Sinto meu estômago revirar. Eu devia arrancar meu caderno das mãos da nossa mãe, mas não arranco. Não consigo.

Sempre que a vovó S. lia as minhas mãos e as de Jude, dizia que as linhas tinham tanta inveja e ciúme que era o suficiente para estragar nossa vida mais de dez vezes. Sei que ela estava certa. Quando nos desenho com pele transparente, sempre temos cascavéis na barriga. Eu tenho só algumas. Da última vez que contei, Jude tinha dezessete.

Finalmente minha mãe fecha o caderno e me devolve. Ela nos diz:

— Essa coisa de competição é bobeira. Vamos passar os sábados desse ano admirando arte e aprendendo técnica. Melhor, né, gente?

Ela diz isso antes mesmo de abrir o caderno de Jude.

Ela pega o chocolate quente, mas nem bebe.

— Inacreditável — diz, balançando a cabeça devagar. Será que esqueceu completamente o caderno de Jude? — Vejo uma sensibilidade de Chagall com uma paleta de Gauguin, mas o ponto de vista ainda parece inteiramente seu. E você é tão jovem. É extraordinário, Noah. Simplesmente extraordinário.

(Autorretrato: *Garoto mergulha em um lago de luz*)

— Jura? — murmuro.

— Juro — diz ela, séria. — Estou chocada.

Há algo de diferente no rosto dela — parece que abriu uma cortina bem no meio. Olho discretamente para Jude. Dá para ver que ela se encolheu em um cantinho de si, assim como eu faço em momentos de crise. Tem um esconderijo dentro de mim que ninguém, por mais que tente, consegue acessar. Eu não fazia ideia de que ela também tinha um.

Nossa mãe não percebe. Normalmente ela percebe tudo. Mas lá está ela, sem perceber nada, como se estivesse sonhando acordada bem na nossa frente.

Até que finalmente cai na real, mas é tarde demais.

— Jude, meu amor, me mostra seu caderno, não vejo a hora de ver o que você desenhou.

— Não precisa — diz Jude com aquela vozinha de papel de seda, o caderno já enterrado no fundo da mochila.

Jude e eu jogamos muitos jogos. Os preferidos dela são Como Você Prefere Morrer? (Jude: congelada; eu: queimado) e O Jogo do Afogamento. O Jogo do Afogamento é assim: se nossos pais estivessem se afogando, quem salvaríamos primeiro? (Eu: nossa mãe, óbvio. Jude: depende do humor). Também tem a variação: se estivéssemos nos afogando, quem nosso pai salvaria primeiro? (Jude). Por treze anos, a resposta da nossa mãe foi um mistério. Não fazíamos a menor ideia de quem ela arrancaria primeiro da água.

Até agora.

E, sem nem precisar olhar um para o outro, nós dois percebemos.

A HISTÓRIA DA SORTE

Jude

16 anos

3 anos depois

Cá estou eu.

Ao lado da minha escultura no estúdio da EAC, com um trevo de quatro folhas no bolso. Passei a manhã toda ajoelhada no meio dos trevos na frente da escola, à toa — já não tinha mais nada. E, do nada, eureca! Colei uma quarta folha em um trevo comum, de três folhas, embrulhei em celofane e guardei no bolso do moletom, bem ao lado da cebola.

Eu tenho uma certa compulsão bíblica. Alguns tem a Bíblia dos Gideões Internacionais, mas eu tenho a Bíblia da vovó Sweetwine. Alguns trechos de destaque:

De posse de um trevo de quatro folhas, uma pessoa é capaz de combater toda influência sinistra

(A escola de artes é repleta de influências sinistras. Especialmente hoje — não só é dia de avaliação, como tenho reunião com meu orientador e talvez acabe sendo expulsa.)

Para evitar doenças graves, guarde uma cebola no bolso

(Feito. Cuidado nunca é demais.)

Se um garoto der uma laranja para uma garota, seu amor por ele se multiplicará

(Ainda não sei. Nunca ganhei uma laranja de nenhum garoto.)

Os pés dos fantasmas nunca encostam no chão

(Vamos falar disso. Depois.)

Toca o sinal.

E lá estão eles. Os outros estudantes de argila do segundo ano. Todos prontos para me sufocar com um travesseiro. Opa, quis dizer: olhando de queixo caído para minha escultura. A proposta era fazer outro autorretrato. Escolhi ser abstrata, então fiz uma bolota. Degas tinha bailarinas, eu tenho bolotas. Bolotas quebradas e coladas, disformes. É minha oitava escultura dessas.

— O que está dando certo aqui? — pergunta Sandy Ellis, mestre ceramista, professor de argila e meu orientador.

É assim que ele começa toda avaliação.

Ninguém diz nada. O jeito padrão de dar feedback na Escola Alien da Califórnia é começando e terminando com elogios — só no meio as pessoas dizem todos os horrores que pensam de verdade.

Dou uma olhada na sala sem mexer a cabeça. A turma do segundo ano de argila é uma boa amostra do corpo discente da EAC: bizarros de todo tipo com orgulho estampado no peito. Gente normal, comum, que nem eu — sem contar uns tiques discretos, lógico, porque quem é que não tem? — são exceção.

Sei o que você está pensando. Quem combina com essa escola é Noah, não eu.

Sandy olha ao redor da sala por cima dos óculos redondos de lente escura.

Geralmente todo mundo começa logo, mas o único som no estúdio é o zumbido elétrico das lâmpadas fluorescentes. Observo a passagem do tempo no relógio antigo da minha mãe — o mesmo que ela usava dois anos atrás, quando o carro caiu do penhasco e ela morreu imediatamente —, que tiquetaqueia no meu pulso.

Chuva em dezembro traz velório inesperado
(Choveu na maior parte de dezembro antes da morte dela.)

— Vamos lá, gente, impressões positivas sobre *Autobolota Quebrada Nº 8*?

Sandy acaricia devagar a barba desgrenhada. Se todos virássemos nossos animais-espelho (um jogo que Noah vivia me fazendo jogar quando éramos pequenos), Sandy se transformaria em um bode.

— Temos falado de ponto de vista — continua ele. — Vamos discutir o ponto de vista da JC, que tal?

JC, de Jane/Jude Calamidade, é como a escola toda me chama, por causa do meu "azar". Não é só porque minha argila quebra no forno. Ano passado, no estúdio de cerâmica, aparentemente minhas tigelas pularam da estante no meio da noite, quando não tinha ninguém ali, as janelas estavam fechadas e o terremoto mais próximo foi na Indonésia. O zelador noturno ficou superconfuso.

Todo mundo ficou, menos eu.

Caleb Cartwright levanta as mãos num gesto que reforça ainda mais seu estilo de mímico: gola rulê preta, calça jeans skinny preta, delineador preto, chapéu-coco preto. Na verdade, até que ele é bem gostoso, de um jeito meio cabaré artístico, não que eu fique reparando. Estou em pleno boicote de garotos. Uso equipamento completo, antolhos e um uniforme de invisibilidade garantida:

Para desaparecer no ar: Corte um metro de cachos loiros e enfie o resto do cabelo em um gorro preto. Esconda a tatuagem para ninguém ver. Use apenas blusas largas de moletom, calças jeans largas e tênis. Fique na sua
(Vez ou outra eu escrevo minhas próprias passagens na bíblia.)

Caleb olha ao redor da sala.

— Vou falar por todo mundo, tá? — pergunta e faz uma pausa, escolhendo direitinho as palavras certas para me fazer sentir deslocada. — É impossível comentar o trabalho da JC porque ele é *sempre* deformado, todo colado desse jeito. Toda vez é um Sr. Ovo daqueles.

Me imagino numa campina. É o que a psicopedagoga me mandou fazer quando estou surtando ou, como dizia vovó, sinto que estou com uns parafusos a menos.

E caso alguém quisesse saber: trevos de quatro folhas fabricados são pura enganação.

— Bem, e o que isso já diz por si só? — Sandy pergunta à turma.

Randall "não me leve a mal" Brown começa a gaguejar. É um cuzão do cacete que acha que pode soltar as piores ofensas imagináveis na avaliação desde que comece com um "não me leve a mal". Morro de vontade de acertar ele com um tiro de tranquilizante.

— Diria muito mais se fosse intencional, Sandy — diz ele, e olha para mim. Lá vem. — Assim, JC, *não me leve a mal*, mas você é naturalmente desleixada. A única explicação *racional* para tanta coisa quebrar no forno é que você não trabalha a argila o suficiente, nem deixa o trabalho secar completamente.

Acertou em cheio. Bingo. Na mosca.

Às vezes, explicações *não* são racionais.

Coisas estranhas acontecem. E se pudéssemos falar durante a avaliação do nosso trabalho, e se eu arranjasse um documento autenticado de alguém bem superior, tipo Deus, por exemplo, garantindo que eu não seria trancafiada pelo resto da vida, eu diria bem assim: "Mais ninguém tem uma mãe morta com raiva suficiente para levantar do túmulo e quebrar sua arte?"

Aí, sim, eles entenderiam o que eu estou enfrentando.

— Randall trouxe uma questão interessante — diz Sandy. — Será que a intenção importa na nossa experiência e apreciação da arte? Se a escultura final de JC for despedaçada, o conceito original de integridade faz diferença? Em outras palavras, o que é mais importante, o trajeto ou o destino?

A turma toda murmura, zumbindo que nem um enxame feliz, e Sandy começa uma discussão teórica sobre a relevância do artista depois da criação da arte.

Prefiro pensar em picles.

— Eu também... Com sal e endro, bem grossos e suculentos. Humm. Humm. Humm — murmura vovó Sweetwine na minha cabeça.

Ela morreu, que nem minha mãe, mas, diferente da minha mãe, que só quebra coisas, a vovó fala muito e vive aparecendo. Ela é a bruxa boa do meu mundo fantasmagórico; minha mãe é a bruxa má. Tento manter a expressão neutra enquanto ela continua:

— Ai, ai, ai, que chatice. E, honestamente, isso aí que você fez não tem nada de bonito. Por que essa enrolação toda? Por que não dizem que fica para a próxima e partem para outra vítima, que nem aquele cara ali cheio de bananas na cabeça?

— São dreadlocks loiros, vovó — digo mentalmente, tomando o cuidado de não mexer a boca.

— Melhor você cair fora, meu bem.

— Concordo.

Esses tiques discretos? Confesso: talvez não sejam tão discretos assim.

Mas só para me justificar: vinte e dois por cento da população mundial vê fantasmas — é mais de um bilhão e meio de pessoas no mundo. (Sou filha de professores. Levo o maior jeito para pesquisa.)

Enquanto o papinho teórico continua, me distraio jogando Como Você Prefere Morrer? Sou campeã nisso. Não é tão simples quanto parece, porque fazer as mortes de cada lado da equação parecerem igualmente assustadoras exige um talento enorme. Por exemplo: comer um punhado de vidro moído *ou*...

Sou interrompida porque, para minha surpresa — e a de todo mundo —, Fish (sem sobrenome) levanta a mão. Ela é calada que nem eu, então não é pouca coisa.

— JC tem boa técnica — diz ela, o piercing na língua brilhando na boca que nem uma estrela. — Acho que tem um fantasma quebrando o trabalho dela.

Todo mundo começa a rir num tom cheio de desdém, inclusive Sandy. Eu fico atordoada. Deu para notar que ela não estava fazendo piada. Fish me olha e ergue o pulso, balançando de leve. Está usando uma pulseirinha maneira, meio punk, que combina perfeitamente com todo o restante: cabelo roxo, braços cobertos por tatuagens, cheia de marra. Só então reconheço os pingentes na pulseira: três pedaços de vidro marinho vermelho-rubi, dois trevos de quatro folhas de plástico e uns passarinhos de concha, tudo junto num pedaço de couro preto e surrado. Uau. Nem percebi o tanto de sorte que escondi na mochila dela e no bolso do avental. É que, por baixo de toda aquela maquiagem sombria, ela sempre parece tão triste. Mas como soube que era eu? Será que o resto da turma também sabe? Tipo aquele aluno novo nervoso? Definitivamente falta uns parafusos. Tenho enchido ele de passarinhos de concha.

Mas a declaração certeira de Fish e sua pulseira são os únicos fogos de artifício. Ao longo da hora seguinte os outros vão, um a um, acabando com *Autobolota Quebrada Nº 8* e eu vou prestando cada vez mais atenção nas minhas mãos, que aperto à frente do corpo até ficarem pálidas. Estão coçando. Coçando muito. Finalmente solto as mãos e tento examiná-las discretamente. Nem sinal de picada nem de alergia. Tento encontrar alguma mancha vermelha que indique fasciíte necrosante, mais conhecida como aquela doença que vai corroendo a pele, sobre a qual li aos *montes* num dos periódicos médicos do meu pai...

Tá, já sei: Como Você Prefere Morrer? Comendo um punhado de vidro moído ou com um caso grave de fasciíte necrosante?

A voz de Felicity Stiles — indicando que o fim está próximo! — me arranca desse dilema devastador em que estou quase escolhendo comer vidro.

— Posso finalizar, Sandy? — pergunta ela, como sempre.

Ela tem um sotaque lindo e melódico da Carolina do Sul, que usa para dar palestrinha no fim de todas as avaliações. É que nem uma flor falante, um narciso evangélico. Discretamente, Fish simula enfiar uma adaga no peito. Sorrio para ela e me preparo.

— Eu só acho triste — diz Felicity, e espera até a sala toda estar prestando atenção, o que não demora mais de um segundo, porque ela não só fala como uma flor de narciso, mas também tem o jeito e a aparência de uma, e ao redor de Felicity nos transformamos em nada além de um monte de suspiros. Ela estende a mão para minha bolota disforme. — Sinto a dor do *mundo inteirinho* nesta obra. — O mundo inteirinho dá uma volta completa enquanto ela arrasta as vogais. — Porque estamos todos quebrados. Sério mesmo, não estamos? Eu estou. O *mundo inteirinho* está. Nos esforçamos ao máximo e toda vez é isso que acontece. É o que todo o trabalho de JC me transmite, e me deixa muito, muito triste — diz ela, e vira para mim. — Entendo sua infelicidade, JC. Entendo *mesmo.*

Os olhos dela são imensos, parece que vão te engolir. Ah, como eu odeio a escola de artes. Ela ergue o punho cerrado e o leva ao peito, onde dá três batidinhas enquanto diz:

— Eu. Te. Entendo.

Não consigo me segurar. Faço que sim para ela, como se fosse outra flor, bem quando a mesa que sustenta *Autobolota Quebrada Nº 8* cede e meu autorretrato cai com tudo no chão, se despedaçando. De novo.

— Essa foi maldade — digo à minha mãe em pensamento.

— Viu — declara Fish. — Um fantasma.

Dessa vez, ninguém desdenha. Caleb balança a cabeça:

— Não acredito.

Randall:

— Como é que é?

Nem me digam, colegas. Diferente do Gasparzinho e da vovó S., minha mãe não é um fantasma camarada.

Pego a vassoura que deixo sempre na minha área para essas ocasiões e varro *Autobolota Quebrada Nº 8*, que se espatifou, enquanto todo mundo cochicha sobre meu azar. Jogo os cacos na lixeira. Depois dos restos do autorretrato, jogo também meu trevo improvisado e inútil.

Estou achando que talvez Sandy acabe ficando com pena de mim e adie nossa reunião para depois das férias de inverno, que começam amanhã, até que ele gesticula em direção à porta e murmura:

— Minha sala.

Eu atravesso o estúdio.

Pise sempre primeiro com o pé direito para evitar calamidades, que vêm da esquerda

Me jogo numa poltrona gigantesca e macia de couro na frente de Sandy. Ele acabou de se desculpar pelo parafuso solto da mesa e brincou que talvez Fish estivesse certa sobre aquela história de fantasma, né, JC?

Rio educadamente da ideia absurda.

Ele tamborila os dedos na mesa. Nenhum de nós diz nada. Por mim, tudo bem.

À sua esquerda fica uma imagem em tamanho real do *Davi* de Michelangelo, tão vívida na luz fraca da tarde que fico esperando seu peito tremer ao respirar pela primeira vez. Sandy acompanha meu olhar para o homem de pedra magnífico atrás dele.

— Foi uma biografia tremenda que sua mãe escreveu — diz ele, quebrando o silêncio. — Implacável no exame da sexualidade dele. Mereceu todo o prestígio. — Ele tira os óculos e os apoia na mesa. — Fala comigo, JC.

Olho pela janela, de onde vejo uma faixa comprida de praia encoberta pela neblina.

— Com certeza tá vindo aí uma nevasca daquelas — digo. Uma das marcas registradas de Lost Cove é a frequência com que a cidade desaparece. — Sabia que alguns povos indígenas acreditam que a neblina contém os espíritos inquietos dos mortos? — acrescento.

A informação veio da bíblia da vovó.

— É mesmo? — pergunta ele, e coça a barba, transportando lascas de argila da mão para os pelos. — Interessante, mas, agora, precisamos falar de você. É uma situação muito séria.

Acho que eu *estava* falando de mim.

O silêncio volta a prevalecer... e eu decidi comer o vidro. Resposta final.

Sandy suspira. Será que é porque estou perturbando ele? Já notei que perturbo as pessoas. Antigamente não era assim.

— Olha, sei que você passou por uma fase extraordinariamente difícil, JC. — Ele me encara com aqueles olhinhos de bode bondoso. É insuportável. — E, no ano passado, basicamente tratamos você como café com leite, por causa das circunstâncias trágicas.

Ele faz aquela cara de "Coitadinha da Menina Sem Mãe" — todos os adultos fazem isso quando falam comigo, como se eu estivesse fadada à tragédia, jogada do avião sem paraquedas, porque mães *são* paraquedas. Olho para baixo, noto um melanoma fatal no braço dele, vejo sua vida inteira passar diante de meus olhos até perceber, aliviada, que é só uma mancha de argila.

— Mas a EAC é séria — diz, a voz mais severa. — Reprovar a disciplina do estúdio é motivo de expulsão, mas decidimos só te colocar em período probatório. — Ele se debruça na mesa. — O problema não é tudo quebrar no forno. Isso acontece. Tudo bem que com você parece acontecer sempre, o que nos faz questionar sua técnica e seu foco, mas o que nos preocupa profundamente é seu isolamento e sua nítida falta de comprometimento. Você deve saber que há jovens artistas de todo o país batendo na nossa porta, implorando por uma vaga, pela *sua* vaga.

Penso em como Noah merece minha vaga. Não é isso que o fantasma da minha mãe diz ao quebrar tudo que faço?

Sei que é.

Respiro fundo e respondo:

— Deixa eles ficarem com a minha vaga. Sinceramente, eles merecem. Eu, não. — Ergo o rosto e encaro seus olhos espantados. — Meu lugar não é aqui, Sandy.

— Entendi. Bem, você pode até achar isso, mas o corpo docente da EAC não pensa assim. *Eu* não penso assim — diz ele e pega os óculos, que começa a limpar com a camisa salpicada de argila, sujando mais ainda as lentes. — Havia algo muito único naquelas mulheres de areia do seu portfólio.

Como é que é?

Ele fecha os olhos por um momento, como se estivesse escutando uma música distante.

— Eram tão alegres, tão criativas. Tinham tanto movimento, tanta emoção.

Do que ele está falando?

— Sandy, meu portfólio era de moldes de roupa e amostras de vestidos que fiz. Eu falei das esculturas de areia na redação.

— É, eu me lembro da redação. E me lembro dos vestidos. Eram bonitos, pena que não temos um curso de moda. Mas você só está nessa cadeira agora por causa das fotos daquelas esculturas maravilhosas.

Não tem foto nenhuma daquelas esculturas.

Tá, legal, estou ficando meio tonta aqui nesse episódio de *Além da imaginação*.

Porque ninguém nunca viu as esculturas. Eu fiz questão de esconder tudo, e ia sempre para uma enseada isolada, distante na praia, deixava a maré levar a areia... Só que Noah me disse uma vez, não, duas vezes, que me seguiu e me viu construí-las. Será que ele fotografou? E mandou para a EAC? Nada me parece mais fora de cogitação.

Quando Noah descobriu que eu passei e ele não, ele destruiu tudo que já fizera. Não restou um rabisco sequer. De lá para cá, ele nunca mais pegou num lápis, pastel, carvão nem pincel.

Olho para Sandy, que tamborila o dedo na mesa. Espera aí, ele acabou de dizer que minhas esculturas de areia eram maravilhosas? Acho que foi. Quando repara que voltei a prestar atenção, ele para de batucar e continua:

— Sei que nos dois primeiros anos inundamos vocês de um monte de teoria pesada, mas que tal eu e você voltarmos ao que realmente importa? Vou te fazer uma pergunta simples, JC. Não tem mais nada que você queira fazer? Para uma pessoa tão jovem, você passou por tanta coisa... Não tem nada que queira dizer? Que *precise* dizer? — Sua expressão fica muito séria e intensa. — Porque, no fim das contas, é só isso que conta. Mais nada. Fazemos desejos com as mãos, é isso que fazemos como artistas.

As palavras dele estão soltando alguma coisa dentro de mim. Não estou gostando.

— Pensa bem — diz ele, mais simpático. — Vou perguntar de novo. Existe alguma coisa no mundo de que você precise e que só suas mãos podem criar?

Sinto uma dor queimar o peito.

— Tem, JC? —insiste.

Tem. Mas está fora de questão. Lá vou eu imaginar aquela campina.

— Não — digo.

Ele faz uma careta.

— Não acredito.

— Não tem nada — digo, apertando as mãos com toda a força. — Nadica de nada.

Ele balança a cabeça, decepcionado.

— Tudo bem, então.

Olho para o *Davi*...

— JC, cadê você?

— Aqui, estou aqui. Desculpa.

Volto a atenção para ele.

Está na cara que ele está chateado. Por quê? Por que se importa tanto assim? Como ele mesmo disse, tem jovens artistas do país inteiro desesperados pela minha vaga.

— Precisamos falar com seu pai — diz ele. — Você estaria abrindo mão de uma oportunidade única. É isso mesmo que quer?

Volto a olhar para *Davi*. Ele parece feito de luz. O que eu quero? Só quero uma coisa...

Então é como se *Davi* pulasse da parede e me pegasse com seus braços de pedra imensos e cochichasse no meu ouvido.

Ele me lembra que Michelangelo o construiu mais de *quinhentos* anos atrás.

— Você quer mesmo mudar de escola?

— Não!

A veemência na minha voz pega nós dois de surpresa.

— Preciso trabalhar com pedra — digo, e aponto para *Davi*. Tem uma ideia explodindo dentro de mim. — Tem, *sim*, algo que preciso fazer — conto, me sentindo desvairada, como se estivesse sem fôlego. — Preciso muito.

É o que quero fazer desde que cheguei aqui, mas não suportaria se minha mãe o quebrasse. Simplesmente não aguentaria.

— Fico muito feliz em ouvir isso — diz Sandy, juntando as mãos.

— Mas não pode ser de argila. Nada de forno — digo. — Tem que ser pedra.

— Muito mais resistente — responde ele, sorrindo.

Ele entende. Bem, pelo menos em parte.

— Exatamente.

Não vai ter como ela quebrar isso tão fácil! E, mais importante, ela não vai querer. *Eu* vou deixar ela de queixo caído. Vou me *comunicar* com ela. É a saída. "Me perdoa, Jude", ela vai sussurrar no meu ouvido. "Não tinha ideia de que você tinha esse talento."

Então talvez me perdoe.

Nem percebo que Sandy está falando, sem notar a música crescente e a reconciliação entre mãe e filha que ocorre na minha cabeça. Tento me concentrar.

— O problema é que, como Ivan está passando o ano na Itália, não tem ninguém no departamento para te ajudar. Se você quisesse trabalhar com argila e moldar no bronze, eu…

— Não, tem que ser pedra, e quanto mais dura, melhor. Granito, quem sabe.

É genial.

Ele ri, de volta à pose de bode tranquilo pastando na grama.

— Talvez, humm, talvez… Você aceitaria um mentor de fora da escola?

— Lógico.

Está de brincadeira? É um bônus.

Sandy coça a barba, pensando.

E pensando.

— Que foi? — pergunto.

— Bem, tem alguém — diz Sandy, arqueando as sobrancelhas. — Um mestre escultor. Um dos últimos, talvez. Mas não, acho que não será possível. — Ele afasta a ideia com um gesto. — Ele não dá mais aulas. Não expõe. Aconteceu alguma coisa com ele. Ninguém sabe o que foi e, mesmo antes disso, ele nunca foi tão... humm, como posso dizer isso? — pergunta e olha para o teto, onde encontra a palavra certa. — Humano.

Ele ri e começa a revirar uma pilha de revistas na mesa.

— Um escultor extraordinário com um talento incrível para falar. Assisti a uma palestra dele quando estava no mestrado, foi fenomenal, ele...

— Se não é humano, o que é? — interrompo, intrigada.

— Na verdade... — diz ele, sorrindo. — Acho que sua mãe foi quem o descreveu melhor.

— Minha mãe?

Nem preciso do Dom Sweetwine para reconhecer isso como um sinal.

— Sim, sua mãe escreveu sobre ele na *Art Tomorrow*. Engraçado. Outro dia mesmo eu estava lendo essa entrevista.

Ele folheia alguns exemplares da revista para a qual minha mãe escrevia, mas não encontra.

— Ah, deixa pra lá — diz, desistindo, e se recosta na cadeira. — Vou pensar... Como era mesmo? Ah, já sei, lembrei, ela disse assim: "Ele era o tipo de homem que, ao entrar em qualquer ambiente, derrubava todas as paredes."

Um homem que, ao entrar em qualquer ambiente, derruba todas as paredes.

— Como ele se chama? — pergunto, meio sem ar.

Ele passa um bom tempo tensionando os lábios, me encarando, até que finalmente parece tomar uma decisão.

— Vou ligar para ele primeiro. Se estiver tudo certo, você pode visitá-lo depois das férias de inverno.

Ele escreve um nome e um endereço num papel e me entrega.

Depois acrescenta, sorrindo:

— Não vai dizer que não te avisei.

Eu e a vovó Sweetwine estamos perdidas no esquecimento, incapazes de enxergar em meio à neblina quando passamos pela névoa baixa a caminho da rua Day, nas planícies de Lost Cove, onde fica o estúdio de Guillermo Garcia. É esse o nome do escultor que Sandy anotou no papel. Não quero ficar esperando para ver se está tudo certo, quero *ir* logo de uma vez.

Antes de sair da escola, eu consultei o Oráculo: Google. Pesquisas na internet são melhores do que borra de chá ou um baralho de tarô. Você pergunta: *Sou uma pessoa ruim? Esta dor de cabeça é sintoma de um tumor inoperável no cérebro? Por que o fantasma da minha mãe não fala comigo? O que faço com Noah?* Depois repassa os resultados e determina a resposta.

Quando perguntei *Será que peço para Guillermo Garcia ser meu mentor?*, apareceu um link da capa da revista *Interview*. Cliquei. Era uma foto de um homem sombrio e imponente, com olhos verdes radioativos apontando um taco de beisebol para *O beijo*, aquela linda escultura romântica de Rodin. A legenda diz *Guillermo Garcia: A estrela do rock do mundo das esculturas*. Na capa da *Interview*! Parei ali mesmo por causa dos sintomas cardíacos.

— Você está parecendo uma pivete nessa roupa — diz vovó Sweetwine, que paira ao meu lado a uns bons trinta centímetros do chão, balançando uma sombrinha magenta, sem dar a menor bola para o tempo feio. Está toda arrumada, como sempre, em um Vestido Flutuante colorido que lembra um pôr do sol esvoaçante, e óculos enormes de estrela de cinema, com armação em casco de tartaruga. Está descalça. Quem flutua não tem por que usar sapato. No assunto pé, ela deu sorte.

Alguns visitantes do além voltam com os pés para trás
(Bizarríssimo. Felizmente os dela estão para a frente.)

Ela continua:

— Tá parecendo até aquele cara, sabe, como é que é mesmo? M&M?

— Eminem? — pergunto, sorrindo.

A neblina está tão carregada que preciso andar com os braços estendidos para não acabar trombando em nenhuma caixa de correio, nenhum poste nem nenhuma árvore.

— Isso! — exclama ela, batendo a sombrinha na calçada. — Sabia que era nome de chocolate.

Ela aponta a sombrinha para mim.

— Aqueles vestidos todos que você faz, só trancados no quarto. É um ultraje — diz, e solta um daqueles seus suspiros longuíssimos. — E os pretendentes, Jude?

— Não tenho pretendente nenhum, vovó.

— Exatamente, meu bem — diz ela, e cai na gargalhada com a própria piada.

Uma mulher passa pela gente com duas crianças no peitoral anti-névoa, também conhecido como coleira, bastante comum durante períodos de nevasca em Lost Cove.

Olho para meu uniforme da invisibilidade. A vovó ainda não entende.

— Ficar com garotos é mais arriscado para mim do que matar um grilo ou deixar um pássaro entrar em casa — digo, me referindo a outros augúrios sérios de morte. — Você sabe muito bem.

— Que besteira. O que eu sei é que você tem uma linha do amor invejável na palma da mão, que nem seu irmão, mas até o destino precisa pegar no tranco de vez em quando. Melhor parar de se vestir que nem um nabo ambulante. E deixa esse cabelo crescer, pelo amor.

— Você é muito superficial, vovó.

Ela bufa para mim.

Eu bufo de volta e viro o jogo.

— Não quero te deixar mais preocupada, mas acho que seus pés estão começando a virar para o lado errado. Sabe o que dizem por aí. Nada estraga tanto um look quanto pés virados para trás.

Ela perde o fôlego e olha para baixo.

— Quer fazer uma senhora idosa, já morta, ter um ataque cardíaco?

Quando chegamos à rua Day, estou ensopada e tremendo. Noto uma igrejinha no fim da quadra, o lugar perfeito para me secar, me aquecer e pensar em como convencer esse Guillermo Garcia a ser meu mentor.

— Vou esperar aqui fora — diz a vovó. — Mas fica à vontade. Não se preocupa comigo, aqui sozinha nessa neblina úmida e gelada. — Ela mexe os dedos dos pés descalços. — Sem sapato, sem dinheiro, morta.

— Bem discreta, você — digo, a caminho da igreja.

— Diz a Clark Gable que mandei um beijo — exclama ela antes de eu abrir a porta.

Clark Gable é o apelido dela para Deus. Um sopro de luz e calor me envolve assim que entro. Minha mãe adorava ir à igreja e vivia arrastando a gente com ela, mas nunca na hora da missa. Ela dizia que só gostava de passar um tempo em um espaço sagrado. Eu também gosto, agora.

Se precisar de ajuda divina, abra um pote em um templo religioso e feche antes de sair

(Minha mãe dizia que às vezes se escondia nas igrejas para escapar das "situações" do abrigo. Desconfio que ela precisasse de mais do que um pote de ajuda, mas era impossível convencê-la a falar muito daquela época.)

A igreja é linda, parecida com um barco, feita de madeira escura e vitrais cintilantes com pinturas representando, humm, sim, Noé construindo a arca, Noé cumprimentando os animais que embarcam, Noé, Noah, Noé, Noah. Eu suspiro.

Entre todos os gêmeos, há sempre um anjo e um demônio

Me sento na segunda fileira. Enquanto esfrego os braços desesperadamente para me aquecer, penso no que vou dizer a Guillermo Garcia. O que uma Autobolota Quebrada diz para *A estrela do rock do mundo das esculturas*? Um homem que, ao entrar em qualquer ambiente, derruba todas as paredes? Como vou fazer ele entender que é completamente urgente que seja meu mentor? Que fazer essa escultura...

Um estrondo me arranca do devaneio, da cadeira e do corpo, tudo de uma vez.

— Nossa, que susto do inferno!

A voz grave e sussurrada, com sotaque inglês, vem de um cara curvado no altar para pegar o castiçal que derrubou.

— Jesus amado! Não acredito que falei "inferno" assim na igreja. E Jesus, acabei de dizer "Jesus amado"! Nossa Senhora!

Ele se levanta, apoia o castiçal no altar e abre o sorriso mais torto que já vi; parece até desenhado por Picasso.

— Acho que estou ferrado.

Ele tem uma cicatriz em ziguezague na bochecha esquerda, e outra que vai do nariz até a boca.

— Bom, tanto faz — continua ele, sussurrando de um jeito dramático. — Sempre achei que o céu deve ser uma porcaria mesmo. Aquele monte de nuvens macias ridículas. Aquele branco que deve deixar qualquer um zonzo. Aquele bando de gente carola, sem nenhuma ambiguidade, toda boazinha.

O sorriso e a expressão meio torta dele tomam conta do rosto inteiro. É um sorriso impaciente, negligente, de dente lascado, em um rosto assimétrico e peculiar. Ele tem uma aparência totalmente desvairada, e é gato de um jeito meio vamos-cometer-uns-crimes, não que eu repare nisso.

Qualquer peculiaridade distinta no rosto indica igual
peculiaridade no caráter
(Humm.)

E de onde será que ele veio? Da Inglaterra, pelo visto, mas se teletransportou no meio de um monólogo?

— Foi mal — murmura ele, olhando para mim.

Percebo que continuo paralisada, com a mão apertando o peito e o queixo caído de surpresa. Rapidinho me recomponho.

— Não quis te assustar — diz ele. — Achei que não tinha mais ninguém aqui. Nunca tem.

Será que ele vem muito a essa igreja? Provavelmente sim, para se confessar. Ele parece cheio de pecados, daqueles grandes. Ele indica a porta atrás do altar.

— Estava só dando uma volta, tirando fotos. — Ele para, inclina a cabeça e me olha cheio de curiosidade. Noto uma tatuagem azul aparecendo por cima da gola. — Você tinha que aprender a ficar quieta, sabia? Tagarela desse jeito, ninguém mais consegue falar.

Sinto um sorriso se formando no meu rosto, mas resisto, tudo para seguir as regras do boicote. Ele é charmoso, não que eu repare nisso. Charme é sinal de azar. Também não notei como esse pecador parece inteligente, nem como é alto, nem o cabelo castanho e desgrenhado caindo na frente do olho, nem aquela jaqueta de couro preta, completamente surrada e ridiculamente maneira. Ele está carregando uma bolsa cheia de livros — da faculdade? Talvez. No mínimo está no terceiro ano, isso se ainda estiver na escola. E a câmera pendurada no pescoço agora está apontada para mim.

— Não — grito, alto o suficiente para explodir o telhado enquanto me escondo atrás do banco. Devo estar parecendo um furão tremendo de frio e ensopado. Não quero que esse cara tenha uma foto minha parecendo um furão tremendo de frio e ensopado. E vai além da vaidade:

Toda foto tirada de você reduz seu espírito e encurta sua vida

— Humm, saquei — murmura ele. — Você é daquelas que têm medo da câmera roubar sua alma, esse tipo de coisa.

Eu o encaro. Ele entende dessas coisas?

— De qualquer forma, por favor, fale baixo. Esqueceu que estamos na igreja? — Ele sorri daquele jeito caótico, depois vira a câmera para o teto de madeira e dá um clique.

Tem outra coisa que não reparei: ele não me é estranho. É como se já tivéssemos nos encontrado antes, mas não faço ideia de onde ou quando.

Tiro o gorro e começo a pentear com os dedos meu cabelo teimoso, amassado e que andei negligenciando... como se eu não tivesse antolhos contra garotos! Que ideia foi essa? Lembro a mim mesma que esse cara também está se deteriorando, assim como toda criatura viva. Lembro a mim mesma que sou uma Autobolota Quebrada, com compulsão bíblica e tendência à hipocondria, além de só ter uma amiga que provavelmente é imaginária. Desculpa, vovó. Lembro a mim mesma que esse cara provavelmente dá mais azar do que todos os gatos pretos e espelhos quebrados do mundo. Lembro a mim mesma que algumas garotas merecem ficar sozinhas.

Antes de eu conseguir colocar o gorro, ele fala num tom de voz normal, mas bem grave e aveludado, não que eu repare nisso:

— Já mudou de ideia? Por favor, mude. Vou ter que insistir.

Ele voltou a apontar a câmera para mim.

Balanço a cabeça para indicar que não mudei de ideia de jeito nenhum. Coloco o gorro e puxo bem para baixo, quase cobrindo os olhos, depois levo o indicador à boca e faço *shhh*, o que, para quem vê de fora, pode parecer paquera, mas, por sorte, não tem mais ninguém aqui. Parece que não consigo me segurar. E nunca mais vou vê-lo mesmo, afinal.

— Verdade, esqueci que estávamos aqui — diz ele, sorrindo e cochichando outra vez.

Ele fica me encarando por tanto tempo que chega a ser incômodo. É que nem estar no foco do holofote. Na verdade, nem sei se é permitido ser olhada desse jeito. Meu coração dá uma acelerada.

— Pena isso da foto — diz ele. — Espero que não se incomode com o que vou dizer, mas você parece um anjo aí sentada. — Ele fecha a boca, como se estivesse pensando no assunto. — Mas disfarçada, como se tivesse acabado de cair do céu e precisado pegar as roupas de um cara qualquer.

O que respondo? Ainda mais agora que meu coração acelerou tanto que parece mais uma britadeira.

— De qualquer maneira, não te culpo por querer escapar da ordem angelical — diz ele, voltando a sorrir, e eu fico tonta. — Provavelmente é bem mais interessante viver aqui entre nós, mortais perturbados, como disse antes.

Tá na cara que esse sujeito tem lábia. Eu também tinha, mas hoje em dia mal dá para perceber. Ele deve achar que minha boca está aparafusada.

Ai, caramba. Ele está me olhando daquele jeito de novo, como se estivesse tentando enxergar por baixo da minha pele.

— Por favor — diz ele, com a mão em volta da lente. Parece mais um comando do que uma pergunta. — Só uma.

Tem alguma coisa na voz dele, no olhar, na presença, algo de faminto e insistente que está derrubando todas as minhas amarras.

Faço que sim. Nem acredito, mas faço que sim. Que se danem a vaidade, minha alma, minha velhice.

— Tá bom — digo, com a voz rouca e estranha. — Só uma.

É possível que ele tenha feito eu entrar em transe. Acontece. Existem hipnotizadores por aí. Está na bíblia.

Ele se posiciona agachado atrás de um banco da primeira fileira e gira a lente algumas vezes, olhando por trás da câmera.

— Meu Deus — diz. — Isso. Perfeito. Porra, perfeito.

Sei que ele está tirando milhares de fotos, mas não me importo mais. Sinto uma onda de calafrios quentes me percorrer enquanto ele clica, dizendo: *Isso, obrigado, isso mesmo, porra, perfeito, isso, isso, puta que pariu, meu Deus, olha isso.* É como se estivéssemos nos beijando, muito mais do que beijando. Nem imagino a cara que estou fazendo.

— Você é ela — diz ele, finalmente, ao cobrir a lente. — Com certeza.

— Quem? — pergunto.

Mas ele não responde, só vem andando até mim a passos lentos e relaxados que me lembram de um dia quente de verão. Agora ele está totalmente à vontade, foi da quinta marcha para marcha nenhuma assim que cobriu a lente. Ao se aproximar, vejo que ele tem um olho verde e outro castanho, como se fosse duas pessoas numa só, duas pessoas muito intensas numa só.

— Bem — diz ele ao chegar a meu lado. Ele para como se fosse falar mais alguma coisa, tipo, o que quis dizer com "Você é ela", mas, em vez disso, só aponta para Clark Gable e diz: — Vou deixar você com ele.

Perto assim, tenho certeza de que não é a primeira vez que vejo esse cara totalmente inacreditável.

Tá bom, eu reparei, caramba.

Acho que ele vai apertar minha mão, encostar no meu ombro, qualquer coisa, mas ele só continua andando. Eu me viro e o vejo caminhando como se estivesse mascando palha. Ele pega um tripé que não notei ao entrar e o apoia no ombro. Quando sai pela porta, não vira para trás, mas levanta a mão e acena de leve, como se soubesse que estou de olho.

E estou mesmo.

Saio da igreja uns minutos depois, aquecida, mais seca, com a sensação de que escapei por pouco de alguma coisa. Vovó Sweetwine sumiu de vista.

Avanço pela rua atrás do endereço do estúdio.

Para ser sincera, caras como esse são kryptonita para mim, não que eu já tenha conhecido um cara assim antes, que me faz sentir beijada, não, *devorada*, do outro lado do cômodo. Ele nem pareceu notar que eu estava interditada. Bom, mas estou, e devo continuar assim. Não posso baixar a guarda. Minha mãe estava certa, afinal de contas. Não quero ser *essa garota*. Não posso ser.

O que alguém diz logo antes de morrer vira verdade

(Eu estava indo para uma festa e ela perguntou: "Jura que você quer ser *essa garota*?", e apontou meu reflexo no espelho. Foi na noite anterior em que ela morreu.)

E nem foi a primeira vez que ela disse isso. *Jura que você quer ser* essa garota, *Jude?*

É, eu queria, sim, porque *essa garota* chamava a atenção dela. *Essa garota* chamava a atenção de todo mundo.

Principalmente dos caras mais velhos da colina, que nem Michael Ravens, também conhecido como Zephyr, que me deixava tonta sempre que falava comigo, sempre que me deixava furar a fila para pegar onda, sempre que me mandava uma mensagem de noite, sempre que encostava em mim à toa numa conversa — como naquela vez que ele enroscou o dedo no aro de plástico da minha calcinha do biquíni e me puxou para cochichar no meu ouvido: *Vem comigo.*

Eu fui.

Você pode dizer não, ele disse.

Ele estava ofegante, passando aquelas mãos gigantescas por todo o meu corpo, os dedos em mim, a areia queimando minhas costas, minha tatuagem novinha de querubim ardendo na barriga. O sol ardendo no céu. *Pode dizer não, Jude, tranquilo.* Foi o que ele disse, mas parecia querer dizer o contrário. Parecia que ele pesava tanto quanto o mar, que a calcinha do meu biquíni já estava amassada na mão dele, que eu estava sendo puxada por aquela onda que a gente espera nunca encontrar, aquela que te faz afundar, te tira fôlego, a noção, te desorienta completamente e nunca mais te deixa voltar à superfície. *Pode dizer não.* As palavras vibraram entre a gente. Por que eu não disse nada? Parecia que minha boca estava cheia de areia. E aí a areia encheu o mundo inteiro. Eu não disse nada. Pelo menos não em voz alta.

Tudo aconteceu rápido demais. A gente estava a umas enseadas do resto do pessoal, escondidos do movimento da praia pelas rochas. Minutos antes, estávamos falando das ondas, do amigo dele que fizera minha tatuagem, da festa da noite anterior, onde eu tinha sentado no colo dele e tomado minha primeira cerveja. Eu tinha acabado de fazer quatorze anos. Ele era quase quatro anos mais velho do que eu.

Aí paramos de conversar e ele me beijou. Nosso primeiro beijo.

Eu retribuí o beijo. A boca dele tinha um gosto salgado. Ele cheirava a bronzeador com perfume de coco. Entre os beijos, começou a dizer meu nome como se estivesse pegando fogo na boca. Então puxou a parte de cima do meu biquíni amarelo para o lado e engoliu em seco enquanto ficava me encarando. Eu ajeitei o biquíni, não porque não queria que ele me olhasse assim, mas porque queria e fiquei com vergonha. Era a primeira vez que um cara me via sem sutiã, sem nada, e senti o rosto arder. Ele sorriu. As pupilas dele estavam arregaladas, pretas, os olhos profundamente escuros quando ele me deitou de costas na areia e empurrou o biquíni para o lado de novo, devagar. Dessa vez eu deixei. Deixei ele me olhar. Deixei meu rosto pegar fogo. Escutei a respiração dele no meu próprio corpo. Ele começou a beijar meus seios. Eu não sabia se estava gostando. Até que ele cobriu minha boca com a dele com tanta força que eu mal conseguia respirar. Foi aí que o olhar dele ficou turvo e as mãos, as mãos, aquelas mãos começaram a me tocar em todos os lugares. Foi aí que ele começou a dizer que eu podia dizer não, e foi aí que eu não disse. Ele me imprensou na areia quente com todo o corpo, me afundando ali. Eu não parava de pensar que tudo bem, que eu dava conta. Que não tinha problema. Tudo bem, tudo bem, tudo bem. Mas não estava tudo bem, e eu não dava conta.

Eu não sabia que dava para ser enterrada no próprio silêncio.

E aí acabou.

Tudo acabou.

Tem mais, mas não vou elaborar agora. Saiba só que eu cortei um metro de cabelo loiro e jurei nunca mais me envolver com nenhum garoto, porque, depois de isso acontecer com Zephyr, minha mãe morreu. *Logo* depois. Fui eu. Eu que trouxe o azar.

Esse boicote não é brincadeira. Para mim, garotos não cheiram mais a sabonete, a xampu, a grama, a suor de uma partida de futebol, a bronzeador ou a mar depois de passar horas surfando na crista da onda; eles cheiram a morte.

Eu suspiro, chuto tudo isso para fora da minha cabeça, inspiro profundamente o ar úmido e pulsante, e começo a procurar o estúdio de Guillermo Garcia. Preciso pensar é na minha mãe e nessa escultura. Vou fazer um desejo com as mãos. Vou desejar para caramba.

Instantes depois, paro diante de um galpão enorme de tijolos: rua Day, 225.

A neblina mal se dissipou, e o volume do mundo está bem abafado — sou só eu nesse silêncio.

Não tem campainha na porta; ou, melhor, tinha uma campainha, mas foi desmontada ou carcomida por algum bicho selvagem, e sobraram apenas uns fios rasgados para fora. Que receptivo. Sandy não estava de brincadeira. Cruzo os dedos da mão esquerda para dar sorte e bato à porta com a direita.

Nada.

Olho ao redor para ver se encontro a vovó — queria que ela imprimisse a agenda do dia e me entregasse — e tento de novo.

Então bato uma terceira vez, agora com menos firmeza, porque talvez seja má ideia. Sandy disse que esse escultor não era humano, hum, o que será que isso quer dizer, afinal? E o que minha mãe falou das paredes? Não parece lá muito seguro, né? Na real, que ideia foi essa de passar aqui desse jeito? Nem esperei Sandy falar com ele para checar se ele está com a cabeça no lugar. Ainda mais debaixo dessa neblina bizarra, fria e assustadora. Olho ao redor e pulo do degrau, pronta para me jogar na neblina e desaparecer, bem quando ouço a porta se abrir.

Com um daqueles rangidos de filme de terror.

Parado na porta está um homenzarrão que parece ter acordado de séculos de sono. Deve ser Igor; se ele tivesse nome, seria Igor. O cabelo se espalha pela cabeça inteira, culminando numa barba preta e desgrenhada que cresce em todas as direções.

Uma abundância de pelos no rosto indica um homem de natureza desgovernada

(Sem dúvida.)

As mãos dele são praticamente azuis de tantos calos grossos, como se vivesse plantando bananeira. De jeito nenhum esse é aquele cara da foto. Não dá para ser Guillermo Garcia: *A estrela do rock do mundo das esculturas.*

— Perdão — digo, rápido. — Não quis incomodar.

Tenho que dar no pé. Quem quer que seja, *não me leve a mal*, mas ele come cachorrinhos.

Ele afasta o cabelo do rosto e cor pula dos olhos — um verde-claro quase fosforescente, igualzinho ao da foto. É ele, *sim*. Tudo me diz para dar meia-volta e sair correndo, mas não consigo desviar o olhar, e parece que, assim como aquele cara inglês, ninguém ensinou a Igor que é grosseria ficar encarando os outros desse jeito, porque acabamos entrando num impasse — olhos grudados que nem cola até que, do nada, ele tropeça e quase cai, precisa segurar a porta para se equilibrar. Será que está bêbado? Eu inspiro fundo e, sim, me vem um toque do cheiro azedo e doce do álcool.

Aconteceu alguma coisa com ele, disse Sandy. *Ninguém sabe o que foi.*

— Está tudo bem? — pergunto, mal conseguindo ouvir minha própria voz.

Parece que ele se desconectou do tempo.

— Não — responde, firme. — Não está.

As palavras vêm carregadas de um sotaque hispânico.

A resposta me surpreende, e me pego pensando: *Ah, nem comigo, não estou nada bem, nunca estive.* Por algum motivo fico com vontade de dizer isso em voz alta para esse doido. Talvez eu tenha me desconectado do tempo que nem ele.

Ele me olha de cima a baixo, como se estivesse fazendo um inventário do meu ser. Sandy e minha mãe estavam certos. Esse cara não é normal. Ele volta a me olhar bem nos olhos, e parece um choque elétrico, um tiro direto na mira.

— Vá embora — diz ele, insistente, a voz do tamanho do quarteirão. — Quem quer que você seja, seja lá o que você queira, não volte aqui.

Então dá meia-volta, cambaleando, segura o batente para se equilibrar e bate a porta.

Fico um bom tempo parada, deixando a neblina ir me apagando lentamente.

Até que bato de novo. Com força. Não vou embora. Não posso. Preciso fazer essa escultura.

— É isso aí — diz a vovó na minha cabeça. — Essa é a minha menina.

Mas dessa vez não é Igor quem abre a porta. É o cara inglês da igreja.

Minha Nossa Senhora.

Uma faísca de surpresa cintila nos olhos descombinados dele ao me reconhecer. Escuto estrépitos, baques e estilhaços do estúdio, como se pessoas superpoderosas estivessem fazendo uma competição de quem quebra mais móveis.

— Não é uma boa hora — diz ele.

Então escuto a voz de Igor explodir em espanhol enquanto, pelo barulho, ele arremessa um carro pela sala. O cara inglês olha para trás e depois novamente para mim, a expressão desvairada agora está desvairada é de preocupação. Aquela postura confiante meio convencida, o bom-humor e a paquera sumiram.

— Peço perdão — diz, educado, que nem um mordomo inglês de filme, depois fecha a porta na minha cara.

Meia hora depois, eu e vovó estamos escondidas no mato acima da praia, esperando para ver se vai ser necessário salvar a vida de Noah. Na volta da casa do Igor Pinguço, enquanto já planejava minha segunda visita, recebi uma mensagem de emergência de Heather, minha informante: *Noah no Pico do Diabo em 15 min.*

Não dou mole quando o assunto é Noah no mar.

A última vez que entrei na água foi para tirar ele de lá. Dois anos atrás, umas semanas depois da morte da nossa mãe, ele pulou desse mesmo Pico do Diabo, foi levado pela correnteza e quase se afogou. Quando finalmente arrastei o corpo dele — duas vezes o meu tamanho, o peito paralisado que nem pedra, os olhos virados para trás — para a areia e consegui reanimá-lo, fiquei tão furiosa que quase joguei ele de volta na água.

A neblina aqui quase se dissipou. Cercada de água nos três lados e uma floresta ao redor, Lost Cove é o fim da linha, o ponto mais ao oeste antes de cair do mapa. De cima do penhasco, dou uma olhada para ver se consigo enxergar nossa casa vermelha, uma das muitas construções velhas e capengas aqui no alto, agarradas na pontinha do continente. Antigamente, eu amava morar no penhasco — surfava e nadava tanto que, mesmo quando saía da água, continuava sentindo o chão balançando, que nem um barco ancorado.

Dou mais uma conferida na beira do penhasco. Nada de Noah.

Vovó me espia por cima dos óculos escuros.

— Que duplinha, hein, aqueles dois caras estrangeiros. O mais velho já perdeu todos os parafusos.

— Nem fala — respondo, afundando os dedos na areia fria.

Como vou convencer aquele tal de Igor cabeludo, bêbado, assustador pacas, que fica jogando móvel por aí, a ser meu mentor? E, se convencer, como vou evitar aquele cara inglês sem graça, comum e tonto que fez meu boicote derreter num piscar de olhos — na igreja, ainda por cima!

Uma revoada de gaivotas desce até as ondas, de asas abertas, aos gritos.

E, por algum motivo, não paro de pensar que queria ter dito ao Igor Pinguço que também não estou nada bem.

Vovó joga a sombrinha pelos ares. Olho para cima e vejo o disco cor-de-rosa girar pelo céu de aço. Lindo. É o tipo de coisa que Noah desenharia quando ainda desenhava.

— Você tem que dar um jeito nele — diz ela. — Você sabe disso. Era pra ele ser o próximo Chagall, não o próximo peso de porta. Você é a guardadora do seu irmão, meu bem.

É um dos bordões dela. Parece até que ela é minha consciência, sei lá. Foi isso que a psicopedagoga da escola falou dos fantasmas da vovó e da minha mãe, o que foi até bem astuto, considerando que eu não contei quase nada.

Uma vez ela me fez fazer uma meditação guiada em que eu precisava me imaginar andando no bosque e contar o que via por lá. Só vi mato. Até que apareceu uma casa, mas não tinha entrada. Nem porta, nem janela. Foi de arrepiar. Ela disse que a casa era eu. A culpa é uma prisão, ela disse. Depois disso, parei com as sessões.

Nem percebo que estou procurando lesões na minha mão, erupções conhecidas como larva migrans cutânea, até a vovó revirar os olhos daquele jeito dela. Dá até uma tontura. Tenho quase certeza de que foi com ela que aprendi esse talento.

— Verminose — digo, meio sem graça.

— Me faz um favor, menina mórbida — ralha ela. — Larga os periódicos médicos do seu pai.

Embora esteja morta há mais de três anos, vovó só começou a me visitar assim dois anos atrás. Poucos dias depois da morte da minha mãe, peguei a velha Singer no fundo do armário e, assim que liguei e aquele barulhinho familiar da máquina de costura tomou conta do meu quarto, ela apareceu na cadeira ao meu lado, com alfinete na boca, como sempre, e disse:

— Essa costura zigue-zague é o maior sucesso. Faz uma bainha superglamourosa. Você vai ver.

Éramos parceiras de costura. E parceiras de sorte: vivíamos procurando trevos de quatro folhas, passarinhos de concha, vidro marinho vermelho, nuvens em formato de coração, os primeiros narcisos da primavera, joaninhas, mulheres usando chapéu de aba larga. *Quem não arrisca não petisca*, ela dizia. *Rápido, faz um pedido*, dizia. Eu arriscava. Eu pedia. Era a discípula dela. Ainda sou.

— Eles chegaram — digo, e meu coração começa a disparar, na expectativa do salto.

Noah e Heather estão na beira do penhasco observando o vaivém das ondas. Ele está de calção, e ela de casaco azul comprido. Heather é uma ótima informante porque está sempre a um grito de distância do meu irmão. É que nem o anjo da guarda dele, um ser gentil, curioso e meio mágico que aposto que esconde em algum lugar um estoque de Pó de Pirlimpimpim. Faz um tempo que firmamos esse pacto secreto de Prevenção de Afogamento do Noah. O único problema é que ela não leva muito jeito para salva-vidas. Ela nunca entra na água.

Logo depois Noah está voando pelo ar, de braços esticados como se crucificado. Sinto uma onda de adrenalina.

Aí acontece o mesmo de sempre: *ele desacelera*. Não sei explicar, mas meu irmão leva uma vida para atingir a superfície da água. Pisco algumas vezes para ele ali, suspenso no ar, como se numa corda-bamba. Comecei a achar que ou ele leva jeito para a gravidade ou me faltam mais do que alguns parafusos. Uma vez li que a ansiedade pode alterar significativamente a percepção do espaço-tempo.

Geralmente Noah pula encarando o horizonte, não a orla, então nunca tive a oportunidade de ver meu irmão pulando de frente, da cabeça aos pés. Ele arqueia o pescoço, estufa o peito e, mesmo de longe, dá para ver que seu rosto está escancarado, como era antigamente, e percebo-o esticando os braços para cima, como se tentasse segurar todo esse céu miserável na ponta dos dedos.

— Olha só pra isso — diz a vovó, a voz cheia de admiração. — Aí está ele. Nosso menino voltou. Está no céu.

— Parece um dos desenhos dele — murmuro.

Então é por isso que ele vive pulando? Para, só por um tempo, voltar a ser quem era? Porque aconteceu a pior coisa que poderia acontecer com Noah. Ele se transformou numa pessoa normal. Tem a quantidade certa de parafusos.

Exceto por isso. Por essa obsessão em pular do Pico do Diabo.

Finalmente Noah atinge a água sem respingar em nada, como se não tivesse pegado nenhum impulso na queda, como se tivesse sido posicionado com cuidado na água por um gigante simpático. Então ele afunda. Eu digo: *Câmbio*, mas nossa telepatia de gêmeos já era. Quando nossa mãe morreu, ele desligou na minha cara. E agora, por conta de tudo que aconteceu, evitamos um ao outro — pior ainda, repelimos um ao outro.

Vejo ele agitar os braços uma vez. Será que está se debatendo? A água deve estar um gelo. E ele não está usando o calção no qual costurei ervas protetoras. Tá, agora ele está nadando com bastante esforço, atravessando o caos das correntezas que cercam o penhasco... até finalmente escapar do perigo. Suspiro com força, sem perceber que estava até agora prendendo a respiração.

Vejo ele subir a praia e o penhasco correndo, de cabeça baixa, ombros encolhidos, pensando sabe Clark Gable no quê. Não há mais nenhum vestígio do que acabei de ver em seu rosto, em todo o seu ser. A alma voltou para as trincheiras.

É isso que eu quero: quero pegar na mão de Noah e correr de volta no tempo, perder os anos como casacos escorregando dos ombros.

As coisas não acontecem como a gente espera.

Para reverter o destino, vá até uma campina e aponte uma faca na direção do vento

O MUSEU INVISÍVEL

Noah

13 anos e ½

O Nível de Alerta Terrorista no Bairro cai quando, pelo binóculo do meu pai, eu vou olhando do bosque e da rua na frente de casa para o penhasco e o mar logo atrás. Estou no telhado, o melhor posto de vigilância, e Fry e Zephyr estão remando de prancha na arrebentação. Sei que são eles por causa do letreiro luminoso que pisca por onde eles passam: *Babacas Sociopatas de Olho de Cebola e Cérebro Fervido Borbulhante Sarnento.* Que bom. Daqui a uma hora tenho que descer a colina para ir à EAC, e agora posso finalmente ir pela rua, em vez de ter que sair correndo pelo bosque para tentar escapar de Fry. Zephyr, por algum motivo (Jude? O mijão de concreto?), anda me deixando em paz, mas, onde quer que eu vá, Fry aparece, que nem um cachorro alucinado atrás de carne. Nesse verão, ele está fissurado em me arremessar do Pico do Diabo.

Mando, com o poder do pensamento, um cardume de tubarões-brancos famintos atrás deles, depois procuro Jude na praia e dou zoom. Ela está cercada do mesmo bando de garotas com quem tem andado a primavera toda, e agora também no verão, em vez de comigo. Garotas-vespas bonitas usando biquínis coloridos com bronzeados perceptíveis a quilômetros de distância. Entendo tudo de vespa: se uma enviar um sinal de perigo, o enxame todo pode atacar. Isso é fatal para gente que nem eu.

Minha mãe diz que Jude anda agindo assim por causa dos hormônios, mas sei que é porque ela me odeia. Faz séculos que ela parou de ir com a gente aos museus, o que provavelmente é uma boa notícia, porque, quando ela sia, a sombra dela ficava tentando esganar a minha. Dava para ver nas paredes e no chão. De vez em quando vejo a sombra dela dando a volta na minha cama à noite, tentando arrancar os sonhos da minha cabeça. Sei bem o que ela faz quando não vai aos museus. Já vi chupões no pescoço dela três vezes. Ela disse que eram picadas de mosquito. Até parece. Bisbilhotando, acabei ouvindo que ela e Courtney Barrett têm indo de bicicleta ao calçadão no fim de semana para ver quem beija mais garotos.

(RETRATO: *Jude trançando um garoto atrás do outro no cabelo*)

A verdade é a seguinte: Jude não tem que mandar sua sombra atrás de mim. Ela podia muito bem levar nossa mãe para a praia e mostrar uma das mulheres voadoras de areia antes de serem apagadas pela maré. Mudaria tudo. Não que eu queira isso.

Nem um pouco.

No outro dia, do penhasco, eu a vi construir outra. Ela estava no lugar de sempre, na terceira enseada. Dessa vez era uma mulher grande e redonda, em baixo-relevo, como sempre, só que parcialmente transformada em pássaro — era tão incrível que minha cabeça chegou a vibrar. Tirei uma foto com a câmera do meu pai, mas logo tive uma sensação horrível, de verme, e, assim que Jude foi embora e sumiu de vista e escuta, eu deslizei pelo penhasco, corri pela areia e, rugindo que nem um bugio — o rugido deles é épico —, caí com tudo naquela mulher-pássaro incrível, então derrubei e chutei a coisa toda até sumir. Dessa vez, nem aguentei esperar a maré levá-la embora. Fiquei todo cheio de areia, nos olhos, nos ouvidos e na garganta. Passei dias encontrando areia na cama, na roupa, embaixo da unha. Mas precisei fazer aquilo. Ela era boa demais.

E se a minha mãe saísse para uma caminhada e visse?

Porque, e se for Jude que tem o talento? Por que não poderia ser, afinal de contas? Ela surfa ondas da altura de casas e pula de qualquer lugar. Ela tem a pele do tamanho certo, amigos, nosso pai, o Dom Sweetwine, guelras e barbatanas, isso sem contar os pulmões e os pés.

Ela emana luz. Eu emano escuridão.

(RETRATO, AUTORRETRATO: *Gêmeos: a luminária e o escurinário*)

Nossa, só de pensar nisso meu corpo fica que nem uma toalha torcida.

E tudo está perdendo a cor.

(Autorretrato: *Noah cinza comendo maçãs cinza na grama cinza*)

Volto a focar na colina, agora sem cor, depois passo para o caminhão de mudança, agora sem cor, estacionado na frente da casa, agora sem cor, a duas da nossa...

— Onde o Ralph se meteu? Onde o Ralph se meteu? — grita Profeta, o papagaio vizinho.

— Não sei, amigão. Pelo visto ninguém sabe — digo baixinho.

Estou concentrado nos carregadores, os mesmos dois caras de ontem — eles *não* perderam a cor, nossa, não perderam foi nada —, dois cavalos, já decidi, um alazão e um palomino. Estão carregando um piano preto para dentro da casa. Dou zoom até conseguir ver o suor na testa corada de cada um escorrendo em direção ao pescoço, deixando manchas transparentes e molhadas nas camisetas brancas, coladas que nem pele... Esses binóculos são muito maneiros. Uma faixa bronzeada da barriga chapada do alazão aparece toda vez que ele levanta os braços. Chega a ser até mais bombado que *Davi*. Eu me sento com os cotovelos apoiados nos joelhos e fico ali sem conseguir tirar os olhos deles, inundado por aquela sensação, como se estivesse flutuando no mar e morrendo de sede. Agora estão subindo com um sofá...

De repente, largo os binóculos porque, no telhado da casa que estou espiando, vejo um garoto apontando um telescópio para *mim*. Há quanto tempo será que ele está ali? Dou uma olhada nele por entre as mechas do meu cabelo. Está usando um chapéu esquisito, daqueles de filme de gângster, por cima do cabelo parafinado de surfista, que escapa para tudo que é canto, todo espetado. Maravilha, outro surfistonto. Até sem binóculo dá para ver que ele está sorrindo. Será que está rindo de mim? Já? Será que sabe que eu estava de olho nos carregadores? Será que acha...? Deve, deve achar, sim. Fico todo tenso, sentindo o pavor subindo pela garganta. Mas talvez não seja nada disso. Vai que ele só está sorrindo para dizer oi, porque é novo aqui? Talvez ache que eu estava olhando o piano. E babacas não costumam ter telescópios, né? Nem aquele chapéu.

Me levanto e vejo ele tirar alguma coisa do bolso, esticar o braço para trás e arremessar seja lá o que for pelo ar entre nossas casas. Caramba. Estendo a mão e na mesma hora sinto alguma coisa acertar bem no meio dela. Acho que abriu um buraco e quebrou os ossos da minha mão, mas não dou nem um passo.

— Mandou bem — grita ele.

Rá! É a primeira vez que alguém me disse isso na vida. Queria que meu pai escutasse. Queria que um repórter da *Gazeta de Lost Cove* escutasse. Sou alérgico a todo tipo de atividade que envolva pegar, jogar, chutar e driblar. *Noah não trabalha bem em equipe*. Bom, é óbvio. Revolucionários não trabalham bem em equipe.

Dou uma olhada na pedra preta e achatada na minha mão. Tem mais ou menos o tamanho de uma moeda e está toda rachada. O que é para eu fazer com isso? Volto a olhar para o garoto. Ele redirecionou o telescópio para cima. Não sei que bicho ele seria. Talvez um tigre-de-bengala branco, com aquele cabelo. E o que ele está olhando? Nunca parei para pensar que as estrelas continuam brilhando lá em cima mesmo quando é dia e a gente não as vê. Ele não volta a me olhar. Guardo a pedra no bolso.

— Onde o Ralph se meteu? — escuto enquanto desço, apressado, a escada na lateral da casa.

Talvez Ralph seja *ele*, penso. Finalmente. Seria *tudo*.

Atravesso a rua correndo para descer a colina pelo bosque até a EAC, porque estou morrendo de vergonha de passar pelo garoto novo. Além do mais, agora que a cor voltou ao mundo, é surrealmente maravilhoso andar entre as árvores.

As pessoas acham que são elas que mandam no mundo, mas não é verdade; quem manda são as árvores.

Acelero até me transformar no vento, o azul despencando do céu, disparando atrás de mim enquanto mergulho no verde, em tantos e tantos tons de verde, que rodopiam e se misturam ao amarelo, aquele maldito amarelo, até que bato de cabeça no roxo punk do tremoceiro que está por todo lado. Aspiro tudo, tudinho, puxo, engulo — (AUTORRETRATO: *Garoto detona granada de maravilhas*) —, agora sinto a felicidade, aquele tipo de alegria ofegante e esmagadora que faz a gente achar que tem mil vidas metidas dentro da nossa vidinha, até que, antes de me dar conta, chego na EAC.

Depois que as aulas acabaram, duas semanas atrás, comecei a vir aqui para dar uma explorada, espiar pelas janelas dos estúdios quando não tem ninguém. Eu precisava ver a arte dos alunos, descobrir se era melhor do que a minha, saber se tenho mesmo chance de entrar. Nos últimos seis meses, tenho ficado na escola quase todo dia depois da aula pintando a óleo com o sr. Grady. Acho que ele quer que eu passe na EAC quase tanto quanto eu e minha mãe.

Mas eles devem guardar as obras, porque mesmo com toda essa espionagem não consegui ver uma pintura sequer. Por outro lado, dei de cara com uma aula de desenho vivo em um dos estúdios mais afastados do campus principal — um prédio que tem um lado inteiro escondido por árvores antigas e grossas. Que milagre. Porque, afinal, o que me impede de assistir à aula? Discretamente, sabe, pela janela?

Então cá estou. Nas duas últimas aulas tinha uma garota pelada de verdade, com peitos tipo mísseis, sentada na plataforma. Fazemos desenhos rápidos dela de três em três minutos. Muito maneiro, mesmo que eu tenha que ficar na ponta dos pés para enxergar e depois me abaixar para desenhar, mas e daí? O mais importante é que dá para ouvir o professor e já aprendi um jeito totalmente novo de segurar o carvão, parece até que estou desenhando com um motor.

Hoje fui o primeiro a chegar, então fico esperando o início da aula encostado no prédio quente, sendo torrado pelo sol que passa por uma fresta entre as árvores. Tiro a pedra preta do bolso. Por que aquele garoto do telhado me deu isso? Por que ele sorriu daquele jeito para mim? Não parecia um sorriso cruel, sério mesmo, parecia... Um som interrompe meus pensamentos, um som muito humano, com direito a galhos estalando — passos.

Estou prestes a voltar correndo pelo bosque quando, pelo canto do olho, reparo num movimento do outro lado do prédio, depois percebo aqueles ruídos de passos desaparecerem. Num ponto onde antes não havia nada, agora está um saco de papel. Esquisito. Espero um pouco, aí vou de fininho até o outro lado do prédio e olho ao redor: não tem ninguém. Volto para o saco, querendo ter visão de raio X, me abaixo e o abro com uma só mão. Tem uma garrafa lá dentro. Eu tiro para ver: uma garrafa pela metade de gim Sapphire. Alguém escondeu a bebida. Enfio a garrafa de volta no saco, deixo no chão e volto para meu lado do prédio. Ué? Não vou dar mole de ser pego com bebida e proibido de estudar na EAC.

Espiando pela janela, vejo que todo mundo já chegou. O professor, que tem barba branca e fala segurando a barriga de balão, está com um aluno perto da porta. O restante da turma está montando os blocos nos cavaletes. Eu estava certo. Nessa escola eles não precisam nem acender a luz. O sangue de todos os alunos brilha. São todos revolucionários. Uma sala repleta de Bolhas. Não tem um babaca, um surfistonto nem uma vespa ali dentro.

A cortina da área reservada dos modelos se abre e dali sai um cara alto de roupão azul. *Um cara*. Ele desamarra o roupão, pendura no gancho, anda pelado até a plataforma, dá um pulinho para subir, quase cai, e conta uma piada que faz todo mundo rir. Eu não escuto, por causa da onda de calor que está me consumindo. Ele está *tão* pelado, muito mais pelado do que a outra modelo. E, diferente dela, que ficava sentada na plataforma cobrindo parte do corpo com os braços ossudos, esse cara está de pé na plataforma, posando de mãos no quadril, como se aquilo fosse um desafio. Nossa. Não consigo nem respirar. Alguém diz algo que não escuto, mas que faz o modelo sorrir e, quando ele sorri, parece que o rosto todo se desloca e se mistura, se transformando na cara mais desordenada que já vi. Uma cara num espelho estilhaçado. Uau.

Posiciono meu bloco na parede e o seguro com a mão direita e o joelho. Quando minha mão esquerda finalmente para de tremer, começo a desenhar. Não tiro os olhos dele, sem parar nem para dar uma olhada no desenho. Traço o corpo dele, sentindo as linhas e curvas, os músculos e ossos, sentindo cada pedacinho viajar dos meus olhos aos meus dedos. O professor tem uma voz que lembra o som de ondas quebrando na praia. Não consigo ouvir nada... até o modelo falar. Não sei se até aí passaram-se dez minutos ou uma hora.

— Que tal um intervalo? — pergunta ele, e reparo no sotaque inglês.

Ele sacode o braço e as pernas. Faço a mesma coisa e só então percebo que eu estava todo tenso, com o braço direito dormente, me equilibrando numa perna só, com o joelho dolorido e formigando porque ficou imprensado na parede. Eu o vejo andar até a área reservada, meio cambaleando, e só aí passa pela minha cabeça que aquele saco de papel é dele.

Um minuto depois, ele, usando o roupão, começa a ir em direção à porta — ele se arrasta pela sala que nem cola. Fico me perguntando se faz faculdade aqui perto, que nem o professor disse que a outra modelo fazia. Ele parece mais novo do que ela. Tenho certeza que ele vem pegar o saco, mesmo antes de sentir o cheiro de cigarro e escutar os passos. Penso em fugir para o bosque, mas estou paralisado.

Ele dá a volta no prédio e imediatamente se larga no chão, deslizando as costas na parede, sem nem me notar a metros de distância. O roupão azul brilha no sol como o manto de um rei. Ele apaga o cigarro na terra, enfia a cabeça entre as mãos — espera aí, como é que é? E aí eu vejo. Essa é a pose de verdade, cabeça entre as mãos, tristeza pulando dele para mim.

(RETRATO: *Garoto se desfaz em pó*)

Ele pega o saco de papel, tira a garrafa e abre a tampa, depois começa a beber a goladas, de olhos fechados. De jeito nenhum é uma boa ideia beber álcool desse jeito, que nem suco de laranja. Sei que não devia estar olhando, que aquela é uma área restrita. Nem pisco, com medo de ele perceber minha presença e saber que tem uma testemunha. Vários segundos se passam com ele encostando a garrafa na cara que nem uma compressa, de olhos fechados, o sol o iluminando como se ele fosse um escolhido. Ele dá outro gole, abre os olhos e vira o rosto na minha direção.

Levanto os braços para me proteger de seu olhar ao mesmo tempo que ele recua, assustado.

— Nossa Senhora! — exclama. — De onde é que você apareceu?

Fico sem palavras.

Ele se recompõe rápido.

— Você me deu um susto do cacete, colega — diz.

Então ele ri e soluça, tudo ao mesmo tempo. Depois olha de mim para o bloco com o desenho encostado na parede. Ele tampa a garrafa.

— O gato comeu sua língua? Ou, peraí... existe essa expressão aqui?

Faço que sim.

— Legal. Bom saber. Faz poucos meses que cheguei — diz e se levanta, se apoiando na parede. — Então vai, me mostra — pede e vem andando meio cambaleante.

Então puxa um cigarro do maço no bolso do roupão. De repente, parece que a tristeza dele evaporou. Noto uma coisa impressionante.

— Seus olhos são de cores diferentes. — Deixo escapar.

Que nem um husky siberiano!

— Genial. Ele fala! — exclama, sorrindo de um jeito que o caos volta a dominar o rosto dele.

Ele acende o cigarro, traga profundamente e faz a fumaça sair do nariz que nem um dragão. Então aponta para os olhos e diz:

— Heterocromia ocular. Infelizmente me faria ser jogado na fogueira junto com as bruxas.

Quero dizer que é um negócio absurdamente maneiro, mas lógico que não digo. Só consigo pensar que vi ele pelado, que vi *ele*. Torço para meu rosto não estar tão vermelho quanto está quente. Ele aponta para o meu bloco.

— Posso?

Hesito, com medo de ele olhar.

– Vai, deixa eu ver – insiste ele, fazendo sinal para o bloco.

Ele fala como se estivesse cantando. Pego o bloco e entrego a ele, com vontade de explicar a posição de polvo que tive que ficar sustentando porque não tenho cavalete, dizer que mal olhei para o desenho na hora, justificar que sou um porcaria. Que meu sangue não brilha. Acabo engolindo tudo isso, não digo nada.

— Muito bem — diz ele, entusiasmado. — Muito, muito bem. — Ele parece sincero. — Não tinha dinheiro para o curso de verão? — pergunta.

— Eu não estudo aqui.

— Pois devia estudar — diz ele, o que só deixa meu rosto mais quente ainda.

Ele apaga o cigarro no muro, fazendo voar uma chuva de fagulhas. Ele definitivamente não é daqui. Estamos na época das queimadas. Está tudo prestes a pegar fogo.

— Vou ver se consigo trazer um cavalete pra você no próximo intervalo.

Ele esconde o saco com a garrafa perto de uma pedra. Depois levanta a mão e aponta o indicador para mim.

— Se você não contar, eu também não conto — acrescenta, como se agora fôssemos aliados.

Faço que sim, sorrindo. Ingleses não são nada babacas! Vou me mudar para a Inglaterra. William Blake era britânico. Francis Bacon, o pintor mais maneiro de todos, também. Fico vendo ele ir embora, o que demora uma vida por causa daquele ritmo preguiçoso dele, e fico com vontade de dizer mais alguma coisa, mas não sei o quê. Antes de ele virar a esquina, tenho uma ideia.

— Você é artista?

— Sou um desastre, isso, sim — diz, se encostando na parede para conseguir se equilibrar. — Um desastre do cacete. O artista aqui é você, colega.

Depois disso ele vai embora.

Pego o bloco e olho o desenho que fiz dele, os ombros largos, a cintura fina, as pernas compridas, o caminho de pelos na barriga que desce, desce, desce.

— Sou um desastre do cacete — digo em voz alta com aquele sotaque borbulhante, zonzo de alegria. — Sou um artista do cacete, colega. Um desastre do cacete.

Repito mais algumas vezes, cada vez mais alto e entusiasmado, até notar que estou falando com sotaque inglês para um monte de árvores e voltar para meu canto.

Na sessão seguinte, ele olha bem para mim algumas vezes e me dá uma piscadinha, porque agora somos cúmplices! E, no intervalo seguinte, ele traz um cavalete *e* um banquinho para eu poder enxergar melhor. Monto tudo — é perfeito — e me recosto na parede ao lado dele enquanto ele fuma e bebe direto no gargalo. Eu me sinto supermaneiro, como se estivesse de óculos escuros, mesmo que não esteja. Somos amigos, somos *colegas*, só que dessa vez ele não me fala nada, nada mesmo, e seus olhos estão turvos e enevoados. Parece que ele está derretendo, virando uma poça.

— Tá tudo bem? — pergunto.

— Não — responde ele. — Nem um pouco.

Então ele joga o cigarro na grama seca antes de se levantar e ir embora aos tropeços, sem nem virar para trás ou se despedir. Apago o incêndio que ele começou, tão desanimado agora quanto antes estava empolgado.

Com o banquinho novo, enxergo até os pés de todo mundo, então testemunho todos os detalhes do que acontece a seguir. O professor recebe o modelo na porta e faz sinal para ele ir para o corredor. Quando o inglês volta, está de cabeça baixa. Ele vai até a área reservada e, quando reaparece, vestido, parece ainda mais perdido e desnorteado do que no intervalo. Ao sair, não olha nem para os alunos nem para mim.

O professor explica que ele estava embriagado e não vai mais ser modelo da EAC, porque a EAC tem política de tolerância zero, blá-blá-blá.

Ele manda terminarmos os desenhos de memória. Espero um pouco para ver se o cara inglês vai voltar, pelo menos para buscar a garrafa. Como ele não volta, escondo o cavalete e o banquinho em uns arbustos, já me preparando para a semana que vem, e volto para casa pelo bosque.

Depois de caminhar um pouco, vejo o garoto do telhado encostado numa árvore, com o mesmo sorriso, o mesmo chapéu verde agora girando na mão. O cabelo dele é uma fogueira de luz branca.

Pisco, porque, às vezes, eu vejo coisas.

Continuo piscando. Até que, para confirmar sua existência, ele fala.

— Como foi a aula? — pergunta, como se não fosse a coisa mais esquisita do mundo ele estar aqui, como se não fosse a coisa mais esquisita eu fazer aula de desenho fora da sala de aula, em vez de dentro, como se não fosse a coisa mais esquisita não nos conhecermos e, ainda assim, ele sorrir para mim como se me conhecesse, e, acima de tudo, como se não fosse a coisa mais esquisita ele ter me seguido, porque não há outra explicação para ele estar aqui na minha frente.

Como se estivesse escutando meus pensamentos, ele diz:

— Eu te segui, sim, cara, queria dar uma olhada nesse bosque, mas também me ocupei com minhas paradas.

Ele aponta para uma mala aberta, cheia de pedras. Ele coleciona pedras? E anda com uma mala cheia por aí?

— Minha bolsa de meteoritos ainda está encaixotada — acrescenta ele e faço que sim, como se a resposta explicasse alguma coisa.

Meteoros não vivem no céu, e não no chão? Olho melhor para ele. É um pouco mais velho que eu, ou pelo menos mais alto e maior. Percebo que não faço a menor ideia de que cor usaria para os olhos dele. Nem a mais vaga noção. Hoje definitivamente é o dia das pessoas de olhos supremamente excelentes. Os dele são de um castanho claríssimo, praticamente amarelo, ou talvez cobre, misturado com verde. Mas só dá para ver as cores em vislumbres, porque ele estreita bem os olhos, o que fica maneiro na cara. Talvez ele não seja um tigre-de-bengala afinal de contas...

— Olhar não tira pedaço — diz ele.

Olho para baixo, envergonhado, um mijão de baleia total, sentindo o pescoço vermelho e coçando. Começo a montar com a ponta do pé uma pirâmide de agulhas de pinheiro.

— Bom, você deve ter se acostumado, de tanto olhar pra aquele cara bêbado hoje — comenta ele.

Eu ergo o rosto. Ele estava me espionando esse tempo todo? Ele olha meu bloco, curioso.

— Ele estava pelado? — pergunta, respirando fundo, e sinto um nó no estômago.

Tento manter a expressão calma. Penso nele me vendo olhar os carregadores, nele me seguindo até aqui. Ele volta a olhar meu bloco. Será que ele quer que eu mostre os desenhos do inglês pelado? Acho que sim. E eu quero. Muito. Uma onda de calor, bem mais intensa do que antes, me percorre. Acho que fui sequestrado e não controlo mais meu cérebro. São aqueles olhos estranhos, cor de cobre, que ele fica estreitando. Estão me hipnotizando. Até que, finalmente, ele sorri, mas só com metade da boca, e reparo que os dentes da frente são meio separados, o que também é muito maneiro. Ele diz, com voz de quem está dando risada:

— Olha, cara, eu não faço ideia de como voltar pra casa. Tentei e acabei parando aqui de novo. Estava esperando você me dar uma ajuda.

Ele coloca o chapéu.

Aponto na direção em que devemos ir e forço meu corpo sequestrado a começar a se mexer. Ele fecha a mala cheia de pedras (oi?), pega a alça e me acompanha. Tento não olhar para ele enquanto andamos. Quero me livrar dele. Acho. Fico de olho nas árvores. As árvores são seguras.

E quietas.

E não querem que eu mostre os desenhos de gente pelada no bloco!

O caminho é longo, a maior parte uma ladeira, e a cada minuto a luz do sol vai ficando mais fraca no bosque. Ao meu lado, com a mala de pedras, que deve estar pesada, porque ele fica mudando de um braço para o outro, o garoto vem quicando com o chapéu na cabeça, como se tivesse molas nas pernas.

Depois de um tempo, as árvores me ajudam a voltar para dentro do corpo.

Ou talvez quem ajude seja ele.

Porque, na verdade, caminhar com ele não é horrível nem nada.

Ele talvez até tenha uma parada de Campo de Calma — talvez emita pelo dedo —, porque, é, estou relaxado, tipo, absurdamente relaxado, que nem manteiga esquecida fora da geladeira. Que bizarrice.

Ele para várias vezes para pegar pedras, examiná-las e jogá-las de volta no chão ou enfiá-las no bolso do moletom, que está começando a pesar. Espero ele fazer isso, com vontade de perguntar o que está procurando. Com vontade de perguntar por que ele me seguiu. Com vontade de perguntar sobre o telescópio e se ele vê estrelas de dia. Com vontade de perguntar de onde ele veio, como ele se chama, se ele surfa, quantos anos ele tem e onde vai estudar ano que vem. De vez em quando tento formar uma pergunta que soe casual ou normal, mas as palavras acabam entaladas na garganta, sem sair da boca. Por fim, desisto e pego meus pincéis invisíveis para pintar em pensamento. É então que passa pela minha cabeça que talvez as pedras sirvam de peso para ele não sair flutuando...

Andamos e andamos sob o crepúsculo cinza, e então a floresta começa a adormecer: as árvores se deitam lado a lado, o riacho para de correr, as plantas afundam na terra, os bichos trocam de lugar com as sombras, e nós fazemos o mesmo.

Quando saímos da floresta e chegamos à nossa rua, ele dá meia-volta.

— Puta que pariu! Nunca passei tanto tempo sem falar. Tipo, na vida toda! Foi que nem prender a respiração! Eu estava competindo comigo mesmo. Você é sempre assim?

— Assim como? — pergunto, rouco.

— Cara! — exclama ele. — Sabia que essas foram as primeiras palavras que você disse?

Eu não sabia.

— Nossa. Você é tipo o Buda, sei lá. Minha mãe é budista. Ela vai para uns retiros de silêncio. Ela devia é andar com você. Ah, é, isso sem contar o "Sou um artista do cacete, colega. Um desastre do cacete".

Ele diz essa última parte com sotaque inglês, e cai na gargalhada.

Ele me escutou! Falando com as árvores! Tanto sangue jorra para minha cabeça que talvez ela acabe rolando para fora do pescoço. Todo o silêncio da caminhada escapa dele aos borbotões, e dá para ver que ele é de rir muito, porque a gargalhada o invade tranquilamente, ilumina ele inteiro e, mesmo que esteja rindo de mim, me faz sentir bem, aceito, e meio zonzo, porque a gargalhada também começa a fervilhar dentro de mim. Assim, foi absurdamente hilário eu tagarelar sozinho com aquele sotaque inglês. Ele volta a dizer, com o sotaque carregadíssimo:

— Sou um artista do cacete.

E eu respondo:

— Um desastre do cacete, colega.

Nesse momento alguma coisa cede e eu caio na gargalhada, e ele repete a frase, e eu repito também, até acabarmos os dois rindo até não aguentar mais, aquele tipo de risada que faz a gente dobrar o corpo e tudo, e levamos uma vida para nos acalmar porque, sempre que um para de rir, o outro diz "Sou um desastre do cacete, colega" e tudo volta à estaca zero.

Quando finalmente nos recuperamos, percebo que não faço a menor ideia do que acabou de acontecer comigo. Nunca nada assim me aconteceu antes. Parece que voei, sei lá.

Ele aponta para o meu bloco.

— Então imagino que você só fique falando aí, né?

— Tipo isso — digo.

Estamos parados debaixo de um poste de luz e tento não ficar encarando tanto ele, mas é difícil. Queria que o relógio do mundo emperrasse só para eu poder olhá-lo pelo tempo que quisesse. Tem alguma coisa acontecendo na cara dele agora, uma coisa muito brilhante tentando escapar — uma represa contendo uma muralha de luz. A alma dele pode ser um sol. Nunca conheci ninguém com alma de sol.

Fico querendo dizer mais alguma coisa para ele não ir embora. Estou me sentindo *tão* bem, aquele tipo de bem verde e frondoso.

— Eu costumo pintar em pensamento — digo. — Fiz isso o caminho todo.

Nunca contei isso para ninguém, nem para Jude, e não sei por que estou contando agora para ele. Nunca deixei ninguém entrar no museu invisível.

— O que você estava pintando?

— Você.

A surpresa faz ele arregalar os olhos. Eu não devia ter dito isso. Não foi de propósito, só escapou. Agora o ar está todo elétrico e o sorriso dele sumiu. A poucos metros daqui, minha casa é um farol. Quando vejo, já estou disparando pela rua com um nó na garganta, uma sensação incômoda de que estraguei tudo — tipo aquela última pincelada que *sempre* destrói a pintura. Ele provavelmente vai tentar me jogar do Pico do Diabo com Fry amanhã. Provavelmente vai pegar aquelas pedras e...

Quando chego à porta de casa, escuto:

— E como eu saí na pintura?

Ele fala com um tom de voz curioso, sem nem um pingo de babaquice.

Eu me viro. Ele se afastou da luz. Só consigo ver uma silhueta sombreada na rua. Foi assim que ele se saiu na pintura: flutuando no ar, bem acima da floresta adormecida, o chapéu verde girando a alguns metros da cabeça. Na mão, segurava a mala aberta, da qual derramava um céu cheio de estrelas.

Mas não posso contar isso para ele — como contaria? —, então dou meia-volta, subo correndo os degraus, abro a porta e entro sem olhar para trás.

No dia seguinte, Jude me chama do corredor, o que significa que está prestes a invadir meu quarto. Viro a página do caderno, porque não quero que ela veja o que eu estava desenhando: a terceira versão do garoto de olhos de cobre, que coleciona pedras, observa estrelas e ri descontroladamente, flutuando no céu com o chapéu verde e a mala cheia de estrelas. Finalmente acertei perfeitamente a cor, além do franzido das sobrancelhas, tanto que os olhos dele na imagem me dão aquela mesma sensação de ter sido sequestrado de quando vi seus olhos na vida real. Quando acertei, fiquei tão empolgado que precisei dar umas cinquenta voltas na minha cadeira só para me acalmar.

Pego um giz pastel e finjo estar trabalhando em um retrato do inglês pelado que, na verdade, já acabei ontem. Fiz em estilo cubista para a cara dele parecer ainda mais um reflexo no espelho quebrado. Jude entra cambaleando, de salto alto e um vestidinho azul minúsculo. Ela e nossa mãe não param de brigar por causa do que ela anda querendo vestir, que é pouca coisa. O cabelo dela está balançando para lá e para cá, que nem cobra. Quando está com o cabelo assim, molhado, ela normalmente perde aquele brilho de conto de fadas e parece mais comum, gente como a gente, mas hoje, não. Ela está toda maquiada. Anda brigando com nossa mãe por isso também. E por ela chegar depois da hora, ser respondona, bater a porta com força, ficar mandando mensagens para garotos de fora da escola, surfar com os surfistontos mais velhos, pular do Mergulho do Morto — o ponto mais assustador e alto da região —, querer dormir quase toda noite na casa de alguma vespa, torrar a mesada num batom chamado Quase Fervendo, sair de fininho pela janela do quarto. Basicamente tudo. Ninguém me perguntou nada, mas eu acho que ela virou BelzeJude e quer que todos os garotos de Lost Cove a beijem porque nossa mãe esqueceu de olhar o caderno dela naquele dia no museu.

E porque a gente acabou deixando ela para trás. Foi na exposição do Jackson Pollock. Eu e nossa mãe passamos uma eternidade na frente do quadro *One: Number 31, 1950* — porque, né, puta merda! — e, quando saímos do museu, a teia de aranha brilhante de Pollock ainda estava em volta da gente, das pessoas na calçada, dos prédios, de toda nossa conversa sem fim no carro sobre a técnica do pintor, e só na metade da ponte percebemos que Jude não estava ali.

— Aimeudeus, aimeudeus, aimeudeus. — Minha mãe foi dizendo o caminho todo de volta, com o pé no acelerador.

Meus órgãos todos saíram do corpo. Quando chegamos ao museu, cantando pneu, Jude estava sentada na calçada com a cabeça escondida entre os joelhos. Parecia um papel amassado.

A verdade é que eu e minha mãe nos acostumamos a não reparar nela quando estamos nós três.

Jude vem carregando uma caixa, que deixa na cama, e para atrás de mim, sentado à mesa, e olha por cima do meu ombro. Uma corda de cabelo molhado cai no meu pescoço. Eu tiro com um peteleco.

A cara do inglês pelado tá ali no papel olhando para a gente. Eu queria capturar aquela vibe meio doidona e descolada que ele tinha antes de ser atropelado pela tristeza, então fui bem mais abstrato do que o normal. Ele provavelmente nem se reconheceria, mas deu certo.

— Quem é esse? — pergunta ela.

— Ninguém.

— Sério, quem é? — insiste.

— Só uma pessoa que eu inventei — digo, tirando do meu pescoço outro rabo de esquilo ensopado.

— Não é, não. Ele existe. Sei que você está mentindo.

— Não estou, Jude. Juro.

Não quero contar. Não quero dar ideia. E se ela também começar a sair escondida para fazer aulas secretas na EAC?

Ela chega perto de mim e se debruça na mesa para olhar melhor o desenho.

— Queria que ele existisse — diz. — Ele é *tão* maneiro. É tão... Sei lá... Tem alguma coisa...

Que estranho. Ela nunca mais respondeu assim a ver minhas coisas. Normalmente reage como se tivesse comido cocô. Ela cruza os braços, esmagando tanto os peitos que parece uma fúria de titãs.

— Me dá?

Fico chocado. Ela nunca me pediu um desenho. Sou horrível em dar meus desenhos.

— Pelo sol, pelas estrelas, pelos oceanos e por todas as árvores, eu posso pensar no caso — digo, sabendo que ela nunca vai concordar com isso.

Ela sabe como eu quero o sol e as árvores. Estamos dividindo o mundo desde os cinco anos. No momento, estou arrasando — pela primeira vez, a dominação universal está ao meu alcance.

— Tá de brincadeira? — pergunta ela, se empertigando.

Me irrita que ela esteja ficando alta assim. Parece que estica durante a noite.

— Assim eu só vou ficar com as flores, Noah — insiste.

Tá bom, eu penso. Ela nunca vai topar. Está resolvido. Mas não está. Ela estica a mão e levanta o bloco, admirando o retrato como se esperasse o inglês falar com ela.

— Tá bom — diz. — Árvores, estrelas, oceanos. Eu topo.

— E o sol, Jude.

— Ah, tudo bem — diz ela, me surpreendendo totalmente. — Já que você quer tanto, eu te darei o sol.

— Agora fiquei com praticamente tudo! — exclamo. — Você perdeu a noção!

— Mas eu fiquei com *ele*.

Ela arranca com cuidado o inglês do bloco, felizmente sem notar o desenho por baixo, e o leva consigo até a cama, onde se senta.

— Chegou a ver aquele garoto novo? — pergunta ela. — Ele é *tão* bizarro.

Olho para meu caderno, onde o bizarro explode em uma erupção de cores no quarto.

— Ele usa um chapéu verde com pena, é *mega* tosco — diz, e ri daquele jeito novo e horrível, estridente. — É. Acho que ele é até mais esquisito que você.

Ela para de falar. Espero, torcendo para ela voltar a ser minha irmã, como era antes, em vez de essa nova versão vespa.

— Bom, mais esquisito que você não deve ser — continua.

Eu me viro. As antenas estão balançando para lá e para cá na testa dela. Ela veio me matar a picadas.

— Não tem *ninguém* mais esquisito que você — conclui.

Uma vez vi na televisão umas formigas malaias entrando em combustão sob ameaça. Elas esperam os inimigos (vespas, por exemplo) chegarem bem perto, e detonam a si mesmas que nem uma bomba envenenada.

— Sei lá, Noah. Bzzz. Bzzz. Bzzz.

Ela não para. Começo a contagem regressiva da detonação. Dez, nove, oito, sete...

— Você tem que ser tão, bzzz, bzzz, bzzz, tão *você* o tempo todo? É...

Ela deixa o resto da frase no ar.

— É o quê? — pergunto, quebrando meu giz ao meio, estalando que nem um pescoço.

Ela levanta as mãos.

— É o maior *mico*, tá legal?

— Pelo menos continuo sendo eu.

— Como assim? — E aí acrescenta, agora mais na defensiva: — Não tem nada de errado comigo. Não tem problema nenhum em ter outros amigos. Amigos que não sejam você.

— Eu também tenho outros amigos — digo, olhando o bloco.

— Ah, é? Quem? Quem é seu amigo? Amigos imaginários não contam. Nem os que você desenha.

Seis, cinco, quatro... o que não sei é se as formigas malaias se matam no processo de aniquilar os inimigos.

— Bom, o garoto novo, por exemplo — digo, e meto a mão no bolso para apertar a pedra que ele me deu. — E ele não é esquisito.

Mas é, sim! Ele tem uma mala de pedras!

— Ele é seu amigo? Até parece — diz ela. — Como ele se chama, se vocês são tão amigos?

Vixe, aí temos um problema.

— Imaginei — solta ela.

Não suporto Jude. Sou *alérgico* a ela. Olho para o pôster de Chagall na parede e tento mergulhar no sonho espiralado. A vida real é uma porcaria. Também sou alérgico a ela. Ficar rindo com o garoto novo não pareceu parte da vida real. Nem um pouco. Estar com Jude também não parecia, antigamente. Agora parece o pior tipo de vida, cheio de sufoco, como se eu estivesse lambendo a privada. Quando Jude volta a falar, logo depois, está com a voz tensa e afiada.

— O que você esperava, também? Tive que fazer amizade com outras pessoas. Você só fica escondido nesse quarto, com esse monte de desenho tosco, obcecado por aquela escola idiota com a mamãe.

Desenho *tosco*?

Lá vou eu. Três, dois, um: detono a única bomba que tenho.

— Você só está com ciúme, Jude — digo. — Você sente inveja o tempo todo.

Viro a folha do bloco e pego um lápis para começar a desenhar (RETRATO: *Minha irmã vespa*), não: (RETRATO: *Minha irmã aranha*), melhor, cheia de veneno, se esgueirando pelo escuro com suas oito patas peludas.

Quando o silêncio entre nós está praticamente acabando com meu ouvido, me viro para olhá-la. Ela me encara com aqueles olhos azuis e arregalados. A vespa saiu dela aos zumbidos. E não tem nada de aranha ali.

Eu solto o lápis.

Então ela diz, tão baixinho que mal escuto:

— Ela também é minha mãe. Por que você não pode dividir?

A pancada de culpa me atinge em cheio. Me viro para o Chagall, implorando para ele me engolir, por favor, bem quando nosso pai aparece na porta. Está com uma toalha pendurada no pescoço, o peito bronzeado, sem camisa. O cabelo também está molhado — ele e Jude devem ter ido nadar juntos. Eles fazem tudo juntos hoje em dia.

Ele inclina a cabeça, em dúvida, como se visse patas e entranhas de inseto pelo quarto.

— Tudo bem aí, galera?

Nós dois fazemos que sim. Nosso pai apoia as mãos no batente, uma de cada lado, preenchendo a entrada toda, preenchendo os Estados Unidos todos. Como posso odiá-lo e querer ser mais que nem ele, tudo ao mesmo tempo?

Eu nem sempre quis que um prédio desabasse em cima dele. Quando éramos pequenos, eu e Jude ficávamos sentados na praia que nem patinhos, os patinhos *dele*, esperando e esperando ele acabar de nadar e sair da espuma branca que nem Poseidon. Ele se erguia na nossa frente, tão colossal que chegava a eclipsar o sol, e sacudia a cabeça para gotinhas d'água caírem na gente que nem chuva salgada. Ele me pegava primeiro, me colocava sentado num ombro e puxava Jude para sentar no outro. Ele ia com a gente assim até o topo do penhasco, deixando todas as outras crianças com seus pais fracotes na praia morrendo de inveja.

Mas isso foi antes de ele perceber quem eu era. Isso aconteceu no dia em que ele deu meia-volta na praia e, em vez de começar a subir o penhasco, nos levou, sentados no ombro dele, de volta para o mar. A água estava agitada, espumando, e, enquanto avançávamos, as ondas vinham de todos os lados. Fui agarrado ao braço dele, que me cercava com firmeza, e me sentia seguro porque meu pai estava no comando, e era a mão dele que todo dia levantava o sol e toda noite o abaixava de volta.

Ele nos mandou pular.

Achei ter escutado errado até ver Jude, com um gritinho animado, voar do ombro dele, sorrindo que nem uma desvairada até o mar a engolir, e ainda sorrindo ao surgir na superfície da água, onde ficou boiando que nem uma maçã feliz, balançando as pernas, se lembrando de tudo que tínhamos aprendido na aula de natação enquanto eu, ao sentir meu pai soltar o braço, segurei a cabeça dele, o cabelo, a orelha, as costas escorregadias, sem ter onde me apoiar.

— Nesse mundo, ou se nada ou se afunda, Noah — disse ele, muito sério, e então o cinto firme que era seu braço virou um estilingue que me arremessou na água.

Eu afundei.

Até.

Lá.

Embaixo.

(AUTORRETRATO: *Noah e os pepinos-do-mar*)

A primeira bronca do Guarda-Chuva Empenado aconteceu naquela noite. Você precisa ter coragem mesmo quando estiver com medo, ser homem é assim. Depois vieram outras broncas: você precisa se impor, sentar direito, levantar a cabeça, brigar com vontade, entrar no jogo, me olhar nos olhos, pensar antes de falar. Se você não fosse gêmeo da Jude, eu acharia que você nasceu por parteno-sei-lá-o-quê. Se não fosse a Jude, você viraria picadinho naquele campo de futebol. Se não fosse a Jude. Se não fosse a Jude. Não te incomoda que uma garota tenha que comprar suas brigas? Não te incomoda ser o último escolhido para todo time? Não te incomoda viver sozinho? Não te incomoda, Noah? Não? Não?

Tá, já deu. Cala a boca! Incomoda, sim.

Você tem que ser tão você o tempo todo, Noah?

Agora o time é deles, não meu e de Jude. Então dane-se. Por que eu dividiria nossa mãe?

— Hoje, com certeza — Jude está dizendo para nosso pai.

Ele sorri como se ela fosse um arco-íris, depois entra no quarto batendo os pés e me dá um tapinha carinhoso na cabeça que quase me causa uma concussão.

Lá fora, Profeta tagarela:

— Onde o Ralph se meteu? Onde o Ralph se meteu?

Meu pai finge que está esganando Profeta, e me diz:

— Que tal cortar esse cabelo aí? Esse cabelão escuro está um negócio bem pré-rafaelita.

Como minha mãe é supercontagiante, até ele, por mais babaca que seja, entende muito de arte, ou pelo menos o bastante para me ofender.

— Eu amo pinturas pré-rafaelitas — resmungo.

— Amar as pinturas e parecer um modelo delas não é a mesma coisa, né, parceiro?

Outra manzorra na minha cabeça, outra concussão.

Quando ele vai embora, Jude diz:

— Eu gosto do seu cabelo comprido.

E, de algum modo, isso varre de uma vez toda a nojeira entre a gente, inclusive meus pensamentos malvados de barata. Numa voz alegre, mas hesitante, ela pergunta:

— Quer brincar?

Me viro para ela, lembrando outra vez que fomos feitos juntos, célula por célula. Fizemos companhia um ao outro antes mesmo de termos olhos ou mãos. Antes até de entregarem nossa alma.

Ela tira um tabuleiro da caixa que trouxe.

— Que isso? — pergunto.

— Onde o Ralph se meteu? Onde o Ralph se meteu? — questiona Profeta de novo, ainda frenético.

Jude se debruça na janela ao lado da cama e berra:

— Foi mal, Profeta, ninguém sabe!

Eu não sabia que ela também falava com Profeta. Dou um sorriso.

— É uma tábua Ouija — diz. — Encontrei no quarto da vovó. Eu e ela usamos uma vez. A gente pode perguntar coisas e a tábua traz as respostas.

— Respostas de quem? — pergunto, mesmo achando que já vi isso em algum filme.

— Você sabe. Dos espíritos.

Ela sorri e arqueia as sobrancelhas de um jeito exagerado. Sinto minha boca se curvar em um sorriso. Quero tanto estar no time da Jude de novo! Quero que as coisas entre nós voltem ao normal.

— Tá — digo. — Pode ser.

Ela fica radiante.

— Vamos lá.

E é como se aquela conversa horrível, nojenta e idiota nem tivesse acontecido, como se não tivéssemos acabado de explodir em pedacinhos. Como as coisas podem mudar tão rápido?

Ela me mostra como funciona, me ensina a segurar o ponteiro bem suavemente para as mãos do espírito irem guiando a minha para as letras ou o "sim" e o "não" escritos no tabuleiro.

— Vou fazer uma pergunta — diz ela, fechando os olhos e estendendo os braços, como se fosse ser crucificada.

Caio na gargalhada.

— E o esquisito sou eu? Jura?

Ela abre um olho.

— É assim que se faz, juro. A vovó me ensinou — diz, e fecha o olho. — Legal, espíritos. Minha pergunta é a seguinte: M. me ama?

— Quem é M.? — pergunto.

— Só alguém.

— Michael Stein?

— Eca, que nojo!

— Nem Max Fracker?

— Nossa, não!

— Então quem é?

— Noah, os espíritos não vão aparecer se você ficar interrompendo. Não vou dizer quem é.

— Tá — digo.

Ela abre os braços e repete a pergunta para os espíritos, depois leva as mãos ao ponteiro.

Eu também posiciono as minhas. O ponteiro corre para o *não*. Acho que fui eu que empurrei.

— Você trapaceou! — grita ela.

Da próxima vez eu não trapaceio, mas ainda assim vai para o *não*. Jude fica supremamente incomodada.

— Vamos tentar de novo.

Dessa vez dá para notar que ela empurra para o *sim*.

— Agora foi *você* que trapaceou — digo.

— Tá, de novo.

Vai para o *não*.

— Última vez — insiste ela.

Não.

Ela suspira.

— Tá, agora você pergunta.

Fecho os olhos e pergunto em silêncio: Vou passar para a EAC ano que vem?

— Em voz alta — diz ela, já sem paciência.

— Por quê?

— Porque os espíritos não escutam dentro da sua cabeça.

— E como você sabe?

— Só sei. Agora fala. E não esquece os braços.

— Tá bom — digo, abrindo os braços como se estivesse na cruz. — Vou passar para a EAC ano que vem?

— Que pergunta inútil. Lógico que você vai passar.

— Preciso ter certeza.

Faço ela repetir mais de dez vezes. Vai sempre para o *não*. Até que ela finalmente vira o tabuleiro.

— Isso é besteira — diz, mas sei que ela não acredita nisso.

M. não a ama e eu não vou passar para EAC.

— Vamos perguntar se você vai passar — digo.

— Que bobagem. Não vou passar de jeito nenhum. Não sei nem se vou me inscrever. Quero estudar na Roosevelt, que nem todo mundo. Eles têm um time de natação.

— Por favor — insisto.

Vai para o *sim*.

De novo.

E de novo.

E de novo.

Não aguento ficar nem mais um minuto deitado assim, acordado, então me visto e subo até o telhado para ver se o garoto novo está no telhado dele também. Ele não está, e nem é nada tão surpreendente, até porque ainda nem deu seis da manhã e mal tem luz, mas, enquanto me revirava na cama que nem um peixe no anzol, não conseguia parar de pensar que ele também estava acordado, que estava no alto do telhado dele jogando raios elétricos com os dedos que atravessavam o meu telhado e me acertavam, e esse era o motivo de eu não estar conseguindo pegar no sono. Mas me enganei. Estou sozinho aqui, com a lua idiota começando a desaparecer e todas as gaivotas barulhentas dos arredores dando uma passadinha em Lost Cove para um show na alvorada. Nunca estive fora de casa tão cedo, nunca percebi como era barulhento. Também nunca percebi como o clima era pesado, é no que penso enquanto observo todos aqueles velhos encolhidos e cinzentos disfarçados de árvores.

Eu me sento, abro o bloco numa página nova e tento desenhar alguma coisa, mas não consigo me concentrar nem traçar uma linha decente. Foi a tábua Ouija. E se ela estiver certa, e Jude entrar na EAC, e eu não? E se eu tiver que estudar na Roosevelt com três mil clones lambedores de privada do Franklyn Fry? E se eu for um péssimo pintor? E se minha mãe e o sr. Grady só tiverem pena de mim? Porque eu sou o maior *mico*, como a Jude diz. Como pensa meu pai. Escondo o rosto entre as mãos e sinto o calor da pele nas palmas, me lembrando do que aconteceu no bosque com Fry e Zephyr no inverno.

(AUTORRETRATO, SÉRIE: *Guarda-chuva Empenado nº 88)*

Ergo o rosto e olho para o telhado do garoto novo. E se ele se der conta de quem eu sou? Um vento frio me atinge como se eu fosse uma sala vazia, e, de repente, me bate a certeza de que tudo vai desandar e que estou ferrado; não só eu, como todo esse mundo cinza, chuvoso e deprimente.

Eu me deito de barriga para cima, estico os braços o máximo possível e sussurro:

— Socorro.

Um tempo depois, acordo com o barulho de uma garagem sendo aberta. Me apoio nos cotovelos. O céu ficou azul: *blau*; o mar, mais azul ainda: cerúleo; as árvores são redemoinhos de tudo quanto é verde da terra, além de um amarelo pesado, brilhante, cor de gema se espalhando em cima de tudo. Maravilha. O fim do mundo definitivamente foi cancelado.

(PAISAGEM: *Quando Deus pinta fora da linha*)

Eu me sento e percebo, então, qual foi a garagem que abriu: a *dele*.

Depois de vários segundos que parecem vários anos, ele sai pela garagem. Está com uma bolsa preta atravessada no peito. A bolsa de meteoritos? Ele tem uma bolsa para *meteoritos*. Ele anda por aí carregando pedaços da galáxia numa bolsa. Ai, caramba. Tento estourar o balão que me levanta pelo ar, pensando que não devia ficar tão empolgado só de ver um cara que conheci faz um dia. Mesmo se esse cara andar por aí carregando pedaços da galáxia numa bolsa!

(AUTORRETRATO: *Último vislumbre de garoto e balão soprados em direção ao oeste sobre o Pacífico*)

Ele atravessa a rua até o início da trilha, para onde tivemos aquele ataque de riso, hesita um momento e vira para trás, olhando bem nos meus olhos, como se soubesse que eu já estava aqui, como se soubesse que estou esperando por ele desde que amanheceu. Nossos olhares se cruzam e uma onda de eletricidade corre pela minha espinha. Acho que ele está me mandando ordens telepáticas de segui-lo. Depois de um minuto do tipo de conexão mental que só tive com Jude, ele se vira e entra no bosque.

Queria ir atrás dele. Queria muito, um tanto, um montão, só que não dá, porque meus pés estão cimentados no telhado. Mas por quê? Qual é o problema? Ele me seguiu até a EAC ontem! É normal fazer amizade. Todo mundo faz. Eu também posso fazer. Quer dizer, a gente já é amigo — a gente riu juntos que nem duas hienas. Beleza. Vou lá. Guardo o bloco na mochila, desço a escada e disparo em direção à trilha.

Ele não está lá. Tento escutar passos, mas tudo que escuto é meu coração pulsando nos ouvidos. Sigo em frente e, quando viro a primeira curva, encontro ele ajoelhado, abaixado no chão. Está examinando alguma coisa com uma lupa. Que ideia de jerico foi essa? Nem sei o que dizer para ele. Nem sei o que fazer com as mãos. Preciso voltar para casa. Imediatamente. Começo a recuar de fininho quando ele vira a cabeça e olha para mim.

— Ah, oi — diz, tranquilo.

Ao se levantar, ele larga seja lá o que estava segurando. Na maior parte do tempo, as pessoas não são bem como a gente lembrava quando as vemos outra vez. Mas ele, não. Ele está cintilando no ar, exatamente como eu lembrava. É um show de luzes. Ele vem andando na minha direção.

— Não conheço direito esse bosque — diz. — Estava esperando...

Ele deixa o resto da frase no ar e abre um sorrisinho discreto. Esse cara não tem nada de babaca.

— Como você se chama, afinal? — pergunta.

Ele está ao meu alcance, tão perto que consigo contar quantas sardas tem no rosto. Tenho algum problema nas mãos. Como é que todo mundo parece saber o que fazer com elas? Bolsos, lembro, aliviado, bolsos, eu amo bolsos! Guardo minhas mãos em segurança, evitando olhá-lo nos olhos. Tem alguma coisa nesses olhos. Se precisar olhar para algum lugar, vou olhar para a boca.

Ele não desvia o olhar de mim. Percebo isso mesmo focando completamente na sua boca. Será que ele me perguntou alguma coisa? Acho que sim. Meu QI está despencando.

— Posso tentar adivinhar — diz. — Chuto que é Van, não, já sei, Miles, é, você tem a maior cara de Miles.

— Noah — solto, como se a informação tivesse surgido de repente na minha cabeça. — Eu me chamo Noah. Noah Sweetwine.

Nossa. Senhora. Que mijão.

— Tem certeza?

— Uhum. Absoluta — digo, minha voz soando esganiçada e esquisita.

Minhas mãos agora estão totalmente, completamente enredadas. Bolsos são cadeias para mãos. Liberto elas de lá e as junto que nem pratos de bateria. Jesus amado.

— Ah, e você? — pergunto para a boca dele, lembrando, apesar do meu QI estar se aproximando do estado vegetal, que ele também deve ter nome.

— Brian — diz, e é tudo que diz, porque ele funciona normalmente.

Olhar para a boca dele também é má ideia, especialmente quando ele fala. A língua dele fica indo e voltando para aquele espacinho entre os dentes. Melhor olhar para a árvore.

— Quantos anos você tem? — pergunto para a árvore.

— Quatorze. E você?

— Também — digo.

Ah, não.

Ele faz que sim, acreditando, lógico, porque que motivo eu teria para mentir? Não faço ideia!

— Eu estudo num colégio interno lá no leste — diz. — Vou entrar no segundo ano.

Ele deve ver a cara esquisita que faço para a árvore, porque acrescenta:

— Pulei o jardim de infância.

— Eu estudo na Escola de Artes da Califórnia.

As palavras escapam sem consentimento da minha boca.

Olho de relance para ele. Vejo que está franzindo a testa e só aí lembro: praticamente todas as paredes daquela porcaria de lugar dizem Escola de Artes da Califórnia. Ele me viu fora do prédio, não dentro. Provavelmente me ouviu contar para o inglês pelado que não estudo lá.

Tenho duas opções: ou volto correndo para casa e passo dois meses trancado lá dentro até ele voltar para a escola, ou...

— Eu não estudo lá, não — confesso para a árvore, morto de medo de olhar para ele. — Pelo menos ainda não. Mas quero estudar lá. Tipo, muito. Só consigo pensar nisso, e ainda tenho treze anos. Quase quatorze. Quer dizer, faltam cinco meses. Dia 21 de novembro. Também é aniversário de Magritte, o pintor. Ele que fez aquela pintura da maçã verde bem na frente do rosto de um cara. Você já deve ter visto. E aquela em que o cara tem uma gaiola no lugar do corpo. Supermaneiro e bizarro. Ah, tem também aquela de um pássaro voando, só que as nuvens estão dentro do pássaro, em vez de fora. Mega irado...

Eu me contenho, porque, caramba... e ainda dava para continuar. De repente, não existe nenhuma pintura que eu não queira descrever detalhadamente para esse carvalho.

Eu me viro lentamente para Brian, que está me encarando com aqueles olhos semicerrados, sem dizer nada. Por que ele não diz nada? Será que gastei todas as palavras? Ou está assustado porque eu menti, desmenti e ainda comecei uma aula meio maluca de história da arte?

Por que não fiquei lá no telhado? Preciso sentar. Fazer amizade é estressante para caramba. Engulo em seco umas mil vezes.

Finalmente, ele dá de ombros.

— Legal.

Ele dá um sorrisinho.

— Você é um desastre do cacete, colega — diz, com o sotaque britânico.

— Nem me diga.

Aí nos entreolhamos e caímos na gargalhada, como se fôssemos feitos do mesmo ar.

Depois disso, a floresta, que tinha ficado de fora, se junta a nós. Respiro fundo o perfume do pinheiro e do eucalipto, escuto o canto dos tordos e gaivotas e as ondas quebrando ao longe. Noto três cervos mastigando folhas a poucos metros de onde Brian revira com as duas mãos a bolsa de meteoritos.

— Tem onças-pardas por aqui — digo. — Elas dormem nas árvores.

— Maneiro — diz ele, ainda revirando a bolsa. — Já viu alguma?

— Não, mas já vi lince-pardo. Duas vezes.

— Eu já vi um urso — murmura ele, com os olhos fixos na bolsa.

O que ele está procurando?

— Um urso! Caramba. Eu amo ursos! Foi pardo ou negro?

— Negro — responde ele. — Era uma mãe com dois filhotes. Em Yosemite.

Quero saber de tudo, e estou prestes a desfiar uma série de perguntas, curioso para saber se ele também gosta de programas de animais na televisão, quando parece que ele encontrou o que procurava. Ele exibe uma pedra comum. A expressão que faz é de quem está me mostrando um lagarto-de-gola ou um dragão-marinho-folhado, em vez de um pedação de nada.

— Toma — diz, e põe a pedra na minha mão.

É tão pesada que meu pulso chega a entortar. Seguro com as duas mãos para não deixar cair.

— Essa aqui não tem a menor dúvida. Níquel magnetizado... é uma estrela explodida — continua, e aponta para minha mochila, de onde o bloco de desenhos está escapando. — Pode desenhar.

Olho de volta para o naco preto na minha mão — é uma estrela? — e acho que não tem nada que me pareça mais desinteressante para desenhar, mas respondo:

— Tá legal.

— Excelente — diz ele, e dá meia-volta.

Eu fico ali parado com a estrela na mão, sem saber o que fazer, até que ele se vira e acrescenta:

— E aí, vem comigo ou não? Trouxe uma lupa a mais pra você.

Quando ele diz isso, o chão treme. Ele sabia que eu viria antes mesmo de sair de casa. Ele sabia. E eu sabia. Nós dois *sabíamos.*

(AUTORRETRATO: *Estou de pé na minha cabeça!*)

Ele tira a outra lupa do bolso de trás e me oferece.

— Legal — digo ao alcançá-lo e pegar a lupa.

— Também pode classificar no caderno — diz ele. — Ou desenhar o que encontrarmos. Na real, isso seria maneiro demais.

— O que a gente tá procurando? — pergunto.

— Lixo espacial — responde, como se fosse óbvio. — O céu vive caindo. Direto. Você vai ver. As pessoas nem imaginam.

Não, nem imaginam, porque não são revolucionárias que nem a gente.

Acontece que, horas depois, não encontramos nenhum meteorito, nenhum pedacinho de lixo espacial, mas não estou nem aí. Em vez de classificar, seja lá o que seja isso, passei a maior parte da manhã largado no chão de barriga para baixo, usando a lupa para examinar lesmas e besouros enquanto Brian enchia minha cabeça de bobajada intergaláctica e dava voltas ao meu redor, investigando o chão da floresta com seu ancinho magnético — pois é, um ancinho magnético que ele mesmo fabricou. Ele é a pessoa mais irada do mundo.

Ele também é viandante, sem dúvida. Não que ele tenha vindo de outro plano da realidade, que nem minha mãe, mas provavelmente de algum exoplaneta (acabei de aprender essa palavra) com seis sóis. Isso explica tudo: o telescópio, essa busca alucinada por pedaços da terra natal, o discurso de Einstein sobre gigantes vermelhas e anãs brancas e amarelas (!!!!), que comecei a desenhar imediatamente, além dos olhos hipnotizantes e o jeito de ele me fazer gargalhar, como se eu fosse uma pessoa de pele num tamanho ideal, cheia de amigos, que sabe exatamente quando dizer *cara* ou *mano*. Ah, para completar: o Campo de Calma é real. Beija-flores voam devagarinho ao redor dele. Frutas caem das árvores e vão direto para suas mãos. Isso sem contar as sequoias murchas, penso, olhando para cima. E eu. Nunca me senti tão relaxado. Não paro de esquecer meu corpo, e preciso voltar para buscá-lo.

(RETRATO, AUTORRETRATO: *O garoto que viu o garoto hipnotizar o mundo*)

Compartilho minha teoria de viandantes com ele quando estamos sentados em um escorrega de ardósia na beira do riacho, a água passando lentamente por nós, como se estivéssemos em um barco.

— Mandaram muito bem te preparando para se passar por terráqueo — digo.

Ele abre um meio sorriso. Noto uma covinha que ainda não tinha reparado, no alto da bochecha.

— Pode crer — responde. — Me prepararam bem. Até beisebol eu jogo.

Ele joga uma pedrinha na água. Fico observando-a afundar. Ele arqueia a sobrancelha.

— Já você… — comenta.

Pego uma pedrinha e jogo no mesmo lugar em que a dele desapareceu.

— Pois é, não me deram preparação nenhuma. Só me jogaram aqui. Por isso sou tão sem noção.

Falei como uma piada, mas acaba soando sério. Soa sincero. Porque é. Com certeza faltei a aula no dia em que deram todas as informações importantes. Brian lambe o lábio e não responde.

O clima mudou, e não sei por quê.

Por baixo do meu cabelo, eu o observo. Sei, de tanto desenhar as pessoas, que é preciso passar muito tempo olhando para alguém para ver o que está encobrindo, para ver seu rosto interior, e, quando você consegue ver e retratar, é exatamente o que faz as pessoas surtarem, porque o desenho ficou a cara delas.

O rosto interior de Brian está preocupado.

— E aí, aquele desenho... — diz, hesitante.

Ele para e lambe o lábio outra vez. Será que está nervoso? Parece que sim, do nada, mesmo que até agora eu achasse que isso seria impossível. Fico nervoso de achar que ele está nervoso. Ele repete o gesto, lambe o lábio. É isso que faz quando está nervoso? Engulo em seco. Agora espero ele fazer de novo, torço para ele repetir. Será que ele também está olhando minha boca? Não consigo me segurar. Lambo meu lábio do mesmo jeito.

Ele vira o rosto e joga rapidamente umas pedras, com algum movimento biônico do pulso que faz todas as pedrinhas quicarem tranquilamente pela superfície da água. Vejo a veia do pescoço dele pulsando. Vejo ele converter oxigênio em gás carbônico. Vejo ele existir, existir e existir. Será que ele vai concluir a frase? Um dia? Passam mais vários séculos de silêncio, e, enquanto isso, o ar vai ficando mais vivo e elétrico, como se todas as moléculas que antes ele colocou pra dormir estivessem acordando. Até que passa pela minha cabeça que ele está falando do desenho do cara pelado de ontem. É isso? A ideia me atinge que nem um raio.

— Do cara inglês? — pergunto, esganiçado.

Argh, tô falando que nem um insetinho. Queria que minha voz parasse de falhar e mudasse logo de uma vez.

Ele engole em seco e se vira para mim.

— Não, eu queria saber se você chega a fazer de verdade os desenhos que faz em pensamento?

— Às vezes — respondo.

— Bom, e você fez?

O olhar dele me pega desprevenido, me captura numa espécie de rede. Fico com vontade de dizer o nome dele.

— Fiz o quê? — pergunto, enrolando.

Meu coração está dando pirueta. Agora que me toquei de que retrato ele está falando.

— Aquele... — começa ele, lambendo o lábio. — Aquele meu?

Eu me sinto possuído quando corro para pegar o caderno e folheio até encontrá-lo, até encontrar a versão final. Ponho o desenho nas mãos dele e fico observando ele olhar de cima a baixo, de baixo para cima. Estou ardendo em febre, tentando adivinhar se ele gostou. Não dá para saber. Então tento ver o desenho pelos olhos dele e sou tomado por uma sensação de ai-não-por-favor-me-mata. O Brian que desenhei está colidindo a mil por hora com uma parede de magia. Não tem nada a ver com os desenhos que faço das pessoas na escola. Percebo, horrorizado, que não é um desenho de amigo. Estou ficando tonto. Todas as linhas, os ângulos, as cores gritam como gosto dele. Sinto como se tivesse sido preso e embrulhado num plástico. E ele ainda não disse nada. Nadinha!

Queria ser um cavalo.

— Não tem que gostar nem nada — digo, finalmente, tentando puxar o caderno, com a cabeça estourando. — Não é nada de mais. Eu desenho todo mundo — falo, sem conseguir parar. — Desenho tudo. Até besouro rola-bosta e batata e madeira e montinhos de terra e tocos de sequoia e...

— Está de brincadeira? — interrompe ele, e não me deixa pegar o caderno. É a vez dele de ficar vermelho. — Eu gostei à beça. — Ele pausa. Fico observando ele respirar. Está respirando bem rápido. — Tô parecendo até a aurora boreal.

Não sei o que é isso, mas, pelo jeito como ele fala, dá para ver que é uma parada muito legal.

Um circuito se acende no meu peito. Um que eu nem sabia que existia.

— Que bom que não sou um cavalo!

Só percebo que falei em voz alta quando Brian pergunta:

— Como é que é?

— Nada — digo. — Nada.

Tento me acalmar, tento parar de sorrir. O céu sempre teve esse tom de magenta?

Ele está gargalhando, que nem ontem.

— Cara, você é a pessoa mais bizarra que eu já vi. Você acabou de dizer que bom que não é um cavalo?

— Não — digo, tentando não rir, mas não dá muito certo. — Eu disse...

Mas, antes que eu diga mais uma palavra, uma voz interrompe toda essa perfeição.

— Ah, que romântico!

Fico paralisado, pois sei imediatamente de quem é a cabeça de hipopótamo da qual saíram essas palavras babacas cheias de desdém. Juro que esse cara deve ter instalado um rastreador em mim — só pode.

Junto dele vem um grande primata: Pé Grande. Pelo menos não é o Zephyr.

— Pronto para um mergulho, Bolha? — pergunta Fry.

É minha deixa para sair voado para o outro canto do mundo.

A GENTE TEM QUE CORRER, digo telepaticamente a Brian.

Só que, quando olho para ele, vejo que seu rosto se fechou e que fugir não é a praia dele. O que é uma droga *mesmo*. Engulo em seco.

Aí eu urro "Vão tomar no cu, seus sociopatas lambedores de privada!", só que minha voz não sai. Então arremesso uma cordilheira inteira neles. Os dois nem se mexem.

Coloco toda minha energia num único desejo: *Por favor, que eu não seja humilhado na frente de Brian.*

A atenção de Fry se desviou de mim para Brian. Ele abre um sorrisinho.

— Chapéu maneiro.

— Obrigado — responde Brian, calmo, como se fosse dono de todo o ar do Hemisfério Norte.

Ele não é nenhum guarda-chuva empenado, está na cara. Não parece nada assustado com esses chupa-lodo cara de lixo.

Fry arqueia a sobrancelha, transformando sua testa gigantesca e oleosa num mapa topográfico. Brian atiçou o interesse psicopata dele. Maravilha. Dou uma olhada em Pé Grande. O cara é um bloco de concreto com um boné dos Giants. Está com as mãos enfiadas nos bolsos do moletom. Vendo assim, sob o tecido, parecem granadas. Noto a largura do seu pulso direito e reparo que só o punho deve ser do tamanho da minha cara toda. Nunca cheguei a levar um soco, só uns bons empurrões. Imagino a cena, as tintas explodindo da minha cabeça no impacto.

(AUTORRETRATO: *Pow*)

— E aí, as bichinhas estavam fazendo um piquenique? — Fry pergunta a Brian.

Sinto meus músculos enrijecerem.

Brian se levanta devagar.

— Vou te dar uma chance de pedir desculpa — diz para Fry, com a voz fria e calma, enquanto os olhos expressam outra coisa.

A plataforma de pedra deu a ele uns centímetros a mais, então ele olha para todos nós de cima. A bolsa de meteoritos pesa a seu lado. Preciso me levantar, mas não tenho mais perna.

— Desculpa por quê? — pergunta Fry. — Por chamar vocês de bichinhas, suas bichinhas?

Pé Grande ri. A gargalhada faz o chão tremer. Até Taipei.

Vejo que Fry está maravilhado — ninguém desafia ele por aqui, muito menos nós, os otários mais novos que ele chama de bicha e viado e sei lá mais o quê desde que desenvolvemos audição.

— Você acha isso engraçado? — pergunta Brian. — Porque eu não acho.

Ele recua um passo, ficando ainda mais alto. Está virando outra pessoa. Darth Vader, eu acho. O Campo de Calma foi sugado de volta pelo dedo indicador dele, e agora parece mais que ele come fígado humano. Salteado com olhos e dedos do pé.

Ódio emana dele em ondas.

Quero fugir com o circo, mas respiro fundo, me levanto e cruzo os braços, que conseguiram ficar ainda mais magrelos agora há pouco, junto com meu peito recém-afundado. Faço esse gesto do jeito mais ameaçador que consigo, pensando em crocodilos, tubarões e piranhas para me dar coragem. Não adianta. Aí lembro do ratel — proporcionalmente, a criatura mais poderosa da terra! Um assassinozinho peludo improvável. Semicerro os olhos, fecho bem a boca.

E aí acontece o pior. Fry e Pé Grande começam a rir da minha cara.

— Aaaaaah, que medo, Bolha — zoa Fry.

Pé Grande cruza os braços, me imitando, e Fry acha tanta graça que faz a mesma coisa.

Prendo a respiração para não acabar desabando.

— Acho que tá na hora de vocês se desculparem e darem o fora — escuto atrás de mim. — Se não, não me responsabilizo pelo que acontecer depois.

Eu me viro. Ele enlouqueceu? Não notou que tem metade do tamanho do Fry, um terço do Pé Grande? Esqueceu que eu sou eu? Ele lá trouxe uma Uzi, por acaso?

Acima de nós, de pé no alto da pedra, parece que ele não está nem aí. Fica jogando uma pedra de uma mão para a outra, uma pedra igual a que ainda está no meu bolso. Vemos o movimento da pedra enquanto ele mal mexe as mãos, como se a fizesse quicar com o poder do pensamento.

— Pelo visto vocês não vão embora, né? — pergunta ele, com os olhos fixos nas mãos, depois encara Fry e Pé Grande sem perder o ritmo da pedrinha. É incrível. — Então quero saber só uma coisa.

Brian abre um sorriso demorado, cauteloso, mas a veia no pescoço pulsa furiosamente, e tenho a impressão de que seja lá o que está prestes a sair da boca dele vai acabar com a nossa vida.

Fry troca um olhar com Pé Grande e os dois parecem chegar a uma conclusão rápida, silenciosa, do que fazer com nossos restos mortais.

Volto a prender a respiração. Estamos todos esperando Brian falar, vendo a pedra dançando, hipnotizados, enquanto o ar fervilha com a violência que está prestes a estourar. Violência de verdade. Do tipo que te leva para o hospital e te deixa apenas com um canudinho escapando da cabeça enfaixada. Daquele tipo agressivo e enjoativo que só aguento ver com a TV no mudo, a não ser que meu pai esteja por perto, aí preciso suportar. Espero que o sr. Grady dê para minha mãe as pinturas que deixei na sala de artes. Eles podem exibir minhas obras no velório — minha primeira e última exposição.

(RETRATO, AUTORRETRATO: *Brian e Noah enterrados lado a lado*)

Cerro o punho, mas não lembro se para socar tenho que deixar o polegar para fora ou para dentro. Por que meu pai me ensinou luta livre? Quem é que pratica luta livre? Ele devia ter me ensinado a dar um soco. E meus dedos? Será que ainda vou conseguir desenhar depois disso? Picasso deve ter se metido numas pancadarias. Van Gogh e Gauguin já saíram no tapa. Vai dar tudo certo. Com certeza. E olho roxo é maneiro, colorido.

Até que, de repente, Brian envolve a pedra em um dos punhos e faz o tempo parar.

— O que eu quero saber — diz ele, arrastando as palavras — é quem deixou vocês escaparem da jaula.

— Dá pra acreditar nesse moleque? — Fry pergunta para Pé Grande, que responde com um grunhido incompreensível em pé-grandês.

Eles avançam para a frente…

Estou dizendo à vovó Sweetwine que logo, logo me juntarei a ela quando noto o movimento brusco do braço de Brian um segundo antes de Fry berrar, levando os dedos à orelha:

— Que porra é essa?

Em seguida Pé Grande solta um gritinho e cobre a cabeça. Eu me viro e vejo Brian com a mão na bolsa. Fry se encolhe, e Pé Grande faz o mesmo, porque meteoritos estão caindo neles, chovendo neles, trovejando neles, zumbindo perto da cabeça deles na velocidade do som, mais rápido ainda, na velocidade da luz, chegando cada vez mais perto de raspar um cabelo, a um milímetro de acabar para sempre com a atividade cerebral dos dois.

— Para! — urra Pé Grande.

Os dois estão se contorcendo, pulando, tentando proteger a cabeça com os braços enquanto cada vez mais pedaços de céu despencam pelo ar na velocidade da dobra espacial. Brian é uma máquina, uma metralhadora, duas pedras de uma vez só, três, quatro, por baixo, por cima, com as duas mãos. O braço dele é um borrão, ele é um borrão — cada pedra, cada *estrela*, erra eles por pouco, por pouco poupa Fry e Pé Grande, até acabarem os dois encolhidos no chão e cobrindo a cabeça com as mãos, gritando:

— Por favor, cara, para com isso.

— Foi mal, mas não escutei aquele pedido de desculpas — diz Brian, arremessando uma pedra tão perto da cabeça de Fry que eu me encolho. Depois arremessa mais uma, só por via das dúvidas. — Dois pedidos, na real. Um para Noah. E um para mim. Com vontade.

— Desculpa — diz Fry, completamente atordoado. Talvez alguma pedra tenha acertado a cabeça dele, afinal de contas. — Agora para.

— Dá pra melhorar.

Mais uma série de meteoritos voam a um bilhão de quilômetros por hora, mirando o crânio deles.

— Desculpa, Noah — grita Fry. — Desculpa, não sei seu nome.

— Brian.

— Desculpa, Brian!

— Você aceita esse pedido de desculpas, Noah?

Faço que sim. Deus e o filho dele perderam a moral.

— Agora deem no pé — manda Brian. — Da próxima vez não vou fazer questão de errar essas cabeças duras de vocês.

Depois disso os dois fogem sob uma segunda chuva de meteoritos, com os braços ao redor da cabeça: *eles* escapando *da gente*.

— Você é arremessador? — pergunto, pegando meu bloco.

Ele confirma. Noto um sorrisinho escapando do muro que é o rosto dele. Ele desce da rocha com um pulo e começa a recolher os meteoritos e guardá-los na bolsa. Pego o ancinho magnético, caído ali que nem uma espada. Esse cara é mais mágico que todo mundo, até do que Picasso, Pollock ou minha mãe. Pulamos o riacho e disparamos juntos pelas árvores, no sentido contrário ao de casa. Ele é tão rápido quanto eu, tão rápido que ganharíamos na corrida contra jatinhos e cometas.

— Você sabe que vão matar a gente, né? — grito, pensando na represália que vem por aí.

— Não conte com isso — grita Brian em resposta.

É, eu penso, somos *invencíveis*.

Estamos voando na velocidade da luz quando o chão desaba e nos erguemos no céu, como se tivéssemos subido uma escada.

Desisto do desenho, fecho os olhos e me recosto na cadeira. Em pensamento, posso desenhar Brian com raios.

— Que foi? — escuto. — Agora deu pra meditar? Swami Sweetwine até combina.

Continuo de olhos fechados.

— Vai embora, Jude.

— Onde você passou a semana toda?

— Lugar nenhum.

— O que anda fazendo?

— Nada.

Todo dia desde que ele arremessou aqueles meteoritos em Fry e Pé Grande, ou seja, há exatamente cinco dias até agora, passei as manhãs no telhado, que nem um doido, com a cabeça a uns metros do pescoço, esperando a garagem da casa dele abrir para nos metermos de novo no bosque e virarmos imaginários — é a única descrição em que consigo pensar.

(RETRATO, AUTORRETRATO: *Dois garotos pulam e não descem*)

— E aí, o Brian é legal?

Eu abro os olhos. Agora ela sabe o nome dele. Ele não é mais *tão bizarro*? Ela está encostada no batente da porta, usando uma calça de pijama verde-limão e uma regata fúcsia, parecendo um daqueles pirulitos coloridos que dá para comprar no calçadão. Se você apertar um pouco os olhos, muitas garotas parecem esses pirulitos.

Jude estende a mão e fica olhando suas cinco unhas roxas e brilhantes.

— Todo mundo anda falando dele, que ele é um deus do beisebol, prestes a virar profissional. O primo do Fry veio passar as férias aqui, e o irmão mais novo dele estuda na escola do Brian, lá no leste. Parece que chamam ele de Machadão, sei lá.

Eu caio na gargalhada. Machadão. Chamam o Brian de Machadão! Viro a página e começo a desenhar.

Foi por isso que não houve retaliação? Por isso que Fry passou por mim um dia desses, enquanto eu discutia com Rascal, o cavalo, e, antes de eu sequer pensar em fugir para o Oregon, apontou para mim e disse "Cara". E só.

— E aí, é ou não é? — insiste ela.

Esta noite, o cabelo dela está mais sanguinário do que nunca, serpenteando pelo quarto todo, invadindo os móveis, se enroscando nas pernas das cadeiras, se espalhando pelas paredes. E a próxima vítima sou eu.

— É o quê?

— Legal, Bolha. Brian, seu melhor amigo, é legal?

— É normal — digo, ignorando o Bolha, que se dane. — Que nem todo mundo.

— Mas você não gosta de *todo mundo* — diz ela, e só agora reparo no ciúme. — Que bicho ele é, então?

Ela enrola uma mecha de cabelo no dedo com tanta força que a ponta do indicador está inchada, vermelha, como se estivesse prestes a estourar.

— Um hamster — digo.

Ela ri.

— É, até parece. Machadão é um hamster.

Preciso fazer ela esquecer Brian. Esqueça as persianas, se eu pudesse cercar nós dois com a Grande Muralha da China, seria perfeito.

— Quem é o M., afinal? — pergunto, me lembrando do maldito tabuleiro Ouija.

— Ninguém.

Tá. Volto para o desenho do *Machadão*... Até escutar:

— Como você prefere morrer? Bebendo gasolina e acendendo um fósforo na boca ou enterrado vivo?

— Explodindo — digo, tentando disfarçar o sorriso, porque, depois de todos esses meses me ignorando, ela começou a puxar meu saco. — Dã. Óbvio.

— É, tá bom. Foi só um aquecimento. Já faz um tempo. E se...

Escuto uma batidinha na janela.

— É ele? Na janela?

Odeio a empolgação na voz dela.

Mas será que é mesmo? À noite? Já mencionei por acaso qual era meu quarto — o que dá para a rua, com acesso fácil — umas dez vezes, porque, bom, tenho meus motivos. Me levanto e vou até a janela para abrir a persiana. É ele, *sim*. Em carne e osso. Às vezes me pergunto se inventei tudo aquilo, se alguém olhando de cima me veria o dia todo sozinho, falando e rindo comigo mesmo no meio do bosque.

Ele está emoldurado pela luz do quarto, como se tivesse enfiado um dedo na tomada. Não está de chapéu, e o cabelo está elétrico ao redor da cabeça. Os olhos também estão brilhando. Abro a janela.

— Super quero conhecer ele — escuto Jude dizer atrás de mim.

Eu não quero isso. Não mesmo. Quero que ela caia em um buraco.

Eu me abaixo e boto a cabeça e os ombros para fora da janela, esticando o máximo possível para que Jude não enxergue lá fora, nem Brian aqui dentro. Sinto o ar fresco e leve no meu rosto.

— Oi — digo, como se ele vivesse batendo na minha janela à noite, e por dentro eu não estivesse a mil.

— Você precisa subir — diz ele. — Sério, precisa mesmo. Finalmente clareou. E não tem lua. Está rolando um banquete intergaláctico lá em cima.

Juro, se alguém me dissesse para escolher entre passar o dia no estúdio de Da Vinci enquanto ele pinta a *Mona Lisa* ou subir no telhado do Brian com ele à noite... eu escolheria o telhado. Outro dia ele falou da gente ir assistir a um filme de invasão alienígena e quase desmaiei só de pensar. Prefiro passar duas horas sentado no escuro com Brian a dar uma festa de pintura de paredes com Jackson Pollock. O único problema de passar o dia todo com ele no bosque é que lá sobra espaço. O porta-malas de um carro seria melhor, ou até mesmo um dedal.

Apesar do meu esforço em ocupar toda a janela, sinto Jude me empurrando, depois esticando a cabeça e os ombros ao meu lado até virarmos uma hidra de duas cabeças. Vejo a empolgação no rosto de Brian ao notá-la ali, e fico enjoado.

(RETRATO: *Jude: esquartejada*)

— Oi, Brian Connelly — diz ela num tom alegre de paquera que faz minha temperatura corporal cair vários graus.

Quando foi que ela aprendeu a falar desse jeito?

— Nossa, vocês não têm nada a ver — exclama Brian. — Achei que você ia ser igualzinha ao Noah, só que...

— Com peitos? — interrompe Jude.

Ela falou de *peitos* para ele!

E por que ele estava imaginando ela, afinal de contas?

Brian abre *aquele* sorrisinho. Preciso cobrir a cara dele com um saco antes que Jude seja enfeitiçada por seus olhos estranhos e semicerrados. Será que existe burca para homem? Pelo menos ele não lambeu os lábios, eu acho.

— É, bom. Bem isso — diz ele, e lambe os lábios. — Mas acho que eu teria dito de outra forma.

Já era. Ele semicerrou os olhos. Minha irmã é um pirulito, e todo mundo ama pirulito. Já minha cabeça foi substituída por um repolho.

— Você também devia vir — diz ele. — Ia mostrar a constelação de Gêmeos pro seu irmão, sabe, então seria perfeito.

Seu irmão? Eu virei irmão dela, agora?

(RETRATO: *Jude na casa nova em Tombuctu*)

Ela está prestes a responder, dizer "Maneiro!" ou "Legal!" ou "Eu te amo!", então dou uma cotovelada forte nela. É a única solução viável. Ela retribui com outra cotovelada nas minhas costelas. Estamos acostumados a disfarçar batalhas debaixo da mesa de restaurantes ou de casa, então manter Brian afastado dessa briga específica é moleza, até eu soltar:

— Ela não pode. Tem que ir para ubudouasou para sodojiocoa...

Estou só emendando uns sons, juntando um monte de sílabas aleatórias na esperança de colidirem e formarem algum sentido na cabeça de Brian, enquanto eu, num movimento espetacularmente desajeitado, dou impulso e pulo a janela que nem um sapo, por pouco caindo de pé em vez de trombar com tudo em Brian. Eu me endireito, afasto o cabelo dos olhos, notando o tanto que minha testa está úmida, e me viro para segurar a beira da janela e começar a puxá-la, decidindo só no último minuto não decapitar minha irmã, mesmo que essa pareça uma ótima ideia. Em vez disso, empurro o ombro de Jude para jogar lá dentro o cabelão amarelo estrangulador, as unhas roxas, os olhos azuis cintilantes, os peitos empinados que ela fica balançando de um lado para o outro...

— Caramba, Noah. Já entendi o recado. Prazer — consegue dizer antes de eu bater a janela.

— Prazer — responde ele, tamborilando os dedos no vidro.

Ela tamborila de volta com duas batidinhas confiantes e sagazes, combinando com o sorriso confiante e sagaz. Parece que eles passaram a vida toda tamborilando na janela e formaram seu próprio código Morse especial para comunicação entre tigre-de-bengala e pirulito.

Brian e eu descemos a rua em silêncio. Estou suando da cabeça aos pés. Estou me sentindo exatamente igual a quando acordo de um sonho em que estava pelado na cantina da escola e tinha só um daqueles guardanapos patéticos e vagabundos para me cobrir.

Brian vai direto ao ponto.

— Cara — diz. — Loucura.

Eu suspiro e resmungo:

— Valeu, Einstein.

E aí, para minha surpresa e alívio, ele começa a rir. Uma gargalhada montanhosa, borbulhante.

— *Que* loucura — diz, fingindo dar um golpe de caratê no ar. — Tipo, achei que você fosse cortar ela ao meio com a janela!

Isso faz ele entrar numa montanha-russa de riso, na qual logo me meto também. Só piora quando Profeta começa:

— Onde o Ralph se meteu? Onde o Ralph se meteu?

— Caramba. Esse pássaro — diz Brian, segurando a cabeça com as duas mãos. — Cara, a gente tem que achar esse Ralph. Urgente. É uma emergência nacional.

Ele não parece estar nem aí para o fato de Jude não ter vindo com a gente. Será que imaginei tudo? Que ele não ficou com aquela expressão empolgada ao vê-la? Que ele não corou ao ouvi-la? Que ele nem gosta de pirulito?

— Machadão? — digo, me sentindo bem melhor.

— Ai, não, cara — resmunga ele. — Foi rápido, hein.

A voz dele está cheia de vergonha e orgulho, tudo ao mesmo tempo. Ele estende o braço direito e declara:

— Ninguém se mete com o Machadão.

O Machadão acerta meu braço e me sacode. Estamos debaixo de um poste de luz, e rezo para meu rosto não revelar o que aconteceu comigo com esse contato. É a primeira vez que ele encosta em mim desse jeito.

Subo a escada do telhado atrás dele, com o ombro ainda formigando, desejando que a escada se estendesse por quilômetros a fio. (RETRATO, AUTORRETRATO: *Os dois garotos saindo de dentro dos dois garotos*) Na subida, escuto plantas crescerem no escuro, sinto o sangue acelerar no meu corpo.

Até que o perfume de dama-da-noite nos envolve.

A vovó Sweetwine nos dizia para prender a respiração perto do perfume de dama-da-noite se não quiséssemos revelar todos os nossos segredos. Ela dizia que seria melhor a polícia entregar aos suspeitos buquês dessas flores brancas do que submeter os interrogados a polígrafos. Tomara que essa baboseira seja verdade. Quero saber os segredos de Brian.

Quando chegamos lá em cima, ele tira do bolso do moletom uma lanterna e ilumina o caminho até o telescópio. A luz é vermelha, em vez de branca, e, segundo ele, é para não atrapalhar nossa visão noturna. Nossa visão noturna!

Enquanto ele se agacha ao lado de uma bolsa ao pé do telescópio, escuto o som das ondas quebrando e imagino todos os peixes nadando naquela escuridão congelante e infinita.

— Eu nunca seria um peixe — digo.

— Nem eu — responde ele, com as palavras obstruídas pela ponta da lanterna, que está segurando com a boca para poder revirar a bolsa com as duas mãos.

— Mas quem sabe uma enguia — digo, ainda impressionado por estar dizendo em voz alta tantas coisas que normalmente guardaria para mim. — Seria maneiro ter o corpo elétrico, sabe? Que nem seu cabelo.

Escuto a risada dele abafada pela lanterna e morro de felicidade. Acho que o motivo para eu ter passado tantos anos quieto é só que Brian ainda não tinha chegado para eu contar tudo para ele. Ele tira um livro da bolsa e, depois de se levantar, folheia até encontrar o que está procurando. Ele me passa o livro aberto e chega bem perto para iluminar a página com a lanterna, que voltou a segurar com a mão.

— Pronto — diz. — Gêmeos.

Sinto o cabelo dele na minha bochecha, no meu pescoço.

Vem aquela mesma sensação de logo antes de começar a chorar.

— Essa estrela — diz, apontando — é Castor; e essa aqui, Pólux. São as cabeças de Gêmeos.

Ele tira uma caneta do bolso e começa a desenhar — é uma caneta que brilha no escuro. Maneiro. Ele começa a traçar linhas iluminadas entre as estrelas até formar dois bonecos de palitinho.

Sinto o cheiro de xampu e suor que vem dele. Respiro fundo, em silêncio.

— São dois caras — diz. — Castor era mortal. Pólux, imortal.

Garotos normalmente ficam perto assim de outros garotos? Queria ter prestado mais atenção nessas coisas antes. Percebo que meus dedos estão tremendo, e não tenho como garantir que eles não vão atravessar o ar para tocar seu pulso ou pescoço exposto, então, por via das dúvidas, aprisiono-os na minha mão. Seguro firme a pedra que ele me deu.

— Quando Castor morreu — continua ele —, Pólux sentiu tanta saudade que fez um pacto para dividir com ele a própria imortalidade, e foi assim que os dois acabaram no céu.

— Eu faria isso — digo. — Sem dúvida.

— Jura? Deve ser uma parada de gêmeos — diz ele, entendendo tudo errado. — Não imaginei, depois daquela Manobra Janelística da Morte.

Sinto meu rosto esquentar, porque eu estava falando dele, óbvio, era com ele que eu dividiria minha imortalidade. *Estava falando de você*, fico com vontade de gritar.

Brian se debruça sobre o telescópio para ajustar alguma coisa.

— Dizem que os Gêmeos são responsáveis por naufrágios, falam até que aparecem para os marinheiros no fogo de santelmo. Sabe o que é?

Ele nem espera resposta, só continua direto no modo Einstein:

— É um fenômeno climático elétrico em que surge um plasma luminoso porque partículas carregadas se separam e criam campos elétricos que, por sua vez, criam um efeito corona...

— Nossa — digo.

Ele ri, mas continua no mesmo ritmo incompreensível. Eu entendo o principal: os Gêmeos fazem as coisas pegar fogo. Ele se vira e ilumina meu rosto com a lanterna.

— É uma loucura que isso aconteça — diz. — Mas acontece, vive acontecendo, na real.

Ele é que nem uma mistura de versões. O Einstein. O deus corajoso que arremessa meteoritos. O cara da gargalhada doida. Machadão! E tem mais, eu sei. Mais versões escondidas. Porque qual o motivo para o rosto interior dele ser assim tão preocupado?

Pego a lanterna da mão dele e o ilumino. O vento faz a camiseta dele ondular no peito. Quero alisar as ondas com a mão, quero tanto que fico com a boca seca.

Dessa vez, não sou só eu olhando.

— O cheiro de dama-da-noite faz as pessoas confessarem segredos — digo, em voz baixa.

— Isso é dama-da-noite? — pergunta ele, balançando a mão no ar.

Faço que sim. A luz da lanterna brilha no rosto dele. É uma inquisição.

— Por que você acha que eu tenho segredos? — pergunta ele, cruzando os braços.

— E quem não tem?

— Então me conta um segredo seu.

Penso em algo relativamente inofensivo, mas interessante o suficiente para fazê-lo revelar alguma coisa legal.

— Eu espiono as pessoas.

— Que pessoas?

— Bom, praticamente todo mundo. Na maior parte das vezes é só pra desenhar, mas nem sempre. Eu me escondo nas árvores, no mato, no telhado com o binóculo, em qualquer canto.

— Já foi pego?

— Já, duas vezes. Por você.

Ele dá uma risadinha.

— Então... já me espionou?

A pergunta me deixa sem fôlego. A verdade é que, após uma profunda investigação, concluí que o quarto dele é à prova de espionagem.

— Não. Agora é sua vez.

— Tá — diz ele, gesticulando em direção ao mar. — Não sei nadar.

— Jura?

— Juro. Odeio água. Não gosto nem de escutar o barulho. Banheiras me dão nervoso. Tubarões me dão nervoso. Morar aqui me dá nervoso. Sua vez.

— Odeio esportes.

— Mas você corre rápido.

Dou de ombros.

— Vai.

— Tá — diz ele, que lambe os lábios e suspira devagar. — Sou claustrofóbico — conta, franzindo a testa. — Agora não posso mais ser astronauta. É um saco.

— Você nem sempre foi claustrofóbico?

— Não — diz, desviando o olhar, e por um breve segundo consigo ver novamente seu rosto interior. — Sua vez.

Apago a lanterna.

Minha vez. Minha vez. Minha vez. *Quero botar as mãos no seu peito. Quero estar em um espaço onde só haja nós dois.*

— Já arranhei o carro do meu pai com a chave — digo.

— Já roubei um telescópio da escola.

De luz apagada é mais fácil. No escuro as palavras caem que nem maçãs das árvores.

— Rascal, o cavalo do vizinho, fala comigo.

Dá para notar que ele sorri, depois para.

— Meu pai foi embora.

Eu hesito.

— Eu queria que o meu fosse.

— Não queria, não — diz ele, sério. — É uma droga. Minha mãe passa o tempo todo num site, Conexões Perdidas, escrevendo bilhetes pra ele que ele nunca nem vai ver. Totalmente patético.

Silêncio.

— Ah, é minha vez? — pergunta ele. — Eu faço cálculos de cabeça, tipo, o tempo todo. Até no campo de beisebol.

— E agora?

— Agora também.

— Que nem eu desenho em pensamento.

— É, deve ser.

— Eu tenho medo de ser ruim — digo.

Ele ri.

— Eu também.

— Tipo, ruim mesmo.

— Eu também — insiste ele.

Ficamos um segundo em silêncio. O mar troveja abaixo de nós.

Fecho os olhos, respiro fundo.

— Nunca beijei ninguém.

— Ninguém? — pergunta ele. — Ninguém, tipo, ninguém mesmo?

Será que isso quer dizer alguma coisa?

— Ninguém.

O momento se estica, estica, estica...

Até estourar. Ele diz:

— Uma pessoa que minha mãe conhece deu em cima de mim.

Caramba. Acendo a lanterna de novo, iluminando seu rosto. Ele está pestanejando, parece desconfortável e meio sem jeito. Observo o pomo de adão dele se mover quando ele engole em seco uma, duas vezes.

— Quantos anos tinha a pessoa? Até onde foi esse "dar em cima"? — pergunto, em vez do que eu quero perguntar, pensando que gostaria que ele tivesse indicado o gênero.

Foi um namorado?

— Não era tão velha. Deu em cima o suficiente. Só uma vez. Não foi nada demais.

Ele pega a lanterna da minha mão e volta para o telescópio, colocando um ponto final na conversa. Está na cara que foi, sim, alguma coisa demais. Tenho um googleplexo de perguntas sobre esse *o suficiente*, mas guardo para mim.

Fico esperando naquele ar frio, no mesmo ponto onde ele estava.

— Beleza — diz ele, um tempinho depois. — Tudo pronto.

Vou para trás do telescópio, coloco o olho no ocular e as estrelas todas desabam na minha cabeça. É que nem tomar uma ducha cósmica. Perco o fôlego.

— Sabia que você ia surtar — diz ele.

— Caramba. Coitado do Van Gogh — digo. — *Noite estrelada* podia ser ainda mais maneiro.

— Eu sabia! — exclama ele. — Se eu fosse artista, eu ia adorar isso.

Preciso me segurar em alguma coisa que não seja ele. Pego uma das pernas do telescópio. Ninguém nunca ficou tão empolgado me mostrando nada, nem minha mãe. E ele meio que me chamou de artista.

(AUTORRETRATO: *Jogando punhados de ar no ar*)

Ele para atrás de mim.

— Tá, agora se liga nisso. Você vai pirar.

Ele se inclina sobre o meu ombro e puxa uma alavanca, e as estrelas avançam, chegando ainda mais perto, e ele tem razão, estou pirando, mas dessa vez não é por causa das estrelas.

— Está vendo Gêmeos? — pergunta. — Ali no quadrante direito superior.

Não estou vendo é nada, porque fechei os olhos. Tudo que me interessa na galáxia está acontecendo aqui nesse telhado. Penso em como responder para ele não tirar a mão da alavanca, para continuar assim pertinho de mim, tão perto que consigo sentir ele respirando no meu pescoço. Se eu disser que sim, provavelmente ele vai recuar. Se eu disser que não, talvez ele ajuste o telescópio de novo e a gente possa ficar mais um minuto assim.

— Acho que não estou conseguindo ver — digo, com a voz rouca, vacilante.

Foi a resposta certa, porque ele diz:

— Tá, espera aí.

Então faz alguma coisa que faz não só as estrelas, mas ele também chegar mais perto.

Meu coração para de bater.

Minhas costas estão bem na frente dele e, se eu recuasse um milímetro, cairia em cima dele, e se isso fosse um filme, mas não nenhum filme que eu já tenha visto, ele passaria as mãos em mim, sei que sim, e eu me viraria até a gente derreter juntos que nem cera quente. Fico vendo tudo isso acontecer em pensamento. Não me mexo.

— E aí?

Ele diz, mais como um suspiro do que como um fala, e é assim que sei que ele também está sentindo isso. Penso nos dois caras no céu causando naufrágios, fazendo as coisas pegarem fogo de repente, sem aviso. "É uma loucura que isso aconteça", ele dissera sobre eles. "Mas acontece."

Acontece.

Está acontecendo com a gente.

— Tenho que ir — digo, transtornado.

O que faz a gente dizer o contrário do que todas as células do corpo querem que a gente diga?

— Tá — responde ele. — Ok.

As vespas — Courtney Barrett, Clementine Cohen, Lulu Mendes e Heather alguma coisa — estão sentadas no rochedo perto da trilha quando eu e Brian saímos do bosque na tarde seguinte. Quando nos vê, Courtney levanta em um pulo e para com a mão na cintura, criando um obstáculo de biquíni cor-de-rosa no caminho e interrompendo meu falatório sobre a genialidade do peixe-bolha, o bicho inútil mais desvalorizado do mundo, sempre vivendo nas sombras do bicho-preguiça. Isso foi a sequência da notícia que Brian leu na internet, sobre um garoto croata que é magnético. A família e os amigos ficam jogando moedas nele para grudar. Panelas também. Ele diz que isso é possível de verdade, por alguma baboseira que eu não entendi.

— E aí — diz Courtney.

Ela é um ano mais velha que as outras vespas e no ano que vem vai entrar no ensino médio, ou seja, tem a idade do Brian. O sorriso dela é todo de batom escarlate, dentes brancos e cintilantes e ameaça. As antenas da cabeça dela apontam direto para ele.

— Uau! — exclama ela. — Quem diria que você estava escondendo *esses* olhos debaixo daquele chapéu ridículo?

A parte de cima do biquíni, duas faixas cor-de-rosa unidas por uma cordinha, não cobre quase nada. Ela puxa a cordinha, revelando uma linha secreta de pele branca ao redor do pescoço. Ela faz isso como se estivesse dedilhando uma guitarra.

Eu observo Brian observar ela. Depois observo Brian ser observado por ela, e sei que Courtney está de olho na camiseta que cai que nem água sobre o peito largo dele, os braços musculosos e bronzeados de jogador de beisebol, os dentes da frente separados e supermaneiros, o olhar semicerrado, as sardas, chegando à conclusão de que não existe nenhuma palavra naquela cabeça de vespa que consiga descrever exatamente a cor dos olhos dele.

— Estou ofendido em nome do meu chapéu da sorte — responde Brian numa tranquilidade despreocupada que fura meus tímpanos.

É outro Brian surgindo, dá para notar. Uma versão que tenho certeza de que não vou gostar nem um pouco.

Só aí percebo que Jude faz a mesma coisa, muda quem ela é dependendo de com quem está. Os dois são que nem sapos mudando a cor da pele. Como é que eu sou sempre o mesmo?

Courtney faz biquinho.

— Não quis ofender. — Ela solta a cordinha do biquíni e dá um peteleco no chapéu dele com dois dedos compridos. Suas unhas estão pintadas com o mesmo roxo do esmalte da Jude. — Por que é que dá sorte? — pergunta ela, inclinando a cabeça, inclinando o mundo inteiro para tudo fluir em direção a ela.

Com certeza é essa garota que anda ensinando Jude a paquerar. Ei, e *cadê* a Jude? Por que ela não veio nessa emboscada?

— Dá sorte porque coisas boas acontecem quando eu uso ele.

É possível que, ao dizer isso, Brian me olhe de relance por um nanossegundo, mas muitas coisas são possíveis e, ainda assim, extremamente improváveis, que nem a paz mundial, nevascas no verão, dentes-de-leão azuis e o que eu acho que aconteceu ontem no telhado. Será que foi coisa da minha cabeça? Sempre que penso nisso, mais ou menos de dez em dez segundos, o dia todo, eu desmaio por dentro.

Clementine, posando na rocha de um jeito que lembra a modelo da EAC — o corpo em três triângulos —, fala no mesmo dialeto de vespa da Courtney:

— O primo do Fry, de Los Angeles, disse que queria que você tivesse acertado ele com aquelas pedras, assim ele poderia cobrar ingresso pra mostrar a cicatriz quando você virar profissional.

Ela diz tudo isso olhando para as unhas roxas da mão. Caramba. Fry e Pé Grande devem ter ficado muito impressionados mesmo com o Machadão e seu braço biônico, para admitir derrota para o enxame de vespas.

— Bom saber — responde Brian. — Da próxima vez que ele agir que nem um escroto, vou mirar para machucar.

Uma onda de fascínio se espalha de uma garota para a outra. Que nojo. Que nojo. Que nojo. Uma coisa preocupante está acontecendo comigo, mais preocupante do que o fato de Jude ter se juntado a essa seita do esmalte roxo. É que esse tal de Brian é descolado. A família alienígena o preparou não só para se misturar, mas também para se destacar. Provavelmente ele é mega popular no colégio. Atleta *e* popular! Como é que eu não reparei? Devo ter me distraído com aqueles discursos nerds enormes sobre aglomerados globulares orbitando ao redor de centros galácticos, discursos que agora, na companhia atual, estão bem disfarçados. Será que ele não sabe que gente popular vive coberta de retardador de chamas? Que gente popular não é revolucionária?

Quero pegar ele pelo braço e voltar para o bosque, dizer para essa galera que sinto muito, mas quem viu ele primeiro fui eu. Aí penso que não, que não é verdade: quem me viu foi ele. Ele me *rastreou*, que nem um tigre-de-bengala. Queria que ele escolhesse essa versão e ficasse por isso mesmo.

Clementine, ainda falando com as unhas, diz:

— Será que a gente devia te chamar de Machadão? Ou só Machado, que tal? Aaaah — exclama ela, um gritinho igual ao de um javali. — Gostei.

— Prefiro Brian — diz ele. — Não é temporada de beisebol.

— Tá bom, *Brian* — diz Courtney, como se tivesse inventado o nome. — Vocês deviam vir dar um rolê no Canto. — Ela me olha. — A Jude vai.

Fico chocado por terem reparado em mim. Minha cabeça de repolho se mexe sem meu consentimento.

Ela sorri de um jeito que podia muito bem ser uma carranca.

— Sua irmã diz que você é um prodígio — diz, puxando a cordinha do biquíni. — Vai que um dia desses eu deixe você me desenhar.

Brian cruza os braços.

— Ah, não. Seria sorte sua se *ele* deixar *você* posar pra ele um dia.

Eu cresço uns sessenta mil metros.

Até que Courtney dá um tapinha no próprio braço e mia para Brian.

— Fui malvada. Entendi.

Beleza, está na hora de incendiar o bairro todo. O pior é que a tosquice dela faz ele abrir aquele meio-sorriso, que ela espelha com um sorrisão radiante.

(AUTORRETRATO: *Garoto ficando azul no saco plástico*)

Algumas narcejas vão quicando pela rua a caminho do estábulo de Rascal. Eu queria, sim, ser um cavalo.

Alguns instantes depois, Lulu desce a rocha escorregando e para ao lado de Courtney. Clementine vem logo atrás, parando ao lado de Lulu. Forma-se o enxame. Só Heather continua na pedra.

— Você surfa? — pergunta Lulu para Brian.

— Não sou muito de praia — responde ele.

— Não é de praia? — gritam Lulu e Courtney ao mesmo tempo.

Mas esse fato inacreditável é ofuscado por Clementine, que pergunta:

— Posso experimentar seu chapéu?

— Não, me dá — diz Courtney.

— Também quero! — diz Lulu.

Eu reviro os olhos e escuto alguém rir, sem sinal do zumbido das vespas. Olho para Heather, que está me olhando com empatia, como se só ela enxergasse o repolho que é minha cabeça. Mal notei ela ali. Ou em qualquer lugar. Mesmo que ela seja a única vespa que estuda na escola pública, que nem a gente. Cachos pretos e bagunçados, parecidos com os meus, caem ao redor do rosto pequeno dela. Sem antena. E ela lembra mais um sapo do que um pirulito, uma perereca de imbabura. É ela quem eu desenharia, empoleirada em um carvalho, escondida. Dou uma olhada nas unhas dela: são azuis-claras.

Brian tirou o chapéu.

— Humm.

— Escolhe você — diz Courtney, confiante de que será escolhida.

— Não posso — diz Brian, e começa a girar o chapéu no dedo. — Ou melhor...

Com um movimento rápido da mão, ele joga o chapéu na minha cabeça. E eu estou flutuando. Retiro tudo que disse. Ele é revolucionário, sim.

Até perceber que está todo mundo rindo, inclusive ele, como se aquilo fosse a coisa mais engraçada do mundo.

— Não vale — diz Courtney, tirando o chapéu da minha cabeça como se eu fosse um cabideiro e devolvendo-o a Brian. — Escolhe, vai.

Brian abre um sorrisão para Courtney, deixando os dentes separados à mostra, e põe o chapéu na cabeça dela, como ela sabia que aconteceria. A expressão dela é aquela inconfundível de missão cumprida.

Ele se afasta para observá-la melhor.

— Combinou com você.

Quero chutar a cabeça dele.

Em vez disso, deixo o vento atrás de mim me carregar e me jogar lá do alto do penhasco no mar.

— Tenho que vazar — digo, lembrando que já ouvi alguém dizer isso em algum lugar, alguma hora, na escola ou talvez na televisão, ou no cinema, provavelmente em um filme que nem dessa década é, mas dane-se, só sei que tenho que ir embora antes de evaporar, desmoronar ou chorar.

Por um momento tenho a esperança de que Brian atravesse a rua comigo, mas tudo que ele diz é:

— Até mais.

Meu coração sai correndo, pega carona para escapar do meu corpo, segue para o norte, entra na barca que atravessa o mar de Bering e se instala na Sibéria com os ursos-polares, os íbex e os bodes até não passar de uma geleira minúscula.

Porque era tudo coisa da minha cabeça. O que aconteceu ontem foi o seguinte: ele ajustou uma alavanca do telescópio, só isso. Por acaso eu estava na frente. *Noah tem uma imaginação muito ativa*, é o que sempre disseram em todos os meus boletins escolares. Minha mãe sempre ria e dizia:

— Pau que nasce torto nunca se endireita.

Quando chego em casa, vou imediatamente para a janela que dá para a rua e fico ali de olho neles. O sol está transbordando de nuvens alaranjadas e sempre que uma desce, flutuando, Brian a afasta que nem um balão. Eu o vejo hipnotizar as garotas como faz com as frutas das árvores, as nuvens do céu, como fez comigo. A única que parece imune a isso é Heather. Ela está deitada na rocha, olhando para o paraíso laranja lá no alto, em vez de para ele.

Digo a mim mesmo: ele não me encontrou, não me rastreou. Ele não é um tigre-de-bengala. É só um garoto novo no bairro que viu alguém mais ou menos da mesma idade com quem, por engano, acabou fazendo amizade, antes de ser salvo pela galera mais legal.

A realidade é esmagadora. O mundo todo é um sapato do tamanho errado. Como é que alguém aguenta?

(AUTORRETRATO: *Acesso proibido*)

Escuto os passos da minha mãe um instante antes de sentir sua mão quente no ombro.

— Que céu lindo, né?

Inspiro o cheiro dela. Ela mudou de perfume. Esse cheira a floresta, mato e terra, tudo misturado com o cheiro dela. Fecho os olhos. Sinto um soluço se aproximando, como se estivesse sendo puxado pelas suas mãos. Engulo em seco e digo:

— Só faltam dez meses pra inscrição.

Ela aperta meus ombros.

— Morro de orgulho de você — diz, a voz calma, grave e segura. — Tem ideia de quanto orgulho eu sinto?

Disso eu sei. Mesmo que não saiba de mais nada. Faço que sim e ela me abraça.

— Você é minha inspiração — diz ela, e nos elevamos juntos pelo ar.

Ela se tornou meus olhos de verdade. É como se eu não tivesse desenhado ou pintado nada até ela ver, como se fosse tudo invisível até ela fazer aquela cara e dizer:

— Você está recriando o mundo, Noah. De desenho em desenho.

Quero muito mostrar os desenhos que fiz de Brian. Mas não posso. Como se ouvisse o que passou pela minha cabeça, ele se vira para mim e vejo sua silhueta iluminada pela luz do fogo, uma pintura perfeita, tão boa que meus dedos tremem. Mas não vou mais desenhá-lo.

— Tudo bem ficar viciado na beleza — diz minha mãe, toda sonhadora. — Emerson disse que "beleza é a escrita de Deus".

Alguma coisa na voz dela quando fala de ser artista sempre me faz sentir que guardo o céu inteiro no peito.

— Também sou viciada nisso — cochicha ela. — A maioria dos artistas é.

— Mas você não é artista — cochicho de volta.

Ela não responde, só fica com o corpo todo tenso. Não sei por quê.

— Onde o Ralph se meteu? Onde o Ralph se meteu?

Isso a faz relaxar, e ela ri.

— Estou achando que o Ralph volta logo — diz ela. — A segunda vinda se aproxima.

Ela beija minha cabeça.

— Vai ficar tudo bem, meu amor — diz, porque ela é uma mecânica de humanos e sempre sabe quando estou dando defeito.

Pelo menos é por isso que acho que ela disse isso, até acrescentar:

— Vai ficar tudo bem para todos nós, prometo.

Antes sequer de pousarmos no carpete, ela vai embora. Eu fico ali, olhando pela janela até a escuridão encher a sala, até eles cinco irem para o Canto, com o chapéu da sorte de Brian na cabeça da sorte de Courtney.

Heather segue tranquilamente a alguns passos do grupo, ainda olhando para cima. Vejo ela levantar e abaixar os braços, que nem um cisne. Ela é uma ave. Lógico. Nada de sapo. Eu estava errado.

Em relação a tudo.

No dia seguinte, não subo no telhado antes do amanhecer, porque me recuso a sair do quarto até Brian voltar para aquele internato a cinco mil quilômetros daqui. Só faltam sete semanas. Se ficar com sede, posso beber água das plantas. Estou deitado na cama, encarando um pôster de *O Grito*, de Munch, no teto, uma pintura doidona que eu queria ter pintado, de um cara surtando.

Que nem eu.

Jude e nossa mãe estão discutindo do outro lado da parede. A briga está barulhenta. Acho que ela odeia nossa mãe ainda mais do que me odeia.

Mãe: Você vai ter muito tempo pra curtir os vinte e cinco anos quando tiver vinte e cinco anos, Jude.

Jude: É só batom.

Mãe: Batom que você não vai usar. E, aproveitando que está chateada, essa saia é curta demais.

Jude: Gostou? Eu que fiz.

Mãe: Bom, devia ter usado mais pano. Olha no espelho. Jura que você quer ser *essa garota*?

Jude: Quem mais eu vou ser? *Essa garota* no espelho sou eu!

Mãe: Está me assustando muito como você anda descontrolada. Não te reconheço mais.

Jude: Bom, eu também não te reconheço mais, mãe.

Nossa mãe tem agido de um jeito meio esquisito mesmo. Também ando notando. Tipo quando ela fica parada no sinal, viajando, mesmo depois de abrir, e só acelera quando todo mundo começa a buzinar. Ou diz que vai trabalhar no escritório, mas, quando paro para dar uma espiada, vejo que na verdade está revirando caixas de fotos velhas que pegou do porão.

E tem cavalos galopando dentro dela agora. Dá para escutar.

Hoje ela e Jude vão curtir um dia de mãe e filha no centro, para ver se conseguem se dar bem. Já começou mal. Antigamente meu pai tentava me convencer a ir a um jogo quando elas saíam para esses passeios, mas hoje nem se dá mais ao trabalho, principalmente depois que passei uma partida de futebol americano inteira de olho na arquibancada em vez de focar no campo, desenhando rostos nos guardanapos. Ou será que foi uma partida de beisebol?

Beisebol. Machadão. Babacão.

Jude dá uma batida rápida na porta e sai abrindo sem nem me esperar responder. Acho que nossa mãe ganhou, porque ela tirou o batom e pôs um vestido colorido que bate no joelho, feito pela vovó. Parece uma cauda de pavão. O cabelo está tranquilo, um lago amarelo e plácido ao redor dela.

— Finalmente está em casa — diz ela, parecendo feliz de verdade ao me ver, e se recosta no batente. — Se Brian e eu estivéssemos nos afogando, quem você salvaria primeiro?

— Você — respondo, feliz por ela não ter perguntado ontem.

— O papai e eu?

— Fala sério. Você.

— A mamãe e eu?

Hesito, mas digo:

— Você.

— Você hesitou.

— Não hesitei.

— Hesitou, sim, mas tudo bem. Eu mereço. Me pergunta.

— A mamãe ou eu?

— Você, Noah. Eu sempre te salvaria primeiro — diz, seus olhos de um azul límpido como o céu. — Mesmo que naquele dia você quase tenha me decapitado. — Ela sorri. — Tudo bem. Eu admito. Tô sendo bem mala, né?

— Totalmente pirada.

Ela faz uma careta de louca, com olhões arregalados, que me faz rir mesmo estando de mau humor.

— Sabe, até que essas garotas são legais, mas são tão *normais* — diz ela. — Não tem graça.

Ela dá um salto ridículo, imitando uma bailarina, até a cama, onde se acomoda ao meu lado. Eu fecho os olhos.

— Faz um tempo — murmura ela.

— Muito.

Respiramos, e respiramos e respiramos juntos. Ela pega minha mão e eu penso nas lontras que dormem de barriga para cima, boiando na água, de mãos dadas bem assim, para não se afastarem durante a noite.

Depois de um tempo, ela levanta o punho. Eu faço o mesmo.

— Um, dois, três — dizemos ao mesmo tempo.

Pedra/Pedra

Tesoura/Tesoura

Pedra/Pedra

Papel/Papel

Tesoura/Tesoura

— Viva! — exclama ela. — Ainda funciona, funciona mesmo! — Ela se levanta de um pulo e continua: — A gente pode assistir a uns programas no Animal Channel hoje. Ou um filme? Pode escolher.

— Tá legal.

— Eu quero...

— Eu também — respondo, sabendo o que ela ia dizer.

Também quero que a gente volte ao normal.

(RETRATO, AUTORRETRATO: *Irmão e irmã vendados numa gangorra*)

Ela sorri, encosta no meu braço.

— Não fica triste — diz, num tom de voz tão carinhoso que o ar muda de cor. — Atravessou a parede e tudo ontem à noite.

Era pior quando a gente era mais novo. Se um chorava, o outro também chorava, mesmo se estivéssemos em lados opostos de Lost Cove. Achei que não acontecesse mais.

— Estou bem — digo.

Ela faz que sim.

— A gente se vê à noite, então, se eu e a mamãe não acabarmos nos matando.

Ela dá tchau e vai embora.

Não sei como pode ser possível, mas é: pinturas são ao mesmo tempo exatamente iguais e completamente diferentes a cada vez que olhamos para elas. É assim que as coisas andam comigo e com a Jude agora.

Um tempinho depois, lembro que é quinta-feira, ou seja, dia de desenho vivo na EAC, ou seja, chega de prisão domiciliar. Além do mais, por que eu deveria ficar aqui trancado? Só porque Brian é um atleta babacão popular coberto de retardador de chamas que gosta de vespas lambedoras de privada que nem a Courtney Barrett?

O cavalete e o banquinho estão onde deixei na semana passada. Me instalo ali, pensando que nada importa além de entrar para a EAC, e do resto de verão que ainda posso aproveitar com a Jude. E Rascal. E as idas ao museu com minha mãe. Não preciso de Brian.

O professor começa a aula — é uma modelo diferente hoje — explicando sobre espaço negativo e positivo, como desenhar o espaço ao redor de uma forma para revelar a forma. Nunca fiz isso antes e acabo me perdendo no exercício, concentrado demais em encontrar a modelo ao desenhar o que não é ela.

Mas na segunda parte da aula, eu me sento recostado na parede e começo a desenhar Brian desse jeito, de fora para dentro, mesmo tendo dito que nunca mais voltaria a desenhá-lo. Não consigo me segurar. Ele está dentro de mim e precisa sair. Faço um rascunho atrás do outro.

Estou tão concentrado que não percebo alguém se aproximando até bloquear a luz. Dou um pulo de surpresa, e um barulho vergonhoso e confuso escapa da minha boca quando meu cérebro corre para entender que é *ele*, que Brian está aqui, na minha frente. Nada de bolsa de meteorito, de ancinho magnético, então ele só pode ter vindo aqui para me encontrar. *De novo*. Me esforço para manter a alegria atrás do meu rosto, não na superfície.

— Fiquei esperando hoje cedo — diz ele, e lambe o lábio de um jeito tão nervoso, tão perfeito, que me faz sentir uma dor profunda no peito.

Ele olha para o meu bloco. Eu viro a folha antes de ele se ver ali e me levanto, gesticulando para ele voltar para o bosque, para ninguém ouvir a gente na sala. Guardo o banquinho e me levanto, torcendo para os meus joelhos não bambearem ou para eu não começar a sambar.

Ele está logo ali, encostado na mesma árvore da outra vez.

— E o cara inglês — diz quando começamos a caminhar. — Estava aí hoje?

Se tem uma coisa que sei interpretar na voz de alguém, graças a Jude, é ciúme. Respiro fundo, sentindo uma felicidade suprema.

— Ele foi demitido semana passada.

— Por causa da bebida?

— Foi.

O bosque está quieto, exceto pelo som dos nossos passos e por um tordo cantarolando nas árvores.

— Noah?

Eu prendo a respiração. Como é que só ouvir alguém dizer meu nome pode fazer isso comigo?

— Oi?

Tem muita emoção percorrendo o rosto dele, mas não sei de que tipo. Olho fixamente para os meus tênis.

Vários minutos de silêncio se passam.

— É assim — diz ele, finalmente. Ele parou de andar e começou a descascar o tronco de um carvalho. — Tem um monte de planetas que são ejetados dos sistemas planetários aos quais pertenciam inicialmente e ficam vagando por aí, pelo espaço, atravessando o universo sozinhos e sem sol, sabe, pra sempre...

O olhar dele implora que eu entenda alguma coisa. Penso no que ele disse. Ele já falou disso antes, desses planetas solitários, que vagam sem sol. E daí? Quer dizer que não quer ser um excluído, que nem eu? Bom, tá ok. Eu me viro para ir embora.

— Não — diz ele, e agarra a manga da minha camiseta.

Ele agarrou a manga da minha camiseta.

A Terra para de girar.

— Ai, foda-se — diz ele e lambe os lábios, depois me olha desesperado. — Só... Só...

Ele está gaguejando?

— Só o quê? — pergunto.

— Só não se preocupa, tá?

As palavras voam da boca dele, se enroscam no meu coração e o arrancam do peito. Eu sei do que ele está falando.

— Me preocupar com o quê? — pergunto, só de zoeira.

Ele abre aquele sorrisinho.

— Com levar uma pancada de asteroide na cabeça. É extremamente improvável.

— Legal — digo. — Não vou me preocupar.

Então eu paro de me preocupar.

Não me preocupo quando, segundos depois, com um sorriso imenso, ele diz:

— E eu bem vi o que você estava desenhando lá, cara.

Não me preocupo quando furo com Jude nessa noite, nem em todas as noites seguintes. Não me preocupo quando ela volta para casa e encontra Brian e as vespas no deque, as vespas todas posando para mim, que nem uma foto que viram numa revista. Não me preocupo quando ela diz, mais tarde:

— A mamãe não era suficiente? Você também tinha que roubar todas as minhas *amigas*?

Não me preocupo quando essas são as últimas palavras que ela me diz no verão todo.

Não me preocupo quando começo a parecer descolado só por estar na companhia de outra pessoa, logo *eu!*, quando dou rolé no Canto com Brian e um bando de surfistontos e babacas e vespas envoltos no Campo de Calma dele, quase sem me sentir refém, na maior parte das vezes sabendo o que fazer com as mãos e com ninguém tentando me jogar do penhasco nem me chamando de nada além de Picasso, um apelido que vem logo de Franklyn Fry, entre todos os babacas.

Não me preocupo quando percebo que não é tão difícil quanto eu imaginava fingir ser igual a todo mundo, mudar a cor da pele que nem um sapo. Usar um pouquinho de retardador de chamas.

Não me preocupo quando eu e Brian estamos sozinhos no bosque, ou no telhado, ou na sala dele para assistir a um jogo de beisebol (tanto faz), quando ele ergue entre nós uma cerca eletrizada na qual eu nunca arrisco esbarrar por medo de acabar morrendo, nem quando estamos em público, tipo no Canto, e a cerca desaparece, e viramos ímãs destrambelhados, esbarrando e tropeçando um no outro, roçando mãos, braços, pernas, ombros, cutucando as costas, às vezes até as pernas, sem nenhum motivo além da sensação de estar engolindo um raio.

Não me preocupo quando, durante o filme sobre invasão alienígena, nossas pernas se deslocam microscopicamente: a dele cada vez mais para a direita, e a minha cada vez mais para a esquerda, até, no meio do filme, se encontrarem e se pressionarem tanto por um, dois, três, quatro, cinco, seis, sete, oito segundos delirantes, que eu tenho que levantar e correr para o banheiro porque vou explodir. Não me preocupo quando volto ao lugar e começa tudo de novo, mas dessa vez nossas pernas se encontram imediatamente e ele pega minha mão por baixo do apoio da cadeira, aperta, e a gente morre eletrocutado.

Não me preocupo por Heather estar do meu lado e Courtney do dele, quando tudo isso acontece.

Não me preocupo por Courtney ainda não ter devolvido o chapéu de Brian, nem por Heather não parar de me encarar com aqueles olhos de um cinza antigo.

Não me preocupo com o fato de eu e Brian não termos nos beijado nem uma vez, por mais que eu tente controlar os pensamentos dele, por mais que eu implore a Deus, às árvores, a todas as moléculas que encontro por aí.

E, mais importante, não me preocupo quando volto para casa um dia e encontro um bilhete de Jude na mesa pedindo para nossa mãe ir à praia ver uma escultura de areia que ela está fazendo. Não me preocupo quando pego o bilhete e jogo lá no fundo do lixo. Não me preocupo, não mesmo, apesar de ficar com dor de estômago, não, não de estômago, de ficar com dor na alma por ter feito isso, por realmente ter tido coragem de fazer isso.

Eu devia ter me preocupado.

Devia ter ficado bem preocupado.

Amanhã cedo Brian volta para o internato, e hoje estou procurando por ele no mundo inferior. Nunca fui a uma festa, não sabia que era que nem afundar por quilômetros subterrâneos, onde demônios andam de um lado para o outro com o cabelo pegando fogo. Tenho quase certeza de que ninguém aqui me enxerga. Deve ser porque sou muito novo, ou muito magrelo, sei lá. Os pais da Courtney viajaram e ela decidiu usar a festa da irmã mais velha como despedida do Brian. Não quero ir a uma despedida do Brian. Quero ir embora *com* Brian, pegar um avião para Serenguéti e ficar vendo a migração dos gnus-de-cauda-preta.

Sigo por um corredor fumacento e abarrotado, todo mundo aglomerado e colado na parede, que nem esculturas humanas. Ninguém tem a cara certa. Na sala seguinte, o errado é o corpo. Tem um monte de gente dançando e, depois de confirmar que Brian ainda não chegou, me encosto na parede e observo a multidão suada e reluzente, seus piercings, suas plumas e seus braços agitados, enquanto pulam, rebolam, giram e saltam. Estou observando e observando, devorado pela música, desenvolvendo olhos novos, quando sinto alguém pegar meu ombro com a mão ou talvez com uma garra de ave. Eu me viro e vejo uma garota mais velha, com um cabelo ruivo volumoso. Ela está com um vestido marrom curto e cintilante e é bem mais alta que eu. Vejo uma tatuagem excêntrica de um dragão vermelho e laranja cuspindo fogo tomando o braço inteiro dela.

— Tá perdido? — pergunta em voz bem alta, mais do que a música, como se estivesse falando com uma criança de cinco anos.

Parece que não sou invisível, afinal de contas. O rosto dela todo reluz, principalmente o desenho de asas verde-esmeralda ao redor dos olhos azul-gelo. Suas pupilas são imensas cavernas pretas onde vivem morcegos.

— Você é tão fofo — grita, no meu ouvido.

Ela tem um sotaque esquisito, como o Drácula, e parece uma das mulheres que Klimt pinta.

— Seu cabelo — diz.

Ela puxa um dos meus cachos até alisar totalmente. Não consigo tirar os olhos dela, porque é isso o que acontece com demônios.

— Que olhos grandes, sombrios, pensativos — continua devagar naquele sotaque carregado, como se estivesse deleitando-se com as palavras.

A música diminuiu um pouco de volume e, felizmente, a voz dela também.

— Aposto que todas as menininhas vivem atrás de você — acrescenta ela, e balanço a cabeça, negando. — Mas vai acontecer, pode acreditar.

Ela sorri, e reparo num risco de batom vermelho numa das presas.

— Já beijou uma garota? — pergunta.

Balanço a cabeça de novo. Parece que não consigo mentir para ela, nem quebrar o feitiço demoníaco. Até que, do nada, os lábios ressecados da garota tocam os meus, entre os meus, e sinto o gosto dela, fumaça misturada com um sabor muito adocicado, até meio nojento, que nem uma laranja que passou o dia todo ao sol. Estou de olhos abertos, então vejo as pestanas pretas de aranha adormecida nas bochechas dela. Ela está me beijando mesmo! Por quê? Ela recua, abre os olhos e ri ao ver minha cara. Então coloca uma garra no meu ombro outra vez, chega perto e cochicha:

— A gente se vê daqui a uns anos.

Então dá meia-volta e vai embora, andando com aquelas pernas compridas e expostas, o rabo de diaba balançando para lá e para cá. Fico vendo a tatuagem de dragão cuspindo fogo deslizar braço acima até cobrir o ombro e se enroscar no pescoço.

Isso aconteceu mesmo comigo? Ou foi coisa da minha cabeça? Hum, acho que não, porque eu com certeza não teria escolhido ela se minha imaginação estivesse no comando. Levo a mão à boca e limpo os lábios. Meus dedos ficam vermelhos de batom. Aconteceu mesmo. Será que todo mundo tem gosto de laranja apodrecida no sol? Até eu? Até Brian?

Brian.

Disparo para a porta. Vou esperar ele lá fora e convencê-lo a passar essa última noite no telhado, como eu queria, afinal, para as estrelas todas caírem na nossa cabeça mais uma vez, para que talvez finalmente aconteça o que não aconteceu as férias todas, mas, quando chego no hall, vejo ele subindo a escada com Courtney, observo ele cortando caminho pela multidão, acenando com a cabeça para os caras e sorrindo de volta para as garotas, como se o lugar dele fosse aqui. Como é que pode todos os lugares serem dele?

(RETRATO: *O garoto com todas as chaves para todas as fechaduras do mundo*)

Quando chega no topo da escada, ele vira para trás. Segura o corrimão e se debruça, dando uma olhada no ambiente — será que está me procurando? Está, sim, eu sei, e isso me transforma numa cachoeira.

Essa sensação mata? Aposto que sim. Nem consigo mais tirar isso de mim no desenho ou na pintura. Quando a sensação chega, e agora isso acontece o tempo todo, só dá para eu deitar e me deixar levar.

Courtney puxa o braço dele e ele vai atrás dela sem ter me encontrado, então volto a virar pessoa.

Vou subindo a escada atrás deles, de cabeça baixa. Não quero fazer contato visual, não quero que ninguém fale comigo, que ninguém me beije! Nessas festas as pessoas só se beijam assim, sem motivo? Não sei de nada. Quando estou quase lá em cima, sinto um toque no braço. De novo, não. Uma garota baixinha, tipo um esquilo gótico, me entrega um copo descartável vermelho cheio de cerveja.

— Toma — diz ela, sorrindo. — Parece que você está precisando.

Eu agradeço e continuo a subir. Talvez esteja precisando mesmo. Escuto ela dizer para alguém:

— Ele não é um gatinho?

Outra pessoa responde:

— Papa-anjo.

Nossa. Tanto esforço nos meus treinos secretos na garagem com os halteres do meu pai, e todo mundo aqui acha que ainda estou no jardim de infância. Mas será que sou gato? É impossível, né? Sempre acho que as garotas me olham porque sou esquisito, não porque me acham bonitinho. Minha mãe diz que sou lindofofoperfeito, mas é obrigação dela. Como é que a gente sabe se é gato? O demônio do beijo ruivo chamou meus olhos de pensativos.

Será que Brian me acha gato?

A ideia desce até minha virilha que nem um raio e me desperta de uma vez. *Ele pegou na minha mão debaixo do apoio de braço do cinema.* O raio faz mais do que me despertar. Paro, respiro fundo, tento me controlar, dou um gole na cerveja, bom, um gole daqueles. Não chega a ser horrível. Continuo subindo.

O segundo andar é o contrário do primeiro, porque é o céu. Estou em um corredor comprido, de carpete e paredes brancas, com um monte de portas fechadas dos dois lados.

Em que quarto Brian e Courtney entraram? E se estiverem sozinhos? E se estiverem se beijando? Ou pior? Talvez ela já tenha tirado a blusa. Dou outro gole na cerveja. E se ele estiver lambendo os peitos dela? Os caras adoram isso. *Ele disse para eu não me preocupar. Ele disse para eu não me preocupar. Ele disse para eu não me preocupar.* Era um código, né? Código para "Não vou lamber os peitos da Courtney Barrett", né? Dou um golão na cerveja, muito preocupado, preocupado para caramba.

Nos filmes, coisas terríveis e alucinantes acontecem nas últimas noites das pessoas em algum lugar.

Viro à esquerda, onde parece que tem algumas portas entreabertas. Numa salinha, vejo duas pessoas em uma pegação quente e frenética. Dou um passo atrás para assistir. O cara tem costas incríveis, uma cintura que se encaixa perfeitamente na calça jeans, e a garota está esmagada entre ele e a parede. Ele mexe a cabeça como se quisesse beijá-la com mais força ainda, mais rápido ainda. Decido dar o fora, até que alguma coisa chama minha atenção. As mãos que envolvem as costas do cara não são mãos de garota — não, são mãos de outro cara, sem a menor dúvida. Sinto meu peito começar a tremer. Eu me inclino para a esquerda e vejo vislumbres dos dois rostos, rostos masculinos, com os ossos fortes, os olhos fechados que nem duas luas, narizes esmagados, bocas coladas, os corpos se entrelaçando e se soltando, tudo ao mesmo tempo. Minhas pernas começam a tremer, estou todo me tremendo. (AUTORRETRATO: *Terremoto*) Nunca vi dois caras se beijando assim, como se fosse o fim do mundo, só na minha cabeça, e nem lá era tão bom. Nem de longe. Eles estão *famintos* um pelo outro.

Dou um passo para trás e me apoio na parede para ninguém me ver.

Não estou triste, nem um pouco, então não sei por que lágrimas começam a escapar dos meus olhos.

Até que escuto uma porta ranger do outro lado do corredor. Seco o rosto com a mão e me viro na direção do ruído. Heather está saindo de um quarto — e tudo em mim para. É horrível olhar para ela, é que nem sair do melhor filme do mundo e dar de cara com uma tarde chata de sempre.

— Ah! — exclama ela, toda felizinha. — Estava indo te procurar.

Balanço a cabeça para a cortina de cabelo esconder minha cara. Heather vem andando na minha direção, cada vez mais perto de nós três. Corro para impedi-la. O sorriso dela fica ainda maior, mais simpático, e me dou conta de que ela interpretou meu pulo pelo corredor como sinal de empolgação, quando na real eu só quero proteger os caras se beijando dela e do resto do mundo.

(RETRATO: *Adão e Adão no jardim do Éden*)

Quando a alcanço, me esforço para abrir um sorriso. É difícil. Escuto uma risada rouca e abafada atrás de mim, junto de uns cochichos. Heather se inclina para olhar por cima do meu ombro.

— Cadê todo mundo? — pergunto, para chamar a atenção dela.

Percebo que ainda estou tremendo. Coloco a mão livre lá no fundo no bolso.

— Tá tudo bem? — pergunta ela, inclinando a cabeça. — Você tá esquisito. — Ela me analisa com aqueles olhos firmes e cinzentos, depois acrescenta: — Mais do que o normal, na verdade.

Ela abre um sorriso simpático e relaxo um pouco. Eu e Heather compartilhamos um segredo, mas não faço a menor ideia do que seja.

Queria poder contar a ela o que aconteceu comigo porque, embora eu tecnicamente não tenha participado do beijo, sinto que aconteceu comigo, diferente do beijo demoníaco lá embaixo, que tecnicamente também aconteceu comigo, mas parece que não. Mas o que eu contaria, afinal de contas? Quando desenhar a cena, vou deixar minha pele transparente, mostrando só que todos os bichos do meu zoológico escaparam da jaula.

— Deve ser a cerveja — digo.

Ela dá uma risadinha, ergue um copo descartável e brinda comigo.

— É, idem.

A risadinha me pega de surpresa. Geralmente Heather não é nada chegada a risadinhas. Muito pelo contrário; andar com ela é que nem sentar numa igreja vazia. É por isso que gosto dela. Ela é quieta, séria, tem uns mil anos e parece que sabe conversar com o vento. Sempre a desenho de braços levantados, como se estivesse prestes a decolar, ou de mãos juntas, como se estivesse rezando. Ela não é das risadinhas.

— Vem, já está todo mundo ali — diz ela, e aponta em direção à porta. — A gente estava te esperando. Quer dizer, eu estava.

Ela dá outra risadinha e fica toda corada, como se um gêiser tivesse explodido dentro dela. Estou com um pressentimento supremamente ruim.

Entramos numa espécie de sala de TV. Vejo Brian conversando com Courtney lá do outro lado. Tudo que eu queria era piscar e fazer a gente se teletransportar para o corpo dos caras naquele outro quarto. Até tento, vai que cola. Aí penso em quantos dedos eu trocaria por um minuto assim com ele, e me decido por sete. Até oito, vai. Super dá para desenhar só com dois dedos, desde que um seja o polegar.

Olho ao redor. É o mesmo bando de vespas e surfistontos que dão rolé no Canto, exceto os mais velhos, tipo Fry, Zephyr e Pé Grande, que devem estar lá embaixo. Agora já me acostumei com essa gente e essa gente já se acostumou comigo. Tem um monte de gente aqui que não conheço, que deve ser da escola particular de Courtney. Todo mundo está de pé, se mexendo meio sem graça em grupinhos, como se estivessem esperando alguma coisa acontecer. O ar está carregado de gente respirando. Também está carregado de Jude. Ela está lá na janela, falando com uns quinhentos caras ao mesmo tempo, com aquele vestido colado e vermelho de babados que fez e que nossa mãe a proibiu de usar fora de casa. Fico espantado de vê-la. Ela passou as férias todas me evitando, com raiva, e sabia que eu viria. O que será que ela disse para nossa mãe? Eu só falei que ia me despedir do Brian. Definitivamente não temos permissão para vir a uma festa dessas.

Nossos olhares se cruzam bem na hora em que atravesso o cômodo com Heather. Jude faz uma cara, como quem diz "Nada, nem um mundo em que chove luz, em que a neve é roxa, em que sapos falam, em que o pôr do sol dura um ano inteiro — nada compensaria o fato de que você é o pior irmão gêmeo, ladrão de mãe e saqueador de amigas do mundo" e volta a conversar com seu harém.

Meu pressentimento ruim só piora.

Volto a olhar para Brian, que continua encostado na estante falando com Courtney. Sobre o quê? Tento escutar quando chegamos perto dos dois, até perceber que Heather está falando comigo.

— É a maior besteira. Não fazemos essas brincadeiras desde o quinto ano, mas dane-se. É uma brincadeira irônica, né?

Ela está falando há muito tempo?

— Que brincadeira? — pergunto.

Courtney se vira ao ouvir nossa voz.

— Maravilha — diz, depois dá uma cutucada em Heather, que deixa escapar outra risadinha. — É sua noite de sorte, Picasso. Você gosta de jogos?

— Não muito — digo. — Nem um pouco, na real.

— Desse você vai gostar. Prometo. É bem retrô. Outro dia, eu, Heather e Jude estávamos falando das festas a que íamos antes. A ideia é simples. Botar duas pessoas do sexo oposto num armário por sete minutos no paraíso. Ver o que rola.

Brian não me olha.

— Se preocupa não, Picasso — continua ela. — É armação, fica tranquilo.

Quando ela diz isso, as orelhas de Heather ficam vermelhas. Elas se abraçam e caem na gargalhada. Minha barriga dá uma embrulhada.

— Admite, cara — acrescenta Courtney para mim. — Você precisa de uma ajudinha.

Preciso mesmo.

Preciso mesmo, porque, de repente, mechas e mais mechas do cabelo de Jude deslizam na minha direção, um exército de cobras. *Jude estava presente*, pelo que Courtney disse. Quer dizer que isso foi ideia da Jude? Porque ela sabe que joguei fora o bilhete que ela deixou pra nossa mãe? Porque sabe o que eu sinto por Brian?

(RETRATO, AUTORRETRATO: *Gêmeos: Jude com cabelo de cascavel, Noah com braços de cascavel*)

Sinto um gosto metálico na boca. Brian está lendo os títulos nas lombadas dos livros da estante como se estudasse para uma prova.

— Eu te amo — digo para ele, mas o que sai é: — Oi.

— Para cacete — responde ele, mas o que sai é: — E aí.

Ele ainda não me olhou.

Courtney pega o chapéu de Brian, que estava numa mesinha. Dentro tem um monte de papéis dobrados.

— Os nomes dos garotos já estão aqui dentro, inclusive o seu — diz ela para mim. — As garotas escolhem.

Ela e Heather se afastam. Assim que dá, digo para Brian:

— Vamos embora.

Ele não responde, então insisto:

— Vamos embora daqui. Vamos pular a janela.

Olho para a janela ao nosso lado, que dá num peitoril que leva a uma árvore bem fácil de descer. Dava total para a gente pular.

— Vamos — digo. — Brian.

— Não quero ir, beleza? — retruca ele, e percebo uma irritação na voz. — É só uma brincadeira idiota. Dane-se. Não é nada demais.

Fico observando ele. Ele quer jogar? Com certeza quer. Tem que querer.

Ele quer ficar com a Courtney, porque se é armação e quem armou foi a Courtney, então é isso que vai acontecer. Por isso que ele não me olha. Quando minha ficha cai, fico pálido. Mas por que ele disse para eu não me preocupar? Por que pegou minha mão? Por que tudo isso?

As jaulas vazias dentro de mim começam a sacolejar.

Vou aos tropeços até uma cadeira bege feia no meio dessa sala bege feia. Caio sentado, mas descubro que a cadeira é dura que nem pedra e quebra minha coluna ao meio. Fico ali, quebrado ao meio, virando o resto da cerveja que nem suco de laranja, lembrando do inglês bebendo gim naquele dia. Aí pego outra cerveja que alguém largou ali e bebo o que sobrou. Purgatório, penso. Se o inferno é lá embaixo e o corredor é o paraíso, devo estar no purgatório. O que acontece mesmo no purgatório? Já vi pinturas, mas não me lembro. Estou surrealmente zonzo. Será que estou bêbado?

As luzes começam a piscar. É Courtney no interruptor, junto de Heather.

— Senhoras e senhores, chegou o momento que todos esperavam.

Clementine é a primeira a enfiar a mão no chapéu, e escolhe um cara chamado Dexter. É um garoto alto, que nunca vi, de cabelo maneiro e roupas dez vezes do tamanho dele. Todo mundo começa a comemorar e zoar e se comportar daquele jeito tosco quando eles se levantam e entram no armário com uma cara de nossa-como-a-gente-é-superior. Courtney faz o showzinho dela ligando o timer. Só consigo pensar em como odeio ela, como quero que ela seja pisoteada por uma manada de cágados antes de entrar com Brian naquele armário.

Eu me levanto com ajuda do braço da cadeira e abro caminho à força pelo matagal impossível do cabelo loiro de Jude até chegar ao banheiro, onde jogo água gelada na cara. Cerveja é uma porcaria. Levanto o rosto. Ainda sou eu no espelho. Ainda sou eu em mim, né? Não tenho certeza. E certamente não sou gato, isso dá para ver. Pareço mais um covarde patético e magrelo que morre de medo de pular do ombro do pai na água. *Nesse mundo, ou se nada ou se afunda, Noah.*

Assim que volto para a sala, sou atacado por:

— Te escolheram, cara.

— Heather te escolheu.

— Sua vez, Picasso.

Engulo em seco. Brian ainda está de olho nas lombadas, de costas para mim, quando Heather pega minha mão e começa a me levar para o armário, com o braço esticado, como se estivesse arrastando um cachorro teimoso pela coleira.

O que reparo assim que entro no armário é o tanto de ternos escuros pendurados, que nem homens enfileirados num velório.

Heather apaga a luz e diz baixinho, tímida:

— Me ajuda a te encontrar, tá?

Penso em me esconder nos ternos, me juntar aos homens em luto até o alarme apitar, mas Heather esbarra em mim e ri. As mãos dela logo encontram meus braços. Seu toque é levíssimo, como se duas folhas tivessem caído em cima de mim.

— A gente não precisa fazer nada — cochicha ela, mas depois diz: — Você quer?

Consigo sentir a respiração dela no meu rosto. Seu cabelo cheira a flores tristes.

— Tá bom — digo, mas não mexo um músculo.

O tempo passa. Parece tempo demais — tanto que, quando sairmos desse armário, vai estar na hora de entrar na faculdade ou, quem sabe, até na hora de morrer. Só que, como estou contando de cabeça, sei que não se passaram nem sete segundos dos sete minutos. Estou calculando quantos segundos são sete minutos quando sinto as mãos frias e pequenas dela irem dos meus braços para o meu rosto, e aí sinto os lábios dela roçarem os meus, uma vez, duas, e, na segunda vez, ela não afasta os lábios. É que nem ser beijado por uma pena, não, mais suave, uma pétala. Tão macio. Macio demais. Somos pessoas-pétala. Penso no beijo-terremoto do quarto e quero chorar de novo. Dessa vez, porque *estou* triste. E assustado. E porque minha pele nunca vestiu tão mal quanto agora.

(AUTORRETRATO: *Garoto no liquidificador*)

Percebo que meus braços estão largados na lateral do corpo. Eu devia mexer eles, né? Coloco a mão na cintura dela, e parece um lugar totalmente errado, então mudo para as costas, o que também parece um equívoco, mas, antes de eu reposicioná-la, ela abre a boca, então abro a minha também. Não é nojento. Ela não tem gosto de laranja podre, e, sim, de hortelã, como se tivesse acabado de chupar uma bala. Estou me perguntando qual deve ser meu gosto quando ela mergulha a língua na minha boca. Fico chocado com o quanto é molhada. E quente. Tão linguaruda. Minha língua não faz nada. Mando-a se mexer e entrar na boca de Heather, mas a língua não obedece. Calculo: sete minutos são 420 segundos. Devem ter se passado uns vinte segundos, talvez, então ainda restam mais quatrocentos disso aqui. Ai, puta que pariu.

Até que, de repente, acontece. Brian surge das sombras da minha mente, pega minha mão que nem no cinema e me puxa para perto dele. Sinto o cheiro do suor dele, escuto sua voz. *Noah*, diz ele daquele jeito que faz derreter os ossos, e afundo as mãos no cabelo de Heather, pressiono meu corpo com força no dela, puxo ela para mais perto, meto a língua bem fundo na boca...

Não devemos ter escutado o alarme, porque, de súbito, a luz se acende e os homens de luto nos cercam outra vez, além de Courtney, na porta, batendo em um relógio de pulso imaginário.

— Vamos lá, pombinhos. Acabou o tempo.

Pestanejo umas mil vezes diante da invasão da luz. Da invasão da verdade. Heather está com uma cara zonza, sonhadora. Heather é cem por cento Heather. Eu fiz uma coisa ruim. Com ela, comigo. Com Brian; mesmo que ele não se incomode, ainda é como eu me sinto. Talvez o beijo daquela garota lá embaixo tenha me transformado em um demônio.

— Nossa — sussurra Heather. — Eu nunca... Ninguém nunca... Nossa. Foi incrível.

Ela mal está conseguindo andar. Olho para baixo para confirmar que não estou de barraca armada, depois ela pega minha mão e saímos do armário meio cambaleantes, que nem dois filhotinhos de urso depois da hibernação. Todo mundo começa a assobiar e a dizer besteiras, tipo:

— Tem um quarto logo ali.

Olho ao redor da sala à procura de Brian, na esperança de ele ainda estar lá olhando as lombadas, mas não está. O rosto dele está de um jeito que só vi uma vez na vida, com uma expressão de puro ódio, como se quisesse arremessar um meteorito na minha cabeça e não errar o alvo.

Mas?

Heather vai correndo atrás das vespas. A sala toda foi engolida pelo cabelo de Jude. O universo todo. Desabo numa poltrona. Nada faz sentido. *É só uma brincadeira idiota*, ele disse. *Não é nada demais.* Mas ele também disse que *não foi nada demais* quando aquela pessoa amiga (namorado?) da mãe deu em cima dele, e isso, sim, parecia ser demais. Talvez *nada demais* seja um código para Surrealmente Zoado. *Desculpa*, digo em pensamento. *Era você*, digo. *Eu beijei você.*

Escondo o rosto entre as mãos e começo a escutar, sem querer, a conversa de uns caras atrás de mim, que parecem estar competindo para ver quantas vezes conseguem dizer que alguma coisa é gay na mesma conversa, até que alguém toca meu ombro. É Heather.

Aceno para ela, tentando me esconder no cabelo e, com o poder da mente, mandar ela para bem longe, tipo para a Amazônia... Dá para sentir ela ficando tensa do meu lado, provavelmente sem entender por que a mandei para uma floresta a dez mil quilômetros daqui depois de um beijo daqueles. Odeio tratar ela assim, mas não sei mais o que fazer. Um pouco depois, quando decido dar uma espiada por trás do cabelo, ela já foi embora. Nem percebi que tinha prendido a respiração. Estou no meio de um suspiro quando vejo Brian ser levado ao armário não por Courtney, mas pela *minha irmã.*

Minha irmã.

Como que isso está acontecendo? Não pode ser. Pisco várias vezes, mas está acontecendo, sim. Olho para Courtney, que está mexendo no chapéu de Brian. Ela abre um papelzinho atrás do outro, tentando entender o que deu errado. O que deu errado foi *Jude.* Não acredito que ela chegou a esse ponto.

Tenho que fazer alguma coisa.

— Não! — berro, me levantando de um pulo. — Não!

Só que não faço isso.

Corro até o timer, pego-o da mesa e toco o alarme até não aguentar mais.

Só que também não faço isso.

Não faço nada.

Não consigo fazer nada.

Fui eviscerado.

(AUTORRETRATO: *Peixe estripado*)

Brian e Jude vão se beijar.

Devem estar se beijando nesse exato segundo.

Dou um jeito de me levantar, sair da sala, descer a escada e dar o fora. Cambaleio pela varanda, sentindo que a cada passo que dou caio um pouco mais. Vejo borrões de gente pelo quintal. Passo aos tropeços por todo mundo, depois caminho pelo ar preto e traidor até chegar à rua. Em meio àquela confusão, me dou conta de que estou tentando encontrar aqueles caras apaixonados que estavam se pegando no quarto, mas não os vejo em lugar nenhum. Aposto que foi tudo coisa da minha cabeça.

Aposto que nem existem.

Olho para o bosque e fico observando todas as árvores caírem.

(RETRATO EM GRUPO: *Estilhaçamento dos garotos de vidro*)

Atrás de mim, escuto alguém dizer num sotaque inglês arrastado:

— Olha só, se não é o artista clandestino.

Eu me viro e vejo o inglês pelado, só que dessa vez ele está vestido com jaqueta de couro, calça jeans e botas. Está com aquele mesmo sorriso desvairado naquela mesma cara desvairada. Os mesmos olhos que não combinam entre si. Lembro que Jude trocou o sol, as estrelas e o mar pelo desenho que fiz dele. Vou roubar de volta. Vou roubar *tudo* dela.

Se ela estivesse se afogando, eu afundaria mais ainda a cabeça dela.

— Eu te conheço, colega — diz ele, tentando se equilibrar enquanto aponta uma garrafa de bebida para mim.

— Não conhece, não — digo. — Ninguém conhece.

O olhar dele fica mais nítido por um segundo.

— Isso é verdade.

Nos encaramos por um momento, sem dizer nada. Lembro dele pelado e nem ligo, porque morri. Vou morar no subterrâneo com as toupeiras e respirar terra.

— Então, como você se chama? — pergunta ele.

Como eu me chamo? Que pergunta esquisita. Bolha, penso. Meu nome é Bolha, cacete.

— Picasso — digo.

Ele arqueia as sobrancelhas.

— Tá mangando de mim?

O que isso quer dizer?

Ele arremessa palavras arrastadas pelo ar.

— Bom, isso deve deixar as expectativas bem baixinhas, né? Não dá trabalho nenhum chegar a esse nível… é que nem botar o nome do filho de Shakespeare. Onde seus pais estavam com a cabeça?

Ele dá um gole na bebida.

Rezo, pedindo à floresta de árvores caídas que Brian olhe pela janela e me veja aqui embaixo com o inglês pelado. E que Jude também me veja aqui.

— Parece que você saiu de um filme — penso e digo, tudo ao mesmo tempo.

Ele ri e seu rosto vira um caleidoscópio.

— Uma porcaria de filme, só se for. Faz umas semanas que tô dormindo no parque. Menos na noite em que dormi atrás das grades, lógico.

Na cadeia? Ele é um bandido? Tem cara.

— Por quê? — pergunto.

— Por embriaguez e desordem. Perturbei a paz pública. Quem já ouviu falar de alguém sendo preso por desordem?

Me esforço para decifrar as palavras que saem emboladas da boca dele.

— Você vive em ordem, Picasso? Alguém vive? — pergunta ele, e, quando eu balanço a cabeça, ele concorda. — Foi o que eu falei. Não tem paz nenhuma pra ser perturbada. Falei na cara do guarda: Não. Tem. Paz. Para. Perturbar. Cara.

Ele põe dois cigarros na boca, acende um de cada vez e depois traga nos dois. Nunca vi ninguém fumar dois cigarros ao mesmo tempo. Nuvens de fumaça cinzenta saem da boca e do nariz. Ele me oferece um dos cigarros, e aceito, fazer o quê?

— Fui chutado daquela escola de artes metida a besta na qual você não estuda — diz, e coloca a mão no meu ombro para se equilibrar. — Dane-se, eu seria chutado de qualquer jeito quando eles descobrissem que menti e ainda não tenho dezoito anos.

Sinto como ele está bambeando, por isso finco os pés no chão. Aí lembro do cigarro e levo até a boca, dou uma tragada e tusso imediatamente. Ele nem repara. Deve estar bêbado que nem aqueles caras que ficam conversando com os postes, e dessa vez o poste sou eu. Fico com vontade de pegar a garrafa da mão dele e entornar tudo no chão.

— Tenho que ir — digo, porque comecei a imaginar Brian e Jude se esfregando no escuro.

Esfregando o corpo todo um no outro. Não consigo tirar isso da cabeça.

— Tá — diz ele, sem nem me olhar. — Tá.

— Acho que seria uma boa você voltar pra casa — digo, aí me lembro da história do parque, da cadeia.

Ele mexe a cabeça, desespero colado em cada canto do rosto.

Começo a me afastar e na mesma hora jogo o cigarro fora. Depois de uns passos, escuto:

— Picasso.

Eu me viro. Ele aponta a garrafa para mim.

— Já trabalhei de modelo umas vezes pra um escultor meio pirado, que vive berrando; chamado Guillermo Garcia. Ele tem uma penca de alunos. Aposto que nem notaria se um dia desses você aparecesse por lá. Na verdade, daria pra você ficar *dentro* da sala com o modelo, que nem aquele cara lá, o outro Picasso.

— Onde? — pergunto.

Quando ele me diz, eu repito o endereço em pensamento umas vezes, para não me esquecer. Não que eu vá, porque no fim das contas também vou acabar na cadeia por assassinar minha irmã gêmea.

Jude planejou tudo isso. Tenho certeza. Sei que foi ideia dela. Faz muito tempo que ela anda puta comigo por causa da nossa mãe. Por causa das vespas. E deve ter encontrado no lixo o bilhete que ela escreveu. É a vingança dela. Ela provavelmente escondeu na mão o papelzinho com o nome do Brian.

Sem as outras vespas repararem, ela fez o enxame me atacar.

Desço a colina para a minha casa, bombardeado por flashes de Brian e Jude, ele todo enroscado no cabelo dela, na luz dela, na normalidade dela. É isso que ele quer. Foi por isso que ele armou aquela cerca entre a gente. Depois a eletrizou, em proteção dupla contra mim, contra minha esquisitice idiota. Penso no beijão que dei em Heather. Ai, nossa. Será que Brian está beijando Jude assim? Será que ela está beijando ele? Deixo escapar um barulho descontrolado, meio monstruoso, e, de repente, parece que toda aquela noite podre também quer escapar. Corro para o acostamento e vomito cada gota de cerveja e aquela tragada nojenta de cigarro, cada beijo revoltante e mentiroso, até eu virar só um saco de ossos chacoalhando.

Quando chego em casa, vejo que a luz da sala está acesa, então entro pela minha janela, sempre entreaberta porque vai que uma noite dessas Brian decide entrar, como passei as férias inteiras imaginando antes de dormir. Fico com vergonha de mim. Do que desejei.

(PAISAGEM: *O mundo em colapso*)

Acendo a luminária do quarto e vou direto para a câmera do meu pai, mas não está debaixo da cama, onde costumo deixar. Vasculho o quarto com os olhos e só respiro aliviado quando a vejo na mesa, que nem uma granada. Quem mexeu na câmera? Cacete, quem mexeu? Fui eu que deixei ali? Talvez. Não sei. Pego de uma vez e abro as fotos. A primeira que aparece é do ano passado, quando a vovó morreu. Uma mulher de areia enorme, redonda, rindo com os braços abertos levantados para o céu, como se estivesse prestes a decolar. É uma maravilha. Levo o dedo ao botão de apagar e aperto com força, sentindo uma fúria assassina. Abro as outras fotos, uma mais espetacular, mais estranha e mais maneira do que a outra, e apago uma a uma, até todos os rastros do talento da minha irmã sumirem do mundo e restar apenas o meu.

Depois atravesso a sala de fininho — meus pais pegaram no sono assistindo a um filme de guerra —, entro no quarto da Jude, arranco o retrato do inglês pelado da parede, faço picadinho dele e espalho pelo chão que nem confete. Então volto para o meu quarto e começo a destruir os desenhos que fiz do Brian — são tantos que levo uma vida para conseguir rasgar todos. Quando termino, enfio os restos mortais dele em três sacos de lixo grandes e escondo tudo debaixo da cama. Amanhã vou jogar ele, cada pedacinho dele, do alto do Pico do Diabo.

Porque ele não sabe nadar.

Fiz tudo isso e Jude ainda não voltou! Já passou uma hora do nosso toque de recolher durante as férias. Fico imaginando o que está acontecendo. Tenho que parar de imaginar.

Tenho que parar de segurar essa pedra, parar de rezar para ele entrar pela janela.

Ele não vem.

A HISTÓRIA DA SORTE

Jude

16 anos

Vou fazer um desejo com as mãos, que nem Sandy sugeriu.

Vou usar o Oráculo.

Vou sentar aqui à mesa e usá-lo — do modo tradicional — para descobrir tudo que puder sobre Guillermo Garcia, também conhecido como Igor Pinguço ou A Estrela do Rock do Mundo das Esculturas. Tenho que fazer essa escultura, que tem que ser de pedra, e ele é a única pessoa que pode me ajudar. É o jeito de me comunicar com minha mãe. Estou sentindo.

Mas antes de fazer isso tudo, vou chupar esse limão até o bagaço, já que ele é o inimigo mortal da laranja afrodisíaca:

Nada azeda o amor no coração como um limão na boca

Porque eu *preciso* cortar o mal pela raiz.

A vovó opina:

— Ah, é, Ele, com E maiúsculo. E não me refiro ao sr. Gable. Um certo lobo... mau... inglês?

Ela capricha no drama na última parte.

— Não sei o que nele me deixou assim — digo para ela, em pensamento. — Ai, cara. Tirando *tudo* — acrescento, em voz alta.

Aí não consigo mais me conter. No meu melhor sotaque inglês, digo:

— Tagarela desse jeito, ninguém mais consegue falar.

O sorriso que recusei dar na igreja toma conta do meu rosto, até eu estar sorrindo abertamente para a parede.

Ai, pelo amor de Clark Gable, para com isso.

Ponho a fatia de limão para dentro, ponho a vovó para fora e me convenço de que o cara inglês tem mononucleose, herpes labial e cárie, o trio anti-beijo, que nem todos os outros caras gatos de Lost Cove.

Nojinho. Mega nojinho. Nojinho à moda inglesa.

Com o azedume repuxando minha cara toda e o boicote a garotos voltando com força total, ligo o notebook e digito no Oráculo: *Guillermo Garçia* e *Art Tomorrow*, na esperança de encontrar a entrevista da minha mãe. Nada. A revista não mantém um arquivo on-line. Digito o nome dele outra vez, agora na busca de imagens.

E é a Invasão dos Gigantes de Granito.

Seres rochosos imensos. Montanhas se mexendo. Explosões de expressão. Eu amo tudo imediatamente. Igor me disse que ele não estava bem. Bom, a arte dele também não. Começo a salvar críticas e peças, escolho uma obra que faz meu coração voar e afundar ao mesmo tempo para usar de plano de fundo e pego meu livro didático de escultura da estante, tendo certeza de que ele vai estar lá. O trabalho dele é maravilhoso demais, não tem como não estar.

Ele está, sim, e estou lendo pela segunda vez sua biografia doida de pedra, que deveria estar na bíblia da vovó, em vez de num livro didático, por isso rasguei a página e grampeei no caderno de couro abarrotado, até que escuto a porta de casa abrir, seguida por uma revoada de vozes e um monte de passos pelo corredor.

Noah.

Eu devia ter fechado a porta. Será que me escondo debaixo da cama? Antes que eu consiga me mexer, eles passam à toda, olhando para mim como se eu fosse a Mulher Barbada. E no zunzum alegre desse enxame de adolescentes atléticos e inacreditavelmente normais está meu irmão.

Senta que lá vem bomba:

Noah entrou para um time na Roosevelt.

Tudo bem que é de atletismo, não futebol americano, e que Heather também está no time, mas mesmo assim. Ele está numa *gangue*.

Para minha surpresa, pouco depois ele dá meia-volta e entra no meu quarto, e parece até que é minha mãe. Sempre foi assim — eu, loira que nem nosso pai, e ele, com cabelo escuro que nem nossa mãe —, mas com o tempo a semelhança entre eles se tornou absurda, e por isso mesmo devastadora. Já eu não tenho nenhum traço dela, nunca tive. Quando nos viam juntas, aposto que as pessoas achavam que eu era adotada.

É esquisito Noah entrar no meu quarto, e sinto um nó no estômago. Odeio o nervosismo que sinto por estar perto dele agora. E tem aquilo que Sandy me contou hoje. Que, sem que eu soubesse, alguém fotografou minhas mulheres de areia e mandou tudo para a EAC. Só pode ter sido Noah, o que quer dizer que ele me fez entrar na escola e acabou tendo que estudar na Roosevelt.

Sinto o gosto da culpa mesmo com o limão na boca.

— Tá, então — diz ele, mexendo os pés de um lado para o outro com os tênis cheios de lama, esfregando cada vez mais sujeira no meu tapete felpudo branquíssimo.

Não digo nada. Ele podia arrancar minha orelha fora que eu não diria nada. O rosto dele está o contrário do que vi hoje no céu. Está trancado a sete chaves.

— Sabe que o papai vai passar a semana fora, né? A gente... — diz, e indica o próprio quarto, de onde soa música, gargalhada e conformidade. — A gente pensou em dar uma festa aqui. Tudo bem por você?

Fico o encarando, rezando para os alienígenas, Clark Gable ou o responsável por abduções de alma trazerem meu irmão de volta. Porque, além de se meter em gangues perigosas e dar festas, esse Noah também sai com garotas, raspa o cabelo direitinho, dá rolé no Canto e assiste a partidas de jogos com nosso pai. Para todos os outros garotos de dezesseis anos: de boa. Para Noah, só tem um significado: morte do espírito.

Um livro com a história errada. Meu irmão, o esquisito revolucionário, mergulhou em retardador de chamas, como ele costumava dizer. Nosso pai está nas nuvens, lógico, acha que Noah e Heather namoram — mas não namoram. Parece que só eu vejo a gravidade da situação.

— Hum, Jude, você sabia que tem um limão nos seus dentes?

— Lógico que sei — digo, embora, por motivos óbvios, soe tudo embolado.

Ah, eureca! Aproveito a barreira linguística repentina, olho bem na cara dele e acrescento:

— O que você fez com meu irmão? Se encontrá-lo, diga que estou com saudade. Diga que eu...

— Oi? Não dá para te entender com esse limão de vodu na boca.

Ele balança a cabeça do mesmo jeito desdenhoso que nosso pai, e sei que está prestes a me dar uma bronca. Meus interesses incomodam ele, o que nos deixa quites.

— Sabe — diz ele —, outro dia peguei seu notebook emprestado pra fazer um trabalho, porque Heather estava usando o meu. Vi seu histórico.

Vixe.

— Nossa senhora, Jude. Quantas doenças você imagina que tem numa noite só? E aqueles obituários bizarros que você lê... tipo, da Califórnia inteira.

Parece uma boa hora para imaginar a campina. Ele aponta para a bíblia aberta no meu colo.

— E talvez você devesse largar esse livro tosco de vez em quando e, sei lá, sair de casa — prossegue ele. — Falar com alguém além da nossa avó morta. Pensar em alguma coisa além de morte. É o maior...

Tiro o limão da boca.

— É o quê? Um *mico*?

Lembro que um dia disse isso para ele — o mico que ele passava —, e faço uma careta lembrando de como eu era antes. Será que nossas personalidades trocaram de corpo? No terceiro ano do fundamental, a sra. Michaels, professora de artes, nos mandou fazer autorretratos.

Estávamos de lados opostos da sala e, sem nem olhar um para o outro, eu desenhei ele e ele me desenhou. Às vezes me sinto assim hoje em dia.

— Eu não ia dizer isso — responde ele, passando a mão pelo cabelo e notando que ele não está mais ali.

Em vez disso, ele coça a nuca.

— Ia, sim.

— Tá, ia, sim, mas só porque *é* o maior mico. Hoje fui pagar o meu almoço na cantina e achei isso.

Ele tira do bolso um punhado de sementes e grãos extremamente protetores que escondi ali.

— Só estou cuidando de você, Noah, mesmo que você seja uma alcachofra de carteirinha.

— Você está totalmente surtada, Jude.

— Sabe o que eu acho um surto? Dar uma festa no aniversário de dois anos da morte da sua mãe.

A máscara dele desmorona por um segundo, mas logo se fecha outra vez. Quero gritar "Sei que você está aí!". É verdade, eu sei mesmo. Os sinais são os seguintes:

1) A obsessão bizarra dele por pular do Pico do Diabo, e como sua expressão ficou sublime hoje no céu;

2) Às vezes ele está largado numa poltrona, deitado na cama, enroscado no sofá e eu balanço a mão na frente dos olhos dele, mas ele nem pisca. Parece que ficou cego. Onde é que ele se enfia nessas horas? O que está fazendo por lá? Eu desconfio que ele esteja pintando. Desconfio que dentro da fortaleza impenetrável de normalidade que ele virou esteja um museu doidão.

E, mais importante:

3) Descobri (fuçar o histórico de pesquisa é uma via de mão dupla) que Noah, que raramente entra na internet, que provavelmente é o único adolescente do país indiferente à realidade virtual e a todas as redes sociais, está sempre postando uma mensagem num site chamado Conexões Perdidas, sempre a mesma mensagem, quase toda semana.

Eu confiro sempre — ele nunca recebeu resposta. Tenho certeza de que a mensagem é para Brian, que não vejo desde o enterro da minha mãe e que, até onde eu sei, não voltou a Lost Cove desde que a mãe dele se mudou.

Para sua informação, eu sabia o que estava rolando entre Brian e Noah, mesmo que mais ninguém soubesse. Durante aquelas férias todas, quando Noah voltava à noite depois de passar o dia com ele, começava a desenhar retratos de NoaheBrian até os dedos ficarem tão inchados e machucados que de vez em quando ele precisava ir ao freezer para enfiar as mãos na bandeja de gelo. Ele não sabia que eu estava de olho no corredor, que via ele desabar contra a geladeira, pressionando a testa na porta fria, de olhos fechados, com seus sonhos fora do corpo.

Noah não sabia que, toda vez que ele saía pela manhã, eu dava uma olhada nos cadernos secretos que ele escondia debaixo da cama. Parecia que ele tinha descoberto um espectro de cores completamente novo. Que tinha descoberto outra galáxia de imagens. Que tinha me substituído.

Só para não ficar nenhuma dúvida: acima de tudo, eu queria nunca ter entrado naquele armário com Brian. Mas a história deles não acabou naquela noite.

Eu queria nunca ter feito muitas das coisas que fiz naquela época.

Queria que ter entrado no armário com Brian fosse a pior delas.

O gêmeo destro diz a verdade, o canhoto mente
(Noah e eu somos canhotos.)

Ele está olhando para os próprios pés. Fixamente. Não sei o que está passando pela cabeça dele, e isso me faz sentir vazia por dentro. Ele ergue o rosto.

— Não vamos dar a festa no aniversário. Vai ser um dia antes — diz em voz alta, me olhando com aqueles olhos escuros e suaves, que nem os da nossa mãe.

Mesmo que a última coisa que eu queira seja um bando de surfistas de Hideaway Hill que nem Zephyr Ravens perto de mim, digo:

— Pode dar.

Digo isso em vez do que eu diria se ainda estivesse com o limão de vodu na boca: *Desculpa. Por tudo.*

— Que tal você aparecer lá, dessa vez? — pergunta, e aponta para a parede. — Usar um desses?

Ao contrário de mim, meu quarto é uma explosão de meninice, repleto dos vestidos que fiz — flutuantes ou não —, todos pendurados na parede. Eles são como amigos.

Dou de ombros.

— Não me meto em eventos sociais. Não uso os vestidos.

— Mas usava.

Eu não digo: "E você fazia arte e gostava de meninos e conversava com cavalos e trazia a lua pela janela para me dar de presente de aniversário."

Se nossa mãe voltasse, ela não conseguiria identificar nenhum de nós num reconhecimento criminal.

Nem nosso pai, que acabou de aparecer na porta. A pele de *Benjamin Sweetwine: O retorno* tem cor e textura de argila cinza. As calças dele são todas frouxas e ele usa o cinto meio que de qualquer jeito, o que deixa ele com um aspecto de espantalho: se alguém puxasse mais o cinto ele acabaria virando um monte de palha. Talvez seja minha culpa. Eu e a vovó praticamente ocupamos a cozinha e passamos a usar a bíblia como se fosse um livro de receitas:

Para trazer a alegria de volta a uma família de luto, salpique três colheres de sopa de casca de ovo moída em todas as refeições

Meu pai anda surgindo assim direto agora, do nada, sem nem o som de, sei lá, passos. Olho para os sapatos dele, que estão, sim, nos pés, que por sua vez estão, sim, no chão *e* virados para o lado certo — ótimo. A gente começa a se perguntar quem, afinal de contas, é o fantasma da família. Porque a real é que minha mãe morta está mais presente e perceptível do que meu pai vivo. Na maior parte do tempo, só sei que meu pai está em casa porque escuto a descarga ou a televisão ligada. Ele nunca mais escutou jazz nem saiu para nadar. Geralmente só fica parado olhando para o nada, como se estivesse tentando resolver uma equação impossível.

E sai para caminhar.

As caminhadas começaram um dia após o velório, quando os amigos e colegas da minha mãe ainda estavam aqui em casa.

— Vou dar uma caminhada — ele me dizia e saía pela porta dos fundos, me deixando sozinha (Noah tinha sumido). Só voltava depois de todo mundo ter ido embora.

No dia seguinte, mesma coisa:

— Vou dar uma caminhada.

Isso continuou acontecendo pelos dias, semanas, meses e anos que se seguiram, e todo mundo vive dizendo que viu meu pai lá na estrada Old Mine, que fica a vinte e cinco quilômetros daqui, ou na praia Bandit, mais longe ainda. Fico imaginando ele sendo atropelado, afogado por ondas agitadas, atacado por onças-pardas. Imagino ele não voltando para casa. Às vezes eu o parava na porta, perguntava se podia caminhar com ele, mas ele só respondia:

— Só preciso de um tempinho pra pensar, meu bem.

Enquanto ele está lá fora pensando, espero o telefone tocar com a notícia de que aconteceu um acidente.

É o que te dizem: *aconteceu um acidente.*

No caso da minha mãe, no dia que aconteceu, ela estava indo visitar meu pai. Fazia mais ou menos um mês que estavam separados, e ele estava ficando num hotel. Naquela tarde, ela disse a Noah antes de sair que ia pedir para nosso pai voltar, para voltarmos a ser uma família.

Em vez disso, ela morreu.

Para aliviar o clima, eu pergunto:

— Pai, não tem uma doença que faz o corpo ir se calcificando até a pessoa acabar presa dentro dele, tipo uma prisão de pedra? Acho que li num daqueles periódicos seus.

Ele e Noah trocam aquele "olhar" às minhas custas. Ai, Clark Gable, me poupe.

Meu pai responde:

— Se chama FOP e é extremamente rara, Jude. Extremamente, extremamente rara.

— Ah, eu não acho que tenho isso, não.

Pelo menos não literalmente. Não digo que acho que, metaforicamente, nós três temos essa doença. É como se nossas versões de verdade estivessem enterradas bem no fundo desses impostores. Os periódicos médicos do meu pai conseguem explicar tão bem quanto a bíblia da vovó.

— Onde o Ralph se meteu? Onde o Ralph se meteu?

Um momento de conexão familiar! Nós três reviramos os olhos ao mesmo tempo, com o toque dramático típico da vovó Sweetwine. Até que meu pai franze a testa.

— Meu bem, tem algum motivo para você ter colocado essa cebola imensa no bolso?

Olho para minha proteção contra doenças escapando do bolso do moletom. Tinha me esquecido dela. Será que o cara inglês também viu? Nossa Senhora.

— Jude, você... — começa meu pai, mas o que com toda certeza seria mais uma bronca de alcachofra sobre minha tendência a compulsão bíblica ou meu relacionamento à distância com a vovó (com a minha mãe ele nem imagina) é interrompido porque ele acabou de levar um tiro de arma de choque.

— Pai? — chamo, porque ele fica pálido... quer dizer, mais pálido ainda. — Pai? — repito, acompanhando seu olhar angustiado para a tela do computador.

Essa é a *Família do Luto?* Das obras que vi do Guillermo Garcia, essa é minha predileta, apesar de ser mesmo muito perturbadora. Três gigantes de pedra enormes, devastados pelo luto, que me lembraram da gente — que me lembraram de como eu, meu pai e Noah devíamos estar em frente ao túmulo da minha mãe, quase indo junto com ela. Aposto que meu pai também se lembrou disso.

Olho para Noah e vejo que ele está do mesmo jeito, também encarando atentamente a tela do computador. A fechadura foi arrombada.

Um brilho avermelhado de emoção inundou seu rosto, seu pescoço e foi até as mãos. É promissor. Ele está reagindo à arte.

— Eu sei — digo para os dois. — É um trabalho incrível, né?

Nenhum dos dois responde. Não sei nem se me escutaram.

— Vou dar uma caminhada — diz meu pai, brusco.

— Meus amigos — diz Noah, com a mesma brusquidão.

Depois disso os dois vão embora.

E a louca aqui sou eu?

É o seguinte: sei que perdi o juízo. Vejo meus parafusos caírem e voarem todo dia. O que me preocupa em meu pai e Noah é que eles parecem achar que estão bem.

Vou até a janela, abro, e entram os gemidos e grasnidos fantasmagóricos das mobelhas, o estrondo das ondas de inverno, ondas *radicais*, pelo visto. Por um momento estou novamente na minha prancha, pegando onda, sentindo o ar frio e salgado nos pulmões — até que de repente arrasto Noah para a areia e volto àquele dia, dois anos atrás, quando ele quase se afogou, e o peso dele nos afunda a cada braçada... não.

Não.

Fecho a janela, puxo a cortina.

Se um gêmeo se machuca, o outro sangra

Mais tarde, quando volto ao computador para ler mais sobre Guillermo Garcia, descubro que todas as páginas que salvei nos favoritos foram apagadas.

O plano de fundo de *Família do Luto* foi substituído por uma tulipa roxa.

Quando questiono Noah, ele diz que não faz ideia do que estou dizendo, mas não acredito nele.

A festa de Noah está rolando solta. Meu pai foi passar a semana numa conferência sobre parasitas. O Natal foi um fiasco. E acabei de fazer uma resolução de Ano-Novo adiantada — ou melhor, uma *revolução* de Ano-Novo, que é a seguinte: voltar hoje mesmo ao estúdio de Guillermo Garcia e pedir para ele ser meu mentor. Estou enrolando desde o início das férias de inverno. Porque, e se ele recusar? E se ele aceitar? E se ele meter a porrada em mim com um cinzel? E se o cara inglês estiver lá? E se não estiver? E se *ele* meter a porrada em mim? E se minha mãe acabar quebrando pedra com a mesma facilidade com que quebra cerâmica? E se essa coceira no meu braço for lepra?

Etc.

Perguntei tudo isso para o Oráculo agora há pouco e o resultado foi definitivo. Nenhum momento é melhor que o presente, está decidido; também fui incentivada pela galera da festa do Noah — inclusive Zephyr — que não parava de bater na minha porta, que estava trancada e com uma cômoda encostada na frente, só para garantir. Por isso pulei a janela e enfiei no bolso do moletom os doze passarinhos de concha que deixo no peitoril. Não dão tão tanta sorte quanto trevos de quatro folhas e também nem se comparam a vidro marinho vermelho, mas é o que temos para hoje.

Vou seguindo os refletores amarelos no meio da estrada enquanto desço a colina, ouvindo o barulho dos carros e de possíveis assassinos em série. É outra noite de neblina. Bem assustadora. E essa é uma péssima ideia. Mas agora já me comprometi, então desato a correr pelo vazio úmido e frio e rezo para Clark Gable, pedindo que Guillermo Garcia seja só um maníaco normal, e não daquele tipo que mata garotas, tudo isso enquanto tento não pensar se o cara inglês vai estar por lá. Tento não pensar nos olhos coloridos dele, na energia que emanava dele, em como ele me parecia familiar, nele me chamando de anjo caído e dizendo "Você é ela", e, antes que eu me dê conta, todo esse não pensamento acaba me levando à porta do estúdio, por baixo da qual vejo uma luz escapando.

Igor Pinguço deve estar lá dentro. Me vem à cabeça uma imagem dele de cabelo ensebado, barba preta desgrenhada e dedos calejados num tom de azul. Dá até coceira. Provavelmente ele tem piolho. Assim, se eu fosse um piolho, escolheria colonizar ele. Com aquele cabelão todo. *Não me leve a mal*, mas eca.

Dou uns passos para trás e vejo uma fileira de janelas na lateral do prédio, todas iluminadas — o estúdio em si deve ficar ali. Uma ideia começa a se formar. Uma grande ideia. Porque talvez dê para espiar o estúdio sem ser notada... dá, sim, penso, ali daquela saída de emergência nos fundos. Quero ver os gigantes. Também quero ver Igor Pinguço, e parece perfeito vê-lo por trás do vidro. Genial, sério. Antes que eu acabe pensando melhor, já estou pulando a cerca e correndo por um beco trevoso, do tipo onde garotas levam pancadas de cinzel.

Dá muito azar cair de cara no chão

(Juro de pés juntos que é um dos conselhos. A sabedoria da bíblia da vovó não tem limites.)

Chego à saída de emergência — viva — e começo a subir a escada, discreta que nem um ratinho, a caminho da luz brilhante que vem do andar.

O que estou fazendo?

Bom, só sei que estou fazendo. No alto da escada eu me agacho e passo de fininho, que nem um caranguejo, por baixo da janela. Quando ela termina, me levanto, agarrada à parede, para dar uma olhada naquele espaço imenso e iluminado...

E ali estão eles. Gigantes. Gigantes *gigantescos*. Mas diferentes dos das fotos. Esses são todos casais. Do outro lado do ambiente, enormes seres de rocha se abraçam como se estivessem numa pista de dança, paralisados bem no meio do movimento. Não, na verdade, não se abraçam. Ainda não. É como se cada "homem" e cada "mulher" se jogasse apaixonadamente um nos braços do outro, *desesperadamente*, mas o tempo parasse antes de eles conseguirem chegar ao abraço.

Sinto uma onda de adrenalina. Nem me surpreende que a *Interview* tenha o fotografado atacando *O beijo* de Rodin com um taco de beisebol. Comparado a isso, é uma escultura tão educada e, bom, sem graça...

Minha linha de raciocínio é interrompida porque Igor Pinguço salta pelo espaço amplo, como se sua pele não pudesse conter a agitação do sangue, agora completamente transformado. Ele fez a barba, lavou o cabelo e vestiu um avental, que está salpicado de argila, assim como a garrafa d'água que leva à boca. A biografia dele não mencionava que ele também trabalhava com argila. Ele bebe água como se tivesse acabado de vagar pelo deserto com Moisés, entorna até a última gota e joga a garrafa no lixo.

Alguém ligou ele.

Num reator nuclear.

Senhoras e senhores: a estrela do rock do mundo das esculturas.

Ele avança em direção a um trabalho de argila em andamento no meio do cômodo e, quando está a poucos passos, começa a dar voltas lentamente ao redor do trabalho, como um predador diante da presa, falando num tom de voz grave e profundo que escuto pela janela. Olho para a porta, na expectativa de alguém entrar atrás dele, alguém envolvido na conversa, que nem o cara inglês, penso, sentindo um frio na barriga, mas não vem ninguém. Não consigo entender nada do que ele diz. Parece espanhol.

Talvez ele também tenha fantasmas. Que bom. Temos algo em comum.

De repente ele pega a escultura, e o gesto repentino me tira o fôlego. Pelo jeito como ele se mexe, parece mais um cabo elétrico arrebentado. Mas agora cortaram a energia, então ele só encosta a testa na barriga da escultura. Não me leva a mal (de novo), mas que cara bizarro. Ele espalma as manzorras no trabalho, uma de cada lado, e fica assim, imóvel, como se estivesse rezando, escutando um coração ou estivesse totalmente lelé. Até que vejo suas mãos começarem a subir e descer devagar pela superfície da peça, pouco a pouco arrastando a argila e arremessando punhados no chão, só que, enquanto isso, ele nem levanta o rosto para ver o que faz. Está esculpindo *às cegas*. Uau, caramba.

Queria que Noah estivesse vendo isso. Que minha mãe estivesse vendo isso.

Finalmente ele recua, cambaleando, como se arrancado de um transe, depois tira um maço de cigarro do bolso do avental, acende um e, encostado numa mesa, fuma e observa a escultura, virando a cabeça de um lado para o outro. Estou me lembrando da biografia absurda dele. Que ele vem de uma longa linhagem de fabricantes de lápides na Colômbia e que começou a esculpir aos cinco anos. Que ninguém nunca vira anjos tão magníficos quanto os dele, e que as pessoas que moravam perto dos cemitérios onde suas estátuas vigiavam os mortos juravam que as ouviam cantar à noite, que as vozes celestiais adentravam seus lares, seu sono, seus sonhos. Que corria o boato de que o menino escultor era encantado, ou que talvez fosse possuído.

Aposto na segunda opção.

Ele era o tipo de homem que, ao entrar em qualquer ambiente, derrubava todas as paredes. Concordo, mãe, e volto à estaca zero. Como vou pedir para *ele* ser *meu* mentor? Essa versão dele é muito mais assustadora do que Igor.

Ele joga o cigarro no chão, toma um gole demorado de água de um copo na mesa, cospe a água na argila — ai, que nojo! — e começa a cutucar furiosamente a parte umedecida, agora olhando fixo para o que faz. Está completamente concentrado, bebendo, cuspindo e moldando, bebendo, cuspindo e moldando, esculpindo como se tentasse arrancar da argila algo de que precisa, de que precisa urgentemente. Conforme o tempo passa, começo a ver um homem e uma mulher tomarem forma — dois corpos, emaranhados que nem galhos.

Isso que é desejar com as mãos.

Perco a noção do tempo enquanto eu e um grupo de casais de pedra enormes o observamos trabalhar, vemos ele passar as mãos — pingando argila — pelo cabelo, sem parar, até não dar mais para saber se é ele quem faz a escultura ou se é a escultura que o faz.

Está amanhecendo quando volto de fininho para a saída de emergência de Guillermo Garcia.

Assim que chego no andar, passo novamente agachada por baixo da janela, até estar de volta ao mesmo posto de observação de ontem. Só me levanto o suficiente para enxergar o estúdio... Ele ainda está ali. Eu sabia que ele estaria. Está sentado na plataforma, de costas para mim, com a cabeça abaixada e o corpo completamente relaxado. Não chegou a trocar de roupa. Será que dormiu? A escultura de argila a seu lado parece pronta — ele deve ter virado a noite trabalhando —, mas está totalmente diferente de quando fui embora. Os apaixonados não estão mais abraçados entrelaçados daquele jeito. Agora o homem está caído de costas e parece que a mulher se arranca dele, como se saísse à força de dentro do seu peito.

É horrível.

Então percebo os ombros de Guillermo Garcia subindo e descendo. Está chorando? Como se por osmose, sou tomada por uma onda sombria de emoção. Engulo em seco e encolho os ombros como um acordeão. Não que eu seja de chorar.

Lágrimas de luto devem ser recolhidas e ingeridas para curar a alma
(Eu *nunca* chorei pela minha mãe. No velório, tive que fingir. Ia direto ao banheiro para beliscar as bochechas e coçar os olhos, só para manter as aparências. Eu sabia que se deixasse cair uma lágrima sequer, seria o Judemagedom. Não posso dizer o mesmo de Noah. Por meses, foi que nem morar com um dilúvio.)

Consigo ouvir o escultor pela janela — um gemido profundo e sombrio que suga todo o ar do ar. Tenho que dar o fora. Quando me abaixo para sair, me lembro dos passarinhos de concha que ainda estão no meu bolso. Ele precisa deles. Estou alinhando as conchas no parapeito quando, de repente, percebo um rápido movimento pelo canto do olho. Ele jogou o braço para trás e está começando a dar impulso para a frente...

— Não! — eu berro, sem nem pensar, e esmurro a janela para impedi-lo de tocar e lançar à morte certa os amantes atormentados.

Antes de descer voando pela escada de emergência, vejo que ele está me olhando, a expressão no rosto passando de surpresa para raiva.

Estou pulando a cerca quando escuto aquele rangido de filme de terror da porta abrindo, que nem no outro dia, e vejo pelo canto do olho a silhueta imensa dele aparecer. Das duas, uma: ou recuo para o beco e acabo sendo pega na emboscada, ou pulo na calçada e saio correndo. Não é como se eu tivesse muitas opções, penso ao aterrissar de pé — *ufa* —, até tropeçar para a frente, e seria um belo e bem azarado tombo de cara não fosse uma manzorra que segurou meu braço com força e me ajudou a me equilibrar.

— Obrigada — me escuto dizer. *Obrigada?* — Teria sido um tombo feio — explico para os pés dele, antes de acrescentar rápido: — Você nem imagina quantas lesões cerebrais são causadas por quedas, e se for no lobo frontal, aí esquece, pode dar tchau pra sua personalidade, e isso deixa a gente pensando no que afinal de contas é uma pessoa, se só de bater a cabeça já dá para virar outra, né?

Vixe — estou a mil, descontrolada, fui colocada na terra só para ficar falando sozinha com esses sapatos colossais e sujos de argila.

— Se dependesse de mim — continuo, engatando numa marcha que até então desconhecia —, mas lógico que nada depende, e se não fosse causar um baita dilema fashion, eu faria todo mundo andar com um capacete de titânio, do berço ao túmulo. Tipo, *qualquer coisa* pode cair na sua cabeça a *qualquer hora*. Já parou pra pensar nisso? Um ar-condicionado, por exemplo, pode simplesmente cair de uma janela do segundo andar e te esmagar quando você estiver de boa, comprando pão na padaria.

Respiro fundo e continuo:

— Ou um tijolo. Lógico, porque a gente precisa se preocupar com o tijolo voador.

— O tijolo voador?

O timbre da voz dele lembra muito um trovão.

— Isso, o tijolo voador.

— Um tijolo voador?

Ele é burro, por acaso?

— Isso. Ou um coco, de repente, para quem mora nos trópicos.

— Você é lelé da nuca.

— Da *cuca* — corrijo, baixinho.

Ainda não levantei o rosto, acho que é melhor ficar assim mesmo.

Um monte de palavras em espanhol começa a sair da boca dele. Reconheço a palavra *loca* várias vezes. Se eu tivesse que dar uma nota para o aborrecimento desse cara, daria um dez. Ele tem um cheiro muito forte, *não me leva a mal, mas* é nível de macaco suado. Só que sem nenhum vestígio de álcool. Igor não está por aqui, esse maníaco é pura Estrela do Rock.

Sigo comprometida com minha estratégia de olho-no-sapato, então não tenho tanta certeza, mas acho que ele soltou meu braço para gesticular agitadamente enquanto continua a bronca em espanhol. Ou isso ou tem aves esvoaçando ao meu redor. Quando os movimentos se aquietam e aquele monte de palavras num espanhol furioso dá uma diminuída, tomo coragem e levanto a cabeça para dar uma olhada no que estou enfrentando. A coisa está feia. O cara é um arranha-céu, absurdamente imponente, os braços cruzados no peito em pose de batalha, me analisando como se eu fosse um alienígena. É o famoso sujo falando do mal-lavado, porque, nossa, de perto parece que ele acabou de sair de um lamaceiro — uma criatura do pântano total. Está todo coberto de argila, exceto pelos rastros de choro na bochecha e por aqueles olhos verdes, que parecem mais chamas vindas direto do inferno, cravados em mim.

— E aí? — solta ele, impaciente, como se já tivesse me perguntado algo que não respondi.

Engulo em seco.

— Perdão — digo. — Foi sem querer que...

Hum, e depois, digo o quê? Foi sem querer que pulei a cerca, subi pela escada de emergência e te vi tendo um ataque nervoso?

Tento de novo:

— Vim aqui ontem...

— Você passou a noite toda me olhando da janela? — vocifera ele. — Um dia desses te mandei ir embora, aí, não satisfeita, você voltou e passou a noite toda me olhando?

Esse cara não deve comer só cachorrinhos, não, também deve devorar bebês fofinhos e saltitantes.

— Não. A noite *toda*, não... — começo, mas, quando vejo, lá vou eu de novo. — Queria pedir para você ser meu mentor, sabe, eu podia ser sua estagiária, faria o que você quisesse, a faxina, qualquer coisa... porque tenho que fazer uma escultura.

Olho bem nos olhos dele.

— *Preciso* fazer — continuo —, e tem que ser de pedra por muitos motivos, motivos nos quais você mal acreditaria, e meu professor Sandy disse que você é o único por aí que ainda esculpe, tipo, praticamente no mundo todo — ele abriu um sorrisinho? —, mas quando eu vim naquele dia você parecia tão... sei lá, e, lógico, me mandou embora, aí eu fui, mas voltei ontem pensando em tentar de novo, só que acabei ficando com medo porque, tipo, você é meio assustador, assim, sendo bem honesta, nossa... você dá medo *pra caramba*...

Nesse momento ele arqueia as sobrancelhas, rachando a argila seca na testa.

— Mas ontem — continuo —, o jeito como você esculpiu aquela peça às cegas foi...

Tento pensar no que foi aquilo, mas não consigo pensar em nada que faça jus.

— Simplesmente não consegui acreditar, não consegui *mesmo*, e aí fiquei pensando que talvez você seja, sei lá, meio mágico, quem sabe, porque no meu livro didático de escultura falavam de todos aqueles anjos que você esculpia quando era criança e diziam que achavam que você fosse encantado, ou até possuído, não me leva a mal, e essa escultura que eu tenho que fazer, bom, eu preciso de ajuda, *desse tipo* de ajuda, porque comecei a pensar que posso dar um jeito nas coisas, tipo, se eu fizer essa escultura talvez alguém acabe finalmente entendendo um negócio, e isso é muito importante pra mim, muito, muito importante, porque ela nunca me entendeu, nunca me entendeu de verdade, e ela está muito brava com uma coisa que eu fiz... — Respiro fundo e acrescento: — E eu também estou triste. — Suspiro. — Também não estou bem. Nada bem. Queria ter dito isso da última vez que estive aqui. Sandy até me mandou falar com a psicopedagoga, mas ela só ficou me mandando imaginar uma campina...

Percebo que já falei tudo que tinha para falar, então fecho a boca e fico ali parada esperando os paramédicos ou seja lá quem for trazer uma camisa de força.

É mais do que falei nos últimos dois anos inteiros.

Ele coloca a mão na boca e começa a me observar, menos como se eu fosse um alienígena e mais daquele jeito como observava a escultura de ontem. Quando finalmente fala, para minha imensa surpresa e alívio, ele não diz "Vou chamar a polícia", mas:

— Vamos tomar um café. Que tal? Preciso de um descanso.

Sigo Guillermo Garcia por um corredor escuro e empoeirado, cheio de portas fechadas que dão nos cômodos onde ele acorrentou todas as outras alunas de artes de dezesseis anos. Passa pela minha cabeça que ninguém sabe que estou aqui. De repente toda aquela história de escultor de lápide não parece lá tão maneira.

Para dar coragem, diga seu nome três vezes na mão fechada
(Não é melhor me dar logo um spray de pimenta, vovó?)

Digo meu nome três vezes na mão fechada. Seis vezes. Nove vezes, e continuo...

Ele se vira, abre um sorriso e aponta para cima.

— Ninguém faz café melhor do que Guillermo Garcia.

Retribuo o sorriso. Não pareceu muito homicida, mas talvez ele esteja tentando me deixar à vontade para ir me atraindo lentamente para sua toca, que nem a bruxa de João e Maria.

Alerta Saúde: Coloque imediatamente uma máscara respiratória. Civilizações inteiras de poeira são capturadas pelos feixes de luz que entram pelas duas janelas altas. Olho para o chão e, caramba, está *tão* empoeirado que dá para ver minhas pegadas. Queria flutuar que nem a vovó S., só para não levantar essa poeirada toda. E esse cheiro de mofo... Deve ter um monte de fungo tóxico espalhado por essas paredes de concreto.

Entramos numa área mais espaçosa.

— A sala de correspondência — diz Guillermo.

Não é exagero. O espaço é cheio de mesas, cadeiras, sofás, tudo soterrado por meses, ou até anos, de correspondências fechadas caindo aos montes no chão. À direita tem uma copa infestada de botulismo, uma outra porta fechada, provavelmente com alguns reféns amarrados e amordaçados lá dentro, uma escada que leva a um mezanino — dá para ver daqui uma cama desarrumada — e, à esquerda, ah, Clark Gable, lá, sim, está, que alegria: um anjo de pedra em tamanho real que parece ter passado a vida ao relento antes de vir parar aqui.

É um deles. Tem que ser. Na mosca! A biografia dizia que, na Colômbia, até hoje as pessoas chegam de todos os cantos para cochichar desejos nas orelhas de pedra fria dos anjos de Guillermo Garcia. Esta é uma anja espetacular, da minha altura, com o cabelo deslizando pelas costas em mechas que parecem feitas de seda, não de pedra. O rosto ovalado e largo está virado para baixo, como se olhasse com carinho para uma criança, e as asas se erguem das costas como um símbolo da própria liberdade. Parece o *Davi* da sala de Sandy, a um sopro da vida. Quero abraçá-la ou começar a gritar de tão contente, mas pergunto, na maior calma do mundo:

— Ela canta pra você à noite?

— Infelizmente os anjos não cantam pra mim — diz ele.

— É, pra mim também não — respondo, e, por algum motivo, ele se vira e sorri para mim.

Assim que ele me dá as costas, viro rápido à esquerda e começo a atravessar a sala na ponta dos pés. Não consigo me controlar. Preciso murmurar meu desejo na orelha dessa anja imediatamente.

Ele faz um gesto com o braço no ar.

— É, é, todo mundo faz isso. Pena que não funciona.

Ignoro o ceticismo dele e derramo meus desejos naquela concha perfeita que é a orelha da anja — *quem não arrisca não petisca, meu bem* — e, ao terminar, percebo que a parede atrás está coberta de esboços, principalmente de corpos, casais, homens e mulheres sem expressão abraçados, ou melhor, se fundindo um nos braços do outro. Será que são estudos dos gigantes da sala ao lado? Dou mais uma olhada ao redor da sala de correspondência e vejo que a maior parte das paredes está coberta de esboços. A única interrupção da arte rupestre é numa parte onde está pendurada uma pintura grande sem moldura. É de um homem e uma mulher se beijando num penhasco à beira do mar enquanto o resto do mundo gira num turbilhão de cores — a paleta é forte, colorida, que nem de Kandinsky ou Franz Marc, o preferido da minha mãe.

Eu não sabia que ele também pintava.

Vou até a tela, ou talvez seja ela que se aproxima de mim. Algumas pinturas ficam na parede; esta, não. A cor transborda das duas dimensões, até eu ficar imprensada bem no meio de um beijo que poderia fazer uma garota, que não estivesse fazendo um boicote a garotos, se perguntar onde está um tal cara britânico...

— Economiza papel — diz Guillermo Garcia. Não percebi que comecei a passar a mão num dos desenhos na parede ao lado da pintura. Ele está recostado numa pia industrial enorme, me observando. — Gosto muito das árvores — acrescenta.

— Árvores são legais — digo, distraída, meio atordoada por todos aqueles corpos nus, todo o amor, todo o desejo ao meu redor. — Mas são do meu irmão, não minhas — acrescento, sem pensar direito.

Olho para a mão dele para ver se encontro uma aliança. Nada. E tudo indica que mulher nenhuma entra aqui faz séculos. Mas e aqueles casais gigantes? E a mulher saindo de dentro do homem na escultura de ontem? E essa pintura de beijo? E todas essas pinturas rupestres sensuais? E o Igor Pinguço? E aquele choro que vi pela janela? Sandy comentou que tinha acontecido alguma coisa com ele — o que foi? O que é? Dá para sentir com certeza que algo deu terrivelmente errado.

A argila na testa de Guillermo está enrugada de confusão. Só então percebo o que acabei de falar das árvores.

— Ah, eu e meu irmão dividimos o mundo quando éramos mais novos — conto. — Tive que dar as árvores, o sol e mais umas coisas pra ele em troca de um retrato cubista incrível que ele fez e que eu queria muito.

Os restos do retrato ainda estão no saco de lixo embaixo da minha cama. Quando cheguei da festa de despedida do Brian naquela noite, vi que Noah tinha rasgado o desenho e espalhado os pedacinhos pelo meu quarto. Pensei: está certo, não mereço mesmo uma história de amor. Não mais. Histórias de amor não são para garotas capazes de fazer o que acabei de fazer com meu irmão, garotas de coração gelado.

Mesmo assim, recolhi todos os pedacinhos do cara. Tentei montá-lo novamente tantas vezes, mas é impossível. Nem lembro mais como ele era, mas nunca vou esquecer da minha reação quando o vi no bloco de Noah. Eu *precisava* dele. Teria trocado ele pelo sol de verdade, então o sol imaginário era o de menos.

— Entendi — diz Guillermo Garcia. — Quanto tempo duravam essas negociações? Para dividir o mundo?

— Eram contínuas.

Ele cruza os braços, retomando a postura de batalha. Pelo visto é sua pose predileta.

— Você e seu irmão são muito poderosos. Que nem deuses. Mas, honestamente, acho que você não fez um bom negócio — ele balança a cabeça. — Diz que está muito triste, talvez seja por isso. Sem sol. Sem árvores.

— Também perdi as estrelas e o mar — digo.

— Terrível — diz ele, arregalando os olhos dentro da máscara de argila. — Você é péssima negociadora. Da próxima vez, melhor chamar um advogado.

Ele diz tudo isso num tom de voz bem-humorado.

Eu sorrio para ele.

— Pelo menos fiquei com as flores.

— Graças a Deus — diz ele.

Tem alguma coisa estranha rolando, tão estranha que nem acredito. Estou me sentindo à vontade. Logo aqui, com ele.

Infelizmente é nisso que estou pensando quando noto o gato, o gato *preto*. Guillermo se abaixa e pega o pacotinho preto de azar no colo. Faz carinho no pescoço do animal com a cabeça, depois murmura alguma coisa em espanhol. Uma vez li que a maioria dos assassinos em série ama bichos.

— Essa é a Frida Kahlo — diz ele, e vira para mim. — Conhece Kahlo?

— Claro.

O livro que minha mãe escreveu sobre ela e Diego Rivera se chama *Até nas coisas mais pequenas*. Eu li de cabo a rabo.

— Uma artista maravilhosa... tão atormentada. — Ele levanta a gata na frente do rosto. — Que nem você — acrescenta para a gata, antes de colocá-la de volta no chão.

Ela volta para ele imediatamente e começa a se esfregar nas pernas dele, alheia aos terríveis anos de azar que está trazendo para nossa vida.

— Sabia que toxoplasmose e campilobacteriose são transmitidas para humanos por meio da matéria fecal dos gatos? — pergunto a Guillermo.

Ele franze a testa, causando fissuras na argila sobre a pele.

— Não sabia, não. Nem quero saber — diz, e gira um pote no ar com as mãos. — Já apaguei da cabeça. Foi. Pronto. Você tinha que fazer o mesmo. Tijolos voadores, agora isso. Nunca ouvi falar dessas coisas.

— Você pode acabar ficando cego, ou outra coisa pior. Acontece. As pessoas não imaginam o perigo que é ter bichos.

— Acha mesmo? Que é perigoso ter uma gatinha?

— Com certeza. Ainda mais um gato *preto*, mas aí é outra história.

— Tá. É o que você acha. Sabe o que eu acho? Que você é doida — diz, e joga a cabeça para trás numa gargalhada que aquece o mundo inteiro. — Totalmente *loca*.

Ele vira de costas e começa a falar em espanhol um monte de coisas que só Clark Gable sabe o quê, enquanto tira o avental, que pendura num gancho. Por baixo está de calça jeans e camiseta preta, que nem um cara normal. Tira um bloquinho do bolso do avental e guarda no bolso de trás da calça. Fico me perguntando se é um bloco onde ele anota suas ideias. Na EAC, incentivam a gente a andar sempre com um bloquinho de ideias. O meu está vazio. Ele abre as duas torneiras no máximo, enfia um braço debaixo da água, depois o outro, e esfrega os dois com sabão industrial. Uma água marrom escorre dele como se fosse lama. Aí ele mete a cabeça toda na pia. Vai demorar.

Me abaixo para fazer amizade com a Frida azarada, que ainda está dando voltas nos pés de Guillermo. Como dizem, é importante manter os inimigos por perto. O esquisito é que, mesmo com Frida, a toxoplasmose e esse homem que por tantos motivos deveria me apavorar, me sinto mais à vontade aqui do que em qualquer outro lugar há muito tempo. Raspo os dedos no chão, tentando chamar a atenção da gata.

— Frida — chamo baixinho.

O título do livro da minha mãe sobre Kahlo e Rivera, *Até nas coisas mais pequenas*, vem do poema predileto dela da Elizabeth Barrett Browning.

— Você sabe de cor? — perguntei num dia em que estávamos caminhando juntas no bosque, só nós duas, uma raridade.

— Lógico que sei.

Ela deu um pulinho alegre e me puxou para perto, até eu também estar toda feliz e saltitante.

— "Amo-te quando em largo" — começou, os olhos grandes e escuros brilhando na minha direção, nosso cabelo se misturando e entrelaçando, soprado pelo vento.

Eu sabia que era um poema romântico, mas, naquele dia, parecia que falava da gente, uma experiência particular de mãe e filha.

— "Alto e profundo" — declamou ela... espera aí, ela *está* declamando. "Minh'alma alcança quando, transportada, sente..."

É ela, aqui, agora — sua voz grave e rouca está recitando o poema para mim!

— "Amo-te até nas coisas mais pequenas. Por toda a vida. E, assim Deus o quisesse, ainda mais te amarei depois da morte."

— Mãe? — murmuro. — Estou te ouvindo.

Leio esse poema para ela toda noite antes de dormir, em voz alta, torcendo para isso acontecer.

— Tá tudo bem?

Olho para cima e vejo o rosto limpo de Guillermo Garcia, que agora parece ter acabado de sair do mar, o cabelo preto escorrido para trás, pingando água, com uma toalha jogada no ombro.

— Tudo bem — digo, mas na verdade estou bem longe disso.

O fantasma da minha mãe falou comigo. Ela recitou o poema para mim. Disse que me ama. Ainda.

Eu me levanto. O que ele deve ter pensado de mim? Eu ali, agachada no chão, sem nenhum gato por perto, totalmente perdida, cochichando com minha mãe morta.

Agora o rosto de Guillermo está lembrando as fotos que vi na internet. Qualquer característica dele já seria dramática por si só, mas, juntas, viram uma disputa de território, uma guerra entre o nariz, a boca e os olhos brilhantes. Não consigo decidir se ele é grotesco ou lindo.

Ele também está me observando.

— Seus ossos — diz, e toca o próprio rosto — são muito delicados. Você tem ossos de passarinho.

Ele baixa os olhos, passando direto pelos meus peitos, até parar, confuso, em algum lugar no meio do meu corpo. Olho para baixo, achando que ele está vendo a cebola ou outra coisa que eu trouxe para dar sorte, mas não é isso. Minha camiseta embolou por baixo do moletom aberto e ele está olhando para minha barriga, para a tatuagem. Ele avança um passo e, sem nem pedir, levanta minha blusa para ver a imagem inteira. Ai, não. Ainãoainão. Ele fica ali segurando o tecido.

Sinto o calor dos dedos dele na minha barriga. Meu coração acelera. Isso é inadequado, né? Assim, ele é velho. Tem idade para ser pai de alguém. Acontece que ele não tem a menor cara de pai.

Só então percebo, pela expressão dele, que ele está olhando para a minha barriga com o mesmo interesse com que veria uma tela. Está fascinado pela minha tatuagem, não por mim. Não sei se fico aliviada ou ofendida.

Ele me encara e balança a cabeça num gesto de aprovação.

— Rafael na barriga — diz. — Muito bom.

Não consigo segurar o sorriso. Ele sorri também. Uma semana antes da minha mãe morrer, gastei todo o dinheiro que tinha guardado nessa tatuagem. Zephyr conhecia um cara que tatuava menor de idade. Escolhi os querubins de Rafael porque me lembravam de NoaheJude — mais um do que dois. E eles sabem voar. Agora acho que fiz isso mais para irritar minha mãe do que qualquer coisa, só que nunca nem tive a oportunidade de mostrar para ela... Como é que alguém pode morrer bem no meio de uma briga? Quando você está bem no auge do ódio? Quando absolutamente nada entre vocês chegou a ser resolvido?

Para se reconciliar com um parente, encha uma tigela de água da chuva e beba a água assim que o sol raiar novamente

(Meses antes de morrer, eu e minha mãe passamos um dia juntas no centro, para tentar melhorar nossa relação. No almoço, ela me disse que sentia que vivia procurando a mãe que a abandonou. Tive vontade de dizer: *É, eu também.*)

Guillermo faz sinal para eu segui-lo e para bem na entrada do estúdio amplo, que, diferente do outros cômodos, está ensolarado e relativamente organizado. Ele aponta para a sala dos gigantes.

— Minhas pedras, mas acho que vocês já se conheceram.

Acho que as conheci, sim, mas não desse jeito, enormes como se fossem titãs.

— Perto delas eu me sinto tão mirradinha — digo.

— Eu também — diz ele. — Que nem uma formiga.

— Mas você é o criador.

— Talvez — responde. — Não sei. Quem sabe...

Ele murmura algo que não consigo ouvir e conduz uma sinfonia com as mãos enquanto vai até um balcão com um fogão elétrico e uma chaleira.

— E se você tiver a síndrome da Alice no País das Maravilhas? — exclamo quando a ideia me vem, e ele se vira. — É um transtorno neurológico muito maneiro em que a escala das coisas fica mentalmente distorcida. Normalmente quem tem isso vê o mundo encolhido, tipo miniaturas de gente em carrinhos de brinquedo, esse tipo de coisa, mas também pode acontecer desse jeito.

Aponto para a sala como prova do meu diagnóstico.

Ele não parece nem um pouco convencido de ter essa tal síndrome da Alice. Dá para ver, porque ele volta a dar aquele chilique em espanhol dizendo que sou *loca* e começa a mexer nos armários. Enquanto prepara o café e resmunga — acho que dessa vez com bom-humor, porque talvez esteja achando graça de mim —, contorno a dupla de apaixonados mais próxima, passo os dedos na superfície áspera da pele deles e paro entre os dois para estender as mãos, morrendo de vontade de escalar seus corpos gigantescos e melancólicos.

No fim das contas, vai ver ele sofre de outra síndrome. Pelo visto, dor de cotovelo, se for levar em conta o padrão que tanto se repete por aqui.

Guardo para mim o novo diagnóstico e me aproximo dele no balcão. Ele está servindo a água da chaleira em dois coadores, um em cada xícara, e começou a cantar baixinho em espanhol. De repente entendo que sensação estranha é essa tomando conta de mim: bem-estar. Aquela tranquilidade que eu estava sentindo acabou se transformando em um bem-estar total. E talvez ele esteja sentindo o mesmo, já que está cantando e tudo mais.

Será que posso me mudar para cá? Eu viria com a máquina de costura, e pronto. Teria só que me esconder do cara inglês... que talvez seja filho do Guillermo... um filho que ele acabou de conhecer, que cresceu na Inglaterra. Isso!

E... onde tem um limão?

— Como prometi, néctar dos deuses — diz ele, colocando as duas xícaras fumegantes na mesa. Eu me sento no sofá vermelho ao lado.

— Agora podemos conversar, sim?

Ele senta comigo no sofá e traz com ele aquele cheiro de homem das cavernas. Mas não estou nem aí. Não estou nem aí que daqui a uns anos o sol imploda e acabe com toda a vida na Terra — tá, daqui a uns cinco bilhões de anos, mas mesmo assim, quer saber? Não estou nem aí. Que maravilha que é se sentir bem.

Ele pega açúcar na mesa e começa a jogar uma quantidade absurda no café, derrubando metade na mesa.

— Dá sorte — digo.

— O quê?

— Derramar açúcar. Derramar sal é ruim, mas açúcar...

— Já ouvi falar — diz ele, sorrindo, e dá um tapa no potinho de açúcar para derrubar tudo no chão. — Pronto.

Sinto uma onda de alegria.

— Não sei se vale se for de propósito — comento.

— Lógico que vale.

Ele tira um cigarro do maço amassado jogado na mesa, ao lado de outro bloquinho. Depois se recosta no sofá, acende o cigarro e traga profundamente. A fumaça dança entre a gente. Ele voltou a me observar.

— Quero que você saiba que ouvi o que você disse lá fora. Disso aqui — diz, levando a mão ao peito. — Você foi honesta comigo, então vou ser honesto com você. — Ele me olha bem nos olhos. Chego a ficar tonta. — Quando você veio naquele dia, eu não estava bem. Às vezes não estou bem... Sei que te mandei embora. Não sei o que mais te disse. Não lembro muito... daquela semana. — Ele dá uma balançada no cigarro. — Mas vou te dizer uma coisa: eu tenho meus motivos para não ensinar mais. Não tenho isso que você precisa. Não tenho, pronto. — Ele traga o cigarro, exala uma longa e cinzenta onda de fumaça e aponta para os gigantes. — Sou que nem eles. Todo dia penso que aconteceu, que finalmente virei a pedra que estou esculpindo.

— Eu também — solto. — Também sou de pedra. Pensei exatamente nisso um dia desses. Acho que minha família toda é assim. Tem uma doença chamada FOP...

— Não, não, não, você não é de pedra — interrompe. — Não tem essa doença chamada FOP nem nenhuma doença chamada nada. — Ele toca meu rosto carinhosamente com os dedos calejados e deixa a mão parada ali. — Pode confiar — diz. — Se tem uma pessoa que sabe disso, sou eu.

O olhar dele ficou tão gentil. Estou boiando nesses olhos.

De repente faz um silêncio imenso dentro de mim.

Concordo com a cabeça e ele sorri e afasta a mão. Levo a minha própria mão ao ponto onde ele tinha tocado, sem entender o que está acontecendo. Por que quero tanto que ele volte a tocar meu rosto. Tudo que quero é que ele me toque desse jeito e me diga que estou bem, várias e várias vezes, até ser verdade.

Ele apaga o cigarro.

— Já eu sou outra história. Não ensino há anos. Não ensino mais. Provavelmente nunca mais. Então...

Ah. Eu me abraço. Estava completamente enganada. Achei que, ao me convidar para tomar café, ele estivesse aceitando. Achei que fosse me ajudar. Sinto como se meus pulmões estivessem se fechando.

— Agora só quero trabalhar — diz, sua expressão ficando sombria. — É tudo que tenho. É tudo que posso...

Ele não conclui o raciocínio, só fica olhando para os gigantes.

— Só quero pensar e me importar com eles, entendeu? Só isso.

Agora a voz dele está séria, carregada.

Fico olhando para minhas mãos e, enquanto isso, a decepção, pesada e sem saída, vai se acumulando dentro de mim.

— Então — continua ele —, pensando nisso, acho que você é da EAC, porque falou de Sandy, certo?

Eu confirmo.

— Tem alguém lá, não? — pergunta. — Com certeza aquele Ivan, do departamento, pode te ajudar.

— Ele está na Itália — digo, minha voz começando a falhar.

Ah, não. Como assim? Logo agora? Ah, agora não, por favor. Mas vai ser agora, sim. Pela primeira vez em dois anos, lágrimas escorrem pelo meu rosto. Eu as seco rápido, repetidamente.

— Eu entendo — digo, me levantando. — Sério. Tudo bem. Foi uma ideia besta. Obrigada pelo café.

Tenho que sair daqui. Tenho que parar de chorar. Tem um choro poderoso e gigantesco se formando dentro de mim, tão intenso que vai despedaçar todos os meus ossos de passarinho. É o Judemagedom. Mantenho os braços apertados ao redor das costelas enquanto tento fazer minhas pernas trêmulas atravessarem o estúdio ensolarado, a sala de correspondência e aquele corredor escuro e bolorento, sem enxergar nada por conta do contraste da luz, quando a voz de barítono dele me interrompe.

— Precisa tanto fazer essa escultura pra chorar desse jeito?

Eu me viro. Ele está encostado na parede perto da pintura do beijo, de braços cruzados.

— Sim — solto, sem ar. — Sim — repito, dessa vez mais calma.

Ele vai mudar de ideia? O berreiro começa a recuar.

Ele coça o queixo. A expressão vai se suavizando.

— Precisa tanto fazer essa escultura que vai arriscar sua juventude dividindo espaço com uma gata que traz doenças?

— Sim. Com certeza. Por favor.

— Tem certeza que quer trocar o sopro quente e úmido da argila pela eternidade fria e implacável da pedra?

— Tenho certeza.

Seja lá o que for isso.

— Volte amanhã à tarde. Pode trazer seu portfólio e um bloco de desenho. E manda seu irmão devolver logo o sol, as árvores, as estrelas, isso tudo. Acho que você está precisando.

— Então é um sim?

— É. Não sei por quê, mas é.

Estou quase atravessando a sala aos pulinhos para dar um abraço nele.

— Ah, não — diz ele, balançando um dedo na minha direção. — Não vai se animando tanto. Aviso logo: todos os meus alunos me odeiam.

Fecho a porta de Guillermo e me recosto nela, sem entender direito o que aconteceu comigo lá dentro. Fico desorientada, como se tivesse acabado de assistir a um filme ou de acordar de um sonho. Agradeço várias vezes à bela anja de pedra que me concedeu meu desejo. Ainda preciso resolver o problema do meu portfólio ser cheio de tigelas e esculturas quebradas. E também o problema de ele ter me mandado levar um bloco, porque não sei desenhar. Ano passado, tirei cinco em desenho vivo. Desenhar é a parada do Noah.

Pouco importa. Guillermo topou.

Olho ao redor, admirando a rua Day, larga e arborizada, misturando prédios vitorianos caindo aos pedaços onde moram universitários, armazéns, um ou outro comércio e *aquela* igreja. Estou deixando o primeiro raio de sol do inverno inundar meus ossos quando escuto o chiado de uma moto. Vejo o motoqueiro cheio de adrenalina, achando que está na Indy 500, fazer uma curva tão fechada que a moto chega a raspar no chão. Caramba, *não me leve a mal, mas* que idiota burro e descuidado.

Evel Knievel queima pneu outra vez, dessa vez indo parar a menos de cinco metros de mim, e tira o capacete.

Ah.

Óbvio.

E de óculos escuros. Alguém chama o Samu.

— Ora, ora, e aí — diz ele. — O anjo caído voltou.

Ele não fala, cantarola, as palavras voando da boca dele como se fossem passarinhos. Por que é que os ingleses soam tão mais inteligentes do que nós, estadunidenses? Como se merecessem ganhar um Nobel só por dar um oi?

Fecho o zíper do moletom até o pescoço.

Mas não consigo colocar os antolhos contra garotos.

É um idiota descuidado, sim, mas, caramba, como ele é gato, sentado assim na moto, nesse dia ensolarado de inverno. Esse tipo de cara não devia ter permissão para andar de moto. Devia ser obrigado a andar por aí quicando; melhor ainda: naqueles cavalinhos pula-pula. E nenhum cara gato desse jeito devia ter sotaque inglês *e* andar de moto ao mesmo tempo.

Isso sem falar da jaqueta de couro e dos óculos escuros. Caras gatos deviam ser forçados a usar só pijama de pezinho.

É, pois é, o boicote, já sei.

Mesmo assim, dessa vez eu gostaria de dizer alguma coisa só para ele não achar que sou muda.

— Ora, ora, e aí — digo, imitando ele direitinho, *com sotaque inglês e tudo!*

Ah, não. Sinto que estou ficando vermelha. Deixo o sotaque para lá e acrescento:

— Mandou bem naquela curva.

— Ah, é — diz ele, descendo da moto. — Controlar meus impulsos não é meu forte. Pelo menos é o que vivem me dizendo.

Maravilha. Um metro e oitenta de azar e descontrole. Cruzo os braços que nem Guillermo.

— Provavelmente você tem o lobo frontal mal desenvolvido. É de lá que vem o autocontrole.

Ele cai na gargalhada, o rosto se contorcendo de tanto rir.

— Bom, valeu pelo diagnóstico médico. Agradeço.

Gosto de ter feito ele rir. Uma risada solta, leve e simpática, meio encantadora até, não que eu repare nessas coisas. Sendo bem sincera, também acho que controlar meus impulsos não seja o *meu* forte, quer dizer, acho que controlar meus impulsos não era o meu forte. Agora eu mantenho tudo sob controle.

— E aí, que tipo de impulso você não sabe controlar?

— Infelizmente, todos — diz ele. — Aí é que está.

Aí é que está. Esse cara foi feito sob medida para tortura. Aposto que tem mais de dezoito anos e nas festas passa o tempo todo sozinho num canto, encostado na parede, virando doses de bebida enquanto garotas de perna comprida e vestidinhos vermelhos vêm rebolando até ele. Verdade que faz um tempo que não vou a uma festa, mas já vi muitos filmes, e ele é bem esse tipo de cara: o rebelde solitário cujo coração indomável sai causando encrenca por onde passa: devasta cidades, garotas e sua própria vida trágica e incompreendida. Um garoto barra pesada de verdade, diferente dos de mentira da minha escola, que têm tatuagem, piercing, herança e cigarros franceses.

Aposto que ele acabou de sair da cadeia.

Decido investigar o "transtorno" dele, já que isso se encaixa em pesquisa médica, não porque estou fascinada por ele ou flertando, nem nada do tipo.

— Quer dizer que se você estivesse numa sala com o Botão, sabe, *o botão nuclear do fim do mundo*, só você e ele, homem e botão, você apertaria? Só apertaria e pronto?

Ele dá aquela gargalhada leve e maravilhosa de novo.

— Bum — diz, fazendo aquele gesto de explosão com as mãos.

Bum mesmo.

Vejo ele prender o capacete na traseira da moto e tirar do guidão uma bolsa de câmera. *Da* câmera. Tenho uma reação pavloviana instantânea, lembrando de como me senti quando estava sentada no banco da igreja com ele me observando através do aparelho. Olho para baixo, desejando que minha pele pálida não corasse tão fácil.

— E aí, qual é o lance com a Estrela do Rock? — pergunta ele. — Deixa eu adivinhar. Você quer que ele seja seu mentor, que nem todas as alunas de arte do Instituto.

Tá, isso foi meio maldoso. Então ele acha que estudo no Instituto do centro? Que estou na faculdade?

— Ele *aceitou* ser meu mentor — respondo, triunfante, ignorando a indireta.

Nenhuma outra aluna ou aluno precisa tanto da ajuda dele quanto eu, para resolver as coisas com a mãe morta. É um caso bem peculiar.

— Jura? — pergunta ele, alucinado de tanta alegria. — Parabéns.

Estou novamente sob o holofote de seu olhar, sentindo aquela mesma vertigem que tive na igreja.

— Não acredito — continua. — Parabéns mesmo. Faz muito, muito tempo que ele não aceita ensinar ninguém.

Isso me deixa nervosa. Que nem ele. Bum, bum, cabum. Hora de ir embora. De mexer as pernas. Mexe as pernas, Jude.

— Dei sorte — digo, tentando não tropeçar nos meus pés ao passar por ele, com as mãos no fundo do bolso do moletom, uma apertando a cebola, e a outra, um saco de ervas que prometem proteção. — Você devia trocar isso aí por um pula-pula. É bem mais seguro.

Mais seguro para as mulheres, guardo para mim.

— Como assim, um pula-pula? — pergunta ele, às minhas costas.

Nem reparo na fofura da palavra *pula-pula* saindo da boca dele com esse sotaque.

Respondo, sem nem me virar:

— Um bicho redondo de borracha que quica. Você senta nele e segura pelas orelhas.

— Ah, claro — diz ele, e ri. — Na Inglaterra se chama Space Hopper. Eu tive um verde — grita para mim. — Um dinossauro que dei o nome de Godzilla. Eu era muito original.

O meu era um cavalo roxo que dei o nome de Pônei. Também era muito original.

— Bem, ótimo te ver de novo, seja lá quem você for — continua. — Suas fotos ficaram um espetáculo. Passei na igreja algumas vezes atrás de você. Achei que você pudesse querer dar uma olhada.

Ele foi atrás de mim?

Não me viro; meu rosto está pegando fogo. *Algumas vezes?* Relaxa. Fica fria. Respiro fundo e, ainda de costas para ele, dou um aceno, que nem ele fez na igreja. Ele ri de novo. Ai, ai, Clark Gable. Aí escuto:

— Ei, espera aí.

Considero ignorar, mas não resisto ao impulso (viu?) e acabo virando para ele.

— Acabei de ver que tenho uma sobrando — diz, e tira do bolso da jaqueta de couro uma laranja, que joga para mim.

Ele só pode estar de brincadeira. Jura que isso está acontecendo? *A laranja!* Ou seja, o anti-limão:

Se um garoto der uma laranja para uma garota, seu amor por ele se multiplicará

Pego a fruta na mão estendida.

— Ah, nem pensar — digo, e jogo de volta para ele.

— Que resposta mais esquisita — diz ele, pegando a fruta. — Definitivamente muito esquisita. Acho que vou tentar de novo. Quer uma laranja? Tenho mais de uma.

— Eu gostaria de dar a laranja pra *você*, na verdade.

Ele arqueia a sobrancelha.

— Bem, ok, beleza, mas ela não é sua pra você poder dar — diz, e levanta a fruta, sorrindo. — A laranja é *minha*.

Será que encontrei as duas únicas pessoas de Lost Cove que se divertem comigo, em vez de me acharem esquisita?

— Que tal você me dar a laranja e eu te devolver? — digo. — Topa?

Estou paquerando, sim, mas é por necessidade. Nossa, é que nem andar de bicicleta.

— Tudo bem.

Ele se aproxima de mim e fica bem pertinho, tão perto que, se eu quisesse, poderia passar o dedo nas cicatrizes dele. Parecem duas costuras feitas às pressas. Dá para ver que o olho castanho tem um toque de verde, e o verde um toque de castanho. Como se tivessem sido pintados por Cézanne. Olhos impressionistas. E os cílios são pretos que nem fuligem, extraordinários. Ele está tão perto que daria para passar os dedos pelo seu cabelo castanho brilhante e embaraçado, pelas ruguinhas finas que nem teia de aranha ao redor das têmporas, pelas olheiras escuras de preocupação. Pelos lábios vermelhos de cetim. Acho que nenhum outro garoto tem a boca vermelha assim. E sei que nenhum tem o rosto tão expressivo, tão intenso, tão cheio de vida, tão extremamente inusitado, tão transbordando essa música sombria e imprevisível.

NÃO QUE EU ESTEJA REPARANDO.

Nem que ele esteja me encarando com a mesma intensidade com que olho para ele. Somos duas pinturas frente a frente, de lados opostos de uma sala. Uma pintura que tenho certeza de já ter visto antes. Mas onde, quando? Se eu já tivesse conhecido esse cara, lembraria. Vai ver ele se parece com algum ator que já vi num filme? Ou algum músico? Ele definitivamente tem aquele cabelo sexy de músico. Cabelo de baixista.

Só para constar, respirar nem é tudo isso. O cérebro aguenta seis minutos inteiros sem oxigênio. Estou no terceiro minuto de sufoco quando ele diz:

— Então. Eis a questão. — Ele estende a laranja para mim e pergunta — Quer uma laranja, quem quer que você seja?

— Aceito, obrigada — respondo, e pego a fruta. — E agora gostaria de te dar uma laranja, quem quer que você seja.

— Não, obrigado — diz ele, enfiando as mãos no bolso. — Tenho outra.

Uma explosão divina surge no rosto dele quando ele abre um sorriso, e num piscar de olhos ele sobe a rua, os degraus e entra no estúdio.

Calma aí, colega.

Vou até a moto dele e jogo a laranja no capacete.

Depois disso, preciso me segurar para não sair cantando — ele foi atrás de mim na igreja! Algumas vezes! Provavelmente para me explicar o que quis dizer naquele dia com "Você é ela". Volto para casa, me xingando por ter ficado tão nervosa que nem pensei em perguntar qual é a relação *dele* com a Estrela do Rock. Nem como se chama. Nem quantos anos tem. Nem qual é seu fotógrafo favorito. Nem...

Sai.

Dessa.

Paro de andar. Lembro. O boicote não é brincadeira. É necessário. Não posso me esquecer disso. Não posso. Muito menos hoje, no aniversário do acidente.

Nem em dia nenhum.

Se o azar souber quem você é, vire outra pessoa

O que eu preciso é fazer essa escultura e tentar resolver as coisas com a minha mãe.

O que eu preciso é fazer um desejo com as mãos.

O que eu preciso é comer todos os limões de Lost Cove pra ontem.

Na tarde seguinte, atravesso com pressa o corredor imundo e cheio de mofo do estúdio de Guillermo Garcia, porque ninguém atendeu quando bati a porta. Estou suando de nervoso e pensando melhor nos meus últimos dezesseis anos. Debaixo do braço está meu portfólio da EAC, repleto de tigelas e esculturas quebradas. O único motivo para eu ter um portfólio é que somos obrigados a tirar fotos registrando o progresso de todas as nossas peças. Meus progressos são uma loucura, e com certeza não indicam habilidade nenhuma — estão mais para o registro de uma oficina de cerâmica depois de um terremoto.

Logo antes de entrar na sala de correspondência, escuto um sotaque inglês e uma bateria inteira começa a tocar no meu peito. Me encosto na parede, tentando calar o coração, que está a mil. Esperava não encontrá-lo aqui. E esperava encontrá-lo. Esperava parar de esperar encontrá-lo. De qualquer forma, vim preparada.

Carregar uma vela queimada apagará o amor que tentar surgir
(Bolso esquerdo.)

Mergulhe um espelho em vinagre para evitar atenção indesejada
(Bolso de trás.)

Para mudar a inclinação do coração, use um vespeiro na cabeça
(Não estou tão desesperada. Ainda.)

Infelizmente, talvez eu não esteja preparada para isso: ruídos de sexo. Inconfundíveis. Gemidos, grunhidos e murmúrios obscenos. Foi por isso que ninguém atendeu à porta? No sotaque inglês, escuto:

— Puta merda, que gostoso. Meu Deus, *queeee* delícia. Melhor que qualquer droga, qualquer uma. Melhor que *tudo*.

Depois disso escuto um gemido longo e arrastado.

Aí vem outro grunhido, dessa vez mais grave, provavelmente de Guillermo. Porque eles são um casal! Óbvio. Que burrice a minha! O cara inglês é namorado de Guillermo, não seu filho desaparecido. Mas ele me pareceu tão hétero enquanto tirava fotos minhas na igreja, e conversando comigo ontem na frente do estúdio. Tão atencioso. Será que interpretei errado? Ou será que ele é bi? E aquelas obras de arte hiper-héteros de Guillermo?

E, longe de mim querer julgar, mas que papa-anjo, hein? Eles devem ter meio século de diferença.

Será que vou embora? Eles parecem estar mais tranquilos agora, só batendo papo. Escuto com atenção. O cara inglês está tentando convencer Guillermo a ir a alguma sauna com ele mais tarde. Definitivamente gay. Que bom. É uma ótima notícia, na real. Vai ser moleza manter o boicote, com ou sem laranja.

Começo a fazer muito barulho, batendo o pé com força, pigarreando várias vezes, batendo ainda mais o pé, até finalmente virar o corredor.

Bem na minha frente estão Guillermo e o cara inglês, os dois inteiramente vestidos, de lados opostos de um tabuleiro de xadrez. Não há o menor indício de que estavam vivendo uma paixão tórrida. Os dois estão segurando rosquinhas pela metade.

— Que espertinha, hein? — me diz logo o cara inglês. — Nunca esperaria uma jogada dessa vindo de você, quem quer que seja.

Com a mão livre, ele tira da bolsa *a laranja*. Em um segundo ela dispara pelo ar e pousa na minha mão, e o rosto dele se desfaz em cinco milhões de caquinhos de felicidade.

— Mandou bem — diz.

Vitorioso, dá uma mordida na rosquinha e solta um gemido teatral.

Tá. Não são gays. Não são namorados, só parecem gostar de rosquinhas mais do que o normal. E agora, o que eu faço? Porque meu disfarce de invisibilidade não está funcionando com esse cara. Nem o espelho embebido em vinagre nem a vela queimada.

Guardo a laranja no bolso com a cebola e puxo o gorro para baixo.

Guillermo me olha cheio de curiosidade.

— Então já conheceu nosso guru? Oscar está tentando me iluminar, como sempre.

Oscar. Ele tem um nome, e é Oscar, não que eu me importe, mesmo que eu goste do jeito como Guillermo o pronuncia: *Oscore!* Guillermo continua:

— Todo dia é alguma coisa. Hoje, é ioga Bikram.

Ah, a sauna.

— Conhece essa ioga? — me pergunta ele.

— Sei que tem uma quantidade absurda de bactéria numa única salinha quente e abafada — digo a Guillermo.

Ele joga a cabeça para trás e cai na gargalhada.

— Ela é toda doida com os germes, *Oscore!* Acha que Frida Kahlo vai me matar.

Isso me relaxa. *Ele* me relaxa. Quem diria que Guillermo Garcia, a estrela do rock do mundo das esculturas, teria esse efeito calmante em mim? Talvez a campina seja *ele*!

Uma expressão de surpresa surge no rosto de Oscar, que observa Guillermo e depois a mim.

— E aí, como vocês se conheceram? — pergunta ele.

Apoio meu portfólio e minha bolsa numa poltrona soterrada por correspondências fechadas.

— Ele me pegou espiando na saída de emergência.

Oscar arregala os olhos, mas volta a prestar atenção no jogo de xadrez. Ele mexe uma peça.

— E você ainda está consciente? Impressionante.

Ele joga na boca o que sobrou da rosquinha e fecha os olhos para mastigar devagar. Fico observando o prazer tomar conta dele. Caramba. Deve ser uma baita de uma rosquinha. Desvio o olhar dele, com dificuldade.

— Ela me conquistou — diz Guillermo, analisando a jogada de Oscar. — Assim como você me conquistou, Oscore. Há muito tempo. — Ele fecha a cara. — *Ay, cabrón* — resmunga, depois começa a reclamar mais um pouco em espanhol, mexendo a peça seguinte.

— G. salvou minha vida — diz Oscar, carinhoso. — E xeque-mate, colega. — Ele inclina a cadeira para trás, equilibrando-a em duas pernas, e acrescenta: — Soube que dão aulas de xadrez lá no asilo.

Guillermo grunhe, dessa vez não por causa da rosquinha, e vira o tabuleiro, jogando as peças para tudo quanto é canto.

— Vou te matar quando você estiver dormindo — ameaça, arrancando uma risada de Oscar.

Guillermo pega um saco de papel da padaria e me oferece. Eu recuso, nervosa demais para comer.

— "A estrada do excesso conduz ao palácio da sabedoria" — me diz Oscar, ainda equilibrando a cadeira em duas pernas. — William Blake.

— Muito bem, muito bem — diz Guillermo. — É um dos seus doze passos, Oscore?

Olho para Oscore. Ele está no AA? Achei que só velho pudesse ser alcoólatra. Ou será que é o NA? Ele não acabou de comparar a rosquinha com drogas? Será que ele é viciado em drogas? Ele comentou mesmo que controlar os impulsos não é o forte dele.

— É, sim — diz Oscar, sorrindo. — O passo que só os mais entendidos conhecem.

— Como você salvou a vida dele? — pergunto a Guillermo, morrendo de curiosidade.

Quem responde é Oscar.

— Ele me encontrou quase morrendo de bebida e remédio no parque e me reconheceu, sabe-se lá como. Nas palavras dele: "Penduro Oscore no ombro que nem uma corça" — diz, numa imitação perfeita de Guillermo Garcia que inclui até gestos —, "carrego pela cidade toda que nem o Super-Homem e largo no estúdio."

Ele volta a ser Oscar.

— O que *eu* sei é que acordei com a cara monstruosa do G. bem na minha frente — continua, dando aquela gargalhada horrível —, sem a menor ideia de como vim parar aqui. Foi uma loucura. Na mesma hora ele já começou a me dar ordens. Disse que eu podia ficar aqui se ficasse sóbrio. Me mandou ir a "duas reuniões por dia, entendeu, Oscore? NA de manhã, AA de noite". E aí, de repente porque sou britânico, sei lá, citou Winston Churchill: "Se estiver passando pelo inferno, *siga adiante*. Entendeu, Oscore?" Ele repetia isso manhã, tarde e noite: "Se estiver passando pelo inferno, siga adiante." Então segui. Segui tanto que agora estou na faculdade, em vez de morto numa sarjeta qualquer, e foi assim que ele salvou minha vida. Na versão bem resumida e organizada. Foi *mesmo* o inferno.

E é por isso que tem tantas vidas no rosto de Oscar.

E ele está na faculdade.

Olho para meus tênis, pensando naquela fala de Churchill. E se em algum momento passei pelo inferno, mas não tive coragem de seguir adiante? E acabei parando? Dando pause? E se eu ainda estiver pausada?

Guillermo diz:

— E, para me agradecer por ter salvo a vida dele, ele ganha todo dia de mim no xadrez.

Olho para os dois, um espelhando o outro em cada canto da mesa, e percebo: eles *são mesmo* pai e filho, só não de sangue. Eu não sabia que parentes podiam se encontrar assim, se escolher, que nem eles. Amei a ideia. Eu adoraria trocar meu pai e Noah por esses dois.

Guillermo sacode o saco de papel na minha direção.

— Primeira lição: meu estúdio não é uma democracia. Coma uma rosquinha.

Chego mais perto e olho dentro do saco. O cheiro quase me deixa zonza — eles não estavam exagerando.

— Caramba — me escuto dizer.

Os dois sorriem. Escolho uma rosquinha. Não está coberta de chocolate — está praticamente mergulhada. E ainda quentinha.

— Aposto dez dólares que você não consegue comer essa rosquinha sem gemer — diz Oscar — nem fechar os olhos.

Ele fica me olhando de um jeito que causa uma pequena hemorragia cerebral.

— Na verdade, aposto vinte — acrescenta. — Lembro como você ficou na frente das câmeras.

Então ele percebeu o que eu senti na igreja aquele dia?

Ele estende a mão para fechar negócio.

Aperto a mão dele — e sinto uma descarga elétrica quase letal. Estou ferrada.

Mas sem tempo para pensar nisso agora. Guillermo e Oscar estão totalmente concentrados no espetáculo diante deles: eu. Como fui me meter nessa? Hesitante, levo a rosquinha à boca. Dou uma mordida de leve e, mesmo que sinta uma vontade terrível de fechar os olhos e gemer que nem filme pornô, resisto.

Ai... É mais difícil do que pensei! A segunda mordida é ainda maior e faz cada célula do meu corpo vibrar de alegria. É o tipo de coisa que só se deve fazer em particular, não com um Guillermo e um Oscore me encarando, os dois de braços cruzados e aquele ar de superior.

Vou ter que caprichar. Afinal de contas, tenho um leque de doenças terríveis para escolher, não tenho? Doenças que posso imaginar em detalhes vívidos para controlar qualquer gemido. As piores são as doenças de pele.

— Então, tem uma doença — conto, dando outra mordida — chamada tungíase, que acontece quando moscas entram debaixo da sua pele e põem ovos lá dentro, e dá pra ver os ovos chocando e se mexendo *pelo seu corpo inteiro.*

Fico olhando as expressões chocadas deles. Rá! Já foram três mordidas.

— Impressionante, até com as moscas — Guillermo diz para Oscar.

— Ela não tem a menor chance — responde ele.

Recorro à artilharia pesada.

— Tinha um pescador indonésio — conto — que chamavam de Homem-Árvore porque teve um caso tão grave de HPV na pele que acabaram tendo que remover do corpo dele seis quilos de verrugas.

Olho bem nos olhos de um, depois do outro, e repito:

— *Seis quilos de verrugas.*

Imagino os braços e pernas do pobre Homem-Árvore pendurados que nem galhos retorcidos e, com essa imagem perturbadora bem firme na cabeça, me sinto empolgada, confiante, e dou uma mordida maior ainda. Mas é um equívoco. O chocolate quente e delicioso invade minha boca e me faz esquecer tudo, me arremessa num estado de êxtase. Com ou sem Homem-Árvore, me vejo indefesa e, de repente, fecho os olhos e grito um:

— Caralho, meu Deus! O que é que tem nisso?

Dou outra mordida e solto um gemido tão obsceno que nem acredito que saiu de mim.

Oscar dá uma gargalhada. Guillermo, também achando graça, diz:

— Pronto. O governo devia usar as rosquinhas da Dwyer para controlar todos nós.

Tiro do bolso da calça jeans uma nota amarrotada de vinte dólares, mas Oscar levanta a mão.

— A primeira é por conta da casa.

Guillermo puxa uma cadeira para mim — parece que estou sendo aceita em um clube — e oferece o saco. Pegamos todos mais uma rosquinha, e vamos nós três fazer uma visitinha a Clark Gable.

Depois Guillermo dá um tapinha nas coxas e diz:

— Ok, JC, agora vamos nessa. Hoje de manhã deixei uma mensagem pra Sandy na caixa postal. Disse que aceito cumprir um crédito de estúdio pro seu semestre.

Ele se levanta.

— Obrigada. Que maravilha — digo, e também me levanto, tremendo de nervoso, querendo poder passar a tarde toda sentada ali, comendo rosquinhas. — Mas como...

Ontem à noite me toquei que ainda não tinha dito meu nome.

Ele nota minha surpresa.

— Ah. Sandy deixou recado na máquina, um recado embolado, porque vivo chutando aquela máquina, disse que uma tal de JC queria trabalhar com pedra. Entendi só isso. Tem dias que ele ligou. Só vi hoje.

— JC — diz Oscar, como se fosse uma revelação.

Estou prestes a contar meu nome de verdade, mas mudo de ideia. Talvez dessa vez eu não precise ser a filha órfã coitadinha de Dianna Sweetwine.

Frida Kahlo entra rebolando na sala, vai até Oscar e se enrosca na perna dele. Ele a pega no colo e ela roça o focinho no pescoço dele, ronronando que nem uma turbina.

— Levo jeito com as moças — diz ele, acariciando o queixo de Frida com o indicador.

— Nem reparei — digo. — Estou fazendo um boicote.

Ele ergue os olhos verdes e castanhos de Cézanne. Os cílios são tão pretos que parecem molhados.

— Um boicote? — pergunta.

— Um boicote de *garotos*.

— Jura? — questiona ele, sorrindo. — Vou interpretar como um desafio.

Socorro.

— Comporte-se, Oscore — repreende Guillermo. — Ok — diz, virando-se para mim. — Agora descobriremos do que você é feita. Pronta?

Minhas pernas ficam bambas. Sou feita de farsa. E Guillermo está prestes a descobrir.

Ele toca no ombro de Oscar.

— Tenho que encontrar Sophia daqui a duas horas — diz Oscar. — Pode ser?

Sophia? Quem é Sophia?

Não que eu me importe. Não estou nem aí.

Mas quem é?

E por que ele perguntou se pode ser?

Oscar começa a tirar a roupa.

Repito: Oscar está tirando a roupa!

Minha cabeça está a mil, minhas mãos, ensopadas, e a camisa violeta de botão de Oscar está pendurada na cadeira, o peito dele, lindo e torneado, os músculos longos, rígidos e bem definidos, a pele macia e bronzeada, *não que eu esteja reparando!*, tem uma tatuagem de Sagitário no bíceps esquerdo e outra que parece o cavalo azul de Franz Marc se estendendo do ombro direito até o pescoço.

Agora ele começou a desabotoar a calça jeans.

— O que você tá *fazendo*? — pergunto, em pânico.

Imagine a campina. Imagine essa merda de campina relaxante!

— Me arrumando — diz ele, direto.

— Se arrumando pra *quê*? — pergunto para a bunda *pelada* de Oscar enquanto ele desfila daquele jeito lento e veranil até um roupão pendurado num gancho na parede, perto dos aventais.

Ele pendura o roupão no ombro e segue para o corredor que leva ao estúdio.

Ah, óbvio. Saquei.

Guillermo tenta segurar um sorriso, mas não consegue. Ele dá de ombros.

— Os modelos são todos exibicionistas — diz, tranquilo.

Eu concordo, corada.

— Temos que aturá-los. Oscore é muito bom. Muito gracioso. Muita expressão — continua ele, emoldurando o próprio rosto com a mão. — Vamos desenhar juntos, mas, antes, me mostra seu portfólio.

Quando Guillermo mandou trazer meu bloco, achei que ele fosse me mandar trabalhar em estudos da escultura que quero fazer, não *desenhar* com ele. Muito menos na frente de Oscar. Desenhar Oscore!

— Saber desenhar é fundamental — diz Guillermo. — Muitos escultores não sabem.

Maravilha. Vou atrás dele pelo corredor, com o portfólio em mãos e o estômago embrulhado.

Noto a jaqueta de couro de Oscar pendurada no gancho — viva. Deixo a laranja no bolso sem que Guillermo note.

Guillermo abre uma das portas do corredor e acende a luz. É uma sala que parece mais uma cela de cadeia, com uma mesa e umas cadeiras. Em um canto fica uma estante com um monte de sacos de argila empilhados. No outro, pedações de pedra de tudo quanto é cor e tamanho. Tem uma prateleira cheia de ferramentas, poucas com as quais estou familiarizada. Ele pega a bolsa do meu portfólio, puxa o zíper e o coloca na mesa.

Pensar nele vendo meu trabalho chega a me dar calafrio.

Primeiro ele folheia com pressa o portfólio. Fotos de tigelas de todos os tamanhos em várias etapas de desenvolvimento até chegar à última foto da peça quebrada e colada. Conforme passa as páginas vai franzindo a testa, cada vez mais confuso. Por fim chega às bolotas e a história se repete: fotos delas inteiras e depois todas quebradas e coladas no final.

— Por quê? — pergunta.

Decido abrir o jogo.

— É minha mãe. Ela quebra tudo que eu faço.

Ele fica horrorizado.

— Sua mãe quebra sua arte?

— Ah, não — digo, entendendo o que ele pensou. — Ela não é cruel nem louca nem nada disso. Ela está morta.

Vejo o terremoto na expressão dele, a preocupação com a minha segurança se transformar em preocupação com a minha sanidade. Bom, dane-se. Não tem outra explicação.

— Ok — diz ele, aceitando. — Por que sua mãe morta iria querer fazer isso?

— Ela está brava comigo.

— Está brava com você — repete ele. — É isso que você acha?

— É isso que eu sei — digo.

— Sua família toda é muito poderosa. Você e seu irmão dividem o mundo. Sua mãe revive para quebrar suas tigelas.

Dou de ombros.

— Essa escultura que você tem que fazer, é pra sua mãe? — pergunta ele. — É dela que você estava falando ontem? Você acha que, se fizer essa escultura, ela vai deixar de ficar brava e parar de quebrar suas tigelas? Por isso chorou quando achou que eu não fosse te ajudar?

— Isso.

Ele coça uma barba imaginária enquanto passa um bom tempo me observando, depois volta a atenção para *Autobolota Quebrada Nº 6.*

— Tá. Mas o problema não é esse. O problema não é sua mãe. A melhor parte, a mais interessante, é a rachadura — diz, e toca a última foto com o indicador. — O problema é que *você* não está aqui. Outra garota fez isso tudo, talvez, não sei.

Ele começa a observar várias outras bolotas.

— Então? — pergunta.

Olho para ele. Não tinha entendido que ele esperava uma resposta.

Não sei o que dizer.

Resisto ao impulso de dar um passo para trás para as mãos dele não me acertarem.

— Não vejo a garota que subiu pela saída de emergência, que acha que açúcar derramado vai mudar a vida dela, que acredita que corre risco fatal por causa de um gato, que chora porque não a ajudei. Não vejo a garota que disse que era triste que nem eu, que diz que a mãe morta e brava quebra sua arte. Cadê essa garota?

Essa garota? Ele me fulmina com o olhar. Será que está esperando uma resposta?

— Ela não está nesse trabalho — continua. — Não está nesse trabalho, então por que perde seu tempo e o tempo de todo mundo?

Ele não tem papas na língua mesmo.

Respiro fundo.

— Não sei.

— Isso é óbvio — responde ele, e fecha o portfólio. — Você vai botar *essa garota* na escultura que fizer comigo, entendeu?

— Entendi — respondo, embora não tenha a menor ideia de como vou fazer isso.

Será que já fiz isso antes? Com certeza não na EAC. Penso nas minhas esculturas de areia. No esforço que eu fazia para elas ficarem que nem eu imaginava. E nunca dava certo. Mas quem sabe... Talvez por isso eu tivesse tanto medo da minha mãe não gostar delas.

Ele sorri para mim.

— Que bom. Então vamos nos divertir. Sou colombiano. Não resisto a um bom causo de assombração — diz, e bate a mão no portfólio. — Não sei se você está pronta pra pedra. Argila é generosa, faz de tudo, mesmo que você ainda não saiba disso. A pedra pode ser tacanha, mesquinha, que nem amor não correspondido.

— Vai ser mais difícil minha mãe quebrar se for de pedra.

Ele me olha, agora, sim, entendendo onde eu queria chegar.

— Ela não vai quebrar essa escultura, seja lá do que for feita. Você vai ter que confiar em mim. Primeiro você vai aprender a esculpir numa rocha de teste. Depois vamos definir juntos o melhor material pra essa escultura, assim que eu vir os estudos. Vai ser da sua mãe?

— Vai. Normalmente não trabalho com realismo, mas... — Então, antes que eu perceba o que estou fazendo, conto para ele: — Sandy me perguntou se havia algo no mundo que só minhas mãos poderiam criar. — Engulo em seco e olho bem nos olhos dele. — Minha mãe era muito linda — digo. — Meu pai vivia dizendo que ela fazia árvores florescerem só de olhar.

Guillermo sorri e eu continuo:

— Todo dia de manhã ela ia pra varanda ver o mar. O vento soprava o cabelo dela, fazia o roupão esvoaçar. Parecia que ela estava no leme de um navio, sabe? Como se estivesse conduzindo a gente pelo céu. Era assim todo dia. Todo dia eu pensava nisso. Essa imagem está sempre na minha cabeça. Sempre.

Guillermo escuta tão atentamente que eu penso que talvez ele não derrube só as paredes dos ambientes, mas também das pessoas, porque, que nem ontem, fico com vontade de continuar falando.

— Tentei de tudo pra me comunicar com ela, Guillermo. De tudo mesmo. Tenho um livro esquisito onde passo o tempo inteiro procurando ideias, sem parar. Já experimentei todas. Dormi com uma joia dela debaixo do travesseiro. Fui à praia à meia-noite e mostrei para a lua azul uma foto de nós duas. Escrevi cartas que deixei no bolso do casaco dela, em caixas de correio vermelhas. Joguei bilhetes no meio da tempestade. Recito o poema predileto dela toda noite antes de dormir.

E ela só faz quebrar o que eu faço. É esse o grau da raiva dela. — Começo a suar. — Eu morreria se ela quebrasse isso — acrescento. Meus lábios estão tremendo. Cubro a boca e concluo: — É tudo que me resta.

Ele põe a mão no meu ombro. Nem consigo acreditar no quanto quero que ele me abrace.

— Ela não vai quebrar — diz, gentil. — Prometo. Você vai fazer. Vai conseguir. Eu vou te ajudar. E, JC, essa é a garota que você precisa deixar aparecer na sua arte.

Eu concordo.

Ele vai até a estante e pega um pouco de carvão.

— Agora vamos desenhar.

Inacreditavelmente cheguei a me esquecer de Oscar *pelado* no cômodo ao lado.

Andamos até um canto do estúdio onde ficam uma plataforma e uma cadeira. Estou meio zonza — nem para a conselheira pedagógica da EAC eu contei tudo isso que falei para Guillermo. E lá se vai minha tentativa de não parecer uma órfã coitadinha para ele.

Oscar, de roupão azul, está lendo sentado, com os pés apoiados na plataforma. Parece estar estudando um livro didático, mas ele fecha tão rápido que não consigo ver o título.

Guillermo puxa outra cadeira e faz sinal para eu me sentar.

— Oscore é meu modelo favorito — diz. — Ele tem um rosto muito esquisito. Não sei se você notou. Deus estava muito bêbado quando o fez. Um pouquinho disso. Um tiquinho daquilo. Olho castanho. Olho verde. Nariz torto, boca torta. Sorriso lunático. Dente quebrado. Cicatriz aqui e ali. É um quebra-cabeça.

Oscar balança a cabeça diante da zombaria.

— Achei que você não acreditasse em Deus — rebate ele.

Só para constar, estou no meio de um ataque de pânico induzido por pênis.

Nas aulas de desenho vivo na EAC, sou bem neutra com relação aos pênis, mas agora, não, de jeito nenhum.

— Você não me entendeu direito — diz Guillermo. — Eu acredito em tudo.

Oscar tira o roupão.

— Eu também. Vocês nem acreditariam nas coisas em que acredito — comento, desesperada, querendo participar da conversa só para não ter que ficar olhando para *aquilo*.

Tarde demais. Ai, Clark Gable que está no céu, qual era mesmo aquela história do dinossauro que ele chamou de Godzilla?

— Diga — responde Oscar. Rá! Não vou dizer o que estou pensando! — Diga uma coisa em que você acredita, JC, algo em que não acreditaríamos.

— Tá — digo, tentando recuperar algum grau de compostura e maturidade. — Acredito que, se um garoto der uma laranja a uma garota, seu amor por ele se multiplicará.

Não resisti.

Ele cai na gargalhada, desmanchando a pose em que Guillermo o colocou.

— Ah, acredito perfeitamente que você acredita nisso. Tenho provas de que você acredita com um fervor tremendo.

Guillermo bate o pé, impaciente. Oscar dá uma piscadinha para mim, fazendo minha barriga dar uma volta de elevador.

— Continua… — diz.

Continua…

Espera aí. Quem é aquela tal de Sophia? A irmãzinha dele? A tia-avó? A encanadora?

— Rascunho rápido, JC — me diz Guillermo, e com isso sinto mais um frio na espinha. Depois ele instrui Oscar: — Mude de posição de três em três minutos.

Guillermo senta na cadeira ao meu lado e começa a desenhar. Dá para sentir a mão dele voando pela página, agitando o ar. Respiro fundo e começo, tentando me convencer de que vai dar tudo certo. Passam-se uns cinco minutos. A nova pose de Oscar é um espetáculo: costas arqueadas, cabeça jogada para trás.

— Você está muito devagar — murmura Guillermo.

Tento acelerar.

Guillermo se levanta e para atrás de mim para observar meu trabalho, que, pelos olhos dele, percebo ser horroroso.

Escuto:

— Mais rápido.

E aí:

— Presta atenção na fonte de luz.

E aí, tocando um ponto do desenho:

— Isso não é uma sombra, é uma caverna.

E aí:

— Você segura o carvão com muita força.

E aí:

— Não tira o carvão tanto assim do papel.

E aí:

— Olho no modelo, não na folha.

E aí:

— Oscore está nos seus olhos, nas suas mãos, nos seus olhos, nas suas mãos, ele te atravessa, entendeu?

E aí:

— Não, tudo errado, tudo. O que é que te ensinam nessa escola? Pelo visto nada!

Ele se agacha ao meu lado e o cheiro dele me deixa atordoada, sinal de que pelo menos não morri de vergonha.

— Presta atenção, não é o carvão que desenha. É você. É sua mão, que faz parte do seu corpo, e dentro desse corpo bate um coração, entendeu? Você não está pronta pra isso.

Ele arranca o carvão da minha mão e o joga no chão.

— Desenhe sem carvão. Use só a mão. Veja, sinta, desenhe. Uma coisa só, não três. Não tire os olhos dele. Veja, sinta, desenhe. Um verbo só, vai. Não pense. Principalmente: *Não pense tanto.* Picasso dizia: "Se pelo menos pudéssemos arrancar o cérebro e usar apenas os olhos." Arranque o cérebro, JC, use apenas os olhos!

Estou envergonhada. Queria ter um botão de emergência para poder sair correndo. Pelo menos Oscar está olhando fixamente para o canto oposto da sala — ainda bem. Não olhou para a gente nem por um segundo.

Guillermo voltou para a cadeira.

— Não dê bola para Oscore. Não fique tímida por causa dele — diz. Será que ele é telepata? — Agora, vai, desenha com vontade. Com significado. Porque tem significado, JC, está entendendo? Tem que ter. Você pula a cerca e sobe a saída de emergência no meio da noite. Pra você tem significado!

Ele volta a desenhar ao meu lado. Vejo a ferocidade com que ataca o papel, as linhas firmes e decididas, a rapidez com que vira a página, tipo de dez em dez segundos. Na escola a gente faz desenhos de trinta segundos. Mas ele é um relâmpago.

— Vai — diz. — Vai!

De repente lá estou eu, remando no mar agitado, observando uma onda gigantesca se formar e vir para cima de mim, sabendo que a qualquer momento ela me vai me puxar em direção a algo enorme e poderoso. Eu costumava fazer contagem regressiva, que nem estou fazendo agora:

Três, dois, um:

Eu vou. Sem carvão nenhum na mão, eu vou.

— Mais rápido — pressiona ele. — Mais.

Começo a virar as páginas de dez em dez segundos, que nem ele, sem desenhar absolutamente nada, mas não estou nem aí, e é então que sinto Oscar ganhar vida na minha mão.

— Melhor — diz ele.

Depois repete:

— Melhor.

Ver sentir desenhar: um verbo só.

— Bom. Isso aí. Você vai ver com as mãos, prometo. Agora, me contradigo. A Picasso também. Ele dizia pra arrancar o cérebro, mas dizia também que "pintar é uma profissão para cegos" e que "para desenhar, é preciso fechar os olhos e cantar". E Michelangelo dizia que esculpia com o cérebro, e *não* os olhos. É. Tudo é verdade ao mesmo tempo. A vida é uma contradição. Vamos absorvendo todas as lições. Descobrimos o que funciona. Ok, agora pegue o carvão e desenhe.

Alguns minutos depois, ele tira o lenço do pescoço e o usa para vendar meus olhos.

— Entendeu?

Entendi.

Mais tarde, estou naquele cômodo que mais parece uma cela para buscar meu portfólio e esperar Guillermo, que precisava resolver uma coisa, quando Oscar, agora vestido e com a câmera a postos, dá uma olhada lá dentro.

Ele se recosta na porta. Tem caras que nasceram para se recostar. Ele definitivamente está na lista. Que nem James Dean.

— Bravo — diz.

— Fala sério — respondo, mas, na verdade, estou elétrica, agitada, *desperta.*

Nunca me senti assim na EAC.

— Estou falando muito sério.

Ele está mexendo na câmera, e o cabelo escuro caiu no rosto. Fico com vontade de ajeitar.

Fecho o zíper do portfólio só para ocupar as mãos.

— A gente já se conheceu antes, Oscar? — pergunto, finalmente. — Tenho quase certeza que sim. Você me parece *tão* familiar.

Ele ergue o olhar.

— Diz ela depois de me ver pelado.

— Ai, nossa... Não, não era isso... Você me entendeu...

Parece que meu corpo todo está pegando fogo.

— Se você diz... — responde ele, achando graça. — Mas não, de jeito nenhum. Nunca esqueço o rosto de ninguém, especialmente um rosto que nem o seu...

Escuto o clique antes de notar que fui fotografada. Ele maneja a câmera de um jeito estranho, sem nem olhar pelo visor.

— Você chegou a voltar pra igreja depois daquele dia em que a gente se encontrou lá? — pergunta ele.

Balanço a cabeça.

— Não, por quê?

— Deixei uma coisa pra você. Uma foto. — Ele ficou meio tímido? — Com um bilhete no verso — acrescenta, e perco o fôlego. — Sumiu. Eu fui lá conferir. Alguém deve ter pegado. Acho que foi melhor assim. Era informação demais, como vocês dizem.

— Que tipo de informação?

É impressionante que dê para falar mesmo completamente desmaiada.

Ele não responde, só ergue a câmera.

— Inclina a cabeça assim de novo. Isso, assim — diz, e se afasta da parede, flexiona os joelhos e reajusta o ângulo da câmera. — Isso, perfeito, meu Deus, *que perfeição*.

Aquilo que aconteceu na igreja está acontecendo de novo. Chamam de desprendimento quando geleiras se separam devido à elevação da temperatura global. Estou me desprendendo.

— Seus olhos são tão etéreos, seu rosto todo, na verdade — continua. — Ontem passei horas vendo fotos suas. Você me dá um friozinho na barriga.

E você me dá *aquecimento global*!

Mas tem outra coisa rolando aqui, além dos frios na barriga, do desprendimento e do aquecimento global, uma coisa que comecei a sentir naquele momento na igreja. Esse cara me faz sentir que estou aqui de verdade, exposta, vista. E não só por causa da câmera. Não sei direito por que isso acontece.

Além do mais, ele é diferente dos garotos que conheço. É *excitante*. Se eu fizesse uma escultura dele, queria que fosse de uma explosão. Cabum.

Respiro fundo e lentamente, lembrando o que aconteceu da última vez que gostei de um garoto.

E agora: QUE TIPO DE INFORMAÇÃO ESTAVA NO BILHETE E QUE FOTO ERA?

— Então, posso te fotografar um dia desses? — pergunta ele.

— Você *já está* me fotografando, *Oscore*! — pronuncio que nem Guillermo, transbordando impaciência.

Ele ri.

— Aqui, não. Assim, não. Em um prédio abandonado lá na praia, que acabei de descobrir. No pôr do sol. Tive uma ideia.

Ele me dá uma olhada por trás da câmera.

— E sem roupa, porque é mais justo — acrescenta, com aqueles olhos brilhantes de demônio. — Diz que sim.

— Não! — exclamo. — Está de brincadeira? Que bizarro. Regra Número Um para Evitar um Assassino: em circunstância alguma vá a um prédio abandonado com um desconhecido e tire a roupa toda. Caramba. Essa cantada normalmente dá certo?

— Dá — diz ele. — Dá certo *sempre*.

Eu rio, sem conseguir me segurar.

— Você não presta *mesmo*.

— Você nem imagina.

— Acho que imagino, sim. Acho que deviam te prender e te colocar pra fazer serviço comunitário.

— É, já tentaram.

Fico de queixo caído. Ele já foi preso de verdade. Ele repara na minha expressão de choque e diz:

— É verdade. Olha só a má influência com quem você foi se meter.

Só que não me sinto assim. Me sinto que nem a Cachinhos Dourados. Tudo aqui dá certo, o oposto lá de casa.

— Por que você foi preso? — pergunto.

— Respondo se você aceitar meu convite.

— Para ser assassinada?

— Para viver perigosamente.

As palavras dele quase me fazem engasgar.

— Haha! Garota errada — digo.

— Discordo.

— Você *nem imagina.*

Nosso papo flui tão bem. Como é que pode?

A vovó responde cantarolando na minha cabeça:

— É que o amor está no ar, minha morceguinha cega. Agora mete no bolso dele uma mecha do seu cabelo. Imediatamente.

Enquanto um homem tiver uma mecha do seu cabelo com ele, você estará em seu coração

(Não, obrigada. Já fiz isso com Zephyr.)

Finjo que ela é uma morta comum: silenciosa.

Saltos ecoam no chão de cimento. Oscar dá uma olhada no corredor.

— Sophia! Vem cá.

Definitivamente não é nenhuma encanadora, só se for uma encanadora de salto fino. Ele se vira para mim. Dá para notar que quer dizer alguma coisa antes de sermos interrompidos.

— Escuta, posso até não prestar, mas não sou nenhum desconhecido. Foi você mesma quem disse: "Você me parece *tão* familiar"— ele me imita, com aquela entonação perfeita de garota praiana, e tampa a câmera. — Tenho certeza de que a primeira vez que te vi foi naquele dia na igreja, mas também tenho certeza de que eu *tinha* que te conhecer. Pode até parecer loucura, mas existe uma profecia nessa história.

— Profecia? — pergunto. Essa era a tal de "informação demais"? Só pode ser. — De quem?

— Da minha mãe. No leito de morte. As últimas palavras dela eram sobre você.

O que alguém diz logo antes de morrer vira verdade?

Sophia — que definitivamente não é sua irmãzinha nem sua tia-avó — entra na sala com seu cabelo ruivo que mais parece um cometa. Usa um vestido fúcsia, de saia rodada, bem anos cinquenta, com um decote tão profundo que vai até a linha do equador. Os olhos azuis-claros são contornados por uma sombra verde e dourada cintilante.

Ela brilha como se tivesse acabado de sair de uma pintura de Klimt.

— Olá, meu bem — diz para Oscar com um sotaque carregado, igualzinho ao do Conde Drácula, juro.

Ela beija ele na bochecha esquerda, na direita, e depois na boca, mas de um jeito tão demorado e arrastado que parece que não vai terminar nunca. Tão demorado e arrastado que sinto um aperto no peito.

E *continua* beijando...

Amigos não se cumprimentam desse jeito. Em nenhuma circunstância.

— Olá — diz Oscar, todo carinhoso.

O batom magenta dela deixou a boca dele toda manchada. Tenho que afundar a mão no bolso do moletom para não esticar o braço e limpar.

Retiro aquela besteira toda de Cachinhos Dourados.

— Sophia, esta é JC, a nova discípula de Garcia, do Instituto.

Então ele acha mesmo que eu estudo lá. Acha que tenho a idade deles. E que sou boa artista a ponto de entrar no Instituto.

Não explico nada.

Sophia estende a mão para mim.

— Vim beber seu sangue — diz com o sotaque da Transilvânia, mas talvez eu tenha escutado mal, talvez ela tenha dito: — Você deve ser uma ótima escultora.

Respondo com uma enrolação qualquer, me sentindo um ogro leproso de dezesseis anos que vive comendo sombras.

Já ela, de cabelo flamejante e vestido rosa-choque, é uma orquídea exótica. É lógico que ele é apaixonado por ela. São duas orquídeas exóticas. É perfeito. Eles são perfeitos. O suéter dela escorregou do ombro, deixando à mostra uma tatuagem maravilhosa de um dragão vermelho e laranja que cospe fogo, dando a volta no braço. Oscar repara no suéter e dá uma ajeitada, como se já tivesse feito isso outros milhares de vezes. Uma onda feia de ciúme começa a borbulhar dentro de mim.

E aquela profecia, hein?

— Temos que ir — diz ela, pegando a mão dele, e num piscar de olhos eles já saíram.

Quando tenho certeza de que os dois saíram, saio correndo — felizmente Guillermo ainda não voltou — até a janela da frente.

Eles já estão na moto. Vejo ela abraçar a cintura dele e dá para saber como ela se sente, como é sentir ele, de tanto desenhá-lo hoje. Imagino direitinho: eu deslizando as mãos pelos músculos longos e definidos dele, passando bem devagar nas linhas do abdômen, sentindo o calor da pele dele na minha.

Pressiono a mão no vidro gelado. Juro que faço isso.

Ele dá a partida na moto, fazendo o escapamento roncar, e enfim os dois disparam rua afora, o cabelo dela flamejando que nem um incêndio. Quando ele faz uma curva de kamikaze, a oitocentos por hora, num ângulo totalmente fatal, ela levanta as mãos e dá um gritinho de prazer.

Porque ela é destemida. *Ela* vive perigosamente. Essa é a pior parte.

No caminho de volta para a sala de correspondência, me sentindo péssima, noto que uma porta que eu jurava que estava fechada quando passei correndo, segundos antes, agora está entreaberta. Será que foi o vento? Um fantasma? Dou uma espiada lá dentro e acho bem improvável que algum dos meus fantasmas fosse querer que eu entrasse ali, mas quem sabe? Abrir portas não é a praia da vovó.

— Mãe? — murmuro.

Recito um pouco do poema, na esperança de ela recitar de volta. Dessa vez, nada.

Abro mais a porta e entro num cômodo que um dia foi um escritório. Antes de ser destruído por um ciclone. Fecho a porta depressa depois de entrar. O espaço está cheio de estantes derrubadas e livros espalhados por tudo quanto é canto. Pilhas de papel, cadernos e blocos jogados da mesa e de outras superfícies. Cinzeiros cheios de guimba de cigarro, uma garrafa de tequila vazia e outra espatifada num canto. Marcas de socos nas paredes, uma janela quebrada. E, bem no meio, um anjo de pedra imenso caído de bruços e com as costas quebradas.

A sala parece ter sido virada do avesso de tanto ódio. Estou achando que talvez fosse isso que estivesse acontecendo na primeira vez que vim aqui, quando parecia que estava rolando um concurso de destruição de móveis. Olho ao redor, para a manifestação física do distúrbio de Guillermo, qualquer que seja, e sou tomada por uma mistura de empolgação e medo. Sei que eu não devia me meter nisso, mas logo, logo a curiosidade acaba falando mais alto do que minha consciência, como sempre — eu e minha mania de querer meter o nariz onde não sou chamada —, e lá estou eu, me abaixando para bisbilhotar os papéis espalhados no chão: principalmente cartas antigas. Tem uma de um estudante de artes de Detroit que quer trabalhar com ele. Outra, escrita à mão, de uma mulher de Nova York que promete fazer qualquer coisa (sublinhado três vezes) se ele aceitar seu mentor — vixe. Vejo formulários de consignação de galerias, uma proposta de encomenda de um museu. Releases de exposições passadas. Pego um bloquinho que nem aquele que vive no bolso dele e folheio, tentando achar alguma pista, no bloco ou neste cômodo, do que aconteceu com ele. O bloco está cheio de desenhos, e também de algumas listas e anotações, mas tudo em espanhol. Talvez sejam listas de material? Anotações sobre esculturas? Ideias? Me sentindo culpada, jogo o bloco de volta na pilha, mas não me seguro e acabo pegando outro, folheio de novo e encontro a mesma página, até chegar a uma página com algumas coisas escritas em inglês:

Meu amor,

Eu enlouqueci. Não quero comer nem beber, senão perderei seu gosto na minha boca; não quero abrir os olhos se não for para ver você; não quero respirar qualquer ar que você não respire, que não tenha passado por seu corpo, que não tenha entrado no seu lindo corpo. Preciso

Viro a página, mas não tem a continuação. Preciso... *do quê*? Folheio correndo o resto do bloco, mas as páginas seguintes estão todas em branco. Vasculho alguns outros blocos espalhados pelo chão, mas não encontro mais palavras em inglês, nenhuma outra palavra para Meu Amor. Sinto um arrepio nos braços. Meu Amor é ela. Tem que ser. A mulher da pintura. A mulher de argila saindo à força do peito do homem de argila. A mulher gigante. Todas as gigantes.

Releio o bilhete. É tão ardente, tão desesperado, *tão* romântico.

Se um homem não der à amada as cartas que escreve, seu amor é sincero

Foi isso que aconteceu com ele: amor. Um amor trágico, impossível. E Guillermo é tão perfeito para isso. Nenhuma mulher resiste a um homem cheio de maremotos e terremotos sob a pele.

Oscar também parece ser do tipo que tem desastres naturais sob a pele. Mas fala sério. Protagonistas de histórias de amor têm que ser homens dedicados, têm que correr atrás de trens, atravessar continentes, abrir mão de tronos e fortunas, desafiar as convenções, enfrentar perseguições, revirar quartos e quebrar as costas de anjos, desenhar a amada em todas as paredes de cimento do estúdio, construir esculturas gigantes em sua homenagem.

Não ficam paquerando, sem a menor vergonha, gente que nem eu, enquanto têm namoradas transilvanas. Que escroto.

Arranco a página com a carta de amor do bloco e, bem quando estou guardando-a na segurança do bolso, escuto a porta do estúdio abrir com aquele rangido de filme de terror. Ai, não. Meu coração acelera e vou de fininho para trás da porta, para me esconder caso Guillermo decida entrar. Eu definitivamente não deveria estar aqui. É um tipo de caos bem particular, como se ele virasse a própria cabeça do avesso. Escuto uma cadeira arrastando no chão e sinto cheiro de cigarro. Maravilha. Ele resolveu fumar bem aqui na porta.

Eu espero. E dou uma olhada na quantidade de livros de arte espalhados pelo cômodo, reconhecendo muitos que vi na escola e também reconhecendo minha mãe. Metade do rosto dela me encara da estante. É a foto da autora na quarta capa da biografia dela de Michelangelo, *Anjo no mármore*. Isso me pega de surpresa, mas é lógico que está aqui. Ele tem tudo quanto é livro. Eu me abaixo e o pego, tomando cuidado para não fazer barulho ao puxá-lo da prateleira. Abro a folha de rosto, curiosa para ver se ela autografou o exemplar quando eles se conheceram. É, autografou, sim.

Para Guillermo Garcia,
"Eu vi o anjo no mármore e o esculpi até libertá-lo."
Obrigada pela entrevista — que honra tremenda.

Com admiração,
Dianna Sweetwine

Minha mãe. Fecho o livro rápido, bem rápido, e fico segurando para ele não abrir, para eu não abrir. Meus dedos ficam pálidos de tanto apertar. Ela sempre autografava com aquela frase de Michelangelo, era sua favorita. Abraço o livro com força, muita força, querendo mergulhar dentro dele.

Depois o enfio na parte de dentro da calça e cubro com o moletom.

— JC — chama Guillermo.

Escuto os passos dele se afastarem. Quando tenho certeza de que ele está longe, saio de fininho da sala e fecho a porta. Atravesso rápido e silenciosamente a sala de correspondência e entro na cela, onde escondo o livro no meu portfólio, sabendo, ah, sim, sabendo muito bem que estou agindo que nem uma doida, deixando meus parafusos caírem por aí. Embora esse não seja meu primeiro furto. Também roubei alguns exemplares dos livros da minha mãe da biblioteca da escola — na verdade, roubo sempre que compram novos. E da biblioteca municipal. E de várias livrarias. Não sei por que faço isso. Não sei por que roubei a carta de amor. Não sei por que faço quase nada.

Encontro Guillermo no estúdio, agachado, fazendo carinho na barriga de Frida Kahlo, que está toda feliz. O bilhete dele para Meu Amor arde em meu bolso. Quero saber mais. O que será que aconteceu com eles?

Ele acena para mim.

— Pronta? — pergunta, ao se levantar. — Pronta pra mudar de vida?

— Prontíssima — respondo.

O resto da tarde consiste na minha escolha de pedra para treinar — me apaixono por um pedaço de alabastro cor de âmbar que parece ter uma chama acesa dentro — e em escutar Guillermo, que virou Moisés e fica recitando mandamentos sobre escultura:

Serás ousada e corajosa.

Arriscarás-te.

Usarás EPI.

(PORQUE TEM AMIANTO NA POEIRA!)

Não terás expectativas sobre o que está dentro da pedra, mas esperarás que a pedra diga isso a ti diretamente.

Depois deste último, ele toca meu plexo solar com a mão aberta e acrescenta:

— O que está adormecido no coração é o que está adormecido na pedra, entendeu?

Então finalmente me passa o último mandamento:

Recriarás o mundo.

Gostaria muito de fazer isso, mas nem imagino como esculpir uma pedra me levará a esse resultado.

Quando chego em casa, depois de horas e mais horas praticando escultura — pelo visto mando terrivelmente mal na tarefa —, com os músculos do punho doloridos, os dedos machucados de centenas de acidentes com o martelo, asbestose se espalhando pelos pulmões apesar da máscara de proteção, abro a bolsa e encontro três laranjonas redondas. Por um segundo, fico zonza de amor por Oscar, até me lembrar de Sophia.

Que falsidade! Sério, que babacão, como Noah dizia quando ainda era Noah.

Aposto que ele também disse para Sophia que a mãe dele a previu numa profecia.

Aposto que a mãe dele nem morreu.

Levo as laranjas para a cozinha e faço um suco.

Quando volto ao quarto após o Massacre das Laranjas, querendo costurar um pouco, dou de cara com Noah agachado sobre a bolsa que larguei no chão, folheando meu caderno de desenho que tinha acabado de guardar ali dentro. Vingança imediata do universo por eu ter fuçado as coisas de Guillermo?

— Noah? O que você tá fazendo?

Ele dá um pulo e solta um:

— Ah! Oi! Nada, não! — Aí coloca as mãos na cintura, tira, põe no bolso e depois coloca na cintura outra vez. — Eu estava só... nada — repete. — Desculpa.

Ele dá uma risada alta demais e bate as mãos.

— Por que você estava fuçando as minhas coisas?

— Não estava... — diz ele e ri de novo, mas está mais para um relincho. — Quer dizer, acho que estava, sim.

Ele olha para a janela como se quisesse pular.

— Mas por quê? — pergunto, também rindo um pouquinho, porque faz séculos que ele não age desse jeito esquisitão.

Ele abre um sorriso como se tivesse acabado de ouvir meus pensamentos. Sinto um quentinho no coração.

— Acho que só queria saber no que você estava trabalhando.

— Sério? — pergunto, surpresa.

— É — diz ele, mexendo os pés, desajeitado. — Sério.

— Tá bom.

Consigo ouvir a empolgação na minha própria voz.

Ele aponta para o caderno.

— Vi os desenhos da mamãe. Está fazendo uma escultura dela?

— Isso — digo, animada pela curiosidade dele, sem nem dar bola para o fato de ele ter xeretado meu caderno; afinal, eu vivia fazendo isso com ele. — Mas esses estudos não estão nem perto da versão final. Comecei ontem à noite.

— Em argila? — pergunta ele.

De repente uma sensação intensa de "como assim estou falando da minha arte com ele?" toma conta de mim, mas faz tanto tempo que não nos conectamos de verdade que eu continuo.

— Argila não, *pedra*. Mármore, granito, ainda não sei. Estou trabalhando com um escultor muito maneiro. Ele é *incrível*, Noah.

Vou até o caderno, pego ele do chão e, segurando-o na nossa frente, aponto para um rascunho mais finalizado de uma visão frontal.

— Estava pensando em fazer algo num estilo realista — digo —, sem aquele jeitão arredondado de sempre. Quero que tenha uma elegância, um ar leve, mas que também seja meio indomável, sabe, que nem ela. Quero que as pessoas vejam o vento no cabelo dela, nas roupas... ah, vai ser um Vestido Flutuante, sem dúvida, mas só a gente vai sacar. Bem, é o que eu espero. Lembra quando ela ia pra varanda de manhã...

Paro porque ele tirou o celular do bolso. Deve ter vibrado.

— E aí, cara — diz, e começa a tagarelar sobre umas besteiradas de atletismo, quilometragem e trilha, sei lá.

Ele faz uma cara de desculpas, indicando que vai demorar, e sai do quarto.

Vou de fininho até a porta, querendo escutar a conversa dele com o amigo. De vez em quando fico parada na porta do quarto dele quando está com a Heather e escuto eles fofocarem, rirem, falarem besteira. Às vezes, aos fins de semana, fico lendo na porta do quarto dele, achando que eles podem me chamar para ir com eles ao zoológico ou comer aquele monte de panquecas como sempre fazem depois de correr, mas nunca chamam.

Quando chega no meio do corredor, de repente Noah para de falar no meio da frase e guarda o celular no bolso. Espera aí. Então ele fingiu o telefonema e inventou o que falar só para fugir de mim? Só para eu parar de tagarelar? Fico com um nó na garganta.

Nunca vamos nos resolver. Nunca vamos voltar ao normal.

Ando até a janela e abro a persiana para ver o mar.

Encaro sem piscar.

Às vezes, no surfe, a gente pega uma onda e repara que perdeu o fundo, e aí de repente, do nada, cai de cara lá de cima.

A sensação é essa.

Quando chego no estúdio de Guillermo no dia seguinte, na hora marcada — pelo visto ele não está nem aí que estou de férias, e eu não tenho mais o que fazer mesmo —, encontro um papel pregado na porta com uma tachinha dizendo: *Volto já — GG.*

Passei a manhã toda do outro lado da cidade chupando limões anti-Oscar e escutando minha pedra de treino, torcendo para ela me dizer o que tem lá dentro. Até agora, não ouvi um pio. Também nem um pio de Noah para mim desde ontem, e hoje ele saiu antes de eu acordar. Levando todo o dinheiro que nosso pai deixou para emergências. Não tô nem aí.

De volta à urgência atual: Oscar. Estou pronta. Além dos limões, que chupei para me preparar para um possível encontro, também aproveitei para dar uma estudada numa variedade de ISTs bem barra pesada. Depois li um pouco da bíblia:

Pessoas com olhos de cores diferentes são cafajestes mentirosos

(Fui eu que escrevi, sim.)

Caso Oscar: encerrado.

Sigo com pressa pelo corredor e fico feliz quando chego à sala de correspondência e só encontro a vovó. Está com uma roupa esplêndida. Saia reta listrada. Suéter florido retrô. Cinto de couro vermelho. Lenço estampado no pescoço, cheio de atitude. E, para completar, uma boina de feltro preta e óculos estilo John Lennon. Exatamente o que eu usaria para vir ao estúdio se não estivesse comprometida com meu look de batata.

— Perfeito — digo. — Super chique-podrinho.

— Bastava dizer chique. Podrinho é um adjetivo que me ofende. A ideia era hippie com um toque de beatnik. Toda essa arte, a bagunça, o caos, os homens estrangeiros e misteriosos me fazem sentir bem livre, bem despreocupada, bem ousada, bem...

Eu rio.

— Já entendi.

— Não, acho que não entendeu. Eu ia dizer "bem Jude Sweetwine". Lembra daquela garota corajosa?

Ela aponta para o meu bolso. Eu tiro a vela apagada de dentro. Ela faz um muxoxo de desdém e acrescenta:

— Não use minha bíblia para seus fins miseráveis.

— Ele tem namorada.

— Você não sabe disso. Ele é europeu. Os costumes deles são diferentes.

— Nunca leu Jane Austen? Os ingleses são até *mais* reprimidos que a gente.

— Se tem uma coisa que aquele garoto não é, é reprimido.

Ela contorce o rosto inteiro para tentar dar uma piscadela. Ela não sabe dar piscadelas sutis, porque não tem nada de sutil.

— Ele tem tricomoníase — resmungo.

— Ninguém tem isso. Só você sabe o que é.

— Ele é velho.

— Velha sou eu.

— Tá, mas ele é gato demais. Demais *mesmo*. E sabe muito bem disso. Já viu como ele se encosta nos lugares?

— Como assim?

— Ele se encosta na parede que nem o James Dean, encosta *assim* — digo, demonstrando rapidamente num pilar. — E dirige aquela moto. E tem aquele sotaque, os olhos de cores diferentes...

— David Bowie tem olhos de cores diferentes!

Ela joga os braços para o alto, já perdendo a paciência. Vovó é apaixonadíssima por David Bowie.

— Dá sorte quando a mãe de um garoto prevê você numa profecia — diz ela, com a expressão mais suave. — E ele disse que você dá frio na barriga nele, meu bem.

— Aposto que a *namorada* dele também dá frio na barriga nele.

— Como você julga um garoto se nem fez um piquenique com ele ainda? — pergunta, e abre bem os braços, como se quisesse segurar o mundo inteiro. — Arrume uma cesta, escolha um lugar e vá. Simples assim.

— Que *brega* — digo, reparando num dos bloquinhos de Guillermo em cima de uma pilha de cartas.

Folheio rápido, em busca de bilhetes para Meu Amor. Nada.

— Quem com um coração batendo dentro do peito consegue fazer pouco caso assim de um piquenique? — exclama ela. — Você tem que ver os milagres para os milagres acontecerem, Jude.

Ela vivia dizendo isso. É a primeira coisa que escreveu na bíblia. Eu não sou de ver milagres. A última coisa que ela escreveu na bíblia foi: *Um coração partido é um coração aberto.* Sei que ela escreveu isso para mim, para me ajudar após a morte dela, mas não ajudou.

Jogue um punhado de arroz para cima, a quantidade de grãos que caírem na sua mão é a quantidade de pessoas que você amará nesta vida

(A vovó fechava a loja só para me dar aula de costura. Diante da mesa no fundo da oficina, eu sentava no colo dela e respirava seu perfume floral enquanto aprendia a cortar, dobrar e pregar. "Todo mundo tem uma alma gêmea, e a minha é você", ela dizia. "Por que eu?", eu sempre perguntava, e ela me dava uma cotovelada de brincadeira e respondia alguma bobagem, tipo: "Ué, por causa desses seus dedões dos pés enormes, lógico.")

Sinto um nó na garganta. Vou até a anja e, depois de fazer meu segundo pedido — são sempre três pedidos, né? —, vou até a vovó, que está diante da pintura. A vovó, não. O fantasma da vovó. É diferente. O fantasma da vovó só sabe o que eu sei da vida dela. Perguntas sobre o vovô Sweetwine — que foi embora quando a vovó estava grávida do meu pai e nunca voltou — não recebem resposta, que nem quando ela estava viva. Muitas perguntas ficam sem resposta. Minha mãe dizia que, ao olhar para a arte, a gente meio vê, meio sonha. Talvez seja a mesma coisa com fantasmas.

— Isso, sim, é um beijo e tanto — diz ela.

— É mesmo.

Nós duas suspiramos, pensativas, e os meus pensamentos, para meu desespero, começam a ficar proibidos para menores, dignos de um "Oscar". Não quero mesmo pensar nele, mas cá estou eu…

— Como é ser beijada assim? — pergunto.

Mesmo que eu tenha beijado um monte de garotos, nunca foi que nem nessa pintura.

Antes que ela me responda, escuto:

— Seria um prazer mostrar pra você. Se interrompesse o boicote, lógico. Toparia tentar, pelo menos. Mesmo que você seja doida de pedra.

Tiro a mão da boca — quando foi que toquei o lábio para tentar substituir o beijo dele? — e me viro devagar, percebendo que Oscar saiu da minha cabeça para se materializar de carne e osso no mezanino. Ele está recostado (dessa vez de um jeito sexy, mas inclinado para a frente, numa postura mais relaxada) no parapeito, com a câmera voltada para mim.

— Achei melhor me manifestar logo, antes que as coisas fossem mais longe com essa sua mão aí — diz.

Não.

Fico toda agitada, como se de repente minha pele estivesse me sufocando.

— Não sabia que tinha gente aqui!

— Deu pra perceber — diz ele, tentando não rir. — Deu pra perceber mesmo.

Ai, não. Imagina a loucura que deve ter sido ele me vendo tagarelando com o nada? Sinto um calor no rosto. Quanto da conversa ele escutou? Quer dizer, conversa, entre aspas. Ai, ai, ai. E quanto tempo será que fiquei beijando minha *mão*? Será que ele sabe que estava pensando nele? Em beijar ele?

— Pra minha sorte — diz ele —, o zoom dessa lente não deixa escapar nada. Caramba, laranjas... quem diria, hein? Podia ter poupado muito perfume, jantar à luz de velas, etcetera e tal.

Ele sabe.

— Você acha que eu estava pensando em você — digo.

— É, acho mesmo.

Reviro os olhos diante de tanto absurdo.

Ele apoia as mãos no parapeito.

— Com quem que você tava falando, JC?

— Ah, é — digo. Como responder? Não sei por quê, mas, assim como com Guillermo ontem, decido falar a verdade: — Foi só minha avó que deu um pulinho aqui.

Ele faz um barulho esquisito, como se tivesse meio tossido, meio engasgado.

Não consigo nem imaginar a expressão na cara dele, pois nem me arrisco a olhar.

— Vinte e dois por cento da população mundial vê fantasmas — digo para a parede. — Não é tão raro assim. Mais ou menos um quarto. E não sou médium nem nada. Não vejo tudo quanto é fantasma. Só minha avó e minha mãe, mas minha mãe não aparece nem fala comigo, só fica quebrando as coisas. Exceto aquele dia em que ela recitou um poema.

Deixo escapar um suspiro. Meu rosto está pegando fogo. Devia ter falado menos.

— Que poema? — escuto.

Não é a resposta que eu estava esperando.

— Um poema qualquer — respondo.

Dizer o nome do poema me parece íntimo demais, mesmo depois de confessar que converso com parentes mortas.

Por um momento fica tudo em silêncio, e, enquanto isso, fico de ouvido atento a possíveis cliques que poderiam indicar que ele está ligando para a emergência.

— Meus pêsames por elas duas, JC — diz ele num tom de voz sério e honesto.

Olho para ele, na expectativa de ver nele aquela cara de quem me acha uma órfã coitadinha, mas não é o que encontro.

Acho que a mãe dele morreu mesmo, afinal de contas. Desvio o rosto.

A boa notícia é que pelo visto ele esqueceu que eu estava no maior amasso com a minha mão. A má notícia é que agora estou repensando a conversa que talvez ele tenha escutado. Nem uma *carta de amor* para ele revelaria tanto. Tudo que posso fazer é cobrir os olhos com as mãos. No desespero, melhor dar uma de avestruz.

— Quanto você escutou, Oscar?

— Ei, deixa quieto — diz. — Nem deu pra entender direito. Eu tava dormindo e sua voz entrou no meu sonho.

Será que é verdade? Ou ele só está sendo legal? Eu falo baixo mesmo. Entreabro os dedos, bem a tempo vê-lo descendo languidamente pela escada. Por que ele anda tão devagar? Sério. É impossível não ficar olhando para ele, atenta a cada passo na expectativa de ele chegar...

Ele chega sorrateiro atrás de mim, tão perto que poderia ser minha sombra.

Parece que o caso Oscar não está tão encerrado assim, afinal de contas. Não levei em conta a proximidade. E ele não acabou de dizer que adoraria me beijar que nem na pintura? Lembro especificamente o que ele disse: *Toparia tentar, pelo menos.*

— E aí, qual foi seu pedido? — pergunta. — Vi que você também conversou com a anja, não só com sua avó.

Ele fala numa voz baixa, suave e íntima, e não confio em mim mesma para responder.

Ele está me olhando daquele jeito que deveria ser ou ilegal ou patenteado, afetando minha capacidade de me lembrar de coisas básicas, como meu nome, minha espécie e todos os motivos que podem levar uma garota a fazer greve de garotos. Por que não estou nem aí para o azar que isso pode me trazer? Só quero passar os dedos naquele cabelo castanho bagunçado, tocar o cavalo azul no pescoço e encostar minha boca na dele, que nem a Sophia.

Sophia.

Me esqueci completamente dela. Parece que ele também, pelo jeito que *ainda* está me olhando. Que canalha. Um canalha com C maiúsculo. Que sacana safado ordinário galinha malandro cafajeste patife sem-vergonha.

— Fiz um suco com as laranjas que você largou na minha bolsa — digo, caindo na real. — Fiz purezinho delas.

— Ai.

— Por que você está fazendo isso?

— O quê?

— Sei lá, isso aí, essa pose. Essa voz. Me olhando como se eu fosse uma... uma... rosquinha. Parado aí pertinho de mim. Tipo, você mal me conhece. Isso sem contar sua namorada, esqueceu dela?

Estou falando alto demais. Na verdade, tô quase berrando. O que deu em mim?

— Mas não tô fazendo nada — diz ele, e levanta as mãos em sinal de rendição. — Não é pose. Minha voz é assim mesmo, é que acabei de acordar. Não acho que você seja uma rosquinha, de jeito nenhum, pode acreditar. Não estou dando em cima de você. Respeito o boicote.

— Que bom, porque não estou interessada.

— Que bom, porque minhas intenções são digníssimas — diz, e faz uma pausa. — Nunca leu Jane Austen, não? Nós, ingleses, somos mais reprimidos que vocês, né?

Levo um susto.

— Achei que você não tinha escutado nada!

— Falei por educação. Nós, ingleses, somos *muito* educados, sabia? — pergunta ele, com um sorrisão desmiolado. — Na verdade, acho que escutei tudo, tim-tim por tim-tim.

— Não estava falando de você...

— Não? Ah, então era de outro cara que anda de moto, tem olhos de duas cores e se recosta que nem o James Dean. Por sinal, obrigado. Ninguém nunca comentou desse meu jeito de me recostar.

Não sei como lidar com essa situação; só me resta sair correndo. Dou meia-volta e sigo para a cela.

— Pior ainda — diz ele, dando aquela gargalhada leve —, você me acha gato. Gato *demais*, até. *Demais mesmo*, se não me engano. — Fecho a porta, mas ainda escuto ele dizer: — E não tenho namorada, JC.

Ele está tirando uma com a minha cara?

— A Sophia sabe disso? — grito, que nem uma doida.

— Na verdade, sabe, sim! — responde ele, igualmente doido. — A gente terminou.

— Quando?

Estamos os dois aos berros, um de cada lado da porta.

— Ah. Faz uns dois anos, até mais.

Dois anos? Mas e aquele beijo? Não foi demorado e arrastado como eu imaginei? Ansiedade altera a percepção, sei bem disso.

— A gente se conheceu numa festa e acho que o namoro durou cinco dias — continua ele.

— Foi seu recorde?

— Meu recorde foi nove dias, na real. E não sabia que você era da Delegacia da Moral e dos Bons Costumes.

Me deito no chão frio de cimento e deixo o pó contaminado e os micróbios e o bolor acabarem comigo. Por dentro, estou a mil. Se não me engano, eu e Oscar acabamos de ter uma briga. Não brigava com ninguém desde minha mãe. E, sendo bem honesta, não está sendo tão ruim assim.

O recorde dele é nove dias. Puta merda. Ele é *esse tipo de cara*.

Estou tentando me recompor, me perguntando quando será que Guillermo vai voltar, tentando me concentrar no motivo para eu estar aqui, na escultura que preciso fazer, tentando pensar no que está escondido na minha pedra em vez da revelação de que Sophia e Oscar não estão namorando! — quando a porta se abre e entra Oscar, balançando uma toalha imunda de argila.

Ao me ver deitada que nem cadáver no chão, ele arqueia a sobrancelha, mas não comenta nada.

— Bandeira branca — diz, erguendo a toalha, que quase não está mais branca. — Venho em paz.

Me levanto um pouco, me apoio nos cotovelos.

— Olha, você estava certa — continua. — Bom, em parte. É pose, sim. *Eu* sou só pose. Sou a maior enganação. Pelo menos noventa e oito por cento do tempo. Minhas intenções raramente são dignas. Não é horrível que joguem isso na minha cara de vez em quando. — Ele vai até a janela. — Está prestando atenção? Senhoras e senhores: Recostado.

Ele encosta o ombro na parede, cruza os braços, vira a cabeça, força a vista e faz uma imitação de James Dean melhor do que o próprio James Dean. Não consigo segurar o riso, e era exatamente essa a ideia. Ele sorri.

— Então tá bom. Vamos lá — diz ele, e interrompe a pose para começar a andar em círculos, que nem um advogado no tribunal. — Preciso conversar com você sobre essas laranjas *e* a fita vermelha no seu pulso *e* essa cebola absurdamente enorme que você está carregando há dias por aí...

Ele me olha como quem diz "te peguei" e tira do bolso da frente da calça uma concha lascada.

— Queria te contar que nunca ando sem a concha mágica da minha mãe, senão posso morrer em questão de minutos — diz.

Acabo rindo de novo. Ele é tão charmoso que chega a ser assustador. Ele joga a concha para mim.

— Além do mais — continua —, nos sonhos eu converso com minha mãe, que faleceu faz três anos. Às vezes durmo no meio do dia, que nem hoje, só pra ver se ela fala comigo. Você é a única pessoa pra quem já contei isso, mas é que, depois de bisbilhotar sua conversa, estou te devendo uma.

Ele vem até mim e pega a concha de volta, com um sorriso moleque muito fofo estampado no rosto.

— *Sabia* que você ia querer roubar minha concha — acrescenta. — Nem a pau. É meu bem mais precioso.

Ele guarda a concha no bolso e fica de pé bem do meu lado, com os olhos cintilantes e um sorriso irreverente, rebelde e completamente irresistível.

Misericórdia, Senhor, pela minha alma em boicote.

De repente ele deita no chão imundo ao meu lado, no mesmo nível que eu. Oba. Deixo escapar um som que só consigo descrever como um gritinho de prazer. Ele cruza os braços e fecha os olhos, que nem eu estava quando ele entrou.

— Até que é bom — diz ele. — Parece que estamos na praia.

Volto à posição anterior, dessa vez ao lado dele.

— Ou no caixão.

— Adoro que você vê tudo pelo lado positivo.

Rio outra vez.

— Gostei que você deitou comigo no chão — digo, vendo pelo lado positivo e me sentindo do lado positivo, sabendo que nenhuma outra pessoa na minha vida deitaria assim comigo no chão.

Sabendo também que nenhuma outra pessoa carrega uma concha no bolso para não morrer. Nem dorme só para conversar com a mãe morta.

Ficamos num silêncio confortável. Muito confortável, como se já tivéssemos passado vidas a fio deitados juntos em chãos imundos, que nem dois cadáveres.

— O poema era da Elizabeth Barrett Browning — conto.

— "Amo-te quando em largo, alto e profundo" — declama ele.

— Isso mesmo. — E penso: é *ele*. Tem pensamentos que, depois de pensados, são muito difíceis de ignorar. — Até que lembra mesmo a praia — digo, cada vez mais próxima do êxtase.

Me viro de lado, apoio a cabeça na mão e fico olhando em segredo a cara meio maluca de Oscar. Mas de repente ele abre um olho e me pega admirando-o — esse sorrisinho dele grita que fui pega em flagrante. Ele fecha o olho e diz:

— Pena que você não está interessada.

— Não estou mesmo! — exclamo, voltando a me deitar na areia. — Foi só curiosidade artística. Seu rosto é bem peculiar.

— E o seu é lindo de morrer.

— Você é tão dado — digo, efervescente.

— Já ouvi falar.

— O que mais ouviu falar?

— Humm. Bom, infelizmente, há pouquíssimo tempo ouvi falar que, se chegar perto de você, vou ser castrado.

Ele senta e gesticula com as mãos no ar, imitando Guillermo:

— *Castração, Oscore! Entendeu? Já me viu usar a serra, né?*

Depois relaxa, volta a ser Oscar e continua:

— Por isso que vim aqui até aqui com a bandeira branca, na verdade. Levo o maior jeito pra estragar as coisas, e isso eu não quero estragar. Você é a primeira pessoa, além de mim, que fez G. rir nos últimos anos. É um milagre ele estar dando aula novamente. Milagre que nem aquele dos pães e peixes, JC. Você não tem ideia.

Um milagre?

— Parece que você enfeitiçou ele — acrescenta. — Com você... não sei... ele volta a ficar *ok*. Faz um bom tempo que esse cara é uma fera.

Será que eu sou a campina de Guillermo, que nem ele é a minha?

— Além do mais, sabemos que *vocês dois* conversam com amigos imaginários — diz, dando uma piscadinha, e une as mãos. — Então, a pedido seu e dele, vamos fazer o seguinte: quando eu quiser te convidar pra ir comigo a prédios abandonados ou beijar essa sua boca ou admirar esses seus olhos de outro mundo ou imaginar como você deve ser por baixo dessas roupas tristes e folgadas que você usa pra se esconder ou te devorar num chão nojento como eu estou desesperado pra fazer agora mesmo, vou só sair por aí quicando no meu pula-pula. Combinado? — Ele estende a mão e diz:

— Amigos. *Só* amigos.

Isso que é confusão. Ele é que nem uma montanha-russa falante.

Não está nada combinado, nem a pau.

— Combinado — digo, e aperto a mão dele, mas só porque quero tocá-lo.

O tempo vai passando e continuamos ali, de mãos dadas, e sinto uma eletricidade me percorrendo descontroladamente. Aí ele me puxa devagar, olha bem nos meus olhos mesmo tendo jurado que não faria isso, e uma onda de calor explode lá dentro de mim e se espalha para todo lado. Sinto meu corpo se entregando. Será que ele vai me beijar? Vai?

— Ai, caramba — diz ele, e solta minha mão. — Melhor eu ir nessa.

— Não, não. Não vai, não, por favor.

As palavras escapam da minha boca antes que eu consiga me segurar.

— Que tal eu ficar aqui, então, que é mais seguro? — diz ele, se afastando alguns metros. — Já falei que controlar meus impulsos não é meu forte? — pergunta, sorrindo. — Estou precisando controlar um impulso bem forte, JC.

— Vamos só conversar — digo, meu coração a mil. — Lembra da serra?

A gargalhada dele dá cambalhotas pela sala.

— Sua risada é incrível — solto. — Tipo, uau, é...

— Você não está ajudando. Por favor, me poupe de todos os elogios. Ah! — exclama ele, se aproximando outra vez. — Já sei! Tive uma ideia. — Ele puxa meu gorro até cobrir minha cara toda e metade do pescoço. — Pronto — diz. — Perfeito. Vamos conversar.

Só que agora estou rindo dentro do gorro e ele está rindo fora, e a gente vai se empolgando e, sei lá, acho que nunca estive tão feliz.

É muito quente e abafado rir dentro de um gorro de lã, então, depois de um tempo, levanto o gorro e o vejo ali, o rosto avermelhado e os olhos cheios de lágrimas de tanto gargalhar, e sou inundada por algo que só sei descrever como reconhecimento. Dessa vez, não é porque ele me parece familiar por fora, e, sim, por dentro.

Conhecer sua alma gêmea é como entrar numa casa onde já esteve antes — você reconhecerá os móveis, os quadros na parede, os livros na estante, o conteúdo das gavetas: se fosse preciso, você se localizaria até no escuro

— Então se você é pura enganação noventa e oito por cento do tempo — digo, me recompondo —, o que acontece nos dois por cento restantes?

A pergunta parece sugar todo o resto de humor do rosto dele, e na mesma hora me arrependo.

— É, esse cara ninguém conhece — responde ele.

— Por quê?

Ele dá de ombros.

— Talvez não seja só você quem vive escondida.

— Por que você acha que vivo escondida?

— Só acho — diz, e faz uma pausa. — Talvez seja porque já passei um bom tempo com suas fotos. Elas falam à beça. — Ele me olha cheio de curiosidade e acrescenta: — Mas você pode me contar *por que* se esconde desse jeito.

Penso um pouco no pedido, penso nele.

— Agora que somos amigos, *nada mais* — digo. — Você é o amigo pra quem eu poderia ligar se me deparasse com um cadáver e uma faca ensanguentada na mão?

Ele sorri.

— Sou. Eu não te deduraria. Em nenhuma circunstância.

— Confio em você — digo.

Eu me surpreendo e, pela expressão no rosto dele, também o surpreendo. Agora, por que confio em alguém que acabou de dizer que em noventa e oito por cento do tempo é a maior enganação, aí já não sei.

— Eu também não te deduraria — acrescento. — Em nenhuma circunstância.

— Talvez dedurasse, sim — responde ele. — Já fiz coisas terríveis.

— Eu também — digo, e, de repente, fico com vontade de abrir o jogo para ele.

Escreva seus pecados em maçãs ainda na árvore; quando elas caírem, seu fardo cairá também

(Não há macieiras em Lost Cove. Já experimentei com uma ameixeira, um damasqueiro e um abacateiro. O fardo continua aqui.)

— Bom — diz ele, com os olhos fixos nas mãos entrelaçadas. — Se serve de consolo, te garanto que o que fiz é muito pior do que o que você fez.

Estou prestes a falar, a rebater, mas o olhar incomodado dele me cala.

— Quando minha mãe estava doente — diz ele, devagar —, só tínhamos dinheiro para uma cuidadora, durante o dia. Minha mãe não queria voltar pro hospital, e o serviço de saúde do governo não cobria mais essa despesa. Então, à noite, quem cuidava dela era eu. Só que comecei a tomar os analgésicos dela, aos montes. Vivia chapado, tipo, o tempo todo, de verdade.

A voz dele vai ficando esquisita, tensa, sem aquela melodia de sempre.

— Fomos sempre só eu e ela, sem nenhum outro parente — continua ele, depois faz uma pausa e respira fundo. — Uma noite ela caiu da cama, provavelmente porque precisava do penico, mas, depois de cair, não conseguiu levantar. Estava fraca e doente demais.

Ele engole em seco. A testa dele está suada.

— Ela passou quinze horas no chão, tremendo, cheia de fome, morrendo de dor, *gritando por mim*, enquanto eu estava desmaiado no quarto ao lado — conclui ele, e suspira devagar. — E essa é só uma anedota. Todas as histórias dariam um livro.

A anedota praticamente sufocou ele. E a mim também. Estamos os dois ofegantes, e sinto o desespero dele me assolando como se fosse meu.

— Sinto muito, Oscar.

Ele também está naquela prisão da culpa que a psicopedagoga descreveu.

— Nossa — diz ele, cobrindo a testa com as mãos. — Nem acredito que te contei isso. Nunca falo disso com ninguém, nem com G. nem nas reuniões. — O rosto dele está um caos, mas dessa vez completamente diferente do normal. — Viu? — pergunta. — Melhor a enganação, né?

— Não — respondo. — Eu quero te conhecer por inteiro. Cem por cento.

Isso consegue deixá-lo ainda mais perturbado. Pela expressão no rosto dele, ele não quer que eu o conheça por inteiro. Por que eu falei isso? Olho para baixo, envergonhada, e, quando ergo o rosto, vejo que ele se levantou. Está se recusando a olhar para mim.

— Preciso resolver umas coisas lá em cima antes do meu turno no La Lune — diz, já na porta.

Ele não vê a hora de fugir de mim.

— Você trabalha no café? — pergunto.

Mas o que quero dizer é: eu entendo. Não as circunstâncias, mas a vergonha. Entendo a areia movediça que é a vergonha.

Ele faz que sim e, sem conseguir me segurar, acabo perguntando:

— Naquele dia, na igreja, você disse que eu era ela. Quem era? E como sua mãe fez uma profecia sobre mim?

Ele só balança a cabeça e sai da sala.

Então me lembro que ainda estou com o bilhete de Guillermo para Meu Amor. Eu enrolei o papel e o amarrei com uma fita vermelha da sorte. Até agora, não sabia por quê.

Para conquistá-lo, ponha a carta de amor mais apaixonada do mundo no bolso da jaqueta dele

(Estou escrevendo salmos de improviso. Faço isso? Faço?)

— Ei, Oscar, um segundinho — chamo, e o paro na porta para tirar uma camada de poeira da jaqueta dele. — O chão está imundo.

E é assim que guardo aquelas palavras ardentes no bolso dele. É assim que dou play na minha vida.

Então dou voltas pela salinha, esperando Guillermo voltar para eu começar a esculpir, na expectativa de Oscar receber o bilhete e correr para mim ou para longe de mim. Uma válvula se soltou dentro de mim e alguma coisa está escapando, até eu me sentir completamente diferente da garota em boicote que entrou no estúdio com uma vela queimada no bolso para apagar qualquer sentimento de amor. Me lembro da conselheira pedagógica que me disse que eu era a casa no bosque, sem janela nem porta. Sem entrada nem saída, segundo ela. Mas ela estava enganada, porque as paredes foram derrubadas.

E então, de repente, do outro lado do estúdio, minha pedra ganha um megafone para me informar o que contém.

O que está adormecido no coração é o que está adormecido na pedra

Antes de mais nada, preciso fazer uma escultura, e não é da minha mãe.

Estou cercada por gigantes.

Bem no meio da área externa está um dos casais imensos de Guillermo, mas inacabado, e, encostado na cerca, outro trabalho colossal chamado *Três irmãos*. Estou tentando não fazer contato visual com as estátuas enquanto Guillermo demonstra técnicas diferentes na minha pedra de treino. Esses três irmãos de pedra não são lá os gigantes mais simpáticos. Estou usando todo o equipamento de proteção que encontrei: um traje de plástico, óculos de segurança e máscara, porque dei uma pesquisada nos riscos de entalhar pedra ontem e fiquei surpresa por qualquer escultor passar dos trinta anos. Enquanto Guillermo me ensina a não ferir a superfície da pedra, a usar a grosa, a fazer hachura, a escolher o cinzel adequado para cada tarefa, e quais ângulos são melhores para quais tipos de entalhe, tento, sem sucesso, não ficar pensando em Oscar e no bilhete roubado que deixei na jaqueta dele. Provavelmente não foi a melhor ideia do mundo — nem roubar o bilhete nem dá-lo a ele. Tá na cara que é aquele problema de não saber controlar os próprios impulsos.

Tentando ser sutil, consigo fazer uma ou outra pergunta sobre Oscar entre outras sobre a posição do cinzel e a construção do modelo. Descubro o seguinte: ele tem dezenove anos. Abandonou a escola na Inglaterra, mas fez supletivo aqui e agora está no primeiro ano da Universidade de Lost Cove, onde estuda principalmente literatura, história da arte e fotografia. Tem um quarto no alojamento, mas às vezes ainda dorme no estúdio.

Acontece que, pelo visto, não estou sendo tão sutil assim, porque Guillermo toca no meu queixo, ergue meu rosto para poder me olhar de frente e diz:

— Oscore? Ele é como se fosse meu...

Ele leva o punho ao peito para concluir a frase. Como se fosse o coração dele? Um filho?

— Ele caiu no meu ninho quando ainda era muito novo, muito perturbado. Sem ter ninguém — continua, com uma expressão carinhosa. — As coisas são muito esquisitas com Oscore. Mesmo quando canso de todo mundo, não canso dele. Não sei por quê. E ele é muito bom jogando xadrez — diz, e segura a cabeça como se estivesse com dor. — *Muito, muito* bom. Me deixa louco.

Depois me olha e acrescenta:

— Mas presta bem atenção: se eu tivesse uma filha, deixaria ela bem longe dele. Entendeu?

Hum? Perfeitamente.

— É só Oscore inspirar que as moças vêm correndo de tudo quanto é canto, mas quando expira... — prossegue, e faz um gesto para indicar que as garotas são literalmente jogadas fora, expulsas ou, em outras palavras, são devastadas. — Ele é jovem demais, burro demais, descuidado demais. Eu era igualzinho. Não sabia nada sobre mulheres, sobre amor, até bem mais tarde. Entendeu?

— Entendi — digo, tentando esconder minha profunda decepção. — Vou tomar banho de vinagre, engolir ovo cru e procurar logo um vespeiro pra usar na cabeça.

— Não entendi — diz ele.

— Para reverter o desejo do coração. Sabedoria familiar antiga.

Ele gargalha.

— Ah. Muito bem. Na minha família, só sabemos sofrer.

Então ele joga um saco de argila na minha mesa e me manda fazer o modelo primeiro, agora que sei o que a pedra esconde.

A escultura que estou visualizando é de dois corpos redondos, ombro a ombro, as figuras completamente esféricas, cheias, os peitos curvos e cheios do mesmo sopro, a cabeça inclinada para cima, o olhar virado para o céu. Tudo resultando em mais ou menos trinta centímetros de altura e largura. Assim que Guillermo sai da sala, começo a construir, e logo me esqueço de Oscar, do Expirador de Garotas, da história triste que ele me contou, de como me senti com ele naquela cela e do bilhete que joguei no bolso dele — até finalmente restarmos apenas eu e NoaheJude.

É essa a escultura que preciso fazer primeiro.

Quando concluo o modelo, horas depois, Guillermo o inspeciona e o usa de referência para marcar a lápis certos pontos na pedra, indicando onde cortarei para fazer os "ombros" e as "cabeças". Depois de decidirmos que o ombro do garoto, voltado para fora, é o primeiro ponto de acesso, ele sai novamente e me deixa trabalhar.

Acontece imediatamente.

Assim que encosto o martelo no cinzel, com a intenção de encontrar NoaheJude, me lembro do dia em que Noah quase se afogou.

Nossa mãe tinha acabado de morrer. Eu estava trabalhando na máquina de costura com a vovó Sweetwine, numa de suas primeiras visitas. Estava fazendo a barra de um vestido quando o quarto me sacudiu, é minha única explicação. A vovó disse: *Vai*, só que foi como se um tornado estivesse me soprando a palavra. Saí voando da cadeira, da janela, derrapando pelo penhasco, e meu pé só tocou o chão quando Noah chegou à água. Ele não emergiu. Eu sabia que não emergiria. Nunca senti tanto medo, nem quando minha mãe morreu. Parecia que tinha algo fervendo correndo pelas minhas veias.

Dou uma martelada no cinzel, observo uma lasca da pedra cair e, de repente, estou mais uma vez correndo em direção ao mar. Mesmo com as roupas pesando, nadei rápido que nem um tubarão e mergulhei bem onde ele afundou, agarrando braçadas de água, tentando pensar na correnteza, na maré, nos redemoinhos, em tudo que meu pai me ensinou. Me deixei ser levada pela corrente, mergulhei de novo, imergi e emergi até encontrar Noah boiando de barriga para baixo, vivo, mas desacordado. Arrastei ele até a praia, nadando com um braço só, afundando cada vez mais por conta do peso dele, sentindo a vida de nós dois pulsando dentro de mim, até que, quando finalmente cheguei à areia, bati no peito dele com as mãos trêmulas, soprei uma respiração desesperada na boca fria e molhada dele e, quando ele acordou, assim que percebi que ele estava bem, dei um tapa com toda a minha força na cara dele.

Porque como ele teve coragem de fazer isso?

Como pode ter escolhido me deixar aqui sozinha?

Ele me disse que não estava tentando se matar, mas não acreditei. Aquele primeiro salto foi diferente de todos os outros que vieram depois. Naquele momento ele estava realmente tentando pular para o lado de fora da terra. Tenho certeza disso. Ele queria escapar. Tinha escolhido ir embora. Escolhido me abandonar. E é o que teria feito se eu não o tivesse arrastado de volta.

Acho que a válvula que se soltou dentro de mim durante a conversa com Oscar estourou de vez. Estou martelando o cinzel com tanta força que meu corpo todo vibra, e o resto do mundo vibra junto.

Noah parou de respirar. Então, no fim das contas, houve um momento em que eu estava viva sem ele.

Pela primeira vez. Nem no útero estivemos separados. Terror não chega nem perto de descrever a sensação. Nem fúria. Nem angústia. Não tem como descrever.

Ele não estava lá. Não estava mais comigo.

O suor começa a escorrer sob o macacão de plástico enquanto esmurro o cinzel com toda a minha força, esquecendo os ângulos adequados, sem ligar para nada do que Guillermo acabou de me ensinar, só pensando que minha raiva de Noah não passou depois disso. Eu não conseguia superar, e tudo que ele fazia só piorava a situação. Apelei desesperada para a bíblia da vovó, mas, por mais cinórrodo que botasse no chá, por mais lápis-lazúli que escondesse debaixo do travesseiro, aquela fúria não ia embora.

É isso que estou sentindo agora, enquanto corto a pedra, ao arrastar Noah para fora do mar, ao arrancar pedaços da rocha, querendo nos tirar dali, da água traiçoeira, da pedra sufocante, querendo nos libertar, quando escuto:

— Então foi por isso?

São minha mãe e a vovó falando juntas. Quando foi que elas formaram um time? Um coro? Elas repetem, as vozes compondo um dueto de acusação dentro da minha cabeça.

— Então foi por isso? Porque foi logo depois. A gente viu o que você fez. Você achava que não tinha ninguém vendo. Mas a gente viu.

Posiciono o cinzel do outro lado da pedra e tento martelar as vozes, mas não consigo.

— Me deixem em paz — sussurro, arrancando o macacão de plástico, a máscara e os óculos. — Vocês não existem — digo.

Vou para o estúdio aos tropeços, sem eira nem beira, na esperança das vozes não me seguirem, sem saber se são ou não coisa da minha cabeça, sem saber de nada.

Lá dentro, Guillermo está completamente concentrado em outra peça de argila — por enquanto, um homem todo encolhido.

Mas também tem alguma coisa errada aqui.

Guillermo está curvado sobre o homem curvado de argila. Com as mãos, trabalha o rosto, por trás, e fala em espanhol, as palavras cada vez mais hostis. Incrédula, vejo ele cerrar o punho e esmurrar as costas do homem de argila, deixando um buraco que sinto na minha própria coluna. Depois disso ele dá vários socos rápidos. Oscar disse que *esse cara é uma fera*. Penso nas paredes socadas da sala do ciclone, na janela estilhaçada, no anjo quebrado. Ele dá um passo atrás para dar uma olhada no dano que causou e, ao fazer isso, repara na minha presença, e é então que a violência dos punhos se desloca para os olhos, virados para mim. Ele ergue a mão e me enxota com um gesto.

Volto para a sala de correspondência com o coração disparado no peito.

Na EAC não é mesmo assim.

Se é isso o que ele quis dizer quando falou sobre se entregar à arte, se esse for o preço, não sei, não sei mesmo se dou conta.

De jeito nenhum que vou voltar ao estúdio onde a fera do Guillermo espanca um homem de argila inocente, nem ao pátio, onde vovó e minha mãe, que também estão uma fera, querem me dar uma coça, então decido subir. Sei que Oscar saiu, faz mais de uma hora que ouvi a moto dele roncando.

O loft no mezanino é menor do que eu imaginava. Só um quarto mesmo. Tem furos de prego e tachinhas cobrindo todas as paredes, de onde Oscar tirou cartazes e fotos. A estante foi esvaziada. Só tem umas camisetas no armário. Sobre a mesa estão um computador e uma impressora, talvez de fotos. Tem também uma escrivaninha. Vou até a cama desarrumada, onde hoje mais cedo ele esperava sonhar com a mãe.

É uma bagunça de lençóis marrons, um redemoinho de uma manta mexicana, um travesseiro triste e murcho numa fronha desbotada. A cama de um garoto solitário. Não aguento: apesar das advertências, de boicotes hesitantes e de suspiradas cataclísmicas e destruidoras de garotas, eu me deito, apoio a cabeça no travesseiro de Oscar e inspiro o cheiro suave dele — apimentado, ensolarado, maravilhoso.

Oscar não tem cheiro de morte.

Me cubro até os ombros com a manta e fecho os olhos, me lembrando do rosto dele, do desespero com que me contou hoje cedo o que aconteceu com a mãe. Naquela história, ele estava tão só. Inspiro ele, me aconchegando no espaço onde sonha, e toda a ternura me esmaga. Entendo por que ele se fechou assim. É lógico que entendo.

Ao abrir os olhos, vejo na mesa de cabeceira um porta-retrato com uma foto de uma mulher de cabelo grisalho comprido e chapéu branco de abas largas. Está sentada numa cadeira no jardim, com uma bebida na mão. O copo está suando. O rosto dela, enrugado de sol, é repleto de algo que lembra Oscar. Está dando uma gargalhada, e dá para ver que ri do mesmo jeito leve que ele.

— Perdoa ele — digo para a mãe dele ao me sentar, e passo o dedo no rosto dela. — Ele precisa do seu perdão.

Ela não responde, diferente da minha família morta. Falando nisso, o que foi aquilo que aconteceu lá fora? Parecia que eu estava cinzelando meu próprio cérebro. A psicopedagoga disse que fantasmas — e fez aspas com o dedo — frequentemente são manifestações da culpa. Verdade. Ou, às vezes, uma saudade interna profunda. Verdade. Ela disse que o coração domina a mente. Que o medo ou a esperança dominam a razão.

Depois da morte de uma pessoa próxima, é preciso cobrir todos os espelhos da casa para o espírito do falecido partir — senão ele acabará eternamente preso entre os vivos

(Nunca contei isso para ninguém, mas, depois da morte da minha mãe, não só não cobri os espelhos, como fui à farmácia e comprei dezenas de espelhinhos de bolso. Depois espalhei tudo pela casa, porque o que eu mais queria era que o espírito dela ficasse preso com a gente.)

Não sei se eu invento os fantasmas ou não, só sei que não quero pensar no que eles me disseram, então começo a ler os títulos dos livros empilhados ao lado da cama de Oscar. A maioria é de história da arte, mas também tem alguns de religião e alguns romances. Um trabalho de faculdade escapa de dentro de um dos livros. Eu puxo o papel. O título é "O impulso de êxtase do artista", e no canto da página está escrito:

Oscar Ralph
Prof. Hendricks
HA 105
Universidade de Lost Cove

Abraço as folhas de papel. Minha mãe era professora de HA 105. É o curso introdutório de história da arte para calouros. Se ela não tivesse morrido, teria conhecido Oscar, lido esse trabalho, corrigido, conversado com ele depois da aula. Teria amado o tema "O impulso de êxtase do artista". Penso em Noah. Ele com certeza tinha um impulso de êxtase. Parecia até perigoso o quanto ele era capaz de amar uma cor ou um esquilo ou até, sei lá, escovar os dentes. Vou para a última página do trabalho, onde um 10 grandão está circulado em vermelho, junto do comentário: *Argumento inteiramente convincente, sr. Ralph!* É só então que o sobrenome de Oscar adentra minha consciência. Oscar *Ralph*. Nome, sobrenome, tanto faz. Oscar é Ralph! *Encontrei Ralph*. Começo a rir. É um sinal. É o destino. É um milagre, vovó! É Clark Gable sendo todo engraçadinho.

Eu me levanto, me sentindo absurdamente melhor — encontrei Ralph! —, e olho pelo parapeito para confirmar que Guillermo não está na sala de correspondência lá embaixo, me escutando rir sozinha aqui em cima. Depois vou até a escrivaninha, porque a jaqueta de couro de Oscar está pendurada na cadeira. Enfio a mão no bolso e... não encontro o bilhete. Então quer dizer que ele pegou. E aí sinto minha barriga dar um nó.

Visto a jaqueta; é que nem me aconchegar no colo dele, e estou me deleitando com o abraço pesado, com o cheiro, quando olho para a mesa e *me* vejo. Em toda a superfície. Fotos e mais fotos enfileiradas, algumas marcadas com post-its amarelos, outras não. O ar começa a tremer.

Acima de tudo tem um post-it amarelo escrito: *A profecia*.

A primeira foto é de um banco vazio da igreja onde nos conhecemos. Tem um post-it nessa escrito assim: *Ela disse que eu a conheceria na igreja. Tudo bem que provavelmente foi para me convencer a ir à igreja. Eu voltei várias vezes para essa aqui, para fotografar os bancos vazios.*

A segunda foto sou eu sentada no mesmo banco da anterior. Tem um comentário dele: *Até que, um dia, não estava vazio.* Eu mal me reconheço ali. Pareço, sei lá, esperançosa. E não me lembro de ter sorrido assim para ele. Não me lembro de já ter sorrido assim para ninguém na vida.

A outra foto é do mesmo dia. Tem um comentário escrito o seguinte: *Ela disse que eu a reconheceria imediatamente, porque você brilharia que nem um anjo. Ela estava chapadaça de analgésico, que nem eu — como eu já disse —, mas você brilha, sim. Olha só.* Eu olho para quem ele viu pela câmera e, mais uma vez, mal a reconheço. Vejo uma garota muito apaixonada. Não consigo entender. Eu tinha acabado de conhecer ele.

A quarta foto é de mim, também naquele dia, mas antes de eu dizer que ele podia me fotografar. Ele devia estar fotografando escondido. É aquele momento em que coloquei o dedo na boca para fazer ele ficar quieto, e meu sorriso é tão rebelde quanto o dele. O comentário diz: *Ela disse que você seria meio esquisita*. Ele desenhou um sorrisinho. *Perdão, não tenho a intenção de ofender, mas você é bizarra.*

Haha! Ele mandou um *não me leve a mal, mas*, ao estilo inglês.

É como se a câmera dele tivesse encontrado essa outra garota, essa garota que eu queria ser.

A foto seguinte foi tirada hoje: sou eu na sala de correspondência conversando com a vovó Sweetwine, falando sozinha. É inegável que a sala está completamente vazia, que estou só, que estou ilhada. Engulo em seco.

No post-it, porém, está escrito: *Ela disse que eu sentiria que você é da família.*

Então ele subiu aqui para imprimir fotos e escrever esses bilhetes depois de me deixar lá embaixo? Provavelmente ele queria me contar tudo isso, mesmo fugindo apavorado, como se estivesse pegando fogo.

Se sonhar que está tomando banho, se apaixonará

Se tropeçar ao subir uma escada, se apaixonará

Se encontrar no quarto de alguém e encontrar inúmeras fotos suas com bilhetes lindos, se apaixonará

Me sento, sem conseguir acreditar nisso tudo, sem conseguir acreditar que talvez ele também goste de mim.

Pego a última foto da sequência. É de nós dois, nos beijando. Sim, nos beijando. Ele borrou o fundo e acrescentou um monte de cores misturadas até ficarmos... exatamente que nem o casal da pintura!

Como ele fez isso? Deve ter usado uma foto minha beijando minha mão e editado junto com uma foto dele.

Nessa tem um post-it escrito: *Você perguntou como seria. É assim que ~~seria~~ será. Não quero ser só seu amigo.*

Nem eu.

Conhecer minha alma gêmea *é mesmo* como entrar numa casa onde já estive antes. Eu *reconheço* tudo. Eu *me localizaria* no escuro. A bíblia é um sucesso.

Pego a foto do beijo. Vou com ela até o La Lune e dizer que também não quero ser só amiga dele...

É então que escuto passos subindo a escada, barulhentos e apressados, misturados a gargalhadas. Escuto Oscar dizer:

— Adoro quando eles erram na quantidade de funcionários. Tem outro capacete logo aqui. E pode usar minha jaqueta. Vai sentir frio na moto.

— Que bom que a gente finalmente conseguiu sair.

É uma voz de garota. E não é a Sophia da Transilvânia. Ai, não, por favor. Alguma coisa desmorona dentro de mim. E só tenho um segundo para tomar uma decisão. Opto pela escolha de filme ruim: entro no armário e fecho a porta antes das botas de Oscar entrarem no quarto. Não gosto do jeito como essa garota falou de *sair.* Não gosto nem um pouco. Definitivamente foi um código para *ficar.* Definitivamente foi um código para beijar a boca dele, os olhos fechados dele, as cicatrizes, aquela tatuagem linda do cavalo azul.

Oscar: Jurava que tinha deixado a jaqueta aqui.

Garota: Quem é ela? É bonita.

Barulho de papel. Ele está escondendo minhas fotos?

Garota (voz tensa): É sua namorada?

Oscar: Não, não. Não é ninguém. É só um trabalho pra faculdade.

Uma facada bem no meio do peito.

Garota: Tem certeza? É muita foto de uma garota só.

Oscar: Sério, não é ninguém. Ei, vem cá. Senta no meu colo.

Vem cá, senta no meu colo?

Eu falei facada? Não, na verdade é uma britadeira.

Desta vez tenho certeza de que os sons íntimos que escuto não têm nada de rosquinha. Desta vez também tenho certeza de que não estou confundido amizade com romance, que nem fiz com Sophia. Não entendo. Não mesmo. Como é que o mesmo cara que tirou aquelas fotos minhas e escreveu aqueles recados pode estar se agarrando com outra garota atrás dessa porta? Escuto ele murmurar o nome Brooke entre respirações ofegantes. Que inferno. Só pode ser retribuição cármica pela última vez em que me meti num armário onde não devia ter entrado.

Não posso ficar aqui.

Não-é-ninguém abre a porta do armário. A garota desce do colo de Oscar num pulo, que nem um gato assustado. Tem cabelo castanho comprido e olhos amendoados que saltam da cara ao me ver. Ela começa a abotoar a camisa, toda atrapalhada.

— JC? — exclama Oscar. A boca dele está toda manchada de batom. De novo. — O que você está fazendo aqui em cima? Aí dentro? — pergunta.

A dúvida certamente é valida. Mas, infelizmente, perdi a capacidade de falar. E, pelo visto, também de me mexer. Eu me sinto pregada neste momento horrível, que nem um inseto morto. O olhar dele pousa no meu peito. Só aí vejo que ainda estou abraçada à foto do beijo.

— Você viu — diz.

— Não é ninguém, né? — pergunta a tal de Brooke, pegando a bolsa do chão e colocando no ombro, aparentemente se preparando para uma fuga rápida e furiosa.

— Espera — ele pede a ela, mas volta a me olhar. — O bilhete de G.? — pergunta, alguma coisa mudando em sua expressão. — Foi você que pôs no bolso da minha jaqueta?

Nem passou pela minha cabeça que ele reconheceria a letra de Guillermo, mas sim, é óbvio.

— Que bilhete? — solto, com a voz esganiçada. Depois me dirijo à garota: — Desculpa. Sério. Eu só, ah, sei lá o que vim fazer aqui, mas não tem nada rolando entre a gente. Nada mesmo.

Descubro que minhas pernas funcionam o suficiente para descer a escada.

Já estou no meio da sala de correspondência quando escuto Oscar lá de cima.

— Olha os outros bolsos.

Nem viro para trás, só sigo pelo corredor e saio porta afora até chegar à saída e estar na calçada, sem ar, enjoada. Subo a rua com as pernas tão fracas e bambas que nem acredito que ainda estão me sustentando. Quando já estou a uma quadra de distância, deixo toda minha dignidade de lado e começo a revirar os bolsos da jaqueta, mas não encontro nada além de um rolo de filme fotográfico, papéis de bala, uma caneta. A não ser que... Tateio o forro e encontro um zíper. Abro, meto a mão no bolso e tiro de dentro um papel cuidadosamente dobrado. Parece que está ali faz tempo. Eu desdobro. É uma cópia colorida de uma das fotos da igreja. Aquela em que estou com aquele sorriso rebelde. Ele fica me carregando por aí?

Mas espera. Que diferença faz? Não faz nenhuma diferença. Não pode fazer nenhuma diferença se mesmo assim ele escolheu ficar com outra pessoa, logo depois de escrever aqueles bilhetes incríveis para mim, logo depois do que aconteceu entre a gente no chão da cela — não que eu tenha entendido o que aconteceu, mas rolou alguma coisa, alguma coisa real, toda aquela risada e aquele momento intenso, quando tive a sensação de que talvez houvesse uma chave em algum lugar que libertasse a gente. Senti mesmo isso.

E aí: *Sério, não é ninguém.* E: *Vem cá, senta no meu colo.*

Fico imaginando ele inspirando Brooke, uma garota atrás da outra, bem como Guillermo falou, assim como fez comigo, para agora ele poder soltar o ar e me despedaçar de vez.

Sou tão burra.

Escrevem, sim, histórias de amor para garotas com coração gelado. E acabam assim.

Mal andei mais uma quadra — com a foto amassada na mão — quando escuto alguém atrás de mim. Me viro, certa de que é Oscar e odiando a esperança crescendo no meu peito, mas quem vejo ali é Noah: com os olhos arregalados, meio fora de si, sem cadeados à vista, a expressão apavorada, como se tivesse alguma coisa para me dizer.

Noah

13 e ½ – 14 anos

No dia seguinte à partida de Brian para o internato, entro escondido no quarto de Jude enquanto ela está no banho e vejo uma conversa aberta no computador.

Spaceboy: *Pensando em você*

Rapunzel: *Eu também*

Spaceboy: *Vem cá agorinha mesmo*

Rapunzel: *Preciso melhorar no teletransporte*

Spaceboy: *Vou dar um jeito nisso*

Explodo o país inteiro. Ninguém nem percebe.

Eles estão apaixonados. Que nem urubus. E cupins. É, não são só rolinhas e cisnes que encontram um par para a vida inteira. Cupins feios e nojentos e urubus carniceiros também encontram.

Como ela pôde fazer isso? Como ele pôde?

Sinto como se estivesse andando com explosivos vinte e quatro horas por dia. Não dá para acreditar que as coisas não explodem quando eu toco nelas. Não dá para acreditar que me enganei tanto.

Eu achei que, sei lá, achei errado.

Tudo errado.

Faço o melhor que posso. Transformo todos os desenhinhos de Jude que encontro pela casa em cenas de assassinato. Uso as mortes mais horrendas daquela brincadeira idiota dela. Uma garota sendo jogada pela janela, esfaqueada, afogada, enterrada viva, esganada pelas próprias mãos. Não poupo detalhes.

Também escondo lesmas nas meias dela.

Enfio a escova de dente dela na privada. Todo dia.

Encho o copo d'água na mesa de cabeceira dela de vinagre.

O pior é que, nos poucos minutos por hora que deixo de ser um psicopata, sei que, para ficar com Brian: *Eu daria meus dez dedos. Daria tudo que tenho.*

(AUTORRETRATO: *Garoto remando desesperadamente para trás*)

Passa uma semana. Duas. A casa fica tão grande que levo horas para ir do quarto à cozinha e voltar, tão grande que mesmo de binóculo não consigo ver Jude do outro lado da mesa ou da sala. Acho que nunca mais vamos nos cruzar. Quando ela tenta falar comigo, do outro lado dos quilômetros de traição, ponho fones de ouvido como se fosse escutar música, sendo que, na verdade, a ponta do fio está na minha mão, no bolso.

Nunca mais quero falar com ela, e deixo isso bem claro. A voz dela não passa de ruído. Ela é ruído.

Não paro de achar que nossa mãe vai reparar na guerra entre a gente e fazer papel de ONU, como já fez antes, mas isso não acontece.

(RETRATO: *Mãe desaparecida*)

Até que, um dia, escuto vozes no corredor: meu pai falando com uma garota que não é Jude, que logo percebo ser *Heather*. Mal dediquei um segundo de pensamento a ela, mesmo depois do que aconteceu no armário. Daquela mentira horrível em forma de beijo. *Me desculpa, Heather,* digo em pensamento, andando na ponta dos pés até a janela. *Mil, mil desculpas,* enquanto abro o vidro no maior silêncio. Pulo a janela e escapo para a segurança do outro lado bem quando escuto a batida na porta e meu pai me chamando. É minha única ideia.

Enquanto estou descendo a colina, um carro passa por mim e fico com vontade de esticar a mão e fazer sinal. Porque a real é que eu devia ir de carona para o México, para o Rio, que nem um artista de verdade. Ou para Connecticut. Isso. Só aparecer no alojamento de Brian, onde quer que ele esteja — *no chuveiro, cercado de caras pelados e molhados.* A ideia passa do nada pela minha cabeça e todos os explosivos no meu cérebro detonam ao mesmo tempo. Isso é pior do que pensar nele no armário com Jude. E melhor. E muito pior.

Quando saio da nuvem nuclear que é essa ideia, todo torrado, estou na EAC. Não sei como, mas meus pés vieram para cá sozinhos. O curso de verão já acabou faz mais de duas semanas, e muitos dos alunos que moram na escola estão voltando. Parecem grafites ambulantes. Fico observando eles tirarem malas, portfólios e caixas dos carros, darem abraços em pais que se olham com aquela cara de "Talvez não tenha sido uma ideia tão boa assim". Eu aspiro tudo. As garotas de cabelo azul verde vermelho roxo dando gritinhos ao se abraçar. Uns caras altos e magrelos recostados na parede, fumando, rindo e transbordando estilo. Um grupo desgrenhado de dread que parece ter saído rolando da secadora. Um cara que passa por mim, com bigode de um lado da cara e barba do outro. *Que* irado. Eles não só fazem arte, eles *são* arte.

Me lembro, então, da conversa que tive na festa com o inglês pelado e decido levar o que resta de meu corpo torrado para uma missão de reconhecimento pela planície no interior de Lost Cove, onde ele disse que ficava o estúdio daquele escultor doido de pedra.

Em pouco tempo, talvez só uns segundos — porque tentar não pensar em Brian me transforma num corredor superpoderoso —, chego ao número 225 da rua Day. É um galpão espaçoso e a porta está entreaberta, mas não posso só sair entrando, né? Não. Nem trouxe meu caderno. Mas quero fazer alguma coisa, tenho que fazer alguma coisa. *Tipo beijar o Brian.* A ideia me pega de jeito e aí não consigo mais deixar para lá. Era para eu ter tentado. Mas e se ele tivesse me dado um soco? Estourado minha cabeça com um meteorito? Ai, mas e se não tivesse? E se tivesse me beijado também? Porque às vezes eu pegava ele me olhando, quando achava que eu não estava prestando atenção. Só que eu estava sempre prestando atenção nele.

Eu estraguei tudo. Foi isso. Devia ter beijado ele. Um beijo, e aí eu podia morrer em paz. Espera aí, não, nem que a vaca tussa, se for para morrer, quero mais do que um beijo. Muito, muito mais. Estou suando. E de pau duro. Sento no meio-fio e tento respirar, só respirar.

Pego uma pedra e jogo na rua, tentando imitar o braço biônico dele, e, depois de três tentativas patéticas, meus pensamentos viram do avesso. Tinha uma cerca elétrica separando a gente. Foi ele que construiu. Que manteve de pé. Ele queria a Courtney. E quis *Jude* desde o dia em que a conheceu. Eu só não queria acreditar nisso. Ele é um atleta popular metido à besta que gosta de garotas. Ele é a gigante vermelha. Eu sou a anã amarela. Ponto final.

(AUTORRETRATO: *E todos viveram felizes para sempre, menos a anã amarela*)

Jogo tudo isso para o alto, tudo mesmo. O que importa são os mundos que posso criar, em vez desse mundo nojento em que tenho que viver. Nos mundos que crio, qualquer coisa pode acontecer. *Qualquer coisa*. E se — quando — eu passar pra EAC, vou aprender a fazer tudo sair no papel com metade da qualidade que tem na minha cabeça.

Me levanto e, de repente, reparo que super dá para subir pela saída de emergência na lateral do galpão. Leva a uma plataforma diante de uma fileira de janelas, que devem dar em algum lugar. Só tenho que pular a cerca sem ninguém me ver. Bom, por que não? Eu e Jude vivíamos pulando cercas para olhar cavalos, vacas ou cabras, sem contar aquele árbuto com que nós dois casamos aos cinco anos (no dia, Jude também foi a juíza de paz).

Olho para os dois lados da rua tranquila. Lá longe vejo uma mulher de costas, velha e usando um vestido colorido... parece flutuar. Eu pestanejo — ela segue flutuando, e por algum motivo acho que está descalça. Está a caminho de uma igrejinha. Não importa. Quando ela entra, eu atravesso a rua e pulo a cerca rapidinho. Disparo pelo beco, subo com cuidado a escada de incêndio, tentando não fazer o metal velho ranger e agradecido por ter uma obra ali perto que abafa o barulho. Me esgueiro pela plataforma e dou uma olhadela para o outro lado do prédio, quando percebo que o ruído ensurdecedor não vem de obra nenhuma, e, sim, do pátio, onde acredito ter acabado de rolar um apocalipse, porque, caramba: é a cena logo depois dos alienígenas atacarem a terra com uma arma química. O pátio está cheio de socorristas em traje de proteção, máscara e óculos, empunhando furadeiras e serras que emergem e mergulham em nuvens brancas esvoaçantes enquanto atacam blocos de pedra. É um estúdio? São escultores? O que Michelangelo acharia disso? Observo até não aguentar mais, e, quando baixa a poeira, noto que estou sendo fulminado por três pares de olhos imensos.

Eu perco o fôlego. Do outro lado do pátio, três homens-monstro enormes de pedra me encaram.

Eles estão *respirando*. Juro.

Minha ex-irmã iria surtar. Minha mãe também.

Estou achando que preciso chegar mais perto deles quando um homem alto e de cabelo escuro sai do prédio e passa por uma parede erguida até o meio, que nem uma porta de garagem. Está falando ao telefone com um sotaque que não identifico. Vejo ele jogar a cabeça para trás numa alegria suprema, como se estivesse ouvindo que a partir de agora vai poder escolher a cor de todo pôr do sol, ou que Brian o está esperando pelado no quarto. O cara está praticamente dançando com o telefone, e gargalha com tanta alegria que o som espalha um bilhão de balões pelo ar. Deve ser aquele artista doido de pedra, e esses homens-monstro gigantes e assustadores de granito devem ser sua arte doida de pedra.

— Rápido — diz ele, com uma voz que combina com o tamanho dele. — Rápido, meu amor.

Aí ele beija dois dedos e os leva ao telefone antes de guardá-lo no bolso. Mijão total, né? Mas quando ele fez, não deu essa impressão, juro. Agora ele está de costas para o pátio, diante de uma pilastra onde encosta a testa. Sorri para o concreto que nem um lelé, mas só eu sei disso, por conta do meu ponto de vista especial. Pelo visto, ele também está disposto a dar dez dedos. Uns minutos depois, sai do delírio, se vira, e é aí que consigo ver seu rosto de verdade pela primeira vez. O nariz parece mais um barco virado, a boca é do tamanho de três, a mandíbula e as maçãs do rosto parecem fortes como uma armadura e os olhos são iridescentes. O rosto dele é uma sala lotada de móveis imensos. Quero desenhá-lo imediatamente. Eu o vejo observar a cena apocalíptica e, quando ele ergue os braços, que nem um maestro, todas as ferramentas se calam ao mesmo tempo.

E também os pássaros, os carros na rua. Na verdade, não escuto nem o murmúrio do vento, o zumbido das moscas, uma palavra de conversa. Não escuto *nada*. Parece que o planeta inteiro fez silêncio porque esse homem vai falar.

Será que ele é Deus?

— Eu falo muito de coragem — diz. — Digo que esculpir não é coisa pra gente covarde. Covardes ficam na argila, né?

Os socorristas todos riem.

Ele para, raspa um fósforo na coluna. A ponta pega fogo.

— Digo que vocês precisam se arriscar no meu estúdio — continua, e acende um cigarro que pegou de trás da orelha. — Digo para não serem tímidos. Digo pra tomarem decisões, cometerem erros, erros mesmo, grandes, terríveis, irresponsáveis, ferrar com tudo. Digo que é o único caminho.

Um murmúrio de afirmação.

— Digo isso, sim, mas ainda vejo tantos com medo de cortar — prossegue ele, e começa a andar devagar, que nem um lobo, que definitivamente é seu animal. — Vejo o que estão fazendo. Quando foram embora ontem, fui de obra em obra. Vocês acham que são Rambo com essas furadeiras, essas serras. Fazem muito barulho, muito pó, mas poucos acharam isso que seja — diz, juntando bem dois dedos — de suas esculturas. Hoje isso vai mudar.

Ele vai até uma garota loira e baixinha.

— Posso, Melinda?

— Por favor — diz ela.

Até daqui de cima dá para ver como ela está corada. Está totalmente apaixonada por ele. Olho para a cara dos outros ao redor e percebo que na verdade todo mundo ali está apaixonado por ele, homens e mulheres.

(RETRATO, PAISAGEM: *Homem em escala geográfica*)

Ele traga profundamente o cigarro, joga a guimba ainda quase inteira no chão e pisa em cima. Depois sorri para Melinda.

— Vamos encontrar sua mulher, ok? — Ele observa atentamente o modelo de argila ao lado da pedra, depois fecha os olhos e passa os dedos pela superfície. Faz o mesmo com o bloco de pedra ao lado: examina com o tato, de olhos fechados. — Tá — diz, e pega uma furadeira na mesa.

Sinto a empolgação dos alunos quando ele, sem nem pensar duas vezes, perfura a pedra com força. Em instantes forma-se uma nuvem de pó e não consigo enxergar mais nada. Preciso chegar mais perto. Tipo, muito perto. Acho que preciso morar no ombro desse homem, que nem um papagaio.

Quando o barulho para e o pó se dissipa, todos os alunos começam a aplaudir. Ali, na pedra, estão as costas curvadas de uma mulher, idênticas à do modelo de argila. É inacreditável.

— Por favor, voltem a trabalhar — diz ele, e entrega a furadeira para Melinda. — Você encontra o resto.

Ele vai de aluno em aluno, às vezes sem dizer nada, às vezes rasgando elogios.

— Isso! — exclama para um. — Você conseguiu. Olha esse seio. É o seio mais belo que já vi!

O garoto cai na gargalhada e o artista coça a cabeça dele, bem como faria um pai orgulhoso. Sinto um aperto no peito.

Para outro aluno, diz:

— Muito bem. Agora é hora de esquecer tudo que falei. Agora, vai devagar. Bem, bem devagarinho. Faz carinho na pedra. Faz amor com a pedra, mas de leve, de leve, bem levinho, entendeu? Usa o cinzel, só isso. Se errar, estraga tudo. Sem pressão.

Então dá a mesma coçadinha na cabeça do aluno.

Quando parece concluir que ninguém precisa dele, o artista volta para dentro. Vou atrás, andando até o outro lado da plataforma, que dá para as janelas, e me escondo no canto para ver sem ser visto. Lá dentro estão mais gigantes de pedra. E, do outro lado do estúdio, três mulheres nuas, com lenços vermelhos fininhos cobrindo o corpo, posam numa plataforma cercadas por um grupo de alunos desenhando.

Nada de inglês pelado.

Vejo o artista ir de aluno em aluno, parar atrás de cada um e observar o trabalho com o olhar frio e severo. Fico todo tenso, como se ele estivesse avaliando os meus desenhos. Ele não está satisfeito. De repente bate as mãos e todo mundo para de desenhar. Pela janela dá para ouvir palavras abafadas, e ele vai ficando cada vez mais agitado, balançando as mãos que nem rãs voadoras. Quero saber o que ele está dizendo. *Preciso* saber.

Até que finalmente os alunos voltam a desenhar. Ele pega um lápis e um bloco da mesa e se junta a eles, e o que diz a seguir é tão alto, a voz tão cheia de energia, que dá até para ouvir pela janela:

— Desenhem com vontade, gente. Sem tempo a perder, sem nada a perder. Estamos recriando o mundo, nada menos do que isso, entenderam?

Que nem diz minha mãe. E eu entendi, sim. Meu coração está a mil. Eu entendi *tudo*.

(AUTORRETRATO: *Garoto refaz o mundo antes do mundo refazer o garoto*)

Ele se senta para desenhar com o grupo. Nunca vi nada igual ao jeito como ele desliza a mão pelo papel, como os olhos dele absorvem cada detalhe das modelos que posam ali. Estou com o coração na boca tentando entender o que ele está fazendo, observando a maneira como ele pega no lápis, como ele *se transforma* no lápis. Não preciso nem ver o desenho para saber que é genial.

Até agora, eu não tinha percebido como eu sou ruim. O quanto ainda tenho que melhorar. Talvez eu não consiga mesmo passar para a EAC. O tabuleiro Ouija estava certo.

Desço aos tropeços pela saída de emergência, tonto, com as pernas bambas. Em um segundo, vi tudo que eu poderia ser, tudo que quero ser. E tudo que não sou.

O nível da calçada subiu e eu desço escorregando. Não tenho nem quatorze anos, penso. Ainda tenho muitos e muitos anos para melhorar. Mas aposto que, quando Picasso tinha a minha idade, já era bom para caramba. O que eu tinha na cabeça? Sou uma porcaria completa. Nunca vou passar pra EAC. Estou tão perdido nessa conversa nojenta comigo mesmo que quase passo voando pelo carro vermelho estacionado na frente do estúdio, igualzinho ao carro da minha mãe. Mas não pode ser. O que ela estaria fazendo logo aqui? Dou uma olhada na placa... e *é* o carro dela. Dou meia-volta. Não só é o carro da minha mãe, como ela própria está ali, inclinada sobre o banco do carona. O que ela está fazendo?

Dou uma batida na janela.

Ela dá um pulo, mas não parece tão surpresa em me ver como eu fiquei surpreso em vê-la. Na verdade, não parece nem um pouco surpresa.

Ela abre a janela e diz:

— Que susto, meu bem.

— O que você estava fazendo inclinada assim? — pergunto, em vez da dúvida mais óbvia: O que você está fazendo aqui?

— Deixei cair uma coisa.

Ela está estranha. Os olhos estão brilhando demais. O buço está suado. E está parecendo uma adivinha com essa roupa, um xale roxo cintilante no pescoço e um vestido amarelo comprido com faixa vermelha. Está usando braceletes coloridos. Tirando as vezes que usa os Vestidos Flutuantes da vovó, ela normalmente usa roupas dignas de filme em preto e branco, e não do circo.

— O quê? — pergunto.

— Como assim, o quê? — rebate ela, confusa.

— O que deixou cair?

— Ah, meu brinco.

Ela está com brinco nas duas orelhas. Ela vê que eu vi.

— Outro brinco. Quis trocar.

Faço que sim, mas tenho certeza que é mentira, que ela me viu e se escondeu, e por isso não ficou surpresa. Mas por que ela se esconderia de mim?

— Por quê? — pergunto.

— Por que o quê?

— Por que quis trocar de brinco?

Precisamos de um tradutor. Até hoje nunca precisei de um tradutor com minha mãe.

Ela suspira.

— Não sei, só quis. Entra, querido.

Ela diz isso como se desde o começo o plano fosse ela me buscar. Que negócio mais esquisito.

Na volta para casa, o carro é um cubo de tensão, e não consigo entender por quê. Espero duas quadras para perguntar o que ela estava fazendo por ali. Ela diz que é porque tem uma lavanderia muito boa naquela rua. Não falo nada sobre as, sei lá, cinco lavanderias mais perto de casa. Mesmo assim ela escuta, porque explica:

— Era um dos vestidos que a vovó fez pra mim. Meu favorito. Queria deixar em boas mãos, nas melhores mãos, e aquela é a melhor lavanderia que tem.

Dou uma olhada para ver se o recibo cor-de-rosa da lavanderia está preso no painel, como ela sempre deixa. Mas não está. Será que ela guardou na bolsa? Pode ser.

Ela espera mais dois quarteirões para dizer o que deveria ter dito imediatamente.

— Você está bem longe de casa.

Digo que saí para dar uma caminhada e acabei indo parar ali, sem querer contar que pulei uma cerca, subi uma saída de emergência e fiquei espiando um gênio, que deixou bem na cara que ela está errada com relação ao meu talento.

Dá para ver que ela está prestes a me interrogar, mas o celular vibra no colo dela. Ela olha o número e desliga.

— Trabalho — diz, me olhando de relance.

Nunca a vi suando desse jeito. O tecido amarelo do vestido dela está cheio de manchas escuras debaixo do sovaco, parece até um pedreiro.

Ela dá uma apertadinha no meu joelho quando passamos pelos prédios da EAC, agora tão familiares para mim.

— Logo, logo — diz.

Só aí as coisas se encaixam. Ela estava me seguindo. Está preocupada comigo porque virei um ermitão. Nenhuma outra explicação faz mais sentido. Ela ficou lá escondida e mentiu sobre a lavanderia porque não queria que eu ficasse irritado por ela estar me espionando e invadindo minha privacidade. A explicação me relaxa.

Até que ela vira na segunda entrada à esquerda em vez da terceira e, quase lá no alto da colina, para na frente de uma garagem. Fico olhando, incrédulo, enquanto a vejo sair do carro e dizer:

— Não vem, não?

Ela está quase na porta, com a chave na mão, quando repara que está prestes a entrar em outra casa, onde mora outra família.

(RETRATO: *Mãe sonâmbula entrando em outra vida*)

— Onde eu ando com a cabeça? — comenta ela, voltando para o carro.

Podia ser engraçado, devia ser, mas não é. Alguma coisa não está encaixando. Sinto isso até os ossos, mas não consigo entender o que é. Ela não dá partida no carro. Ficamos sentados em silêncio, na frente da garagem de outra família, olhando para o mar, onde o sol deixa um rastro brilhante que vai até o horizonte. Parece até que a água está cheia de estrelas, e fico com vontade de andar nelas. É um saco que só Jesus possa andar sobre a água. Estou prestes a dizer isso para minha mãe quando percebo que o carro foi preenchido por uma tristeza espessa e pesadíssima, e não é minha. Não fazia ideia de que ela estava triste desse jeito. Talvez seja por isso que não notou meu divórcio de Jude.

— Mãe? — pergunto, de repente sentindo a boca tão seca que a voz mal sai.

— Vai dar tudo certo — diz ela, rápido, baixo, e liga o carro. — Não se preocupe, meu bem.

Passam pela minha cabeça todas as coisas horríveis que aconteceram da última vez que alguém me disse para não me preocupar, mas, mesmo assim, concordo com a cabeça.

O fim do mundo começa com a chuva.

A água leva setembro embora, e outubro também. Em novembro, nem meu pai está mais dando conta, e chove tanto dentro de casa quanto lá fora. Tem panelas e baldes e tigelas por todo canto.

— Quem diria que a gente precisava trocar de telhado? — meu pai resmunga sem parar, que nem um mantra.

(RETRATO: *Pai equilibrando a casa na cabeça*)

Isso depois de passar a vida trocando a pilha antes das lanternas apagarem, substituindo lâmpadas antes de queimarem: *Se preparar nunca é demais, filho.*

Apesar disso, depois de observar muito, cheguei à conclusão de que não chove na minha mãe. Eu a encontro fumando na varanda (ela não fuma) como se estivesse debaixo de um guarda-chuva invisível, sempre com o celular colado na orelha, sem dizer nada, só balançando de um lado para o outro e sorrindo como se tivesse alguém tocando música do outro lado. Eu a encontro cantarolando (ela não é de cantarolar) e balançando as pulseiras (ela não é de usar nada barulhento) pela casa, pela rua, subindo o penhasco, com aquelas roupas de circo e aqueles braceletes, como se tivesse um raio de sol particular a envolvendo enquanto nos agarramos às paredes e aos móveis para não sermos levados pela enxurrada.

Eu a encontro sentada diante do computador, onde deveria estar escrevendo um livro, mas está olhando para o teto como se estivesse cheio de estrelas.

Eu a encontro várias e várias e várias vezes, mas nunca *a encontro.*

Tenho que chamar o nome dela três vezes antes de ela ouvir. Tenho que esmurrar a parede quando entro no escritório dela, ou chutar uma cadeira na cozinha antes de ela sequer notar que tem mais alguém no cômodo.

Começa a passar pela minha cabeça, com uma preocupação crescente, que viandantes que vieram de outro lugar também podem voltar para onde vieram.

O único jeito de tirar ela desse transe é falar do meu portfólio da EAC, mas, como eu e ela já escolhemos os cinco desenhos que vou pintar a óleo com o sr. Grady, não tem muita coisa para conversar antes da grande revelação, e eu ainda não estou pronto. Não quero que ela veja as pinturas até estarem prontas. Estou quase lá. Passei o semestre inteiro trabalhando nelas, tanto na hora do almoço quanto depois da aula. Não tem entrevista nem nada, o processo de admissão da escola é todo baseado na arte que você faz. Só que, depois de ver o escultor desenhando, meus olhos foram trocados de novo. Agora, às vezes, juro que vejo sons, o vento verde-escuro uivando, a chuva carmim esmagadora — essas cores-sons todas dando voltas no meu quarto quando deito na cama e penso em Brian. O nome dele, quando digo em voz alta, é azul.

Mudando de assunto, cresci uns oito centímetros desde as férias. Se alguém ainda se metesse comigo, eu poderia chutá-lo para fora do planeta. Tranquilo. E agora minha voz está tão grave que a maioria dos humanos não consegue ouvir. Mal a uso, exceto com Heather, às vezes. A gente está meio de boa de novo, agora que ela está gostando de outro garoto. Cheguei até a sair para correr com ela e os amigos corredores umas vezes. Foi legal. Ninguém liga de você não falar muito se estiver correndo.

Virei um King Kong muito quieto.

E hoje, um King Kong muito quieto e preocupado. Estou me arrastando colina acima na volta da escola, debaixo do temporal, com só uma coisa na cabeça: o que vou fazer quando Brian voltar nas férias do Natal e ficar com Jude?

(AUTORRETRATO: *Bebendo as trevas direto das minhas mãos*)

Quando chego em casa, vejo que não tem ninguém, como sempre. Ultimamente, Jude mal fica em casa — ela começou a surfar na chuva depois da aula, com os surfistontos mais barra pesada — e, quando está, fica no computador conversando com Brian, ou seja, Spaceboy. Vi mais algumas das conversas deles. Uma vez, ele falou do filme — aquele que a gente viu quando ele pegou minha mão debaixo da cadeira! Quase vomitei na mesma hora.

Às vezes, à noite, fico do outro lado da parede querendo arrancar as orelhas para não escutar o apito de outra mensagem dele junto com o zumbido daquela máquina de costura idiota dela.

(RETRATO: *Irmã na guilhotina*)

Vou pingando pela casa, uma nuvem de chuva, e chuto um balde na porta do quarto de Jude para a água suja ensopar o tapete branco felpudo dela e quem sabe embolorar, depois entro no meu quarto e me surpreendo ao encontrar meu pai sentado na cama.

Não me encolho nem nada. Sei lá por que, mas ultimamente ele não está mais me perturbando tanto. Parece que ele bebeu um tipo de poção, ou quem sabe fui eu. Ou talvez seja porque fiquei mais alto. Ou porque nós dois estamos ferrados. Acho que ele também não encontra mais minha mãe.

— Pegou temporal? — pergunta ele. — Nunca vi uma chuva dessas. Tá na hora de fazer aquela arca, né?

A piadinha me comparando a Noé, por causa do nome, também faz sucesso na escola. Não me incomoda. Eu adoro o Noé bíblico. Ele morreu com quase novecentos e cinquenta anos. Foi embora com os animais. E recomeçou o mundo inteiro: tela em branco e tinta infinita. Maneiríssimo.

— Peguei a maior chuva — digo, e cato uma toalha da cadeira.

Começo a secar a cabeça, esperando o comentário inevitável sobre meu cabelo comprido, mas ele não fala nada disso.

Ele só diz:

— Você vai ficar maior que eu.

— Será?

A ideia me anima imediatamente. Vou ocupar mais espaço que meu pai.

(RETRATO, AUTORRETRATO: *Garoto pula de um continente para o outro com o pai nos ombros*)

Ele faz que sim, arqueando as sobrancelhas.

— Nesse ritmo que está crescendo, parece que sim.

Ele dá uma olhada no quarto como se estivesse fazendo um inventário de tudo, contando os cartazes de museu — que praticamente cobrem todas as paredes e o teto —, depois vira para mim e dá um tapinha nas coxas.

— Então, pensei na gente sair para jantar — diz ele. — Um tempinho de pai e filho.

Ele deve perceber o horror estampado na minha cara.

— Nada de — acrescenta, fazendo aspas com os dedos — "conversas", prometo. Vamos só comer alguma coisa. Preciso jogar conversa fora.

— Comigo?

— Com quem mais seria? — pergunta ele, sorrindo, e não tem nenhum sinal de babaquice em seu rosto. — Você é meu filho.

Ele se levanta e vai até a porta. Estou zonzo só por ter ouvido ele falar assim: *Você é meu filho.* Chego a sentir que sou mesmo filho dele.

— Vou de paletó — diz ele. — Quer também?

— Se você quiser — digo, atordoado.

Quem diria que meu primeiro encontro seria com meu pai?

Só que, quando visto meu único paletó — que usei pela última vez no enterro da vovó Sweetwine —, percebo que as mangas estão batendo nos cotovelos. Jesus amado, virei mesmo o King Kong! Vou até o quarto dos meus pais, ainda usando a prova de meu gigantismo.

— Ah — solta meu pai, sorrindo, e tira do armário um paletó azul-marinho. — Esse deve caber, fica um tico apertado em mim.

Ele dá um tapinha na barriga inexistente dele.

Tiro meu paletó e visto o dele. Cabe perfeitamente. Não consigo tirar o sorriso do rosto.

— Falei — diz ele. — Agora nem me atreveria a lutar com você, fortão.

Fortão.

Na saída, eu pergunto:

— Cadê a mamãe?

— Não faço a menor ideia.

Vamos a um restaurante na praia e nos sentamos à janela. A chuva deixa rastros, deixando a vista embaçada. Meus dedos tremem de vontade de desenhar. Jantamos bife. Ele pede um uísque, depois mais um, e me deixa dar uns goles. Nós dois pedimos sobremesa. Ele não fala de esporte, de filmes ruins, de como arrumar a lava-louça nem de jazz esquisito. Ele fala de mim. O tempo todo. Diz que minha mãe mostrou alguns desenhos meus, que espera que eu não me incomode, e que ele ficou impressionado. Diz que está muito empolgado para eu me inscrever na EAC, e que seria a maior idiotice deles se não me aceitassem. Diz que nem acredita que seu único filho é talentoso assim, e que não vê a hora de dar uma olhada no meu portfólio final. Diz que morre de orgulho de mim.

Não estou mentindo sobre nada disso.

— Sua mãe acha que a vaga de vocês é garantida.

Faço que sim com a cabeça, me perguntando se ouvi errado. Até onde eu sabia, a Jude não ia se inscrever. Devo ter ouvido errado. O que ela mandaria de portfólio, afinal?

— Vocês deram muita sorte. Sua mãe é muito apaixonada por arte. É contagiante, né? — diz ele, e sorri, mas consigo ver o rosto interior dele, que não está sorrindo. — Vamos trocar?

Relutante, ofereço meu doce de chocolate em troca do tiramisu dele.

— Não, deixa pra lá — diz ele. — Vamos só pedir mais duas sobremesas. A gente nunca faz isso.

Durante a segunda sobremesa, me preparo para dizer que os parasitas, as bactérias e os vírus que ele estuda são tão maneiros quanto a arte da minha mãe, mas decido que vai parecer tosco e falso, então só devoro o bolo. Começo a imaginar que as pessoas ao nosso redor devem estar pensando: "Olha só aquele pai e filho jantando juntos, não é legal?" Fico todo orgulhoso. Eu e meu pai. Amigos agora. Parceiros. *Brothers*. Ah, estou me sentindo surrealmente bem — faz tanto tempo —, tão bem que começo a tagarelar como não faço desde que Brian foi embora. Conto para meu pai de basiliscos que, de tão rápido que percorrem a superfície da água, conseguem andar vinte metros sem afundar. Então, no fim das contas, não é só Jesus.

Ele me diz que o falcão-peregrino pode atingir trezentos e vinte quilômetros por hora ao mergulhar. Arqueio as sobrancelhas em sinal de surpresa só por educação, mas, fala sério, quem é que não sabe disso?

Eu conto que girafas comem até 35 quilos por dia, dormem por só meia-hora por dia, não só são o bicho mais alto da terra, como também têm a cauda mais comprida de todos os mamíferos terrestres, e que suas línguas chegam a cinquenta centímetros.

Ele me conta de tardígrados microscópicos que andam pensando em mandar para o espaço, porque sobrevivem a temperaturas que vão de menos duzentos a cento e cinquenta graus Celsius, suportam mil vezes a radiação necessária para matar um ser humano e podem ser trazidos de volta à vida depois de dez anos de desidratação.

Por um momento, fico com vontade de derrubar a mesa por não poder contar dos tardígrados espaciais para Brian, mas dou a volta por cima fazendo meu pai adivinhar qual é o animal mais fatal para seres humanos, deixando ele chocado depois de errar todas as opções mais óbvias: hipopótamos, leões, crocodilos etc. É o mosquito da malária.

Vamos trocando fatos sobre bichos até chegar a conta. Nunca nos divertimos tanto juntos.

Quando ele está pagando, eu digo:

— Não sabia que você gostava de programas de animais!

— Como assim? Por que *você* gosta? A gente vivia assistindo a esses programas juntos quando você era pequeno. Não lembra?

Não. Não lembro.

O que eu me lembro é de *Nesse mundo, ou se nada ou se afunda, Noah.* Lembro de *Se faça de forte, que você será forte.* Lembro de todo olhar devastador de decepção, de vergonha, de confusão. Lembro de: *Se Jude não fosse sua irmã gêmea, eu teria certeza que você nasceu de partenogênese.* Lembro dos 49ers, do Miami Heat, dos Giants, da Copa do Mundo. Não me lembro do Animal Planet.

Quando ele estaciona na garagem, vejo que o carro da minha mãe não está. Ele suspira. Eu também suspiro. Como se agora puxasse a ele.

— Ontem, sonhei com uma coisa — diz ele, desligando o carro. Ele não dá nenhum sinal de que vai sair. Eu me acomodo no banco. Estamos superamigos agora! — Sua mãe estava andando pela casa e, no caminho, tudo ia caindo das estantes e das paredes: livros, quadros, bibelôs, tudo. Eu só conseguia ir andando pela casa atrás dela, tentando botar tudo de volta no lugar.

— E conseguiu? — pergunto, e ele me olha, confuso. — Conseguiu botar tudo no lugar certo?

— Não sei — diz, e dá de ombros. — Acordei.

Ele passa o dedo pelo volante.

— Às vezes — continua — você acha que sabe das coisas, que sabe de tudo profundamente, e acaba descobrindo que não sabe é de nada.

— Entendo total, pai — digo, pensando no que aconteceu com Brian.

— Entende? Já? — pergunta ele, e eu faço que sim. — Acho que a gente tem muito papo para botar em dia.

Meu coração dá um pulo. Será que eu e meu pai poderíamos ser próximos? Que nem pai e filho, de verdade? Que nem poderia ter sido desde o início, se naquele dia eu tivesse voado do ombro dele como Jude fez? Se tivesse nadado, em vez de ter afundado?

— Onde o Ralph se meteu? Onde o Ralph se meteu? — escutamos, e nós dois rimos um pouco.

Ele me surpreende ao perguntar:

— Será que a gente um dia vai descobrir onde o Ralph se meteu, moleque?

— Tomara — digo.

— Tomara mesmo.

Depois disso ficamos num silêncio confortável, e estou maravilhado com meu pai estar sendo tão surrealmente legal, até que ele me cutuca e diz:

— E aí, ainda está saindo com aquela Heather? É bonitinha.

Ele aperta meu ombro em sinal de aprovação.

Que droga.

— Tipo isso — digo, e, sem escolha, acrescento, dessa vez com mais convicção: — É, a gente tá namorando.

Ele faz aquela cara besta de "mandou bem, garanhão".

— A gente vai precisar ter uma conversinha, né, filho? Quatorze anos já.

Ele coça minha cabeça que nem aquele escultor fez com os alunos. E o gesto, somado à palavra *filho* e ao jeito de ele dizer... É, não tive escolha quanto a Heather.

Quando entro, vou para o quarto e noto que Jude derrubou um balde de água no chão do meu quarto como forma de vingança. Dane-se. Jogo uma toalha na poça e, ao fazer isso, olho para o relógio digital da mesa, que indica o dia e a hora.

Ah.

Mais tarde, encontro meu pai jogado no sofá assistindo a um jogo de futebol americano. Revirei todos os meus cadernos e não encontrei nenhum desenho dele com cabeça, então peguei meus melhores giz-pastel e fiz um novo, de nós dois montados num gnu-de-cauda-preta. Embaixo, escrevi *Feliz aniversário.*

Ele olha bem nos meus olhos.

— Obrigado.

A palavra sai toda embolada, como se fosse difícil para ele dizer. Ninguém lembrou do aniversário dele. Nem minha mãe. Qual é o problema dela? Como esqueceu o aniversário do meu pai? Talvez ela não seja viandante, afinal de contas.

— Ela também esqueceu o peru no dia de Ação de Graças — digo, tentando consolá-lo, e só depois percebo como é tosco comparar ele com um peru.

Pelo menos ele ri, o que já é alguma coisa.

— É um gnu-de-cauda-preta? — pergunta ele, apontando o desenho.

Quando acabamos a conversa mais comprida do mundo sobre o gnu-de-cauda-preta, ele dá um tapinha no sofá e me sento a seu lado. Ele encosta a mão no meu ombro, deixa ali como se fosse o lugar certo, e assistimos ao resto do jogo juntos. É meio chato, mas os atletas, bom, sabe como é.

A mentira que contei sobre a Heather pesa que nem uma pedra no meu estômago.

Eu ignoro.

Uma semana depois do aniversário esquecido do meu pai, com a chuva destruindo a casa, nossos pais mandam eu e Jude sentarmos na parte congelada da sala de estar, onde ninguém nunca senta, para informar que nosso pai vai se mudar temporariamente para o Hotel Lost Cove. Eles — ou melhor, nossa mãe — dizem que ele vai alugar um espaço no apart-hotel, com renovação semanal, até eles resolverem alguns problemas que andam enfrentando.

Mesmo que faça séculos que a gente não se fale, sinto o coração de Jude apertar e relaxar junto ao meu no peito.

— Que problemas? — pergunta ela, mas, depois disso, a chuva fica tão barulhenta que não consigo ouvir mais ninguém.

Estou convencido de que a tempestade vai acabar derrubando as paredes. Até que derruba mesmo, e me lembro do sonho do meu pai, porque está acontecendo de verdade. Vejo o vento jogar tudo para fora das prateleiras: bibelôs, livros, um vaso de flores roxas. Ninguém além de mim repara. Seguro com força os braços da cadeira.

(RETRATO DE FAMÍLIA: *Posição de impacto*)

Volto a ouvir a voz da minha mãe. Está calma, calma até demais, pássaros azuis esvoaçantes que não têm nada a ver com essa tempestade fatal.

— A gente ainda se ama muito, só precisa de um tempinho afastados — diz, e olha para meu pai. — Benjamin?

À menção do nome dele, todos os quadros, espelhos e porta-retratos de família desabam das paredes. De novo, só eu reparo. Olho para Jude. Tem lágrimas suspensas nos cílios dela. Meu pai parece prestes a dizer alguma coisa, mas, quando abre a boca, não sai nada. Ele esconde o rosto com as mãos, as mãozinhas minúsculas que nem patas de guaxinim — quando foi que isso aconteceu? As mãos são pequenas demais para cobrir o que está acontecendo na cara dele, a expressão toda encolhida. Meu estômago se revira todo. Escuto as panelas da cozinha tombarem dos armários. Fecho os olhos por um segundo e aí vejo o telhado da casa sendo arrancado, voando pelo céu.

Jude explode:

— Vou com o papai.

— Eu também — digo, para minha surpresa.

Meu pai ergue a cabeça. Tem dor vazando da cara inteira dele.

— Vocês vão ficar aqui com sua mãe, crianças. É temporário.

A voz dele está fraquíssima, e pela primeira vez reparo em como seu cabelo está ralo, até que ele se levanta e sai da sala.

Jude levanta também e vai até minha mãe, que olha de cima, como se ela não passasse de um besourinho que está enchendo o saco.

— Como você pôde? — pergunta, rangendo os dentes, e também sai de cena, o cabelo se contorcendo e se arrastando furioso pelo chão.

Escuto ela chamar nosso pai.

— Você vai abandonar a gente? — digo/penso, me levantando.

Porque, embora seja nosso pai que esteja indo embora agora, nossa mãe já foi. Faz meses que está desaparecida. Eu sei disso e não consigo nem olhar para ela.

— Nunca — diz ela, pegando meus ombros, e a força do gesto me surpreende. — Tá ouvindo, Noah? Nunca vou abandonar você nem sua irmã. Isso é coisa minha com seu pai. Não tem nada a ver com vocês dois.

Me derreto no abraço dela, traidor que sou.

Ela faz cafuné em mim. É muito bom.

— Meu menino. Meu menino querido. Meu menino dos sonhos. Vai ficar tudo bem.

Ela repete que vai ficar tudo bem, repete sem parar, que nem uma ladainha, e sei que ela não acredita nisso. Também não acredito.

Mais tarde, eu e Jude ficamos lado a lado na janela. Nosso pai está a caminho do carro, com uma mala na mão. A tempestade desaba nele com força, fazendo ele se encolher mais a cada passo.

— Acho que não tem nada ali — digo, ao vê-lo jogar a mala no carro como se fosse uma pluma.

— Tem, sim — diz ela. — Eu olhei. Tem uma coisa só. Um desenho de vocês dois montados num animal esquisito. Só isso. Não tá levando nem escova de dente.

É a primeira vez que a gente conversa em meses.

Não acredito que a única coisa que meu pai levou com ele sou eu.

À noite, estou na cama, com insônia, sem saber se sou eu olhando para o escuro ou se é o escuro que está olhando para mim, quando Jude abre a porta e vem deitar do meu lado. Viro o travesseiro para não ficar molhado. Estamos deitados de barriga para cima.

— Fui eu que pedi isso — sussurro, contando a ela o que há horas tem me consumido por dentro. — Três vezes. Em três aniversários diferentes. Meu pedido foi pra ele ir embora.

Ela se vira de lado, encosta no meu braço e responde, também sussurrando:

— Uma vez eu pedi pra mamãe morrer.

— Retira o pedido — digo, me virando de lado, e sinto a respiração dela no meu rosto. — Eu não retirei a tempo.

— Como?

— Não sei.

— A vovó saberia — diz ela.

— Nossa, que ajuda — digo.

E aí, do nada e exatamente ao mesmo tempo, nós dois caímos na gargalhada, não conseguimos parar, e é aquele ataque de riso que faz a gente bufar e roncar, e temos que cobrir o rosto com o travesseiro para nossa mãe não escutar e pensar que achamos que nosso pai ser expulso de casa é a coisa mais hilária do mundo.

Quando nos recompomos, está tudo diferente. Parece que, se acendêssemos a luz, teríamos virado ursos.

De repente percebo um movimento e Jude senta em cima de mim. Fico tão surpreso que não faço nada. Ela respira fundo.

— Tá, agora que tenho toda a sua atenção. Está pronto?

Ela quica algumas vezes.

— Sai de cima de mim — digo, mas ela começa a falar, me atropelando.

— Não aconteceu nada. Está me ouvindo? Tentei te dizer isso tantas vezes, mas você não quis ouvir. N-A-D-A — soletra. — Brian é *seu* amigo, já entendi. Naquele dia no armário ele ficou me contando de uma parada chamada, sei lá, aglomerado globular. Caramba, ele falou um monte de como acha seus desenhos incríveis! Tá bom, admito que fiquei furiosa com você por causa da mamãe, e também porque você roubou *todos* os meus amigos, e porque jogou aquele bilhete fora... sei que foi você, e foi muito escroto, Noah, porque era a única escultura de areia que já fiz que achei que talvez fosse boa o bastante pra mamãe ver. Então tudo bem, eu até posso ter deixado o papel com o nome do Brian escondido na minha mão naquela festa, mas NÃO ACONTECEU NADA, tá? Não roubei seu... — Ela hesita. — Seu melhor amigo, tá? — conclui.

— Tá — digo. — Agora sai de cima de mim.

Acaba saindo mais grosseiro do que eu pretendia, por causa da minha voz novinha em folha. Ela não se mexe. Não posso deixar transparecer o efeito dessa informação em mim. Estou zonzo, reordenando aquela noite, os últimos meses, tudo. Me lembrando de todas as vezes que ela tentou falar comigo e eu saí andando, bati a porta, aumentei o volume da TV, sem conseguir nem olhar para a cara dela, muito menos escutar o que ela tinha a dizer; me lembrando que cheguei a rasgar um cartão que ela me deu sem nem ler, até ela desistir de tentar. *Não aconteceu nada.* Eles não estão apaixonados. Brian não vai voltar daqui a umas semanas e se enfiar no quarto dela, como eu estava imaginando. Eles não vão ficar vendo filme no sofá quando eu voltar para casa nem ficar procurando meteoritos pelo bosque. Não aconteceu nada. Não aconteceu nada!

(AUTORRETRATO: *Garoto pega carona em cometa*)

Mas espera aí.

— Então quem é o Spaceboy?

Eu tinha certeza que era Brian. Spaceboy, menino do espaço, oi?

— Quem?

— Spaceboy, do computador.

— Nossa, que enxerido — diz ela, e suspira. — É Michael, sabe, o Zephyr. "Spaceboy" é o nome de uma música que ele curte.

Ah.

AH!

E acho que outras pessoas — provavelmente milhões — viram aquele filme de alienígena além de mim e Brian. E talvez façam piada de teletransporte. E usam o nome Spaceboy!

Agora me lembro do tabuleiro Ouija.

— M. é o Zephyr? Você gosta do Zephyr?

— Talvez — diz ela, tímida. — Ainda não sei direito.

Isso é uma novidade, mas *Não Aconteceu Nada* passa atropelando tudo que vê pela frente. Esqueço que ela está aqui, ainda por cima sentada em cima de mim, até ela dizer:

— Então você e o Brian estão, tipo, apaixonados, sei lá?

— Quê? Não! — As palavras saem voando da minha boca. — Caramba, Jude. Não posso ter um amigo, agora? Eu fiquei com a Heather, não reparou?

Não sei por que digo tudo isso. Empurro ela para longe. E meu nó na garganta só aumenta.

— Tá bom. É só...

— Que foi?

Será que Zephyr contou para ela o que aconteceu aquele dia no bosque?

— Nada.

Ela deita de novo na cama e a gente fica no grude. Então diz baixinho:

— Então agora você pode parar de me odiar.

— Nunca te odiei — digo, e é a maior mentira. — Me...

— Eu também. Me *desculpa*.

Ela pega minha mão.

Começamos a respirar juntos no escuro.

— Jude, eu...

— Muito — conclui ela.

Eu rio. Tinha esquecido que era assim.

— Eu sei, eu também — diz ela, rindo.

Só que minha próxima frase ela não vai conseguir prever.

— Tenho quase certeza de que já vi todas as suas esculturas de areia — digo.

Sinto uma pontada de culpa. Queria não ter destruído as fotos. Poderia mostrar para ela agora. Daria para ela usar para passar na EAC. Ela poderia guardar aquelas fotos para sempre. Poderia mostrar para nossa mãe. Mas, paciência, é o que tem para hoje.

— Elas são incríveis pra cacete — acrescento.

— Noah?! — exclama ela, pega totalmente de surpresa. — Jura?

Sei que ela está sorrindo, porque também estou. Estou com vontade de dizer que morro de medo de ela ser melhor do que eu. Em vez disso, digo:

— É um saco que o mar acabe com elas.

— Mas essa é a melhor parte.

Escuto as ondas quebrando na praia e penso em todas aquelas mulheres de areia incríveis sendo levadas embora antes de alguém vê-las, e fico me perguntando como é que isso pode ser a melhor parte, a dúvida latejando na minha cabeça até ela dizer, bem baixinho:

— Obrigada.

E tudo em mim fica quieto, tranquilo e correto.

Respiramos e boiamos. Imagino a gente nadando no céu noturno, a caminho da lua brilhante, e torço para me lembrar dessa cena de manhã, para desenhar e dar de presente para ela. Antes de pegar no sono de vez, escuto ela dizer:

— Ainda te amo mais que tudo.

E eu respondo:

— Eu também.

Mas, de manhã, não sei se a gente disse isso mesmo ou se só imaginei ou sonhei.

Não que faça diferença.

É o começo das férias de inverno, também conhecido como A Volta de Brian, e o cheiro irresistível vindo da cozinha força meu cérebro a me fazer levantar da cadeira e seguir pelo corredor.

— É você? — grita Jude do quarto dela. — Vem cá, por favor.

Entro no quarto, onde ela está na cama lendo a bíblia da vovó. Tem tentado encontrar alguma baboseira ali que traga o nosso pai de volta. Ela me entrega um cachecol.

— Toma — diz. — Me amarra na cabeceira.

— Como é que é?

— É a única solução. Preciso de incentivo para resistir a ir à cozinha. Não vou dar à mamãe a satisfação de comer nem um pedacinho. Como é que agora ela decidiu dar uma de Julia Child? Você também não devia comer nada que ela faz. Sei que você devorou aquele empadão de frango quando a gente voltou ontem da visita ao papai. Eu vi — diz ela, e me olha com severidade. — Promete que não vai comer nem um pedaço?

Faço que sim, mas não tem a menor chance de eu não comer isso que está enchendo a casa com esse cheiro surrealmente sensacional.

— É sério, Noah — insiste ela.

— Tá bom.

— Amarra só um braço, para eu conseguir virar a página — diz ela, enquanto amarro seu braço na cabeceira. — Está cheirando a torta, de maçã ou pera, ou quem sabe folhado, ou crumble. Nossa, eu amo crumble. Que injustiça. Eu nem sabia que ela sabia fazer doce assim! — Ela vira a página da bíblia da vovó. — Se mantém firme — diz ela, se despedindo de mim quando me dirijo à porta.

Presto continência.

— Sim, capitã.

Virei um agente duplo. Desde que nosso pai foi embora, é assim: depois de comer com Jude e nosso pai no apart-hotel azul-cadáver, volto para casa, espero Jude se trancar no quarto para papear com Spaceboy — que é Zephyr! Não Brian! — e vou para a cozinha, para aproveitar um banquete com minha mãe. Porém, seja assistindo ao Animal Planet com meu pai, respirando aquele ar cinza e fingindo não notar que ele está todo encolhido que nem uma cadeira dobrável, ou na sala de artes com o sr. Grady para fazer os ajustes finais no meu portfólio da EAC, ou aprendendo a dançar salsa com minha mãe na cozinha enquanto o suflê está no forno, ou brincando de Como Você Prefere Morrer? com a

Jude enquanto ela costura, na verdade estou sempre fazendo a mesma coisa. Sou uma ampulheta humana: tudo que eu faço é esperar, esperar e esperar o retorno de Brian Connelly.

Ele vai chegar a qualquer dia, hora, minuto, segundo.

Jude tinha razão. Hoje, na bancada da cozinha, tem uma torta de maçã com casquinha dourada *e* uma travessa de folhado.

Minha mãe está sovando massa na bancada, com o rosto todo salpicado de farinha.

— Ai, nossa — diz ela. — Coça meu nariz, por favor? Está me enlouquecendo. — Ando até lá e coço o nariz dela. — Mais forte — pede. — Pronto. Obrigada.

— É esquisito coçar o nariz de outra pessoa — digo.

— Espera só você ter filhos.

— O nariz é bem mais molenga do que parece — comento.

Ela sorri para mim, fazendo uma brisa morna de verão soprar pelo ambiente.

— Você está feliz — digo, mas a intenção era só pensar.

Minha nova voz de trombone faz a frase parecer uma acusação, e, no fundo, deve ser mesmo. Ela não só ficou mais feliz depois do meu pai ir embora, como agora está mesmo nos lugares quando está nos lugares. Ela voltou da Via Láctea. Ela até tomou um banho de chuva outro dia, comigo e com Jude.

Ela larga a massa.

— Por que é que você não cozinhava assim quando o papai morava aqui? — pergunto, em vez do que queria mesmo perguntar:

Por que é que você não está com saudade dele? Por que é que ele precisou ir embora para você voltar ao normal?

Ela suspira.

— Não sei.

Ela passa o dedo por um monte de farinha e começa a escrever o próprio nome. Está fechando a cara.

— O cheiro está uma delícia — comento, querendo ela feliz de novo, ao mesmo tempo precisando e odiando isso.

Ela abre um sorriso discreto.

— Come uma fatia de torta *e* um folhado. Não conto pra sua irmã.

Faço que sim, pego uma faca e corto uma fatia enorme, quase um quarto da forma, que sirvo num prato. Depois pego um folhado. Desde que virei King Kong, comida nunca é demais. Estou a caminho da mesa com meu prato cheio, o cheiro me dando vontade de plantar bananeira, quando chega Jude com o humor cambaleante dela.

Ela revira os olhos, nível 10,5 na escala Richter. Terremoto apocalíptico. A Califórnia toda foi engolida pelo oceano. Ela põe as mãos na cintura, sem paciência.

— Qual é seu problema, Noah?

— Como é que você conseguiu se soltar, hein? — pergunto, com a boca cheia de folhado.

— Se soltar? — pergunta minha mãe.

— Amarrei ela pra ela não ficar tentada a vir comer.

Minha mãe dá risada.

— Jude, sei que você está chateada comigo. Mas mesmo assim pode comer folhado no café.

— Nunca!

Ela pega uma caixa de cereal do armário e serve um pouco numa tigela velha e triste.

— Acho que acabei com o leite — diz minha mãe.

— Lógico que acabou! — grita Jude, com uma voz de asno.

Ela senta ao meu lado, mastigando o cereal seco com o sofrimento de um mártir, sempre de olho no meu prato. Quando nossa mãe vira de costas, empurro o prato com o garfo para ela e ela enche a boca de doce até não poder mais, depois desliza o prato de volta para mim.

É então que Brian Connelly aparece na porta.

— Eu bati antes — diz ele, nervoso.

Está mais velho, mais alto, sem chapéu e cortou o cabelo — a fogueira branca já era.

Acabo dando um pulo sem querer, aí volto a sentar, e me levanto com outro pulo, porque é isso que as pessoas normalmente fazem quando alguém entra num lugar, né? Jude me dá um chute por baixo da mesa, me olha como quem diz "larga de ser bizarro" e tenta sorrir para Brian, mas está com a boca tão cheia de torta que acaba fazendo uma cara esquisita de esquilo torto. Já eu não consigo falar nada de tanto que estou pulando.

Felizmente, minha mãe está aqui.

— Ah, oi — diz, e limpa as mãos no avental para cumprimentar ele com um aperto de mão. — Bem-vindo de volta.

— Obrigado. Estou feliz de voltar — diz ele, e respira fundo. — Dá pra sentir o cheiro da sua comida lá de casa. A gente ficou com água na boca enquanto comia cereal.

— Fica à vontade — diz minha mãe. — Pode se servir. Estou passando por uma fase cozinheira. E não esquece de levar um pouco pra sua mãe.

Brian olha salivando para a bancada.

— Mais tarde, talvez.

Ele volta a me olhar. Depois lambe o lábio, e o gesto, tão familiar, faz meu coração dar um salto.

Entre sentar e levantar, acabei ficando paralisado: corcunda, com os braços balançando que nem os de um macaco. Percebo que devo estar com uma cara de doido, pela expressão confusa dele. Escolho ficar em pé. Ufa. Foi a melhor decisão! Estou em pé. Sou uma pessoa apoiada nas pernas, feitas com esse objetivo. E ele está a um metro e meio, um metro, meio metro...

Está bem na minha frente.

Brian Connelly está bem na minha frente.

O que sobrou do cabelo dele é de um loiro bem amarelado, que nem manteiga. Os olhos, os olhos dele, esses olhos maravilhosos que ele fica estreitando vão me fazer desmaiar. Não tem mais nada os escondendo. Fico surpreso por todos os passageiros do avião não terem vindo atrás dele, não estarem esperando na porta agora mesmo. Quero desenhar ele. *Imediatamente.* Quero fazer tudo. *Imediatamente.*

(RETRATO, AUTORRETRATO: *Dois garotos correndo para a luz*)

Tento me acalmar contando as sardas dele, para ver se tem alguma nova.

— Olhar não tira pedaço — diz ele, baixinho, só para eu ouvir.

É praticamente a primeira coisa que ele me disse, tantos meses atrás. Ele abre aquele sorrisinho. Vejo a língua encostada no espacinho entre os dentes.

— Você está diferente — digo, querendo não soar tão deslumbrado.

— Eu? Cara, você está gigante. Acho que ficou maior que eu. Como é que pode?

Olho para baixo.

— É, agora estou longe à beça dos pés.

Tenho pensado muito nisso ultimamente. Agora meus pés estão quase em outro fuso horário.

Ele ri e eu também, e o som da nossa gargalhada misturada é que nem uma máquina do tempo nos levando imediatamente de volta ao verão passado, aos dias que a gente passava no bosque, às noites no telhado. Faz cinco meses que não nos falamos, e nós dois parecemos outras pessoas, mas continua tudo igual, igual, igual. Vejo que minha mãe nos observa, curiosa, atenta, sem entender completamente o que está vendo, como se fôssemos um filme estrangeiro sem legenda.

Brian se vira para Jude, que finalmente conseguiu engolir a comida.

— Oi — diz ele.

Ela acena e volta a comer o cereal seco. É verdade. Não tem nada entre eles. Aquele armário provavelmente foi que nem pegar elevador com um desconhecido. Sinto uma pontada de culpa pelo que *eu* fiz no armário.

— Onde o Ralph se meteu? Onde o Ralph se meteu?

— Ai, meu Deus! — exclama Brian. — Esqueci! Nem acredito que passei meses sem pensar no Ralph!

— Esse papagaio nos traz um dilema existencial e tanto — diz minha mãe, sorrindo para ele.

Ele retribui o sorriso e volta a me olhar.

— Vamos? — pergunta, como se tivéssemos feito planos.

Percebo que ele não está com a bolsa de meteoritos, e pela janela dá para ver que provavelmente vai chover a qualquer momento, mas a gente tem que dar o fora daqui. Imediatamente.

— A gente vai procurar meteorito — digo, como se fosse uma atividade comum para manhãs de inverno.

Nunca contei muito do verão passado para elas, o que se reflete em suas expressões confusas. Mas e daí?

A gente não liga.

Num piscar de olhos saímos porta afora, atravessamos a rua e entramos no bosque, correndo sem motivo e rindo sem motivo, totalmente sem fôlego e sem pensar em nada, até que Brian me agarra pela camiseta, me gira e, com a mão firme no meu peito, me empurra contra uma árvore e me beija com tanta vontade que não enxergo mais nada.

A cegueira só dura um segundo antes das cores começarem a me inundar: não pelos olhos, mas pela pele, substituindo o sangue e os ossos, músculos e tendões, até eu ficar todo vermelholaranjaazulverderoxoamarelovermelholaranjaazulverderoxoamarelo.

Brian dá um passo atrás e me olha.

— Caralho. Faz tanto tempo que queria fazer isso — diz ele, respirando na minha cara. — Tanto tempo. Você é...

Ele não conclui o raciocínio, só faz carinho no meu rosto com o dorso da mão. O gesto chega a ser espantoso, destruidor, de tão inesperado, tão *cheio de ternura*. Que nem o brilho nos olhos dele. Faz meu coração doer de tanta alegria, aquela alegria de cavalos mergulhando num rio.

— Nossa — sussurro. — Está acontecendo.

— Está, sim.

Acho que o coração de todo ser vivo da Terra bate junto no meu peito.

Passo os dedos pelo cabelo dele, finalmente, finalmente, e aproximo a cabeça dele da minha, depois o beijo com tanta vontade que nossos dentes colidem, planetas colidem, beijo-o para compensar por todas as vezes que não nos beijamos no verão. E sei exatamente como beijá-lo, como fazer todo o corpo dele tremer só com uma mordida no lábio, como fazer ele gemer na minha boca ao sussurrar seu nome, como fazer ele jogar a cabeça para trás, arquear as costas, arrancar um gemido dele entre os dentes. Parece até que gabaritei as aulas do assunto. E mesmo enquanto beijo e beijo e beijo ele sem parar, continuo querendo beijá-lo mais, quero mais, mais, mais e mais, como se nada fosse suficiente, nada nunca pudesse ser suficiente.

— Somos eles — digo/penso, parando um momento para recuperar o fôlego, a vida, com a boca a milímetros da dele, nossas testas encostadas.

— Quem?

A voz dele sai rouca e acaba criando uma rebelião imediata no meu sangue, por isso não consigo contar dos garotos na festa. Em vez disso, passo as mãos por baixo da blusa dele, porque agora posso, posso fazer tudo em que pensei tantas e tantas e tantas vezes. Toco o rio que é o abdome dele, o peito, os ombros. Ele murmura *isso* baixinho, me fazendo tremer, fazendo ele tremer, depois também passa as mãos por baixo da minha blusa, e seu toque exigente e faminto na minha pele me incendeia completamente.

Amor, penso até não aguentar mais, e não digo. Não digo.

Não diga. Não diga que o ama.

Mas eu amo. Eu amo ele mais do que tudo.

Fecho os olhos e me afogo nas cores, abro os olhos e me afogo na luz, porque bilhões e bilhões de baldes de luz estão sendo derramados lá do alto na gente.

É *isso*. Isso é *tudo*. É a pintura pintando a si mesma.

E é nisso que estou pensando quando o asteroide nos atinge.

— Ninguém pode saber — diz. — Nunca.

Dou um passo atrás e olho para ele. Num piscar de olhos ele se transformou numa sirene. A floresta inteira se cala. Como se nem ela quisesse se meter no que ele acabou de dizer.

Ele continua, agora mais calmo:

— Seria o fim. De tudo. Da minha bolsa esportiva na Forrester. Sou vice-capitão do time, mesmo ainda estando no primeiro ano, e...

Quero que ele cale a boca. Quero que ele volte para mim. Quero que o rosto dele volte ao que estava um minuto atrás, quando toquei a barriga dele, o peito dele, quando ele fez carinho na minha bochecha. Puxo sua blusa até tirar, passando pela cabeça enquanto ele ainda fala, depois tiro a minha e fico bem encostado nele, bem alinhado, perna com perna, virilha com virilha, peito nu com peito nu. Ele perde o fôlego. A gente se encaixa perfeitamente. Beijo-o devagar e profundamente, até ele só conseguir dizer meu nome.

Ele diz de novo.

E de novo.

Até nos transformamos em duas velas derretendo juntas.

— Ninguém vai descobrir. Não se preocupa — murmuro, sem dar a mínima para o mundo todo saber, sem dar a mínima para nada além da gente sob o céu quando escutamos um trovão e a chuva cai.

Estou na cama desenhando Brian, que está logo ali na minha escrivaninha assistindo a uma chuva de meteoros num site de astronomia no qual é viciado. No meu desenho, as estrelas e os planetas transbordam do computador e invadem o quarto. É a primeira vez que a gente se vê desde aquele dia no bosque, isso sem contar os zilhões de vezes que o vi em pensamento nos últimos dias, incluindo o Natal. Aquilo que aconteceu entre a gente colonizou todos os meus neurônios. Mal consigo amarrar os cadarços. Hoje cedo esqueci como se mastigava.

Achei que talvez ele fosse passar o resto da vida se escondendo de mim, mas hoje, minutos depois de ouvir o carro da mãe dele entrar na garagem — sinal de que ela voltou de um centro budista ao norte —, ele apareceu na minha janela. Fiquei uma eternidade ouvindo sobre a união intergaláctica e agora estamos aqui discutindo para ver quem teve o pior Natal. Ele está fingindo que nada aconteceu entre a gente, então também estou. Quer dizer, estou tentando. Meu coração está maior do que o de uma baleia, que precisa de uma vaga exclusiva de estacionamento. Isso sem contar meu mijão duro que nem concreto que me mantém direto no chuveiro. Estou limpíssimo. Se rolar uma seca, podem jogar a culpa em mim.

Na verdade, estou pensando exatamente na parte do chuveiro, na gente lá dentro, na água quente escorrendo pelo nosso corpo nu, pensando em pressionar ele contra a parede, em passar a mão por todo o corpo dele, pensando nos barulhos que ele faria, nele jogando a cabeça para trás e murmurando *isso* que nem fez no bosque, pensando nisso tudo enquanto conto, com o tom de voz neutro e controlado, que eu e Jude passamos o Natal no quarto de hotel do nosso pai, jantando comida chinesa e respirando ar cinza. É impressionante quantas coisas dá para fazer ao mesmo tempo. É impressionante que o que acontece na cabeça fica na cabeça.

(AUTORRETRATO: *Não perturbe*)

— Desiste — diz ele. — Do meu Natal você não vai ganhar. Tive que passar o dia meditando com minha mãe, depois dormi num tapete no chão e ainda tive que comer uma papa nojenta na ceia. Meu único presente foi uma oração dos monges. Uma oração pela paz! Repito: um dia inteiro de meditação, logo *eu*! Não podia dizer nada. Nem fazer nada. Por oito horas. E depois papa e oração!

Ele cai na gargalhada, que me contagia imediatamente.

— E tive que usar uma veste. Tipo um vestido — continua ele, e se vira, brilhando que nem uma lanterna. — Pior é que, nesse tempo todo, eu não conseguia parar de pensar em...

Vejo ele tremer. Ai, meu Deus.

— Doeu *tanto*, cara. Ainda bem que a gente tinha umas almofadas esquisitas pra botar no colo, então ninguém reparou. Foi um horror — acrescenta, e olha para minha boca. — E também não foi.

Ele se vira para as estrelas.

Vejo ele estremecer de novo.

Perco a força na mão e acabo deixando o lápis cair. Ele também não consegue tirar isso da cabeça.

Ele vira para mim.

— Então, quem eram aqueles "eles" que você mencionou?

Levo um segundo para entender.

— É que vi dois caras se pegando naquela festa.

Ele franze a testa.

— A festa em que você ficou com a Heather?

Passei tantos meses furioso com ele e Jude por algo que não aconteceu, que nem passou pela minha cabeça que ele poderia estar bravo comigo pelo que realmente aconteceu. Será que continua chateado? Por isso que não me ligou, não mandou e-mail? Quero contar o que rolou de verdade. Quero me desculpar. Porque estou arrependido. Em vez disso, digo só:

— Isso, nessa festa. Eles eram...

— O quê?

— Sei lá, incríveis, não sei...

— Por quê?

A voz dele está virando só respiração. Não tem o que responder. Honestamente, eles só eram incríveis porque eram garotos se beijando.

Eu digo:

— Decidi que daria todos os meus dedos em troca de...

— Do quê? — insiste ele. Percebo que é impossível dizer isso em voz alta, mas nem preciso, porque ele mesmo diz: — Em troca de ser a gente, né? Eu também vi eles. — Estou pegando fogo. — Seria difícil desenhar sem dedos — acrescenta ele.

— Eu daria um jeito.

Fecho os olhos, sem conseguir conter a sensação, e, quando os abro, um segundo depois, ele parece um peixe fisgado pelo anzol, e o anzol sou eu. Sigo seu olhar para minha barriga exposta, porque minha camisa embolou, e mais para baixo, onde o que sinto não tem nem como disfarçar. Acho que ele me dá um choque, sei lá, porque nem consigo me mexer.

Ele engole em seco, se vira para o computador outra vez e pega o mouse, mas nem clica em nada. Vejo ele baixar a outra mão.

— Quer? — pergunta ele, ainda olhando para a tela, e me transformo numa enchente dentro de um copo de papel.

— Super — digo, entendendo exatamente o que ele quis dizer.

De repente estamos os dois desafivelando o cinto. De longe, fico olhando para suas costas, sem conseguir enxergar muita coisa, mas aí ele arqueia o pescoço e vejo seu rosto, seus olhos desvairados e agitados fixos nos meus, e é como se a gente estivesse se beijando de novo, mas agora de lados diferentes do quarto, um beijo ainda mais intenso do que aquele no bosque, onde não tiramos a calça. Eu nem sabia que dava para beijar só com os olhos. Eu não sabia de nada. E aí as cores começam a derrubar as paredes do quarto, as minhas paredes...

Então acontece o impossível.

Minha mãe, *minha mãe*, de repente entra no quarto com uma revista na mão. Achei que tivesse trancado a porta. Tinha certeza!

— Esse é o melhor texto que já li sobre Picasso, você vai...

Ela olha de mim para Brian, completamente confusa. As mãos dele, as minhas mãos, atrapalhadas, se arrumando, puxando o zíper.

— Ah — solta ela. — Ah. Ah.

Aí ela fecha a porta e vai embora, como se nunca tivesse aparecido, como se não tivesse visto nada.

Ela não finge que não aconteceu.

Uma hora depois de Brian mergulhar desesperado da janela, escuto uma batida na porta do quarto. Não digo nada, só acendo a luminária para ela não me encontrar sentado no escuro, como estou desde que Brian foi embora. Pego um lápis e começo a desenhar, mas minha mão não para de tremer, então não consigo rabiscar nem uma linha reta.

— Noah, vou entrar.

Todo o sangue do meu corpo sobe correndo pro meu rosto à medida que a porta vai lentamente se abrindo. Quero morrer.

— Quero conversar com você, meu amor — diz ela com a mesma voz que usa para falar com o Charlie Biruta, o doido da cidade.

Dane-se. Dane-se. *Dane-se*, repito em pensamento, afundando o lápis no papel. Estou encolhido em cima do bloco, praticamente abraçado nele, só para não precisar olhar para ela. Tem florestas inteiras pegando fogo dentro de mim. Como é que ela não sabe que é para me deixar em paz por cinquenta anos depois do que aconteceu?

Ela toca meu ombro ao se aproximar de mim. Me encolho mais ainda.

Então diz, sentada ao meu lado na cama:

— O amor é muito complicado, né, Noah?

Fico todo tenso. Por que ela disse isso? Por que usou a palavra *amor*?

Eu jogo o lápis na mesa.

— Tudo bem você se sentir assim. É *natural*.

Um *não* gigantesco ecoa dentro de mim. Como é que ela sabe o que eu sinto? Como é que ela sabe qualquer coisa? Não sabe. Não tem como saber. Não pode sair invadindo meu mundo mais secreto e achar que pode me ensinar o que fazer. Sai, quero gritar para ela. Sai do meu quarto. Sai da minha vida. Sai das minhas pinturas. Sai de tudo! Volta logo pro seu mundo e me deixa quieto. Como pode tirar de mim essa experiência antes mesmo de eu vivê-la? Quero dizer tudo isso, mas não consigo formar nenhuma palavra. Mal consigo respirar.

Brian também não conseguia. Quando ela saiu do quarto, ele começou a hiperventilar. Cobriu o rosto com a mão, contorceu o corpo todo e começou a repetir sem parar:

— Ai, meu Deus! Meu Deus! Meu Deus!

Eu queria que ele dissesse outra coisa que não fosse "Meu Deus!", mas, quando ele começou a falar, eu mudei de ideia.

Nunca tinha visto ninguém agir desse jeito. Ele suava e andava em círculos, com as mãos enfiadas no cabelo como se fosse arrancar tudo. Achei que ele fosse quebrar as paredes, ou me quebrar. Achei mesmo que ele fosse me matar.

— Então, na minha escola antiga, tinha um garoto que fazia parte do time de beisebol — disse ele. — As pessoas achavam, sei lá. Viram que ele entrou num site, alguma coisa assim. — Seu rosto interno tinha se transformado no externo; ele estava todo contorcido. — Ficou impossível pra ele continuar jogando. Todo dia inventavam um jeito novo de sacanear ele. Até que uma sexta-feira, depois da aula, trancaram ele no almoxarifado.

Ele fez uma careta, como se estivesse se lembrando, e eu soube. Eu soube.

— Ele passou a noite toda e o dia seguinte inteiro lá dentro. Era um espacinho minúsculo, escuro, nojento, abafado. Os pais acharam que ele estava viajando com o time e alguém disse para os treinadores que ele tinha ficado doente, então ninguém nem foi atrás. Ninguém sabia que ele estava preso lá dentro.

Ele arfava, e me lembrei de quando ele me disse que antes não era claustrofóbico, mas agora, sim.

— E ele era muito bom, provavelmente o melhor do time, ou pelo menos poderia ter sido. E nem chegou a *fazer* nada. Ele só entrou nuns sites e alguém viu. Entendeu? Entendeu o que isso pode me causar? Eu, que sou o vice-capitão? Quero virar capitão ano que vem, pra tentar me formar adiantado. Vou perder a bolsa. Vou perder *tudo*. Esses caras não são "evoluídos" — disse, fazendo aspas com os dedos. — Eles não são do norte da Califórnia. Não passam o dia meditando, não desenham. — A adaga me atravessa. — O vestiário é um negócio brutal.

— Ninguém vai descobrir — retruquei.

— Não tem como você saber. Lembra aquele primo idiota do Fry que quase matei no verão, aquele que parece um macaco? O irmão mais novo dele estuda na minha escola. Achei que estivesse delirando. É igualzinho a ele — disse, e lambeu o lábio. — Qualquer um podia ter visto a gente naquele dia, Noah. Qualquer um. Fry podia ver e aí... Nem pensei nisso, de tão... — continuou, balançando a cabeça. — Não posso ser expulso do time. Não posso perder a bolsa esportiva. A gente não tem dinheiro. E essa escola... o professor de física é astrofísico... Não posso. Preciso da bolsa de beisebol pra entrar na faculdade. Preciso.

Ele veio até onde eu estava, já de pé. O rosto dele estava num tom alucinado de vermelho, os olhos intensos demais, e ele parecia ter uns quatro metros, e eu não sabia se ele ia me beijar ou me bater. Ele me pegou pela camiseta, só que dessa vez torceu o tecido e disse:

— Acabou isso entre a gente. Tem que acabar. Beleza?

Assenti e na mesma hora algo imenso e brilhante dentro de mim se desfez. Aposto que era minha alma.

— E a culpa é toda sua! — cuspo para minha mãe.

— Culpa do quê, meu bem? — pergunta ela, assustada.

— De tudo! Não tá vendo? Você acabou com o papai. Baniu ele que nem um leproso. Ele te ama! O que você acha que ele sente sozinho naquele quarto morto, respirando ar cinza, comendo pizza fria e velha, vendo porcos-formigueiros na televisão enquanto você serve banquetes, usa roupas de circo, vive cantarolando e é seguida pelo sol até embaixo de tempestade? O que você acha que ele sente? — Dá para ver que a magoei, mas não estou nem aí. Ela merece. — Graças a você, talvez ele nem tenha mais alma — digo.

— Como assim? Não entendi.

— Talvez você tenha pisoteado a alma dele até ele ficar vazio e oco, que nem um casco sem tartaruga.

Minha mãe faz uma pausa.

— Por que você está dizendo isso? Você às vezes se sente assim?

— Não estou falando de mim. E quer saber? Você não tem nada de especial. Você é igual a todo mundo. Você não flutua nem atravessa paredes nem nunca vai conseguir fazer isso!

— Noah?

— Sempre achei que você tivesse vindo de algum lugar muito maneiro, mas você é comum, só isso. E não deixa mais ninguém feliz como deixava antes. Só deixa todo mundo péssimo.

— Noah, acabou?

— Mãe — digo, como se insetos morassem nessa palavra. — Acabei.

— Me escuta — diz ela, e a severidade repentina na voz me pega de surpresa. — Não vim aqui falar de mim ou da minha relação com seu pai. Prometo que podemos conversar sobre isso, mas não agora.

Se eu não olhar para ela, ela vai deixar para lá, vai desaparecer, e o que me viu fazendo com Brian também vai desaparecer.

— Você não viu nada — grito, completamente descontrolado. — Garotos fazem isso mesmo. Todo mundo faz. Fazem direto nos times de beisebol. Chamam de broderagem, sabia?

Escondo o rosto entre as mãos, que encho de lágrimas.

Ela levanta, vem até mim, põe a mão no meu queixo e levanta meu rosto, me forçando a olhar bem seus olhos firmes e sinceros.

— Me escuta. É preciso ter muita coragem para ser fiel a si mesmo, fiel a seu coração. Você sempre foi muito corajoso, e espero que seja sempre assim. É sua responsabilidade, Noah. Lembre-se disso.

Na manhã seguinte, acordo ao amanhecer, em puro pânico. Porque ela não pode contar para meu pai. Tem que me prometer que não vai contar. Depois de catorze anos, finalmente tenho pai, e gosto dessa sensação. Quer dizer, *amo*. Ele finalmente acha que sou um guarda-chuva funcional.

Percorro a casa ainda escura que nem um ladrão. A cozinha está vazia. Vou de fininho até a porta do quarto da minha mãe, sento no chão e fico com a orelha encostada na madeira, esperando ela acordar. É possível que já tenha contado para meu pai, embora fosse tarde quando saiu do meu quarto ontem. Será que ela consegue estragar ainda mais minha vida? Primeiro, destruiu tudo com Brian. Agora, vai fazer a mesma coisa com meu pai.

Estou pegando no sono de novo, com a boca de Brian na minha, as mãos dele no meu peito, no meu corpo todo, quando a voz da minha mãe me pega de surpresa. Me desvencilho do abraço fantasma. Ela deve estar no telefone. Envolvo a orelha com as mãos em concha e encosto na porta. Será que funciona? Funciona, sim. Estou ouvindo melhor. A voz dela está tensa, que nem fica ultimamente quando ela fala com meu pai.

— Preciso te encontrar — diz. — Não tem como esperar. Passei a noite acordada, pensando. Aconteceu uma coisa com o Noah ontem.

Ela *vai* contar! Eu sabia. Meu pai deve estar falando alguma coisa, porque fica tudo em silêncio até ela responder:

— Tá, aí, não, vamos marcar no Pássaro de Madeira. Uma hora está perfeito, sim.

Acho que ela nunca foi aonde ele está morando. Só deixa ele apodrecendo lá naquele apart-hotel.

Bato na porta e abro quando a escuto responder. Está com o roupão pêssego dela, abraçada ao telefone. Com os olhos todos borrados de rímel, como se tivesse passado a noite chorando. Por minha causa? Fico enjoado. Porque não quer ter um filho gay? Porque ninguém quer, nem uma pessoa de mente aberta que nem ela. Ela parece mais velha, como se a noite tivesse durado cem anos. Olha só o que fiz com ela. A pele decepcionada pende dos ossos decepcionados. Então ela só disse aquilo ontem para tentar me animar?

— Bom dia, meu bem — diz, soando falsa.

Ela joga o celular na cama e vai até a janela para abrir as cortinas. O céu mal despertou. É uma manhã feia e cinzenta. Penso em quebrar meus dedos, não sei por quê. Quebrar um de cada vez. Na frente dela.

— Aonde você vai? — consigo perguntar.

— Tenho consulta no médico. — Que mentira! E como ela mente fácil. Será que passou a vida mentindo pra mim? — Como você sabia que eu ia sair? — pergunta.

Pensa rápido, Noah.

— Imaginei, porque você não levantou cedo pra cozinhar.

Dá certo. Ela sorri, vai até a penteadeira e senta na frente do espelho. A biografia de Kandinsky que está lendo está ao lado da escova de cabelo de prata. Ela começa a passar creme ao redor dos olhos, depois pega um algodão e limpa a maquiagem escura do rosto.

(RETRATO: *Mãe trocando de cara*)

Quando ela acaba de se maquiar, começa a prender o cabelo num coque, mas muda de ideia, solta, pega a escova.

— Mais tarde, vou fazer um bolo red velvet...

Paro de ouvir. Só tenho que falar logo de uma vez. Sou especialista em falar o que não devia. Por que não consigo fazer isso agora?

— Você está parecendo tão chateado, Noah.

Ela me olha pelo espelho.

(RETRATO, AUTORRETRATO: *Preso no espelho com minha mãe*)

Vou falar com a mãe do espelho. É mais fácil.

— Não quero que você fale pro papai do que você viu. Não que tenha visto nada. Porque não tinha o que ver. E não que signifique alguma coisa...

Socorro, socorro.

Ela abaixa a escova.

— Ok.

— Ok?

— Ok, claro. Isso é algo particular seu. Se quiser contar para o seu pai do que eu não vi, você conta. Se o que eu não vi um dia vier a significar alguma coisa, encorajo que você conte. De verdade, ele não é bem do jeito que parece às vezes. Você subestima ele. Sempre subestimou.

— Eu subestimo ele? Está falando sério? É ele quem me subestima.

— Não subestima, não — diz ela, sustentando meu olhar no espelho. — Ele só tem um pouco de medo de você, sempre teve.

— Medo de mim? Até parece. O papai, com medo de mim.

Do que ela está falando?

— Ele acha que você não gosta dele.

— É ele quem não gosta de *mim*!

Bom, não gostava. Agora, por algum motivo, gosta, e quero que continue assim.

Ela balança a cabeça.

— Vocês vão se acertar. Tenho certeza disso. — Talvez a gente se acerte, talvez já esteja se acertando, mas não se ela contar. — Vocês são muito parecidos — diz ela. — Vocês dois sentem tudo muito profundamente, às vezes até demais.

Como é que é?

— Jude e eu usamos muita armadura — continua. — Dá um trabalhão de atravessar. Você e seu pai, não.

Isso é novidade. Nunca achei que tinha nada a ver com meu pai. Mas o que ela está dizendo, na verdade, é que somos dois covardes. É o que o Brian também acha. Sou só alguém que "desenha". Sinto um aperto no peito só de pensar que ela se acha parecida com Jude, e não comigo. Como é que tudo que penso da nossa família está mudando? Como é que os times mudam assim? Todas as famílias são desse jeito? E, mais importante, como sei que ela não está mentindo para mim em relação a contar para meu pai? Ela acabou de mentir sobre o médico. Por que vai encontrar ele, afinal de contas? E, oi? Ela disse: *Aconteceu uma coisa com o Noah ontem.*

Não tenho a menor dúvida de que ela vai contar para ele. É por isso que vão ao Pássaro de Madeira. Não posso mais confiar nela.

Ela vai até o armário.

— A gente pode conversar melhor depois, mas agora tenho que me arrumar. Minha consulta é em menos de uma hora.

Pinóquio! Perna curta!

Quando me viro, ela diz:

— Vai ficar tudo bem, Noah. Não se preocupa.

— Quer saber? — rebato, cerrando os punhos. — Queria muito que você parasse de dizer isso, mãe.

É lógico que vou atrás dela. Quando escuto o carro sair da garagem, saio correndo. Indo pelas trilhas dá para chegar no Pássaro de Madeira quase na mesma velocidade que ela de carro.

Ninguém sabe quem fez o Pássaro de Madeira. O artista entalhou a escultura num toco colossal de sequoia, uma pluma de madeira de cada vez. Deve ter levado anos, dez, talvez vinte. É imenso, e cada pluma é diferente. Agora tem uma trilha que vai da estrada até lá e um banco com vista para o oceano, mas, quando o artista esculpiu, não tinha nada disso. Ele era que nem Jude, fez aquilo porque sentiu vontade, sem se importar se alguém iria vê-lo um dia. Ou talvez se importasse e gostasse da ideia de desconhecidos acabarem encontrando por acaso a escultura e ficarem curiosos.

Estou escondido no mato, a uns metros da minha mãe, que está sentada no banco, olhando para o mar. O sol abriu um buraco na névoa e a luz está dançando entre as árvores. Vai fazer calor, um desses dias de inverno quentes e esquisitos. Meu pai ainda não chegou. Fecho os olhos e vejo Brian; agora ele vive dentro de mim e está sempre nadando no meu corpo. Como ele conseguiu terminar tudo assim? Será que vai mudar de ideia? Estou pegando a pedra no bolso quando escuto passos.

Abro os olhos na esperança de ver meu pai; em vez disso, tem um desconhecido vindo pela trilha. Ele para na beira das árvores e olha para minha mãe, que nem parece perceber sua presença. Eu pego um galho. Será que esse cara é meio pirado? Até que ele vira um pouco a cabeça e reconheço esse rosto tão imenso que mais parece um mapa. É o artista da rua Day. Bem aqui! Largo a espada, aliviado. Ele deve estar fazendo uma escultura mental dela, que nem eu faço com pinturas. Será que veio dar um passeio, estou pensando, quando, de repente, o céu se despedaça porque minha mãe se levanta de um pulo, corre até ele e se joga nos seus braços. Eu pego fogo.

Balanço a cabeça. Ah, não é minha mãe, óbvio, não pode ser. O escultor doido de pedra tem uma esposa que parece minha mãe.

Mas *é* ela ali abraçando ele. Eu reconheço minha própria mãe.

O. Que. Está. Rolando?

Que. Cacete. Está. Rolando?

As coisas começam a se encaixar. Rápido. O motivo por que ela estava perto do estúdio dele naquele dia, por que expulsou meu pai de casa, as conversas dela no telefone (a conversa dele no telefone! *Rápido, meu amor*), a felicidade dela, a infelicidade dela, a distração dela, ela cozinhando e ficando parada quando o sinal já abriu, ela dançando salsa, os braceletes e as roupas de circo! Tudo se encaixa loucamente. Tá na cara que eles, logo ali, estão *juntos*.

O uivo na minha cabeça é tão alto que nem acredito que eles não escutaram.

Ela está tendo um caso. Está traindo meu pai. É uma sirigaita. Uma mentirosa babaca nojenta. Mãe! Como é que isso nunca passou pela minha cabeça? Mas não passou pela minha cabeça exatamente porque é minha mãe. Minha mãe nunca faria isso. Ela leva rosquinhas — as melhores rosquinhas que já comi — para os cobradores do pedágio. Ela não tem casos por aí.

Será que meu pai sabe disso?

Traição. Sussurro para as árvores, mas todas elas fugiram. Sei que quem ela está traindo é meu pai, mas sinto que também sou eu. E Jude. E todos os dias da nossa vida.

(RETRATO DE FAMÍLIA: *E aí o vento nos levou*)

Agora eles estão se beijando, e eu estou vendo e não consigo parar. Nunca vi ela e meu pai se beijarem assim. Pais não deveriam beijar desse jeito! Ela pega a mão dele e o leva até a beira do penhasco. Ela está *tão* feliz, e isso corta fundo em mim. Não sei quem é essa mulher girando no abraço de um desconhecido, girando até não aguentar mais, como se fossem os protagonistas de um filme tosco, até se desequilibrarem e caírem no chão.

(RETRATO: *Mãe em cor ofuscante*)

O que ela falou hoje mesmo? Que é difícil atravessar a armadura dela. Esse homem atravessou a armadura dela.

Eu pego o galho. Preciso defender meu pai. Preciso enfrentar esse artista babaca. Devia jogar um meteorito na cabeça dele. Devia jogar ele do penhasco. Porque meu pobre pai alcachofra não tem a menor chance. E ele sabe muito bem disso. Agora, sim, entendo o que é que o está fazendo encolher, o que está fazendo o ar ao redor dele ficar cinza e horrível: é a derrota.

Ele é um guarda-chuva empenado. Será que sempre foi? Nós dois somos. Tal pai, tal filho.

Porque eu também sei. Também não tenho a menor chance. *Acabou isso entre a gente. Tem que acabar. Beleza?*

Não, não tá beleza. Não tem nada beleza! Eles voltam a se beijar. Acho que meus olhos vão saltar da cabeça, minhas mãos dos braços, meus pés das pernas. Não sei o que fazer. Não sei o que fazer. Preciso fazer alguma coisa.

Então saio correndo.

Corro e corro e corro e corro e corro e quando chego a uma das últimas curvas antes da trilha dar na nossa rua, vejo Brian passeando com Courtney.

Ele está com a bolsa de meteorito pendurada no ombro, e os braços dos dois cruzados atrás do corpo, a mão dele no bolso de trás da calça dela, e a dela, no dele. Como se estivessem namorando. Tem uma mancha colorida na boca dele, que me confunde por um segundo até eu perceber que é o batom de Courtney. Porque ele beijou ela.

Ele beijou ela.

Sinto um tremor profundo que vai crescendo até se transformar num terremoto, e aí tudo explode de uma vez: o que aconteceu no Pássaro de Madeira, o que aconteceu ontem no meu quarto, o que está acontecendo agora, toda a raiva e a confusão, a dor e o desespero, a traição, tem um vulcão em erupção dentro de mim e acabo deixando escapar:

— Ele é gay, Courtney! Brian Connelly é gay!

As palavras ecoam pelo ar. Quero retirá-las imediatamente.

A cara de Brian derrete, e por baixo só tem ódio. Courtney fica de queixo caído. Dá para ver que ela acredita em mim. Ela se afasta dele.

— Sério, Brian? Eu achei...

Ela não termina a frase, porque vê a expressão dele.

É assim que a cara dele deve ter ficado quando passou horas e horas sozinho naquele almoxarifado. É a cara de quando todos nossos sonhos são arrancados fora.

E, dessa vez, fui eu quem fiz isso com ele. Fui eu.

Enquanto disparo pela rua, não consigo tirar da cabeça a cara de Brian com ódio de mim. Eu faria qualquer coisa para retirar o que disse, para guardar as palavras num cofre silencioso e seguro dentro de mim, onde é seu lugar. Qualquer coisa. Parece que comi prego. Como é que fiz isso, depois do que ele me disse?

Eu também faria qualquer coisa para não ter visto o que vi no Pássaro de Madeira.

Quando entro em casa, vou direto para o quarto, abro um caderno e começo a desenhar. Começo pelo começo. Preciso que minha mãe pare com isso, e só conheço um método. Demoro muito para acertar o desenho, mas finalmente consigo.

Quando termino, deixo o desenho na cama dela e vou atrás de Jude. Preciso de Jude.

Fry me diz que ela saiu com Zephyr, mas não encontro os dois em lugar nenhum.

Também não encontro Brian.

Encontro apenas Profeta, que, como sempre, não para de falar do Ralph.

Berro com toda minha força:

— Não tem Ralph nenhum, seu pássaro imbecil. Ralph não existe!

Quando volto para casa, minha mãe está esperando no meu quarto, com o desenho que fiz no colo. É dela e do escultor se beijando na frente do Pássaro de Madeira, e, no fundo, estamos eu, Jude e meu pai, borrados.

O rímel faz as lágrimas dela saírem pretas.

— Você me seguiu — diz ela. — Queria muito que você não tivesse feito isso, Noah. Sinto muito. Você não devia ter visto isso.

— Você não devia ter *feito* isso!

Ela olha para baixo.

— Eu sei, por isso...

— Achei que você ia contar de mim pro papai — solto. — Por isso te segui.

— Eu disse que não ia contar.

— Eu ouvi você falar no telefone que "aconteceu uma coisa com o Noah ontem". Achei que estivesse falando com o papai, não com seu *namorado.*

Ela fecha a cara ao ouvir a palavra.

— Eu disse isso porque ontem me peguei dizendo que era sua responsabilidade ser fiel a seu coração, e percebi que estava sendo hipócrita e precisava seguir meu próprio conselho. Precisava ser corajosa que nem meu filho.

Espera aí, ela acabou de me usar para justificar sua índole traiçoeira? Ela se levanta e me entrega o desenho.

— Noah, eu vou pedir o divórcio do seu pai — diz. — Vou falar com ele hoje. E quero contar pessoalmente pra sua irmã.

Um divórcio. Hoje. Agora.

— Não!

É tudo culpa minha. Se eu não tivesse ido atrás dela. Se não tivesse visto. Se não tivesse desenhado.

— Você não ama a gente? — pergunto.

Eu queria perguntar *você não ama o papai?*, mas foi isso que saiu.

— Não tem nada que eu ame mais do que você e sua irmã. Nada. E seu pai é um homem maravilhoso, maravilhoso mesmo...

Mas agora não consigo me concentrar no que ela diz, porque tem um pensamento ocupando todo o meu cérebro.

— Ele vai morar aqui? — pergunto, interrompendo o que ela está dizendo. — Aquele homem? Com a gente? Vai dormir no lado da cama do papai? Beber café na xícara dele? Fazer a barba no espelho dele? Vai? Você vai casar com ele? É por isso que quer o divórcio?

— Meu bem...

Ela encosta no meu ombro, tentando me reconfortar. Eu me desvencilho e, pela primeira vez na minha vida, odeio ela, um ódio de verdade, vivo, gritante.

— Vai, sim — digo, incrédulo. — Vai casar com ele, né? É isso que você quer.

Ela não nega. Os olhos dela confirmam. Não acredito nisso.

— Então você vai só passar uma borracha no papai? Vai fingir que tudo que aconteceu entre vocês não foi nada.

Que nem Brian está fazendo comigo.

— Ele não vai sobreviver, mãe — insisto. — Você não viu ele naquele hotel. Ele não é mais que nem antes. Ele pifou.

E eu também. E se eu, por outro lado, tiver feito Brian pifar? Como é que o amor demole a gente desse jeito?

— Eu e seu pai tentamos. Tentamos muito, por muito tempo. Eu só queria que vocês tivessem a estabilidade que eu não tive quando era mais nova. Nunca quis que isso acontecesse — diz ela, e volta a sentar. — Mas acabei me apaixonando por outro homem.

O rosto dela cai — hoje ninguém está conseguindo manter o próprio rosto no lugar —, e o rosto por trás está desesperado.

— Só aconteceu. Queria que as coisas fossem diferentes, mas não são. Não é certo viver uma mentira. Nunca é, Noah — insiste ela, com a voz suplicante. — Não dá pra escolher quem a gente ama, dá?

Por um momento isso silencia o estardalhaço dentro de mim. É verdade, eu não escolhi, e de repente fico com vontade de contar tudo para ela. Fico com vontade de contar que também estou apaixonado, que também não escolhi, que acabei de fazer a pior coisa que poderia ter feito com ele, que não sei como fui capaz de fazer isso, que não acredito no quanto quero voltar atrás.

Mas, em vez disso, eu vou embora.

A HISTÓRIA DA SORTE

Jude
16 anos

Estou na cama, mas não consigo pregar o olho, porque só consigo pensar em Oscar beijando aquela menina de cabelo escuro, Brooke, enquanto eu fermentava carmicamente no armário. Só consigo pensar nos fantasmas da minha mãe e da vovó se juntando contra mim. Só consigo pensar em Noah, principalmente. O que ele estava fazendo hoje ali nos arredores do estúdio do Guillermo? E por que parecia tão assustado, tão preocupado? Ele respondeu que só tinha saído para correr, que estava ótimo e que era coincidência termos nos esbarrado ali. Mas não acreditei, que nem não acreditei quando ele disse que não sabia por que todos os links que salvei nos favoritos sobre o Guillermo foram deletados. Ele deve ter me seguido até lá. Mas por quê? Tive a maior impressão de que ele queria me contar alguma coisa. Mas talvez estivesse com medo.

O que ele está escondendo de mim?

E *por que* estava xeretando minhas coisas aquele dia? Talvez não fosse só curiosidade. Isso sem contar o dinheiro para emergências. Com que foi que ele gastou? Hoje, quando ele saiu, revirei o quarto dele de cima a baixo, mas não achei nada de diferente.

Eu me endireito, porque escutei um barulho esquisito. Assassinos da machadinha. Eles sempre tentam invadir a casa quando meu pai viaja para conferências. Afasto as cobertas, me levanto, pego o taco de beisebol que guardo debaixo da cama para essas ocasiões e dou uma volta rápida pela casa para garantir que eu e Noah sobreviveremos a mais um dia. Termino minha patrulha na porta do quarto dos meus pais, pensando no que penso sempre: que o quarto ainda está esperando ela voltar.

A penteadeira ainda está decorada com os frascos retrô dela, os perfumes franceses, as tigelas em forma de concha repletas de sombras, batons, lápis. Ainda tem cabelo preto emaranhado na escova de prata. A biografia de Wissily Kandinsky segue ali, aberta e virada para baixo, como se ela fosse pegar e continuar lendo de onde parou.

Mas o que chama minha atenção hoje é a foto. Meu pai deixa o porta-retrato na mesinha de cabeceira dele, provavelmente para ser a primeira coisa que vê na hora de acordar. Nem eu nem Noah tínhamos visto essa foto antes da morte da nossa mãe. Agora não consigo parar de olhar para ela, para meus pais naquele momento. Ela está usando um vestido hippie de tie-dye laranja, com o vento soprando seu cabelo preto e volumoso no rosto. Usa uma maquiagem dramática nos olhos, com lápis de olho preto, bem Cleópatra. Parece que está rindo do meu pai, que está bem ao lado dela, em cima de um monociclo e com os braços abertos para se equilibrar. O sorriso dele é radiante, de puro prazer. Está com uma cartola de Chapeleiro Maluco na cabeça, e o cabelo loiro e queimado de sol vai até o meio das costas. (A conversa silenciosa entre meu pai e Noah quando Noah viu o cabelo: ai, meu Clark Gable do céu.) Meu pai está com uma bolsa a tiracolo repleta de discos de vinil. Nas mãos bronzeadas brilham alianças combinando. Minha mãe está exatamente igual ao que era, mas meu pai parece inteiramente outra pessoa, alguém que tem cara mesmo de ter sido criado pela vovó Sweetwine. Aparentemente, esse doidinho do monociclo pediu minha mãe em casamento apenas três dias depois de conhecê-la. Estavam os dois no mestrado, e ele era onze anos mais velho. Ele disse que não podia correr o risco de deixá-la ir embora. Nenhuma outra mulher jamais o deixou tão feliz por estar vivo.

Ela disse que nenhum outro homem jamais a fez se sentir tão segura. Esse doidinho a fez se sentir segura!

Abaixo o porta-retrato, me perguntando o que teria acontecido se minha mãe sobrevivesse e meu pai voltasse a morar com a gente, como ela tinha decidido. A mãe que eu conheci não parecia lá tão interessada em segurança. A mãe que eu conheci tinha uma coleção de multas no porta-luvas. Ela hipnotizava auditórios de alunos com sua paixão e sua energia, cheia de ideias que críticos chamavam de ousadas e radicais. Ela usava capas! Pulou de paraquedas no aniversário de quarenta anos! Ah, e também: ela vivia reservando secretamente passagens de avião para só um passageiro, com destino para várias cidades do mundo (eu escutava ela fazendo isso), só para deixar as reservas expirarem no dia seguinte — por quê? Além disso, desde que eu me lembro, quando achava que não tinha ninguém de olho, ela competia com o fogão e via quanto tempo aguentava com a mão perto do fogo.

Um dia, Noah me disse que escutava cavalos galopando dentro dela. Eu entendi exatamente.

Mas sei pouquíssimo da vida dela antes da gente. Só que ela era, em suas próprias palavras, *encapetada*, e que vivia sendo levada de um abrigo horroroso para outro. Ela dizia que os livros de artes nas bibliotecas salvaram sua vida, a ensinaram a sonhar e a deram vontade de fazer faculdade. E só. Ela sempre prometeu que ia me contar tudo quando eu fosse um pouco mais velha.

Sou um pouco mais velha e quero que ela me conte tudo.

Sento diante da penteadeira, diante do espelho comprido, oval, com moldura de madeira. Eu e meu pai encaixotamos todas as roupas dela, mas nenhum dos dois aguentou mexer na penteadeira. Parecia sacrilégio. Esse era o altar dela.

Quando você fala com alguém pelo espelho, suas almas trocam de corpo

Borrifo um pouco do perfume dela no pescoço e nos pulsos, e então me lembro de, aos treze anos, sentar aqui antes da aula e passar metodicamente toda sua maquiagem que eu era proibida de usar para a escola: o batom daquele vermelho intenso que ela chamava de Abraço Secreto, o delineador preto, as sombras azuis e verdes, os iluminadores. Na época, eu e minha mãe éramos inimigas. Eu tinha parado de ir com ela e Noah aos museus. Ela só parou atrás de mim e, em vez de ficar brava, pegou a escova de prata e começou a pentear meu cabelo, que nem fazia quando eu era pequena. Ficamos emolduradas juntas no espelho. Notei que nosso cabelo estava se misturando na escova, claro e escuro, escuro e claro. Olhei para ela pelo espelho, e ela para mim.

— Seria mais fácil e eu me preocuparia menos — disse ela, em voz baixa — se você não me fizesse lembrar tanto de mim, Jude.

Pego a mesma escova que ela usou naquele dia, três anos atrás, e penteio meu cabelo até desembaraçar cada nó e mecha embolada, até ter tanto cabelo meu quanto dela emaranhado nas cerdas.

Se seu cabelo se embaraçar com o de alguém em uma escova, suas vidas se embaraçarão eternamente

Ninguém te diz como a partida pode ser definitiva, nem quanto tempo ela dura.

De volta ao quarto, preciso me segurar para não sair quebrando tudo com o taco, de tanta saudade. Se pelo menos alguma coisa na bíblia nos ajudasse de verdade. Se pelo menos alguma coisa pudesse desvirar o carro (cinco vezes, de acordo com testemunhas), reconstituir o vidro quebrado, desamassar o guarda-corpo, endireitar as rodas, tornar segura a estrada escorregadia. Se pelo menos alguma coisa pudesse reconstruir os vinte e dois ossos do corpo dela, incluindo os sete do pescoço, reexpandir os pulmões dela, reiniciar seu coração parado, estancar a hemorragia em seu cérebro genial.

Mas não há nada que possa ser feito.

Não há.

Quero arremessar essa bíblia idiota e inútil na cabeça do Clark Gable idiota e inútil.

Em vez disso, encosto a orelha na parede do quarto para ver se escuto Noah do outro lado. Por meses depois da morte da nossa mãe, quando ele chorava dormindo, eu acordava ao primeiro ruído, ia ao quarto dele e sentava na cama até ele se acalmar. Ele nunca acordou e me descobriu ali, sentada com ele no escuro.

Encosto as duas mãos na parede, querendo derrubá-la...

É então que me vem a ideia. Uma ideia tão óbvia que nem acredito que demorou tanto para passar pela minha cabeça. Logo depois estou na minha mesa, ligando o notebook.

Vou direto para o Conexões Perdidas.

Ali está o post de Noah para Brian, a súplica de sempre.

Eu trocaria dez dedos, os dois braços. Trocaria tudo. Me perdoe. Me desculpe. Me encontre às 17h. Quinta-feira. Você sabe onde. Estarei lá toda semana, na mesma hora, pelo resto da vida.

Sem resposta.

Mas e se houvesse resposta? Meu coração acelera. Como é que nunca pensei nisso? Pergunto ao Oráculo: *E se eu for atrás de Brian Connelly?*

Para minha surpresa, a divinação dá supercerto. Começam a aparecer links e mais links sobre Brian:

Olheiros cercam Academia Forrester em busca do arremessador gay "Machadão" para seleção da terceira rodada

Connelly evita a seleção e opta por bolsa em Stanford para jogar no Cardinal

Clico em: *O homem mais corajoso do beisebol tem dezessete anos*

Os outros links eram relativamente recentes, do jornal da escola dele, o *Diário de Forrester*, ou do jornal da cidade, o *Semanário de Westwood*, mas o que eu clico aparece em tudo quanto é canto da internet.

Leio três vezes a matéria. O texto diz que Brian saiu do armário para a escola inteira em um evento esportivo na primavera do primeiro ano do ensino médio. O time de beisebol estava no meio de uma série de vitórias, em que ele foi responsável por dois *no-hitters*, e o arremesso rápido dele estava batendo cento e quarenta e três quilômetros por hora.

No campo, estava tudo ótimo, mas, fora do jogo, havia boatos sobre a orientação sexual de Brian, e o vestiário acabou se transformando num campo de batalha. A matéria diz que Brian concluiu que tinha duas possibilidades: ou sair do time, como já tinha feito em situação semelhante quando mais novo, ou pensar rápido em outra solução. No evento escolar, na frente dos alunos da Forrester, ele se apresentou e fez um discurso sobre todos aqueles, no passado e no presente, que eram forçados a sair de campo por preconceito. Acabou sendo aplaudido de pé. Outros jogadores o apoiaram e, com o tempo, o assédio diminuiu. O time dele, os Tigers, ganhou o campeonato naquela temporada. No segundo ano ele virou capitão do time e, no fim do ano, recebeu uma oferta de contrato profissional para a série B, que recusou porque também recebeu uma bolsa de beisebol em Stanford. A matéria termina dizendo que o fato de times profissionais estarem tentando contratar jogadores gays assumidos é sinal de uma mudança histórica.

Clark Gable amado! Mas não fico surpresa, na verdade isso só confirma o que eu já sabia antes: Brian é maneiro à beça, e ele e meu irmão estavam apaixonados.

Mas a informação mais impressionante do artigo, além do fato de Brian estar fazendo história e tal, é que ele está em Stanford. Agora mesmo. Fica a menos de duas horas daqui! Significa que ele pulou o último ano da escola, mas é completamente possível ele ter feito isso, até porque, quando ficava animado, começava a soltar um monte de parágrafos científicos impossíveis de entender. Procuro o jornal de Stanford para ver se encontro o nome dele, mas não acho nada. Depois procuro por "Machadão". Nada. Volto para a matéria. Será que li errado e ele não pulou de ano e só vai para Stanford no ano que vem? Não, não li errado. Aí lembro que os campeonatos de beisebol só começam na primavera! Então ele ainda não está jogando. Por isso não apareceu no jornal. Abro o site de Stanford, encontro o diretório de alunos e, rapidinho, acho o e-mail dele. Será que faço isso? Será? Estou errada de me meter?

Não. Tenho que fazer isso, por Noah.

Antes de mudar de ideia, copio o link do post de Noah no Conexões Perdidas e mando para Brian Connelly, de um e-mail anônimo que crio na hora.

Agora, só depende dele. Se quiser responder a Noah, vai responder. Pelo menos vai ver — quem sabe já não viu? Sei que as coisas entre eles acabaram mal. Não teve nada a ver comigo. Brian mal conseguia olhar na cara de Noah no enterro da nossa mãe. Depois disso, não veio nem visitar. Nenhuma vez. Mesmo assim, quem passou anos se desculpando naquele site foi Noah. O artigo diz que Brian saiu do armário num evento na primavera do primeiro ano dele no ensino médio, que foi logo depois das últimas férias de inverno que ele passou aqui. Depois disso, a mãe dele se mudou mais para o norte e ele nunca mais voltou. Só que o timing é esquisito. Será que os boatos eram sobre ele e Noah? Foi isso que acabou com o relacionamento deles? Será que foi Noah quem espalhou os boatos? Será que é por isso que pede tantas desculpas? Ah, quem vai saber?

Volto para a cama, pensando na felicidade de Noah quando finalmente receber uma resposta. Pela primeira vez em muito tempo, meu coração está leve. Pego imediatamente no sono.

E sonho com pássaros.

Se sonhar com pássaros, uma grande mudança está prestes a acontecer em sua vida

No dia seguinte, assim que acordo, confiro se Brian respondeu o post de Noah (não) e se Noah já saiu, que nem ontem (sim), e aí, apesar da decepção profunda com Oscar, o Expirador de Garotas, e o incômodo com a fera do Guillermo e a gangue de fantasmas, saio de casa.

Preciso tirar NoaheJude daquela pedra.

Ainda estou no corredor do estúdio de Guillermo quando escuto vozes altas vindo da sala de correspondência. Guillermo e Oscar estão no meio de uma briga feia. Escuto Oscar dizer:

— Você não tem como entender! Como entenderia?

Aí Guillermo responde, com uma firmeza estranha na voz:

— Entendo muito bem. Você se arrisca naquela moto, mas é só isso. Você é um covarde usando uma jaqueta de couro cheia de marra, Oscore. Não deixa ninguém entrar. Desde que a sua mãe morreu. Você machuca antes de ser machucado. Tem medo da sombra.

Dou meia-volta, e estou quase saindo quando Oscar diz:

— Deixei *você* entrar, G. Você é... como um pai... o único que tenho.

Algo no tom de voz dele me detém, me destrói.

Encosto a testa na parede fria, as vozes deles agora mais baixas, incompreensíveis, e não entendo como é possível que, mesmo depois de tudo que aconteceu ontem com Brooke, tudo que eu mais queira seja correr até aquele garoto órfão que morre de medo da sombra no cômodo ao lado.

Mas não corro.

Em vez disso, vou à igreja. Uma hora depois, quando volto ao estúdio, está tudo em silêncio. Passei um tempo com o sr. Gable fazendo de tudo para aprender a não ter compaixão. Tentando tirar da cabeça um garoto triste e assustado usando uma jaqueta de couro. Não foi lá tão difícil. Sentei no banco, aquele mesmo de quando conheci Oscar, e fiquei repetindo infinitamente o mantra: *Ei, vem cá, senta no meu colo.*

Guillermo me recebe na sala de correspondência com óculos de segurança na cabeça. Sua expressão não dá a menor pista de que ainda há pouco ele fez picadinho de Oscar com a serra. Mas tem algo diferente nele. O cabelo preto está todo grisalho de poeira, que nem o de Benjamin Franklin. E em volta do pescoço está um lenço grande e estampado, também empoeirado. Será que ele estava esculpindo em pedra? Olho para o mezanino — nem sinal de Oscar. Ele deve ter ido embora. Nem fico surpresa. Guillermo não estava pegando leve no sermão. Nem me lembro da última vez que meu pai deu uma bronca dessas em mim ou em Noah. Nem me lembro da última vez que meu pai foi um pai.

— Fiquei com medo da gente te assustar — diz Guillermo, prestando bem atenção em mim, até demais.

O jeito como ele me olha e o "a gente" me levam a questionar o que foi que Oscar contou a ele. E isso, por sua vez, me leva a questionar se aquela conversa que escutei tinha alguma coisa a ver comigo.

— Oscore disse que você foi embora bem chateada ontem — explica.

Dou de ombros, sentindo o rosto esquentar.

— Eu fui avisada.

Ele faz que sim.

— Pena que o coração não escuta a razão, né? — comenta, e passa o braço ao meu redor. — Vamos, o que faz mal pro coração faz bem pra arte. É a ironia horrível da nossa vida de artista.

Nossa vida de artista. Sorrio para ele, que aperta meu ombro que nem o vi apertando o de Oscar, e na mesma hora sinto meu humor dar uma melhorada. Como é que consegui achar esse cara? Que *sorte* foi essa?

Quando passo pela anja de pedra, estico o braço e pego a mão dela.

— As pedras estão me chamando — diz ele, espanando poeira do avental. — Vou ficar aqui fora com você hoje.

Percebo que o avental dele está puído e encardido, que nem todos os outros pendurados pelo estúdio. Eu podia fazer um novo, bem colorido, que combine com ele. Um Avental Flutuante.

Quando passamos pelas esculturas, vejo que o homem de argila sobreviveu ao espancamento de ontem; na verdade, fez mais do que sobreviver: não está mais todo encolhido naquela pose de derrotado, mas desabrochando que nem um caule. Está pronto, secando, lindo.

— Ontem olhei pra sua pedra e pro seu modelo — diz Guillermo. — Acho que você está pronta pra lidar com eletricidade. Tem muita pedra que precisa ser removida antes de você começar a encontrar os irmãos, entendeu? Hoje vou te ensinar a usar as ferramentas. Você precisa tomar muito, muito cuidado. O cinzel, que nem a vida, permite segundas chances. Mas com as serras e furadeiras, geralmente é uma chance só.

Eu paro de andar.

— Você acredita nisso? Em segundas chances? Na vida, digo.

Sei que estou parecendo a Oprah, mas quero mesmo saber. Porque, para mim, a vida é tipo quando a gente percebe que pegou o trem errado, indo a mil por hora na direção contrária, e não pode fazer nada a respeito.

— Lógico, por que não? Até Deus teve que fazer o mundo duas vezes — diz, balançando as mãos. — Fez o mundo, decidiu que o mundo que fez era muito ruim e trouxe o dilúvio pra acabar com tudo. Depois tentou de novo, começou tudo de novo com...

— Com Noé — digo, terminando a frase.

Com Noah.

— Isso. Então se Deus tentou duas vezes, por que a gente não pode tentar? Pode tentar três, trezentas vezes — diz, e dá uma risadinha baixa. — Você vai ver, só dá pra ter uma chance com a serra circular diamantada.

Ele coça o queixo.

— Mas, mesmo assim, às vezes você comete um erro catastrófico, acha que vai se matar porque a escultura está danificada, mas, no fim das contas, acaba saindo mais incrível do que se não tivesse errado — continua ele. — Por isso amo as pedras. Quando esculpo em argila, parece que estou trapaceando. É fácil demais. A argila não tem livre arbítrio. Mas as pedras são maravilhosas. Elas se impõem. É uma luta justa. Às vezes você ganha, às vezes são elas que ganham. E também tem vezes que, quando elas ganham, você ganha junto.

Lá fora, parece que o sol veio se acumulando de todos os cantos da Terra. É um dia lindo.

Vejo Guillermo subir a escada que leva à cabeça da mulher gigante. Ele para um momento e encosta a testa naquela testa imensa de pedra, depois sobe mais alguns degraus. Até finalmente abaixar os óculos de segurança, cobrir a boca com o lenço — ah, saquei, ele é maneiro demais para usar máscara —, pegar a serra circular diamantada que estava apoiada na escada e enroscar o cabo no ombro. O ar é preenchido por um ruído forte de britadeira e, logo depois, pelo guincho do granito, quando Guillermo, sem hesitar, usa sua única chance e corta a cabeça de Meu Amor, perdendo-se naquela nuvem de pó.

Hoje o pátio está lotado. Além de Guillermo e do casal inacabado, dos *Três irmãos* (extremamente assustadores) e de mim, por algum motivo a moto de Oscar está aqui. E a vovó e minha mãe estão a postos, dá para sentir. E não paro de achar que tem alguém me olhando da saída de emergência, mas, sempre que olho, vejo só Frida Kahlo tomando banho de sol.

Deixo tudo de lado e começo a me dedicar a libertar NoaheJude.

Vou esculpindo a pedra devagar, lasca por lasca, e, enquanto isso, que nem ontem, o tempo começa a retroceder e eu começo a pensar e não consigo parar de pensar em coisas que normalmente não me permito pensar, como o fato de que eu não estava em casa naquela tarde, quando minha mãe saiu para fazer as pazes com meu pai. Eu não estava em casa para ouvir ela dizer que voltaríamos a ser uma família.

Não estava em casa porque tinha fugido com Zephyr.

Não consigo parar de pensar que ela morreu acreditando que eu a odiava, porque era só o que eu dizia desde que ela tinha expulsado meu pai de casa. Desde antes, até.

Afundo o cinzel num sulco e martelo com força, arrancando um pedação de pedra, depois outro. Se eu estivesse em casa naquela tarde, em vez de estar com Zephyr atraindo azar, tenho certeza de que tudo teria sido diferente.

Arranco outro naco, um canto inteiro, e a força do martelo acaba espalhando um monte de pedacinhos de pedra nos meus óculos e nas minhas bochechas expostas. Faço o mesmo do outro lado, dando uma martelada atrás da outra, arrancando sangue dos dedos sempre que erro, e continuo assim, batendo e errando, despedaçando a pedra, meus dedos, até me lembrar do momento em que meu pai contou do acidente e eu tampei as orelhas de Noah para protegê-lo do que eu estava escutando. Foi minha primeira reação. Não foram os meus ouvidos que tampei, foram os de Noah. Me esqueci de que tinha feito isso. Como foi que me esqueci de uma coisa dessa?

O que aconteceu com aquele meu instinto de protegê-lo? Onde foi parar?

Pego o martelo e esmago o cinzel.

Tenho que tirar ele daqui.

Caralho, tenho que tirar nós dois dessa pedra.

Esmurro a pedra sem parar, me lembrando de como a dor de Noah ocupou a casa inteira, cada canto, cada espaço. De como não sobrou nenhum espaço para a minha dor, para a dor do meu pai. Talvez tenha sido por isso que meu pai começou a sair para caminhar, para ver se achava algum lugar que ainda não tinha sido tomado pelo sofrimento de Noah. Eu via Noah encolhido no quarto e, quando tentava consolá-lo, ele dizia que eu não entendia. Que eu não conhecia nossa mãe tão bem quanto ele. Que era impossível compreender o que ele estava sentindo. Como se eu também não tivesse acabado de perder a minha mãe! Como é que ele teve coragem de me dizer uma coisa dessas? Agora estou espancando a pedra, arrancando cada vez mais pedaços. Porque não entrava na minha cabeça que ele podia monopolizar minha mãe não apenas em vida, mas também na morte. E, com isso, comecei a acreditar que eu não tinha direito de sofrer, de sentir saudade, de amá-la como ele. E o pior é que acreditei de verdade. Talvez por isso eu nunca tenha chorado. Porque achava que não tinha permissão para isso.

Aí ele se jogou do Pico do Diabo e quase se afogou, quase *morreu*, e minha raiva dele se transformou num negócio completamente selvagem e descontrolado, terrível e perigoso.

É, vai ver vocês estão certas, grito mentalmente para a vovó e para minha mãe. *Talvez seja por isso que fiz o que fiz.*

Estou surrando, rachando, abrindo a pedra.

Abrindo tudo.

A inscrição de Noah para a EAC estava na bancada da cozinha, irradiando genialidade, desde a semana anterior à morte da nossa mãe. Eles dois fecharam juntos o envelope, para dar sorte. Mas não sabiam que eu estava na porta, de olho.

Três semanas depois do acidente da nossa mãe, uma semana depois de Noah pular do penhasco, na noite anterior ao prazo de inscrição para a EAC, eu escrevi minha redação, grampeei nuns moldes de vestido e acrescentei dois vestidos de exemplo. O que mais tinha para apresentar? A água tinha levado todas as minhas mulheres de areia embora.

Meu pai levou nós dois aos correios para enviar os documentos. Não encontramos vaga para estacionar, então Noah e meu pai esperaram no carro e eu entrei. Foi aí que eu fiz. Nem pensei, só fiz.

Eu só enviei a minha inscrição.

Tirei do meu irmão a coisa que ele mais queria no mundo. Que tipo de pessoa faz isso?

Não que faça diferença, mas voltei aos correios no dia seguinte, voltei correndo, mas o lixo já tinha sido recolhido. Os sonhos dele foram recolhidos junto com o lixo. Já os meus, foram direto para a EAC.

Eu não conseguia parar de pensar que contaria tudo para Noah e para meu pai. Contaria enquanto a gente estivesse tomando café da manhã, depois da escola, no jantar, amanhã, na quarta-feira. Contaria para Noah a tempo dele se reinscrever, mas não contei. Estava morrendo de vergonha — aquela vergonha tão grande que sufoca — e, quanto mais esperava, mais a vergonha crescia, e mais impossível ficava admitir o que eu tinha feito. A culpa também cresceu, se espalhou que nem uma doença, qualquer doença. Não havia doenças suficientes na biblioteca do meu pai. Os dias passaram, depois as semanas, e aí já era. Estava com medo de confessar e acabar perdendo meu pai e Noah para sempre; fui covarde demais para encarar a situação, dar um jeito, fazer a coisa certa.

É por isso que minha mãe destrói tudo que eu faço. É por isso que ela não me perdoa.

Quando a EAC divulgou a lista de calouros no site, o nome dele não estava na lista. Quando minha carta de confirmação chegou, fiquei esperando ele perguntar da carta de rejeição dele, mas isso não aconteceu. Ele já tinha destruído toda sua arte. E em algum momento antes disso deve ter mandado as fotos das minhas esculturas de areia, que me fizeram passar.

O mundo escureceu. Guillermo está bem na minha frente, tapando o sol. Ele tira o martelo e o cinzel das minhas mãos, que pararam de esculpir faz tempo. Tira o lenço do pescoço, sacode e seca minha testa.

— Acho que você não está bem — diz. — Às vezes a gente trabalha a pedra e às vezes é a pedra que trabalha a gente. Acho que hoje a pedra ganhou.

Abaixo minha máscara.

— Então foi isso que você quis dizer quando falou que o que está adormecido aqui — digo, tocando no peito — também está adormecido aqui — concluo, tocando na pedra.

— Isso. Vamos tomar um café?

— Não — digo, rápido. — Quer dizer, obrigada, mas preciso continuar trabalhando.

E é isso que faço. Trabalho por horas, obsessivamente, freneticamente, sem conseguir parar de cortar a pedra, e, a cada movimento, a vovó e minha mãe dizem em coro: *Você destruiu os sonhos dele. Você destruiu os sonhos dele. Você destruiu os sonhos dele.* Até que, pela primeira vez desde que morreu, minha mãe se materializa bem na minha frente, o cabelo em labaredas de fogo preto, os olhos me condenando.

— E você destruiu os meus! — berro em pensamento, antes de ela se desfazer.

Porque isso também é verdade. Não é? O tempo todo, dia após dia, eu só queria que ela me visse, que me enxergasse de verdade. Não que me esquecesse no museu, como se eu nem existisse, e fosse embora sem mim. Não que cancelasse o concurso, de tão certa que estava do meu fracasso, antes mesmo de ter visto meus desenhos. Não que apagasse minha luz enquanto aumentava o brilho de Noah. Sempre como se eu não passasse de uma garota dada e burra, sempre como se eu fosse *essa garota*. Invisível para ela de qualquer outro jeito!

Mas e se eu não precisar da permissão, da aprovação, da validação dela para ser quem quero ser e fazer o que amo? E se eu for dona da droga do meu próprio interruptor?

Largo as ferramentas e tiro os óculos, a máscara, o macacão. Arranco o gorro e largo na mesa. Estou exausta de ser invisível. O sol bagunça meu cabelo com seus dedos ávidos e ansiosos. Lá se vai meu moletom, e eu volto a ter braços. A brisa os recebe, acariciando a superfície da pele, arrepiando um pelo depois do outro, fazendo cócegas e despertando cada centímetro adormecido. E se meus motivos para não mandar a inscrição de Noah tivessem mais a ver comigo e com minha mãe do que comigo e com ele?

Para despertar sua alma, jogue uma pedra em seu reflexo na água parada
(Nunca acreditei que eu e Noah dividíssemos a mesma alma e que a minha fosse metade de uma árvore com folhas pegando fogo, como ele disse. Nunca senti que minha alma fosse visível. Para mim ela era movimento, que nem voar, nadar até a linha do horizonte ou pular do penhasco ou criar mulheres voadoras de areia ou de qualquer outra coisa.)

Fecho os olhos por um momento, e parece que quem despertou de um sonho profundo fui *eu*, como se alguém tivesse me arrancado do granito. É aí que eu percebo: não importa que Noah me odeie, que nunca me perdoe. Não importa que eu perca ele e meu pai para sempre. Não importa. Tenho que recuperar o sonho dele. Essa é a única coisa que importa.

Entro no estúdio e subo até o quarto de Oscar para usar o computador. Depois de ligar o aparelho, entro no meu e-mail e escrevo para Sandy, da EAC, perguntando se podemos conversar antes da aula na quarta-feira, quando acabam as férias. Digo que é urgente e que meu irmão também vai participar da conversa e vai levar um portfólio de pintura que vai deixar ele de queixo caído.

Vou abrir mão da minha vaga. É o que eu devia ter feito em qualquer dia dos últimos dois anos.

Envio o e-mail e a sensação é inconfundível: estou livre.

Sou *eu*.

Mando uma mensagem para Noah: *A gente precisa conversar. É importante!* Porque é bom ele começar a pintar. Ele tem quatro dias para montar o portfólio. Me recosto na cadeira, sentindo que emergi da caverna mais sombria para a luz ofuscante e abundante do sol. Só então olho ao redor do cômodo. Para a cama de Oscar, os livros, as roupas. A frustração toma conta de mim — mas não tem o que fazer. Aquele covarde de jaqueta de couro não deixou a menor dúvida do que sente por aquela covarde de uniforme invisível.

Quando me levanto, noto o bilhete de Guillermo, que dei para Oscar, na mesa de cabeceira, ao lado do retrato da mãe. Pego o bilhete, desço e, depois de guardá-lo em seu devido lugar — no caderno na sala do ciclone —, saio e peço a Guillermo para me ensinar a usar a serra circular diamantada. Ele me ensina.

Está na hora das segundas chances. Está na hora de recriar o mundo.

Sabendo que só tenho uma tentativa com a ferramenta, enrosco o cabo no ombro, posiciono a serra entre o ombro de Noah e o meu e ligo o aparelho. A ferramenta ganha vida e começa a rugir. Quando parto a pedra ao meio, sinto meu corpo inteiro vibrar de eletricidade.

NoaheJude se transformam em Noah e Jude.

— Você matou eles? — pergunta Guillermo, incrédulo.

— Não, eu salvei eles.

Finalmente.

Volto para casa sob a luz do luar, me sentindo absolutamente incrível, como se estivesse numa clareira, num rio, com os sapatos mais maneiros, de salto, até. Sei que ainda tenho que contar para Noah e para meu pai da inscrição da EAC do Noah, mas tudo bem, porque, o que quer que aconteça, Noah vai voltar a pintar. Sei que vai. Noah vai voltar a ser Noah. E eu posso ser alguém que suporto ver no espelho, em um estúdio de arte, usando um Vestido Flutuante, com saúde, numa história de amor, no mundo. Só é bizarro que Noah não tenha respondido às minhas mensagens. Tentei várias vezes, cada vez com mais urgência e mais pontos de exclamação. Normalmente ele me responde na mesma hora. Acho que, se ele ainda estiver na rua quando eu voltar, vou ficar esperando acordada.

Levanto os braços em direção a essa lua tão brilhante que parece que vai transbordar, pensando que faz horas que não tenho uma doença terminal, e que também não tem nada de novo no front fantasmagórico, e que tudo isso é um alívio imenso, bem quando chega uma mensagem de Heather:

> No Canto. Noah muito bêbado. Doido. Quer pular do Mergulho do Morto! Tenho que ir embora já. Por favor, vem logo! Não faço ideia do que aconteceu com ele. Preocupada.

Estou na beira do mundo, procurando meu irmão.

O vento me esmurra, o sopro salgado e úmido ardendo no meu rosto quente, o oceano martelando minha cabeça com a mesma ferocidade com que martela a praia. Ensopada de suor por ter corrido colina acima e com a lua cheia brilhando tão forte que podia muito bem ser dia, olho para o Pico do Diabo e para o Mergulho do Morto e vejo que os dois penhascos estão desertos. Agradeço várias e várias vezes a Clark Gable, recupero o fôlego e, mesmo ela tendo dito que precisava ir embora, mando uma mensagem para Heather e outra para Noah, tentando me convencer de que ele caiu na real. Mas não consigo.

Estou com um mau pressentimento.

Cheguei tarde demais.

Dou meia-volta e entro no pandemônio. Em tudo quanto é canto, grupos barulhentos das escolas particulares e públicas e da universidade de Lost Cove estão aglomerados em festa ao redor de barris de cerveja, fogueiras, mesas de piquenique, tambores e carros. Todo tipo de música sai a todo volume de todo tipo de carro.

Seja bem-vindo ao Canto numa noite de sábado iluminada pela lua cheia.

Não reconheço ninguém até voltar para o lado oposto do estacionamento e encontrar Franklyn Fry, o escroto de sempre, junto de alguns surfistas mais velhos de Hideaway, todos já formados na escola há no mínimo um ano. A galera do Zephyr. Estão sentados na caçamba da caminhonete de Franklyn, bizarramente iluminados pelo farol, que nem abóboras de Halloween.

Pelo menos não vejo em lugar nenhum aquele cabelão grudento ensolarado de surfista do Zephyr.

Quero tirar da bolsa meu moletom e meu gorro da invisibilidade e me esconder. Mas não faço isso. Quero acreditar que a fita vermelha no meu pulso vai sempre me proteger. Mas não vai. Quero jogar Como Você Prefere Morrer? em vez de ficar pensando num jeito de continuar viva. Mas não dá. Cansei de ser covarde. Cansei de viver em pausa, de viver enterrada e escondida, de viver paralisada, de me transformar em pedra de tanto medo.

Não quero imaginar campinas, quero correr por elas.

Me aproximo do inimigo. Eu e Franklyn Fry não nos damos bem.

Minha estratégia é não cumprimentá-lo, e perguntar, calma e educada, se ele viu Noah por aí.

A estratégia dele é cantar "Hey Jude" — por que meus pais não pensaram nisso quando me batizaram? — e me olhar devagar, daquele jeito pegajoso, de cima a baixo, de baixo pra cima, sem perder um milímetro, até parar nos meus peitos. Não se engane, há vantagens em usar o uniforme da invisibilidade.

— Veio se meter com a ralé? — pergunta, olhando diretamente para o meu peito, em seguida dá um gole na cerveja e seca a boca de maneira grosseira com a mão. Noah estava certo: ele é igualzinho a um hipopótamo. — Veio se desculpar? — continua. — Demorou, hein.

Me desculpar? Ele só pode estar de brincadeira.

— Você viu meu irmão? — repito, dessa vez mais alto, articulando bem as sílabas, como se ele não falasse a minha língua.

— Ele vazou — diz uma voz atrás de mim, imediatamente silenciando toda a música, toda a conversa, o vento e o mar.

A mesma voz seca e rouca que um dia me fez derreter na prancha. Michael Ravens, mais conhecido como Zephyr, está bem atrás de mim.

Pelo menos Noah decidiu não pular, penso, e me viro.

Faz muito tempo. O farol da caminhonete de Franklyn bate nos olhos de Zephyr, que os protege com a mão, que nem uma viseira.

Ótimo. Não quero ficar vendo esses olhos verdes estreitos de falcão, já os vejo bastante em pensamento.

Foi isso que aconteceu logo depois que perdi a virgindade com ele, dois anos atrás: sentei, abracei os joelhos e fiquei arfando naquele ar salgado, tentando não fazer barulho. Pensei na minha mãe. Na decepção dela brotando dentro de mim que nem uma flor preta. Lágrimas começaram a arder nos meus olhos. Como as proibi de cair, elas não caíram. Eu estava coberta de areia. Zephyr me devolveu meu biquíni. Pensei em meter o biquíni na garganta dele. Vi uma camisinha usada, salpicada de sangue, jogada numa pedra. Aquilo ali sou eu, pensei: que nojo. Nem sabia que ele tinha colocado camisinha. Nem tinha pensado em camisinha! Senti tudo subindo na minha barriga, mas também fiz questão de segurar. Vesti o biquíni, tentando esconder meu tremor. Zephyr sorriu para mim, como se estivesse tudo tranquilo. Como se tudo que tivesse acontecido fosse TRANQUILO! Sorri também, como se as coisas estivessem mesmo tranquilas. Lembro de ter pensado: Ele sabe quantos anos eu tenho? Lembro que pensei que ele devia ter esquecido.

Franklyn me viu andando na praia com Zephyr depois. Tinha começado a chuviscar. Eu queria estar com minha roupa de mergulho, com mil roupas de mergulho. O braço de Zephyr pesava que nem chumbo no meu ombro, me afundando na areia. Na noite anterior, na festa à qual ele me levou, ele não parava de dizer para todo mundo que eu era uma surfista sensacional, que não só pulava, como saltava do Pico do Diabo. Ficava dizendo que eu era *irada para cacete*, e acabei sentindo como se fosse mesmo.

Menos de vinte e quatro horas antes.

Não sei como, mas Franklyn conseguiu sacar o que a gente tinha feito. Quando o alcançamos, ele me pegou pelo braço e cochichou no meu ouvido, para Zephyr não ouvir:

— Agora é minha vez. Depois o Buzzy, depois o Mike e o Ryder, tá? É assim que funciona, só pra você saber. Não tá achando que o Zeph gosta de você de verdade, né?

Era exatamente o que eu achava. Tive que limpar as palavras de Franklyn do meu ouvido porque vieram cheias de cuspe; depois me desvencilhei dele e urrei:

— Não!

Finalmente encontrei aquela palavra maldita, tarde demais, e, na frente de todo mundo, dei uma joelhada com tudo no saco de Franklyn Fry, que nem meu pai me ensinou a fazer em caso de emergência.

Aí voltei correndo para casa, desesperada, com lágrimas queimando meu rosto, a pele formigando, o estômago revirado enquanto corria direto para minha mãe. Eu tinha acabado de cometer o maior erro da minha vida.

Eu precisava da minha mãe.

Eu precisava da minha mãe.

Aconteceu um acidente, foi o que meu pai me disse assim que entrei em casa.

Aconteceu um acidente.

Foi aí que tampei as orelhas de Noah.

Meu pai pegou minhas mãos e destampou as orelhas de Noah.

Então, enquanto o policial nos contava todas aquelas coisas inimagináveis, devastadoras, eu ainda me arrastava pelo erro do que tinha acabado de fazer. O erro estava incrustado em todos os poros do meu corpo, junto com a areia. O fedor horrível de coisa errada ainda estava no meu cabelo, na minha pele, no meu nariz, e toda vez que eu respirava entrava mais dentro de mim. Por semanas, por mais que eu tomasse banho, por mais que me esfregasse, por mais sabonetes que experimentasse — tentei com lavanda e toranja e madressilva e rosa —, não conseguia tirar aquilo de mim, não conseguia tirar Zephyr de mim. Uma vez, fui a uma loja e usei todos os perfumes de teste do balcão, mas o cheiro continuou. Sempre continua. *Continua* aqui. O cheiro daquela tarde com Zephyr, o cheiro da morte da minha mãe, tudo igual.

Zephyr sai da frente do brilho do farol de Franklyn. É assim que penso nele: que nem o corvo que lhe dá o nome Ravens, um presságio de morte e desgraça. É uma praga humana, uma coluna loira e alta de trevas. Zephyr Ravens é um eclipse.

— Então Noah foi pra casa? — pergunto. — Faz quanto tempo?

Ele balança a cabeça.

— Não. Ele não foi pra casa. Ele vazou e subiu ali, Jude.

Ele aponta para o topo da falésia, para um penhasco que nem tem nome, porque quem é que teria coragem de subir? No máximo o pessoal que pula de asa-delta de vez em quando, mas só. É uma altura absurda, tipo o dobro do Mergulho do Morto, e tem outro penhasco saliente mais abaixo, então, se a pessoa não pula longe o suficiente, pode acabar batendo ali antes de cair na água. Até hoje, só ouvi falar de um garoto que arriscou pular. Ele não sobreviveu.

Meus órgãos estão todos caindo, um de cada vez.

Zephyr diz:

— Recebi uma mensagem aqui. É uma brincadeira de bebida. Quem perder tem que pular, e parece que seu irmão tá perdendo de propósito. Eu ia subir lá pra interromper.

Num piscar de olhos começo a abrir caminho pela multidão, derrubando bebidas, derrubando gente, sem pensar em nada além da trilha da falésia e em qual seria a forma mais rápida de subir. Escuto a voz da vovó soprando no vento. Ela está vindo logo atrás de mim na trilha. Os galhos vão quebrando, e escuto os passos pesados dela logo após os meus, aí me lembro que não tem como os passos dela fazerem barulho. Paro de repente e Zephyr tromba com tudo em mim, pegando meus ombros para eu não cair de cara no chão.

— Jesus — exclamo, e dou um pulo para escapar dele, do cheiro dele, tão perto de novo.

— Foi mal, cara.

— Para de me seguir, Zephyr. Vai embora, por favor.

Dá para perceber o desespero na minha voz. A última coisa de que preciso agora é dele.

— Passo todo dia por essa trilha. Eu conheço...

— E eu não?

— Você vai precisar de ajuda.

É verdade. Mas não quero nenhuma ajuda dele. De qualquer um, menos ele. Só que agora já era, ele já passou por mim e está abrindo caminho pela escuridão banhada pelo luar.

Depois da morte da minha mãe, ele foi me visitar algumas vezes, tentou me convencer a voltar a surfar, só que, para mim, o mar tinha secado. Ele também tentou ficar comigo de novo, fingindo que era para me consolar. Duas palavras: até parece. E não foi só ele. Fry, Ryder, Buzzy e os outros garotos também, mas nem se esforçaram em fingir, era puro assédio mesmo. Incessante. Viraram todos babacas da noite para o dia, principalmente Franklyn, que ficou puto e começou a postar coisas obscenas sobre mim no fórum de Hideaway, além de ter pichado *Sweetwine Piranha* no banheiro público da praia, reescrevendo toda vez que alguém — Noah? — riscava.

Jura que você quer ser essa garota?, minha mãe me perguntou tantas vezes naquele verão e naquele outono, à medida que minhas saias iam ficando mais curtas, meus saltos mais altos, meu batom mais escuro e meu coração cada vez mais furioso com ela. *Jura que você quer ser essa garota?*, me perguntou na noite antes de morrer — foram as últimas palavras que ela me disse —, quando viu o que eu ia vestir para ir para a festa com Zephyr (não que soubesse que eu estava indo para uma festa com Zephyr).

Aí ela morreu e acabei virando mesmo *essa garota*.

Zephyr aperta o passo. Meu coração está sacolejando no peito enquanto a gente sobe, sobe e sobe em silêncio.

Até que ele diz:

— Ainda estou dando uma força pra ele, como te prometi.

Uma vez, muito antes da gente fazer o que fez, pedi para Zephyr cuidar de Noah. Hideaway Hill é bem *O senhor das moscas* e, na minha cabeça de aluna do sétimo ano, Zephyr era o xerife, então pedi ajuda para ele.

— Também posso te dar uma força, Jude.

Finjo que ignoro, até não aguentar mais e acabar perdendo a cabeça. As palavras escapam esganiçadas, num tom acusador, afiadas que nem dardos.

— Eu era nova demais!

Acho que escuto ele perder o fôlego, mas é difícil saber, por causa das ondas ruidosas e implacáveis quebrando nas pedras e erodindo o continente.

Faço o mesmo, começo a chutar com força a terra e o continente, e, a cada passo, afundo mais os pés na terra. Eu estava no oitavo ano do fundamental, e ele, no segundo do ensino médio — era um ano mais velho do que eu sou agora. Não que devesse tratar nenhuma garota, de idade nenhuma, desse jeito, que nem um pano de chão. E aí tenho um lampejo repentino e percebo que Zephyr Ravens não traz mau presságio nenhum. Ele não dá azar — ele é um babaca escroto inútil burro fodido sem noção, *me leve a mal, sim.*

E o que a gente fez não deu azar — deu *nojo eterno* e *arrependimento* e *raiva* e...

Eu cuspo nele. Não metaforicamente. Acerto a jaqueta dele, a bunda, depois cuspo bem naquela cabeça de brutamontes dele. Essa cuspida ele sente, mas acha que é um bicho que dá para espantar com a mão. Acerto outra vez. Ele se vira.

— Mas que...? Você está cuspindo em mim? — pergunta, incrédulo, passando a mão no cabelo.

— Não faça isso de novo — digo. — Com ninguém.

— Jude, eu sempre achei que você...

— Não me interessa o que você achou nem o que acha agora — digo. — Só não faça de novo.

Passo correndo por ele. Agora, sim, me sinto irada para cacete, obrigada.

Talvez, no fim das contas, minha mãe estivesse enganada sobre quem é *essa garota*. Porque *essa garota* cospe em caras que a tratam mal. Talvez *essa garota* que estivesse sumida. Talvez seja *essa garota* que saiu daquela pedra no estúdio do Guillermo. Talvez seja *essa garota* que vê que não é minha culpa o carro da minha mãe ter derrapado, independente do que eu tenha feito antes com esse imbecil. Eu não dei azar, por mais que tenha sentido que sim. O azar se deu sozinho. Ele sempre se dá sozinho.

E talvez seja *essa garota* que tem coragem de admitir o que fez com Noah.

Isso se ele não morrer antes.

Quando estamos quase lá, começo a escutar alguma coisa esquisita. Primeiro acho que é o vento uivando pelas árvores daquele jeito fantasmagórico, aí me dou conta de que é um som humano. Será que é alguém cantando? Ou uma espécie de cântico? Só depois percebo que o que está sendo repetido é meu sobrenome, e meu coração quase salta pela boca. Acho que Zephyr percebe isso ao mesmo tempo que eu, porque nós dois apertamos o passo.

Sweetwine, Sweetwine, Sweetwine.

Por favor, por favor, por favor, penso quando passamos da última subida e chegamos à área arenosa e plana onde tem um bando de gente em semicírculo, como se estivessem num evento esportivo. Zephyr e eu começamos a abrir caminho às cotoveladas, nos esgueirando até chegarmos à primeira fila da arquibancada do jogo suicida que está rolando. De um lado de uma fogueira flamejante está um garoto magricelo com uma garrafa de tequila na mão, balançando que nem vara verde. Está a uns seis metros da beira do penhasco. Do lado oposto da fogueira está Noah, a uns três metros da beira, o favorito da galera para se matar. Tem uma garrafa pela metade caída a seus pés. Ele abre os braços que nem asas e gira sem parar, o vento balançando a roupa e o brilho da fogueira o iluminando que nem uma fênix.

Sinto a vontade dele de pular pulsando dentro de mim.

Um garoto numa rocha ali perto grita:

— Tá, quinta rodada! Vamos nessa!!!

Ele é o mestre de cerimônias e, pelo visto, está tão bêbado quanto os competidores.

— Você pega o Noah — diz Zephyr, com a voz toda séria; pelo menos para alguma coisa ele serve. — Eu pego o Jared. Bêbados assim, vai ser moleza.

— No três — digo.

Nos lançamos para a frente, parando bem no meio do círculo. Lá do alto da rocha, o comentarista diz, arrastado:

— Ih, acho que alguém veio interromper os Jogos Mortais.

Minha fúria é meteórica.

— Desculpa atrapalhar o show — grito para ele. — Mas tive uma ideia ótima. Da próxima vez, que tal mandar o *seu* irmão bêbado pular do penhasco, em vez do meu?

Fala sério. *Essa garota* é muito útil. Acho que não soube aproveitar ela direito antes. Não vou cometer esse erro de novo.

Agarro o braço de Noah com força, esperando que ele reaja, mas ele só encosta em mim e diz:

— Ei, não chora. Eu não ia pular.

Estou chorando?

— Não acredito — digo, olhando para o rosto aberto e cheio de vida do velho Noah.

Tem tanto amor no meu peito que parece que vou explodir.

— Você está certa — ri ele, e soluça. — Vou pular, sim. Foi mal, Jude.

De repente, num movimento tão brusco e ágil que parece impossível considerando a bebedeira, ele se desvencilha de mim e me joga para trás, e tudo acontece de um jeito arrastado, como se estivéssemos em câmera lenta.

— Não!

Tento pegar ele, que sai correndo para a beira e ergue os braços novamente.

É a última coisa que vejo antes de bater a cabeça no chão e todo mundo começar a gritar.

O penhasco está vazio. Mas não tem ninguém correndo pela trilha, o caminho mais rápido até a praia. Não tem ninguém olhando da beira para ver se Noah sobreviveu. A multidão está indo toda para a rua.

E eu preciso parar de alucinar.

Devo ter sofrido alguma lesão cerebral, porque, por mais que pisque e balance a cabeça, eles continuam ali.

Jogado em cima do meu irmão, a meio metro de mim, está Oscar.

Oscar, que apareceu totalmente do nada para derrubar Noah antes de ele cair do penhasco.

— Ei, é você — diz Noah, maravilhado, quando Oscar sai rolando de cima dele e deita de barriga para cima.

Oscar está ofegante como se tivesse acabado de subir correndo o Everest, e reparo que está de coturno. Está de braços abertos, o cabelo pingando de suor. Graças à lua e à fogueira, minha alucinação está praticamente em HD. Noah senta no chão e fica olhando para ele.

— Picasso? — escuto Oscar dizer, ainda ofegante; faz séculos que não ouço ninguém chamar Noah assim. — Cresceu, hein? E raspou o cabelo.

Eles se cumprimentam com um soquinho. Noah e Oscar, juro. As duas pessoas mais improváveis de fazerem isso. Devo estar sonhando. Oscar senta também e toca no ombro de Noah.

— Que parada foi essa, cara? — Ele está dando uma bronca em Noah? — E qual é a da bebedeira? — continua. — Resolveu me imitar? Você não é desses, Picasso.

Como é que você sabe quem Noah é ou deixa de ser?

— Não sou desses — diz Noah, a voz arrastada. — Porque eu não sou mais eu.

— Sei como é — responde Oscar.

Ele estende a mão para mim, ainda sentado.

— Como é que você está aqui... — pergunto.

Mas Noah me interrompe, falando todo embolado:

— Você não parava de me mandar mensagem, então não parei de beber, porque achei que você soubesse...

— Soubesse do quê? — pergunto. — Isso foi por causa das mensagens?

Tento me lembrar do que escrevi, mas só disse que precisava conversar com ele, que era urgente. Sobre o que ele achava que eu queria falar? O que ele achava que eu sabia? Tá na cara que ele está escondendo alguma coisa de mim.

— Soubesse do quê? — insisto.

Ele abre um sorriso besta, balança a mão no ar.

— Soubesse do quê — repete, que nem um imbecil.

Tá, ele está trêbado. Acho que ele nunca bebe mais do que uma ou duas cervejas.

— Minha irmã — diz para Oscar. — Ela tinha um cabelão que nos seguia onde quer que a gente fosse que nem um rio de luz, lembra?

Pelo menos acho que é isso que ele diz. Parece que ele está falando suaíli.

— Sua *irmã!* — exclama Oscar. — Ele deita de costas novamente. Noah se larga todo alegre ao lado dele, com um sorrisão tonto na cara.

— Genial — diz Oscar. — Quem é o pai de vocês? O arcanjo Gabriel? E cabelo de rio de luz, é?

Ele levanta a cabeça para me olhar e pergunta:

— Tem certeza que está bem? Parece meio atordoada. E fica linda sem o gorro e aquele moletom gigantesco cheio de verdura no bolso. Linda, mas parece estar com frio. Quer saber? Eu te ofereceria minha jaqueta, mas alguém roubou.

Dá para ver que ele voltou ao normal, recuperado do que aconteceu de manhã. Só que eu meio que sinto que li seu diário.

Mesmo assim.

— Nem vem me dar mole — digo. — Sou imune ao seu charme. Já passei por tanta decepção com isso de "não namorada" que nem me abalo mais.

Só para constar, *essa garota* arrasa.

Estou esperando uma resposta sarcástica, mas, em vez disso, ele me olha de um jeito totalmente vulnerável e diz:

— Tô muito arrependido pelo que rolou ontem. Não tenho nem palavras pra explicar o quanto.

Fico surpresa, não sei nem como responder. Também não sei por que ele está se desculpando. Por eu ter visto o que vi ou por ele ter feito o que fez?

— Obrigada por salvar a vida do meu irmão — digo e, por enquanto, ignoro o pedido de desculpas, até porque, honestamente, estou transbordando de gratidão. Quem diria? — Não faço a menor ideia de como você apareceu aqui assim, que nem um super-herói. Nem sei como vocês se conhecem...

Oscar se apoia nos cotovelos.

— Tenho o maior orgulho de dizer que já tirei a roupa pra vocês dois.

Que esquisito. Quando é que Oscar teria posado para Noah? Noah também se apoia nos cotovelos, pelo visto está brincando de imitar Oscar. Ele está corado.

— Lembro dos seus olhos — diz para Oscar. — Mas não das cicatrizes. São novas.

— É, bom, como dizem por aí, isso é porque você não viu o outro sujeito. Ou, nesse caso, o asfalto da rodovia 5.

Eles estão tagarelando, os dois deitados de novo, jogando palavras de um lado para o outro, inglês e suaíli, olhando para o céu noturno reluzente. Sorrio, não dá para segurar. É que nem quando eu e Oscar deitamos no chão da cela. Lembro do post-it: *Ela disse que eu sentiria que você é da família.* Por que eu sinto isso com ele? E o pedido de desculpas? O que foi isso? Ele pareceu sincero, verdadeiro. Sem a menor enrolação.

Sinto cheiro de maconha e me viro. Zephyr e o garoto magricelo, Jared, estão fumando com uma outra galera enquanto vão embora, todos voltando para a rua, provavelmente indo para o Canto. Que grande ajuda a dele. Se Oscar não tivesse caído do céu, Noah teria morrido. Uma onda estoura que nem bomba na praia, como se confirmasse o fato. É um milagre, só pode ser. Talvez a vovó esteja certa: *Você tem que ver os milagres para os milagres acontecerem.* Talvez eu estivesse olhando para o mundo, vivendo no mundo de um jeito covarde e mesquinho demais para conseguir ver qualquer coisa.

— Você tem ideia de que o Oscar salvou sua vida? — pergunto para Noah. — Tem noção de como esse penhasco é alto?

— Oscar — repete Noah e senta meio cambaleante, depois aponta para mim. — Ele não salvou minha vida, e não importa a altura.

A cada minuto que passa ele consegue ficar mais bêbado. Agora começou a falar pelos cotovelos, as palavras saindo todas emboladas.

— É a mamãe que não me deixa cair. Como se eu tivesse de paraquedas. Quase chego a voar — diz, e desliza a mão lentamente pelo ar. — Vou descendo devagarinho, em câmera lenta. Toda vez.

Fico de queixo caído. É verdade. Eu já vi.

Então é por isso que ele vive pulando, para nossa mãe segurá-lo? Não é isso em que eu vivo pensando quando me olham como se eu fosse uma órfã coitadinha? Que fui jogada do avião sem paraquedas, porque *as mães são paraquedas*. Lembro a última vez que vi ele pular do Diabo. Que ele pareceu flutuar por uma eternidade. Dava tempo até de fazer as unhas antes de cair.

Oscar se endireita.

— Que idiotice tremenda — diz para Noah, a voz angustiada. — Enlouqueceu? Do jeito que você tá, se pular desse penhasco, vai morrer. Não importa quem esteja do outro lado pra te ajudar.

Ele passa a mão pelo cabelo e acrescenta:

— Quer saber, Picasso, aposto que sua mãe preferiria que você vivesse sua vida, em vez de arriscá-la.

Fico surpresa de ouvir essas palavras saírem da boca de Oscar, e me pergunto se podem ter saído da boca de Guillermo mais cedo.

Noah olha para o chão e diz, baixinho:

— Mas é só aí que ela me perdoa.

Perdoa *ele*?

— Te perdoar pelo quê? — pergunto.

Ele fica com a expressão séria.

— É tudo uma mentirada — diz.

— O quê? — pergunto.

Ele está falando de gostar de garotas? Ou de ter parado de criar arte? Ou de usar retardador de chamas? Ou de outra coisa? Alguma coisa que o faria pular de um penhasco, bêbado, à noite, só porque, pelas minhas mensagens, achou que eu saberia o que é?

Ele me olha, espantado, como se só agora percebesse que estava falando em voz alta, e não pensando. Queria contar a verdade da EAC para ele agora, mas não dá. Ele precisa estar sóbrio para termos essa conversa.

— Vai ficar tudo bem com você — digo. — Prometo. Tudo vai melhorar.

Ele balança a cabeça.

— Não, tudo vai piorar. Você só não sabe ainda.

Sinto um calafrio. Como assim? Estou prestes a insistir quando ele se levanta e cai de novo na mesma hora.

— Vamos te levar para casa — diz Oscar, segurando ele. — Onde é que vocês moram? Eu ofereceria uma carona, mas estou a pé. G. roubou minha moto para o caso de eu acabar enchendo a cara hoje. A gente teve uma briga feia mais cedo.

Por isso a moto estava no pátio. Sinto que seria uma boa ideia contar a ele que ouvi parte da briga, mas agora não é a melhor hora para isso.

— G.? — pergunta Noah, mas logo parece esquecer o que disse.

— É aqui perto — digo para Oscar. — Obrigada. Sério, obrigada.

Ele sorri.

— É só me ligar, lembra? Cadáver, faca ensanguentada.

— Ela disse que eu sentiria que você é da família — digo, e só percebo tarde demais que deveria ter ficado quieta.

Que brega.

Só que, de novo, ele não reage como eu estava imaginando. Na verdade, só abre o sorriso mais genuíno que já vi em seu rosto, começando nos olhos e se espalhando até não dar mais.

— Ela disse, e eu sinto que você é.

Enquanto Oscar e Noah vão tropeçando, como se estivessem numa corrida de três pernas, tento acalmar a tempestade na minha cabeça. *Ela disse, e eu sinto que você é.* E agora não consigo tirar da cabeça aquela foto minha na jaqueta dele. E Brooke no colo dele, Jude, fala sério. É, tá bom, mas ele acabou de salvar a vida de Noah. E o jeito como ele disse assim, logo depois de dizer que se arrependia: *Não tenho nem palavras pra explicar o quanto.* E a discussão dele hoje cedo, com Guillermo. E não é como se a gente estivesse namorando. Ai, caramba. Lá vamos nós de novo.

Quando chegamos à rua, Noah se desvencilha de Oscar e começa a andar na frente. Fico de olho nele, que vai cambaleando sozinho.

Oscar e eu andamos lado a lado. De vez em quando nossas mãos se esbarram. Fico me perguntando se ele está fazendo de propósito. Se eu estou.

Na metade do caminho, ele diz:

— Então, foi assim que vim parar aqui: eu estava no Canto. Estava muito chateado, G. me disse umas paradas que me afetaram pra cacete. Ele leva jeito para me fazer olhar no espelho, e o que vi no meu reflexo foi um horror. Eu só queria encher a cara, meter o pé na jaca. Estava considerando beber pela primeira vez em duzentos e trinta e quatro dias e dez horas, data do meu último deslize. Estava calculando os minutos, na real, de olho no relógio, quando uma diabinha desvairada, que lembrava muito você, de repente passou voando e derrubou o gim da minha mão. Foi incrível. Um sinal, né? Minha mãe? Um milagre? Eu não sabia. Só que não tive tempo de ficar pensando se aquilo era algo sublime ou, sei lá, divino, porque fiquei imediatamente, freneticamente e equivocadamente convencido de que você estava sendo perseguida mata adentro por um gigante nórdico. Então eu te pergunto: quem é que salvou a vida de quem hoje?

Olho para a moeda de prata cintilante que é a lua rolando pelo céu e acho que estou vendo milagres.

Oscar tira uma coisa do bolso e estende para mim. A luz é suficiente para eu ver que ele pendurou a concha da mãe numa fita vermelha, que parece exatamente a que usei para amarrar o bilhete de Guillermo para Meu Amor. De repente o corpo dele está bem perto do meu, porque ele amarra a fita no meu pescoço.

— Mas, sem isso, você vai morrer em minutos — murmuro.

— Quero que fique com você.

Estou comovida demais para conseguir responder.

Continuamos a andar. Da próxima vez que nos esbarramos, pego na mão dele.

Estou na minha mesa terminando os estudos para a escultura da minha mãe, me esforçando para ficar bem parecida com ela. Vou mostrar para Guillermo amanhã. Noah está apagado. Oscar já foi embora faz tempo. Tenho certeza de que a concha mágica — seu objeto mais precioso! — está no meu pescoço emanando alegria. Pensei até em ligar para Fish, da escola, morrendo de vontade de contar para alguém — alguém vivo, só para dar uma variada — sobre a concha, sobre as fotos e sobre os post-its, sobre tudo que anda acontecendo, mas aí lembrei que ainda estamos de férias e o alojamento está fechado (sou uma das poucas alunas que não mora na escola), que é madrugada e que não somos tão amigas assim. Mas talvez a gente deva ser, penso. Talvez eu esteja precisando muito de uma amiga viva. Foi mal, vovó. Preciso de alguém para falar que, quando eu e Oscar estávamos lá fora, na porta de casa, agora há pouco, os dois respirando a centímetros de distância, tive certeza de que ele ia me beijar, mas ele não beijou, e não sei o motivo. Ele nem entrou aqui em casa, e talvez isso até tenha sido uma boa ideia, porque provavelmente ele acabaria descobrindo que ainda estou na escola. Ele ficou surpreso por eu morar aqui. Disse:

— Ah, achei que você morasse no campus. Você ficou em casa pra cuidar do seu irmão depois que a sua mãe morreu?

Nessa hora, mudei de assunto. Mas sei que tenho que contar, e vou contar. E vou contar também que ouvi a briga que ele teve com Guillermo. Daqui a pouco vou ser uma garota sem segredo *nenhum*.

Satisfeita com os desenhos, fecho o bloco e sento diante da máquina de costura. De jeito nenhum que eu vou conseguir dormir, não depois de tudo que aconteceu hoje com Oscar, com Noah, com Zephyr, com os fantasmas, e, de qualquer forma, quero começar o avental que vou fazer para o Guillermo com retalhos dos vestidos. Reviro a bolsa atrás do avental velho dele que roubei para usar de molde. Começo a medir na mesa e, no processo, acabo sentindo algo no bolso da frente. Tiro dois bloquinhos de dentro. Folheio um deles. São só anotações e listas em espanhol, rascunhos, nada demais. Nada em inglês, nada para Meu Amor. Folheio o segundo bloquinho com mais anotações parecidas, exceto por — em inglês e definitivamente para Meu Amor — três rascunhos do mesmo bilhete, cada um com pequenas variações, como se ele estivesse focado em acertar. Será que ele tinha a intenção de mandar por e-mail? Num cartão? Ou numa caixinha de veludo preta com uma aliança dentro?

A versão menos rasurada diz assim:

> *Não aguento mais. Preciso saber de uma resposta. Não consigo mais viver sem você. Sou meio homem, com meio corpo, meio coração, meia cabeça, meia alma. Só existe uma resposta, você sabe disso. Você já deve saber. Como não saberia? Case comigo, meu amor. Diga que sim.*

Me jogo de volta na cadeira. Ela disse que não. Ou talvez ele nem tenha feito o pedido. De qualquer jeito, coitado do Guillermo. O que foi que ele disse hoje mesmo? *O que faz mal para o coração faz bem para a arte.* Está na cara que isso fez muito mal para o coração dele, e muito bem para a arte. Bom, vou fazer o avental mais lindo para ele usar enquanto faz arte. Reviro a sacola de retalhos em busca de tecidos vermelhos, laranjas, roxos, essas cores de coração.

Começo a costurar.

Não faço ideia de há quanto tempo estão batendo até me tocar que o barulho não vem da máquina, mas de alguém na janela. Oscar? Será que ele arriscou a única janela acesa da casa? Só pode ser ele. Um segundo depois estou diante do espelho, dando uma chacoalhada na cabeça para dar uma vida ao cabelo, depois balanço bem para ele ficar meio selvagem. Pego na gaveta da penteadeira o meu batom mais vermelho. É, é isso que eu quero. Também quero pegar um dos vestidos da parede e usar — o Vestido da Gravidade, talvez? —, e é exatamente o que faço.

— Já vou — grito para a janela.

Escuto Oscar responder:

— Joinha.

Joinha!

Estou diante do espelho comprido, com o Vestido da Gravidade, minha resposta ao Vestido Flutuante. É coral e justo, num estilo sereia cheio de babados na parte de baixo. Ninguém nunca me viu usá-lo, nem nenhum dos vestidos que fiz nos últimos anos. Nem eu. Sempre os costuro nas minhas medidas, mas imagino outra garota usando, pensando que, se alguém abrisse meu armário, teria certeza de que tem duas garotas neste quarto, e que é melhor mesmo ser amigo da outra.

Aí está você, penso, e só então cai a minha ficha. É para ela que eu estava criando vestidos esse tempo todo, sem nem perceber. Se eu um dia tiver minha marca de vestidos, que nem a vovó, vou chamar de *Essa Garota*.

Vou até o outro lado do quarto, afasto a cortina e abro a janela.

Ele chega a levar um susto.

— Ai, meu Deus — exclama. — Olha isso. Caramba, olha isso. Você está um espetáculo. É assim que você se veste quando está sozinha de madrugada? E de saco de batata pra sair por aí durante o dia?

Ele abre aquele sorriso elétrico.

— Acho que você deve ser a pessoa mais excêntrica que eu conheço — diz, e apoia as mãos no parapeito. — Mas não é isso que eu vim te dizer. Estava chegando em casa quando me lembrei de uma coisa muito importante que precisava te falar.

Ele faz sinal para eu chegar mais perto. Me abaixo um pouco e me debruço na janela, sentindo a brisa da noite passar de leve pelo meu cabelo.

Ele fica com uma expressão séria no rosto.

— O que foi? — pergunto.

— Isso.

Aí, num piscar de olhos, ele segura minha cabeça com as duas mãos e me beija.

Recuo por um momento, sem saber se posso confiar nele, porque seria loucura. Mas e se eu confiar? E se confiar mesmo assim? E, sei lá, se ele acabar me soprando para outra dimensão, fazer o quê, paciência…

É aí que tudo muda de figura. Vai ver é por conta do luar iluminando os traços dele lá de cima ou pela luz do meu quarto batendo no rosto dele do jeito certo, ou vai ver é porque finalmente estou pronta para enxergar aquilo que estava me escapando desde o dia em que nos conhecemos.

Ele posou para Noah.

Oscar é o cara do retrato.

É ele.

E é exatamente como sempre imaginei.

Volto a me debruçar na janela, sentindo a noite.

— Eu abri mão de quase tudo no mundo por você — digo, entrando pela porta da frente da minha própria história de amor. — O sol, as estrelas, o mar, as árvores, tudo. Desisti de tudo por você.

A cara de perdido logo dá espaço a uma expressão de felicidade genuína. Então puxo ele para perto de mim, porque *é ele*, e todos esses anos sem prestar atenção nas coisas, sem fazer nada, deixando de *viver* de repente vêm com tudo, e começo a beijá-lo com vontade, querendo sentir o corpo dele, então começo a agarrá-lo, e ele também me agarra, com os dedos enfiados no meu cabelo e, quando vejo, já estou pulando a janela e caindo em cima dele no chão.

— Perdemos um soldado — sussurra ele, me abraçando, e a gente ri até a risada perder a força, porque quem diria que beijar podia ser assim, virando tudo de cabeça para baixo dentro da gente, derramando oceanos, fazendo rios subirem montanhas, secando as chuvas?

Ele nos vira até ficar com o corpo por cima do meu, e começo a sentir o peso dele, o peso daquele outro dia, e de repente Zephyr começa a abrir caminho à força entre a gente. Meu corpo todo trava. Abro os olhos, morrendo de medo de acabar encontrando alguém totalmente diferente, mas nada disso acontece. Quem está aqui comigo é o Oscar, tão presente, tão inteiro, com amor estampado no rosto. É por isso que confio nele. Porque dá para ver o amor. O amor tem essa cara. Para mim, o amor sempre teve essa cara meio doida e descombinada.

Ele passa o polegar no meu rosto e diz:

— Está tudo bem.

Como se, de algum modo, soubesse o que aconteceu.

— Tem certeza?

As árvores farfalham suavemente ao nosso redor.

— Cem por cento de certeza — diz, e puxa de leve a concha. — Prometo.

Está fazendo uma noite quente, tímida, que mal toca nossa pele. Nos envolve, nos enlaça. Ele me beija com calma, cheio de carinho, até meu coração se abrir, até todos os instantes naquele dia horrível da praia se afastarem; até, de repente, o boicote acabar.

É extremamente difícil me concentrar em Oscar no meu quarto, porque: Oscar está no meu quarto! Oscar, o cara do retrato!

Ele está surtando porque os vestidos das paredes e o que estou usando agora foram todos feitos por mim, e acabou de pegar um porta-retrato com uma foto minha surfando. Ele está me escavando, só que sem cinzel e martelo.

— Pra um inglês, isso é pornografia — diz ele, balançando o porta-retrato na minha direção.

— Faz anos que não surfo — digo.

— Que pena — responde, depois aponta para o *Manual farmacêutico*. — Agora, isso, sim, eu esperava.

Ele pega outra foto. Sou eu pulando do Pico do Diabo. Ele fica prestando atenção.

— Então quer dizer que você era uma aventureira? — pergunta.

— Acho que sim. Eu nem pensava muito. Só amava fazer essas coisas — digo, e vejo que ele está me olhando como se esperasse que eu continuasse. — Quando minha mãe morreu... Sei lá, me assustei. Fiquei com medo de tudo.

Ele gesticula como se entendesse, depois diz:

— É como se tivesse alguém sempre com a mão no seu pescoço, né? Nada mais é inevitável. Nem o próximo batimento, nada.

Ele mais do que entende. Ele senta à cadeira diante da máquina de costura e volta a olhar a foto.

— Mas eu fui pro lado contrário. Comecei a usar esse medo todo como saco de pancada. Me metia em encrenca todo dia, quase me matando — continua, e franze a testa, abaixando a foto. — A briga com G. meio que foi por isso. Ele acha que me arrisco demais na moto e que também fazia isso antes com as drogas, mas não...

Ele para assim que olha para mim.

— Que foi? — pergunta.

— Oscar, eu escutei um pouco da briga mais cedo. Na hora que percebi que vocês estavam discutindo, fui embora, mas...

Engulo a confissão, porque acho que os órgãos dele pegaram fogo.

Não sei o que está acontecendo, só sei que ele se levantou e veio até mim numa velocidade absurda que não tem nada a ver com ele.

— Então você sabe — diz. — Tem que saber, JC.

— Saber o quê?

Ele me segura pelos braços.

— Que eu morro de medo de você. Que não consigo te afastar como afasto todo mundo. Que acho que você pode acabar me destruindo.

Nossa respiração está alta e acelerada, completamente em sincronia.

— Eu não sabia — sussurro, e mal termino a frase e ele já me beija cheio de intensidade e urgência.

Dá para sentir toda a emoção nos lábios dele, como se despertasse e liberasse algo dentro de mim, algo ousado, corajoso e pronto para voar.

Cabum para caramba.

— Estou ferrado — diz ele no meu cabelo —, tão ferrado — repete, no meu pescoço, depois recua, com os olhos brilhando. — Você vai acabar comigo, não vai? Já tô até vendo.

Então dá uma gargalhada ainda mais espalhafatosa e leve do que de costume, e dá para ver algo diferente no rosto dele... uma abertura, uma liberdade.

— Na verdade, você já fez isso — diz. — Olha pra mim. Quem é esse? Posso te garantir que ninguém nunca conheceu essa tempestade. *Eu* não conhecia. E nada do que eu te falei tem a ver com a briga que tive com G., pelo amor de Deus! É só que eu tinha que te contar. Você tem que saber que eu nunca — continua, balançando a mão — perdi as estribeiras assim antes. Nunca. Não sou de perder a linha por ninguém.

Ele quer dizer que nunca se apaixonou? Lembro que Guillermo falou que ele magoa antes de ser magoado, que não deixa ninguém entrar. Mas não consegue me afastar?

— Oscar — digo.

Ele encosta as mãos no meu rosto.

— Não aconteceu nada com a Brooke depois que você foi embora. Nada. Depois de eu te contar aquilo da minha mãe, eu surtei total, fui o maior otário. Fui um covarde... elogio que você provavelmente ouviu hoje vindo de G. Acho que tentei estragar tudo...

Sigo o olhar dele até a janela, para o mundo sombrio fora deste quarto.

— Eu não parava de pensar que, depois de ver meu lado sombrio, de ver quem eu sou de verdade, você... — diz.

— Não — interrompo, entendendo tudo. — Foi o contrário. Eu me senti mais próxima de você. Mas te entendo, porque sinto a mesma coisa, que se as pessoas me conhecessem bem, nunca poderiam...

— Mas *eu* posso — diz.

Aí fico sem fôlego, mas também sinto como se tivesse uma luz acesa dentro de mim.

Na mesma hora a gente se agarra e ficamos ali, abraçados, unidos, esmagados, mas dessa vez sem se beijar, sem se mexer, só nos abraçando bem apertado. Os minutos vão passando, vários e vários minutos com a gente colado assim, como se nossa vida dependesse disso. E como.

— Agora que você está com a concha, acho que esse é o máximo de distância que consigo ficar de você sem correr risco — diz.

— Então foi *por isso* que você me deu!

— Meu plano totalmente sinistro.

Parece impossível, mas ele me puxa ainda mais para perto.

— Somos *O beijo* de Brancusi — murmuro.

Uma das esculturas mais românticas do mundo: um homem e uma mulher esmagados num só.

— Somos! — diz ele. — Iguaizinhos. — Ele dá um passo atrás, afasta uma mecha de cabelo do meu rosto. — É o encaixe perfeito, como se fôssemos caras-metades — acrescenta.

— Caras-metades?

O rosto dele se ilumina.

— Então, Platão falava de uns seres que existiam antigamente, com quatro pernas, quatro braços e duas cabeças. Eram completamente autossuficientes, viviam em êxtase, poderosos. Poderosos até demais, por isso Zeus os partiu ao meio e espalhou as metades pelo mundo, para os seres humanos estarem eternamente fadados a procurar sua outra metade, que compartilhava a mesma alma. Só os mais sortudos encontram sua cara-metade, entendeu?

Penso no último bilhete para Meu Amor. Aquele em que Guillermo disse que era meio homem, com meia alma, meia cabeça.

— Encontrei outro bilhete do Guillermo. Estava num daqueles blocos que ele deixa em tudo quanto é canto. Era um pedido de casamento...

— É, vou ter que reivindicar meu direito de permanecer calado, não é assim que vocês dizem aqui nos Estados Unidos? Um dia ele com certeza te conta tudo. Mas eu prometi...

— Entendo — digo.

— Mas eles eram caras-metades, com certeza — diz, pegando na minha cintura. — Tive uma ideia genial.

O rosto dele está vibrando de tanta emoção. Não tem mais nem um por cento de enganação nele.

— Vamos lá — continua. — Vamos perder as estribeiras juntos. Vou te contar a história toda: eu estava lá no Canto, um caco, porque achei que tivesse perdido minha chance com você. Não estou nem aí que G. tenha acrescentado decapitação à lista de castigos bárbaros por eu me aproximar de você. Acho que a profecia da minha mãe era verdade. Eu olhei por todo lado. Procurei em multidões. Tirei tantas fotos. Mas a única que reconheci foi você, só você. Em todos esses anos.

Aquele sorriso maluco tomou conta do rosto dele.

— E aí, o que você acha? — pergunta. — A gente começa a quicar por aí em pula-pulas. E falar com fantasmas. E achar que pegou Ebola, em vez de uma gripe. E andar com cebola no bolso até criar raiz. E sentir saudade das nossas mães. E criar coisas lindas...

Completamente entregue, eu digo:

— E andar de moto por aí. E tirar a roupa em prédios abandonados. E talvez até ensinar um inglês a surfar. Só não sei quem foi que disse isso tudo.

— Eu sei.

— Estou tão feliz — comento, emocionada. — Tenho que te mostrar uma coisa.

Me desvencilho dele para pegar o saco plástico debaixo da cama.

— Então, o Noah te desenhou. Não sei bem como…

— Você não sabe? Ele acampava debaixo da janela daquela escola de artes para ficar desenhando os modelos.

Eu cubro a boca com a mão.

— Que foi? — pergunta Oscar. — Falei alguma besteira?

Balanço a cabeça, tentando afastar a imagem de Noah espiando a janela da EAC. Ele teria feito qualquer coisa para estudar lá. Mas aí eu respiro fundo e penso que tudo bem, porque semana que vem ele estará na EAC, e a ideia me acalma o suficiente para voltar a procurar o saco. Logo depois sento ao lado de Oscar, com o saco no colo.

— Tá. Então, uma vez eu vi um retrato cubista que meu irmão fez de você, e gostei tanto que precisei tê-lo pra mim — digo, e olho para ele. — *Precisei*. Foi amor à primeira vista.

Ele sorri.

— A gente tinha essa brincadeira de trocar partes do mundo em busca da dominação universal. Ele estava ganhando. Nós somos... competitivos, eu diria. Enfim, ele não queria me dar você. Tive que abrir mão de quase tudo. Mas valeu a pena. Eu te deixei aqui — conto, mostrando onde a pintura ficava, do lado da cama. — Eu te admirava até não aguentar mais, desejava que você fosse de verdade e te imaginava entrando pela janela, que nem hoje.

Ele cai na gargalhada.

— Que incrível! Somos caras-metades, com certeza.

— Não sei se quero uma cara-metade — digo, honesta. — Acho que preciso da minha própria alma inteira.

— Justo. Talvez a gente possa ser caras-metades só de vez em quando. Em ocasiões que nem essa, por exemplo.

Ele começa a passar o dedo lentamente pelo meu pescoço, pela saboneteira e vai descendo. Que ideia foi essa de usar decote fundo? Eu não recusaria um divã para desmaiar. Não recusaria nada.

— Mas por que me rasgou e me enfiou num saco? — pergunta.

— Ah, foi meu irmão. Ele estava com raiva de mim. Tentei te colar várias vezes.

— Obrigado — diz, mas de repente algo do outro lado do quarto chama a atenção de Oscar, que se levanta e vai até a penteadeira.

Ele pega uma foto da minha família e fica olhando bem. Estou vendo pelo espelho. Ele ficou pálido. O que houve? Ele se vira e me encara.

— Você não é a irmã mais velha — diz, mais para si do que para mim. — Vocês são gêmeos.

Dá pra ver os pensamentos dele a mil por hora. Ele deve saber quantos anos o Noah tem, e agora sabe quantos anos eu tenho.

— Eu ia te contar — respondo. — Acho que fiquei com medo. Fiquei com medo de você...

— Puta merda — diz, e corre para a janela. — Guillermo não sabe.

Ele já está pulando o parapeito. Não sei o que está acontecendo.

— Espera. Espera. Oscar. Lógico que ele sabe. Por que ele se incomodaria com isso? Por que é tão grave? — pergunto, e corro até a janela também. — Meu pai era onze anos mais velho que minha mãe! Não tem problema — grito.

Mas ele já se foi.

Vou até a penteadeira, pego a foto. É meu retrato de família favorito. Eu e Noah estamos com uns oito anos e totalmente ridículos, com fantasias de marinheiro combinando. Mas eu amo por causa dos meus pais.

Eles olham um para o outro como se guardassem o melhor segredo do mundo.

O MUSEU INVISÍVEL

Noah

14 anos

Começo a esvaziar os tubos de tinta na pia da cozinha, um a um.

Preciso de cor, cor viva, brilhante, cor de foda-se, de mandar tomar no cu, de mandar o mundo à merda, preciso de montanhas e montanhas de cor. Preciso ver o brilho da tinta nova. Preciso mergulhar os dedos, as mãos, em verde-limão, em magenta, em turquesa, em amarelo de cádmio. Queria mesmo era comer a tinta. Me afogar inteiro nela. É isso que eu quero, penso, mexendo e misturando, fazendo verde, roxo, marrom, uma espiral que leva à outra, afundando as mãos, os braços na gosma cintilante, fria e escorregadia até ficar zonzo.

Faz mais ou menos uma hora que, pela janela, vi minha mãe entrar no carro.

Assim que ela deu partida, corri atrás dela. Tinha começado a garoar.

Foi bem aí que gritei: *Eu te odeio. Te odeio tanto.*

Ela me olhou, chocada, com os olhos arregalados, as lágrimas escorrendo pelo rosto. Murmurou *Eu te amo* e levou a mão ao peito antes de apontar para mim, como se eu fosse surdo.

Um segundo depois ela saiu para pedir o divórcio do meu pai para poder se casar com aquele outro homem.

— Não estou nem aí — digo em voz alta, para ninguém.

Não estou nem aí nem para ela nem para meu pai. Nem para o Brian e a Courtney. Nem para a EAC. Nada me importa além da cor, da cor e do brilho. Acrescento um tubo de azul-ciano à montanha que não para de crescer...

Bem nessa hora o telefone toca.

E toca.

E toca. Ela deve ter esquecido de ligar a secretária eletrônica. Continua tocando. Alcanço o telefone na sala e limpo as mãos na camiseta, mas mesmo assim sujo tudo de tinta.

Um homem de voz grossa diz:

— É a residência de Dianna Sweetwine?

— É minha mãe.

— Seu pai está em casa, meu filho?

— Não, ele não mora mais aqui.

Fico todo arrepiado. Tem alguma coisa errada, dá para escutar na voz da pessoa.

— Quem é? — pergunto, mas sei que é a polícia antes mesmo de ele confirmar.

Não sei como, mas, naquele momento, sei de tudo.

(AUTORRETRATO: *O garoto dentro do garoto para de respirar.*)

Ele não me conta do acidente. Que um carro derrapou na autoestrada. Ele não me conta nada. Mas eu sei.

— Minha mãe está bem? — pergunto, e corro até a janela.

Escuto o ruído do rádio da polícia ao fundo. Vejo vários surfistas nadando, mas nenhum deles é Jude. Cadê ela? Fry disse que ela saiu com o Zephyr. Aonde eles foram?

— Aconteceu alguma coisa? — pergunto ao homem enquanto vejo o mar e o horizonte desaparecerem. — Me conta, por favor.

Minha mãe estava tão chateada quando saiu. Por minha causa. Porque eu disse que odiava ela. Porque eu a segui até o Pássaro de Madeira. Porque fiz aquele desenho. E o amor infinito que sinto por ela vai aumentando, aumentando, aumentando e aumentando.

— Ela está bem? — insisto. — Por favor, me diz que ela está bem.

— Pode me passar o número do seu pai, meu filho?

Quero que ele pare de me chamar de *meu filho*. Quero que ele diga que minha mãe está bem. Quero que minha irmã volte para casa.

Dou o número do meu pai.

— Quantos anos você tem? — pergunta ele. — Tem alguém aí com você?

— Estou só eu aqui — digo, transtornado pelo pânico. — Tenho quatorze anos. Minha mãe está bem? Pode me contar o que aconteceu.

Mas, assim que digo isso, sei que não quero que ele me conte. Não quero saber nunca. Vejo que tinta foi pingando pelo piso, que nem sangue de um monte de cor diferente. Manchei tudo. Deixei marcas na janela, nas costas do sofá, nas cortinas, no abajur.

— Vou ligar pro seu pai — diz ele, em voz baixa, e desliga.

Estou com medo demais para ligar para a minha mãe. Ligo para meu pai. Só dá ocupado. Com certeza está falando com o policial, que vai contar para ele tudo que não me contou. Pego o binóculo e subo no telhado. Ainda está chuviscando. E fazendo calor. Está tudo errado. Não vejo Jude na praia, na rua nem nos penhascos. Aonde ela foi com Zephyr? Chamo ela de volta telepaticamente.

Olho para a casa de Brian, desejando que ele estivesse ali no telhado, que ele soubesse como me arrependo, que viesse falar comigo de órbitas planetárias e erupções solares. Pego a pedra no bolso e seguro bem apertado. Até que escuto um carro cantar pneu na entrada. Corro para o outro lado do telhado. É meu pai, que *nunca* canta pneu. Atrás dele vem uma viatura. Minha pele desaba. Eu desabo.

(AUTORRETRATO: *Garoto cai do mundo*)

Desço a escada na lateral de casa, passo pela porta dupla da sala. Quando meu pai gira a chave na fechadura, não passo de uma estátua no corredor.

Ele nem precisa dizer nada. A gente se tromba e cai juntos, os dois ajoelhados no chão. Ele segura minha cabeça com as duas mãos contra o peito.

— Ah, Noah. Eu sinto muito. Ai, Noah, meu Deus. Temos que buscar sua irmã. Isso não pode estar acontecendo. Não pode. Ai, meu Deus.

Eu não planejo nada disso. O pânico corre dele para mim, de mim para ele, e as palavras só saem voando.

— Ela ia te pedir pra voltar pra casa, pra voltarmos a ser uma família. Estava indo te dizer isso.

Ele recua, olha para meu rosto vermelho.

— Estava?

Faço que sim.

— Antes de sair, ela disse que você era o amor da vida dela.

Preciso fazer uma coisa. A casa ainda está cheia de gente, de tristeza e de comida, tanta comida estragando na bancada e nas mesas. O velório foi ontem. Passo pelas pessoas de olhos vermelhos, pelas paredes encolhidas, pela tinta cinza, pelos móveis desabando, pelas janelas sombrias, pelo ar mofado. Só vejo que estou chorando quando passo por um espelho. Não sei parar. Virou uma coisa tão automática quanto respirar. Uma coisa constante. Falo para meu pai que já volto. Jude — que cortou o cabelo todo a ponto de ficar irreconhecível — tenta ir comigo, mas eu recuso. Ela não me perde de vista. Acha que eu também vou morrer. Ontem encontrei raízes de heracleum, sujas de terra, na minha cama. E quando tive um acesso de tosse no carro, voltando do cemitério, ela começou a surtar e gritar para meu pai me levar para o pronto-socorro porque eu podia estar com coqueluche, seja lá o que é isso. Meu pai, sendo especialista em doenças, acalmou ela.

De alguma forma consigo chegar ao estúdio do escultor. Sento na calçada para esperar e começo a jogar pedrinhas no asfalto. Uma hora ele vai ter que sair. Pelo menos ele teve o bom senso de não ir ao enterro. Passei o tempo todo procurando ele.

Brian foi. Ele sentou na última fileira do velório com a mãe, Courtney e Heather. Não me procurou depois.

Que diferença faz? Toda a cor se foi. Agora os baldes do céu estão cheios de escuridão derramando em tudo e todos.

Séculos depois, o escultor sai despedaçado e vai até a caixa de correio. Ele abre a portinhola, tira um bando de cartas. Dá para ver o choro estampado na cara dele inteira.

Aí ele me vê.

Ele fica me encarando e eu faço o mesmo, e dá para ver como ele a ama pelo jeito que me encara, pelo tsunami de emoções que derrama em mim. Não estou nem aí.

— Você é igualzinho a ela — sussurra. — Seu cabelo.

Só tem um pensamento na minha cabeça, o pensamento que está aqui há dias: *Se não fosse ele, ela estaria viva.*

Eu me levanto, mas passei tanto tempo encolhido ali que fico com as pernas bambas.

— Ei — diz ele, me segurando e me ajudando a sentar de novo na calçada, ao lado dele.

A pele dele emana um calor, além de um cheiro forte de homem. Escuto um choro que mais parece um uivo, aquele som que geralmente os chacais fazem, e percebo que vem de mim. De repente ele me abraça, e sinto que está tremendo, que estamos os dois tremendo, como se estivéssemos em condições subárticas. Ele me puxa para mais perto dele, me pega no colo, me abraça até seus soluços pararem no meu pescoço e os meus, nos braços dele. Quero me enfiar na garganta dele. Quero morar no bolso do avental. Quero que ele me console assim para sempre, como se eu fosse um menininho, o menor menino do mundo. Ele sabe exatamente o que fazer. Como se minha mãe estivesse dentro dele dando instruções de como me consolar. Como é que ele é o único que sabe? Como é que pode ela só estar dentro dele?

Não.

Pássaros guincham nas árvores.

Isso está errado.

Não vim até aqui para isso. O que eu queria é exatamente o contrário. Ele não pode me abraçar como se estivéssemos na mesma, como se entendesse o que estou passando. Ele não é meu pai. Não é meu amigo.

Se não fosse ele, ela estaria viva.

Então me contorço e me desvencilho de seu abraço, volto a meu tamanho de sempre, com todo meu conhecimento, minha repulsa e meu ódio. Me levanto e aí, sim, digo o que vim dizer.

— É culpa sua ela ter morrido. — O rosto dele desaba. Eu continuo. — Eu culpo você. — Agora eu sou o demolidor. — Ela não te amava. Ela me disse que não te amava. — Destruo e destruo ele, não estou nem aí. — Ela não ia se casar com você.

Só então desacelero, para todas as palavras atingirem bem o alvo.

— Ela não ia se divorciar do meu pai. Estava indo pedir pra ele voltar para casa.

Aí vou lá para o fundo do meu esconderijo e fecho a porta. Porque não vou sair. Nunca mais.

(AUTORRETRATO: *Sem título*)

A HISTÓRIA DA SORTE

Jude

16 anos

Quando acordo, Noah já saiu, como sempre, então não tenho como dizer o que preciso dizer a ele nem perguntar tudo que quero. Não paro de pensar na ironia da coisa. Agora que tudo que mais quero é confessar o que fiz sobre a EAC, não consigo. Dou uma olhada no Conexões Perdidas, mas ainda não tem resposta nenhuma de Brian, então pego a jaqueta de Oscar e meu bloco e sigo colina abaixo.

Assim que chego, Guillermo abre meu bloco na mesa de desenho grande e branca no meio do estúdio enquanto fico batendo o pé de nervoso. Quero que ele goste dos estudos que fiz da escultura da minha mãe e quero que ele me deixe fazê-la em pedra, de preferência mármore ou granito. Ele folheia rapidamente os primeiros estudos, das costas. Eu o observo, sem saber o que está passando pela cabeça dele, até que para num desenho frontal e perde o fôlego, depois leva a mão à boca. Está ruim assim? Ele passa o dedo pelo rosto da minha mãe. Ah, é, lógico. Esqueci que eles se conheciam. Acho que ficou bem parecido. Ele se vira para mim, e sua expressão me faz dar um passo para trás.

— Dianna é sua mãe.

Ele não fala as palavras, ele as encarna.

— É — digo.

Ele está respirando de um jeito meio vulcânico. Não faço ideia do que está acontecendo. Ele volta a encarar os desenhos, agora tocando cada um deles como se os quisesse arrancar da página.

— Bem — diz.

O olho esquerdo dele não para de tremer.

— Bem? — pergunto, confusa e assustada.

Ele fecha o bloco.

— É, no fim das contas, acho que não vou ter como te ajudar. Vou ligar pra Sandy e recomendar outra pessoa.

— Como é que é?

Aí ele responde, numa voz fria e distante:

— Sinto muito. Estou muito ocupado. Me enganei. Acaba me distraindo ter alguém aqui no estúdio.

Ele nem me olha.

— Guillermo?

Meu coração está disparado.

— Não, por favor, vá embora. Já. Você tem que ir. Tenho mais o que fazer.

Estou atordoada demais para discutir. Pego o bloco e, a caminho da porta, escuto:

— Não volte mais ao meu estúdio.

Eu me viro, mas ele está de costas. Não sei por que olho para a janela que dá para a saída de emergência, provavelmente pela mesma impressão de estar sendo observada que senti ontem no pátio. E estou certa, tem mesmo alguém me observando.

Olhando para a gente com a mão espalmada no vidro está Noah.

Guillermo se vira para ver o que estou olhando e, quando voltamos a nos entreolhar, Oscar entra no estúdio, com o rosto brilhando de medo.

Logo depois, Noah irrompe no estúdio que nem dinamite e começa a olhar ao redor, paralisado. Guillermo está irreconhecível — acho que ele está com medo. *Guillermo* está com medo. Percebo que *todo mundo* está com medo. Somos quatro pontos de um retângulo, e três dos pontos me encaram com olhos arregalados de pânico. Ninguém diz nada. Está na cara que todo mundo sabe de algo que eu não sei e, pela expressão deles, nem sei se quero saber. Olho de um para outro, sem entender, porque, pelo jeito, aquilo, ou melhor, quem eles temem sou eu.

— Que foi? — pergunto, finalmente. — O que houve? Alguém me explica, por favor. Noah? Tem a ver com a mamãe?

Aí começa um pandemônio.

— Ele matou ela — diz Noah, apontando para Guillermo, com a voz tremendo de raiva. — Se não fosse ele, ela ainda estaria com a gente.

O estúdio começa a pulsar, a pedra sob meus pés, a rachar.

Oscar se vira para Noah.

— Matou ela? Você enlouqueceu? Olha pra tudo isso. Nenhum homem amou uma mulher tanto quanto ele a amou.

Guillermo interrompe, em voz baixa:

— Oscore, silêncio.

O estúdio está mesmo balançando, sacolejando, então encontro a coisa mais próxima de mim para me equilibrar, a perna de um gigante, só que na mesma hora me afasto porque juro que ela tremeu — que *se mexeu* —, e é só aí que enxergo. Os gigantes estão batendo os pés, rugindo, ganhando vida, jogando seus corpos imensos uns nos braços dos outros, exaustos de uma eternidade congelados, sempre a um passo de alcançar o que mais desejam. São todos um monte de caras-metades que só agora estão se unindo. Os casais rodopiam, abraçados, girando até não aguentarem mais, me fazendo sentir um tremor atrás do outro à medida que as coisas vão se encaixando. Não foi minha idade que assustou Oscar ontem. Não foi mesmo. Foi a foto da minha família. E o que transformou Guillermo em Igor Pinguço não foi nada além do aniversário de morte da minha mãe.

Porque é ela Meu Amor.

Me viro para Noah, tento falar.

— Mas você disse… — É tudo que sai antes da minha voz ser engolida de volta. Tento mais uma vez. — Você falou… — Ainda não consigo terminar a frase, então só chamo: — Noah?

É isso que ele estava escondendo de mim.

— Me desculpa, Jude — diz ele, chorando.

De repente é como se Noah estivesse mesmo brotando da pedra, como se sua alma se libertasse quando ele arqueia as costas, com os braços suspensos para trás, e diz:

— Ela estava indo se divorciar do nosso pai pra casar com... — Ele se vira para Guillermo, olha bem nos olhos dele e conclui: — Com você.

Guillermo está de queixo caído. Aí ele diz as minhas palavras:

— Mas Noah, você disse... — O olhar dele seria capaz de abrir buracos em granito. — Você me falou... — insiste.

Ah, Noah... o que você fez? Vejo que Guillermo está se esforçando para esconder o que está sentindo, disfarçar da gente o que jorra dentro dele, mas não adianta, está escapando mesmo assim: alegria, por mais atrasada que seja.

Ela ia dizer sim.

Preciso sair daqui, me afastar deles todos. É demais. Demais, demais. Minha mãe é Meu Amor. É a mulher de argila saindo do peito do homem de argila. É a mulher de pedra que ele esculpe sem parar. É a mulher sem rosto e encharcada em cores da pintura do beijo. O corpo dela se vira, se contorce, se dobra e se arqueia sem rosto em cada centímetro das paredes do estúdio. Eles estavam apaixonados. Eram caras-metades! Ela nunca ia pedir para meu pai voltar para casa. Nunca voltaríamos a ser uma família. Noah sabe disso. E meu pai, não! Finalmente entendo a expressão constantemente perplexa e preocupada do meu pai. Lógico que ele não entende. Está há anos quebrando a cabeça para resolver uma equação que não faz o menor sentido. Lógico que ele fica gastando as solas dos sapatos de tanto andar!

Sigo cambaleando pela calçada, com o sol ardendo nos olhos, tropeçando entre carros e postes, tentando escapar da verdade e do frenesi de emoções que vêm atrás de mim. Como ela teve coragem de fazer isso com meu pai? Com a gente? Ela é uma *adúltera*. Essa garota *é ela*! E não do jeito bom e irado! E aí, passa uma coisa pela minha cabeça. Foi por isso que, depois de ela morrer, Noah me dizia que eu não entendia o que ele estava sentindo, que eu não conhecia nossa mãe como ele conhecia. Agora eu entendo. Ele estava certo. Eu não fazia ideia de quem ela era. Não foi crueldade dele. Não foi para monopolizar ela. Ele só estava protegendo ela. E me protegendo, e protegendo nosso pai. Protegendo nossa família.

Escuto passos frenéticos se aproximando. Dou meia-volta, pois sei que são dele.

— Você estava protegendo a gente? Por isso mentiu?

Ele chega perto de mim, mas não me toca. Suas mãos são que nem aves maníacas.

— Não sei por que menti, talvez eu quisesse proteger você e o nosso pai, ou talvez só não quisesse que as coisas tivessem sido desse jeito. Talvez eu não quisesse que ela fosse desse jeito — diz, com o rosto corado, os olhos transtornados. — Eu sabia que ela não queria que eu mentisse sobre a vida dela. Ela queria que eu contasse a verdade, mas não consegui. Não consegui contar a verdade sobre *nada*.

Ele me olha, arrependido.

— É por isso que eu não aguentava mais conviver com você, Jude — acrescenta.

Como é que eu e Noah acabamos tão acorrentados nesses segredos, nessas mentiras?

— Era muito mais fácil me disfarçar do que ser eu, do que enfrentar...

Ele para de falar, mas com certeza quer dizer mais, e vejo que está criando coragem para continuar. Volto a vê-lo como vi no estúdio, como uma figura irrompendo da pedra. Um fugitivo.

— Acho que menti porque não queria que a culpa fosse minha — continua. — Eu vi eles juntos naquele dia. Segui ela, e vi os dois. Foi por isso que ela saiu de carro. Foi por isso — repete, começando a chorar. — Não é culpa do Garcia. Queria que fosse, porque aí pelo menos eu não seria culpado, mas eu *sei* que a culpa é minha.

Ele segura a cabeça, como se tentasse impedi-la de explodir, e continua:

— Eu disse que odiava ela antes dela ir embora, Jude, logo antes dela sair. Ela estava chorando. Ela não devia estar dirigindo. Eu estava com tanta raiva...

Seguro ele pelos ombros. Minha voz voltou.

— Noah. Você não teve culpa. Não teve — repito, e repito mais uma vez, até ter certeza de que ele escutou, que acredita em mim. — Ninguém teve culpa. Só aconteceu. Essa coisa horrível acabou acontecendo com ela. Essa coisa horrível acabou acontecendo com a gente.

E aí é minha vez. Sou empurrada para a frente, arrancada da minha própria pele pelo horror — minha mãe foi arrancada da minha vida bem quando eu mais precisava dela, e o amor sem fim, incondicional, protetor, zeloso que ela tinha por mim me foi tirado para sempre. Eu me permito sentir o horror, finalmente me entrego a ele em vez de fugir, em vez de me dizer que é tudo de Noah e não meu, em vez de colocar mil medos e superstições entre nós, em vez de me mumificar em camadas de roupas para me proteger, e desabo sob a força de dois anos de luto sufocado, a tristeza de dez mil mares finalmente se rompendo dentro de mim...

Eu deixo. Deixo meu coração se partir.

E Noah está bem aqui, firme e forte, para me segurar, me sustentar e me proteger.

Voltamos para casa por um caminho comprido e enrolado pelo bosque, com lágrimas escorrendo no meu rosto, e palavras saindo da boca dele. A vovó estava certa: um coração partido é um coração aberto.

— Tinha tanta coisa acontecendo. Mais do que... — diz Noah, e balança a mão, indicando o sentido do estúdio de Guillermo. — Coisa minha.

— Com Brian? — pergunto.

Ele me olha.

— É — diz, e é a primeira vez que admite. — A mamãe pegou a gente...

Como é que tanta coisa aconteceu com a gente em uma semana, em um dia?

— Mas ela ficou de boa, não ficou? — pergunto.

— Aí que está. Ela ficou totalmente de boa. Uma das últimas coisas que ela me disse foi que era errado viver uma mentira. Que é responsabilidade minha ser fiel ao meu coração. E aí eu fui e transformei a vida dela numa mentira — diz ele, e faz uma pausa. — E a minha também.

Ele pega um galho do chão e quebra ao meio.

— E ainda estraguei a vida do Brian — acrescenta.

Ele vai quebrando o galho em pedaços cada vez menores. O rosto dele está atormentado de vergonha.

— Não estragou, não.

— Como assim?

— Já ouviu falar do Google?

— Tentei uma vez, duas, sei lá.

— Quando?

Duas vezes. Meu Clark Gable do céu, só Noah mesmo. Provavelmente ele nunca nem mexeu numa rede social.

Ele dá de ombros.

— Não tinha nada.

— Bom, mas agora tem.

Ele arregala os olhos, mas não me pergunta o que sei, então também não conto, pois imagino que ele queira descobrir sozinho. Ele aperta o passo. Tá, na verdade está quase correndo para conseguir acessar o Oráculo Google.

Paro onde estou.

— Noah, também preciso te contar uma coisa.

Ele se vira, e eu começo a falar; não tem mais jeito.

— Acho que, depois de eu te contar isso, você nunca mais vai querer falar comigo, então, primeiro, quero que você saiba que me arrependo muito. Eu devia ter te contado faz séculos, mas morri de medo de acabar te perdendo pra sempre — digo, e olho para baixo. — Ainda te amo mais do que tudo. Sempre vou amar.

— O que foi? — pergunta ele.

Sou a guardadora do meu irmão, penso, então abro o jogo e falo tudo.

— Não é verdade que você não passou pra EAC. Quer dizer, você nem se inscreveu. Lembra daquele dia? — digo, respiro fundo e sopro as palavras dos meus recantos mais sombrios. — Não cheguei a enviar sua inscrição.

Ele pisca. E pisca. E pisca mais uma vez. Ele está com uma expressão neutra no rosto, e não sei o que está acontecendo lá dentro, até que, de repente, ele joga os braços para o alto, dá um pulo e dá para ver que seu rosto é inundado por uma alegria transbordante. Não, é inundado por êxtase — isso é êxtase purinho.

— Você escutou o que eu disse?

— Sim! — exclama ele, gargalhando alucinadamente, e estou achando que ele perdeu todos os parafusos, até ele soltar: — Achei que eu fosse uma merda! Achei que eu fosse uma merda! Fiquei tanto tempo achando que só a nossa mãe conseguia ver algo de bom nos desenhos. — Ele estica o pescoço para trás e acrescenta: — E aí... vi que não importa.

— O que não importa?

Procuro algum sinal de raiva ou ódio no rosto dele, mas não vejo nada. Parece que a traição nem fez efeito. Ele está só radiante.

— Vem comigo — chama.

Quinze minutos depois estamos num terreno baldio, diante de uma parede desabada. E nela, numa explosão de cores, está... *tudo.*

Tem NoaheJude pintados de costas, com os ombros encostados, nosso cabelo trançado junto num rio de luz e escuridão que envolve o mural inteiro. Tem Brian no céu, abrindo uma mala cheia de estrelas. Tem nossa mãe e Guillermo se beijando num tornado de cores na frente do Pássaro de Madeira. Tem nosso pai saindo do mar que nem um deus do sol e se transformando num corpo de cinzas. Tem eu de uniforme de invisibilidade, camuflada na parede. Tem Noah encolhido num cantinho dentro do próprio corpo. Tem o carro da nossa mãe explodindo em chamas que disparam pelo céu. Tem Heather e

Noah montados numa girafa. Tem Noah e Brian subindo uma escada infinita. Tem baldes e mais baldes de luz sendo derramados em cima de dois garotos sem camisa se beijando. Tem Noah acertando Brian com um taco de beisebol e estilhaçando ele. Tem Noah e nosso pai sob um guarda-chuva vermelho e grande, protegidos da tempestade. Tem Noah e eu andando pelo rastro que o sol deixa no mar, mas em sentidos opostos. Tem Noah sendo erguido no ar pela mão de um gigante, e o gigante é nossa mãe. Tem só eu, cercada pelos gigantes de pedra de Guillermo, trabalhando em NoaheJude.

É todo o nosso mundo, refeito.

— Que lindo, Noah. Que coisa mais linda. Com isso, você vai entrar na EAC na mesma hora! Vou abrir mão da minha vaga pela sua. Já mandei um e-mail pro Sandy. Nós três temos uma reunião na quarta-feira. Ele vai ter um troço. Nem parece grafite, nem sei o que parece, só que é incrível, tão, tão incrível...

— Não — diz ele, e pega meu celular para me impedir de tirar uma foto. — Não quero sua vaga. Não quero estudar na EAC.

— Não quer?

Ele balança a cabeça.

— Desde quando?

— Acho que desde este minuto.

— Noah?

Ele chuta o chão.

— Parece que eu esqueci como era maravilhoso antes de eu me preocupar com ser bom, ou bom o bastante pra entrar numa escola de artes ridícula. Sério, honestamente, *foda-se*, sabe?

O sol está batendo bem no rosto dele. Ele parece mais calmo, mais confiante, mais maduro e, por algum motivo, eu penso: vai ficar tudo bem.

— A questão não é essa. A questão é *magia* — continua ele, balançando a cabeça. — Como é que eu fui me esquecer disso?

O sorriso dele está tão descontrolado quanto o de ontem, quando ele estava bêbado. Nem acredito que ele está sorrindo assim para mim. Por que ele não está furioso? Ele continua:

— Quando descobri que você estava frequentando o estúdio do Garcia — é por isso que ele mexeu nos meus desenhos naquele dia? —, na mesma hora saquei que tudo ia acabar explodindo, todas as minhas mentiras. E aí *eu* explodi. *Finalmente.* Não aguentava mais pintar só na minha cabeça.

Ahá!

— Precisei botar a verdade pra fora em algum lugar, de algum jeito — prossegue. — Tinha que dizer pra mamãe que escutei ela naquele dia. Tinha que me desculpar com ela, com Brian, com você e com o nosso pai, com o Garcia, até. Usei o dinheiro que o papai deixou, comprei um monte de spray, me lembrei de ter visto essa parede uma vez que passei correndo aqui perto. Acho que assisti a todos os vídeos existentes sobre grafite. Nas primeiras tentativas, cobri com tinta mil vezes, e... ei — chama, e puxa a manga da minha camiseta. — Não estou chateado com você, Jude. Nem vou ficar.

Eu não acredito.

— Por quê? Devia estar. Como não está chateado comigo?

Ele dá de ombros.

— Sei lá. Mas não estou.

Ele pega minhas mãos e as entrelaça nas dele. Nossos olhos se cruzam e, de repente, o mundo começa a sumir, o tempo também, os anos se enrolando que nem tapetes, até tudo que aconteceu entre a gente desacontecer, e, por um momento, voltarmos a ser nós, mais um do que dois.

— Nossa — sussurra Noah. — Jude intravenosa.

— É — murmuro, o encanto dele alimentando minhas células.

Sinto um sorriso surgir no meu rosto e me lembro de todas as chuvas de luz, de trevas, de pegar pedras e encontrar planetas em movimento, de dias com mil bolsos, de agarrar momentos que nem maçãs, de pular cercas rumo ao infinito.

— Tinha me esquecido *disso* — comento, e só de lembrar, estamos praticamente voando.

Estamos voando mesmo.

Olho para cima. O ar cintila de tanta luz. O mundo todo cintila.

Ou isso é tudo coisa da minha cabeça. É, só pode ser.

— Tá sentindo? — pergunta Noah.

Mães são paraquedas.

Não é coisa da minha cabeça.

Só pra constar: viva! Não é só arte, é vida — *magia.*

— Vamos — diz Noah, e corremos juntos pelo bosque, como fazíamos antes, e consigo ver como ele vai desenhar isso depois, as sequoias se curvando, as flores se abrindo como casas para a gente entrar, o rio nos seguindo em cores sinuosas, nossos pés flutuando a centímetros do chão.

Ou talvez ele desenhe assim: a floresta um borrão verde lá no alto com a gente deitado no chão, jogando joquempô.

Ele escolhe pedra. Eu escolho tesoura.

Eu escolho papel. Ele escolhe tesoura.

Ele escolhe pedra. Eu escolho papel.

Até a gente desistir, feliz da vida. Estamos numa nova era.

Noah olha para o céu.

— Não tô chateado, porque eu teria tranquilamente feito o mesmo com você — diz. — Eu *fiz* o mesmo com você. Só que de jeitos mais sutis. Uma porção de vezes. Eu sabia como você estava se sentindo no museu comigo e com a mamãe em todos aqueles fins de semana. Sabia que você passava o tempo todo se sentindo excluída. E sei o quanto eu não queria que nossa mãe visse suas esculturas. Eu fiz questão de ela não ver. Eu morria de medo de você ser melhor do que eu e ela acabar percebendo isso. — Ele suspira, e conclui: — A gente se ferrou demais. Nós *dois.*

— Mesmo assim, a EAC era seu...

Ele interrompe:

— Às vezes parecia que nossa mãe não era suficiente para ser dividida.

Essa ideia me cala, e ficamos um bom tempo em silêncio, sentindo o perfume dos eucaliptos, vendo as folhas esvoaçarem ao nosso redor.

Penso na nossa mãe dizendo a Noah que era responsabilidade dele ser verdadeiro com o próprio coração. Nenhum de nós dois foi. Por que será que é tão difícil? Por que é tão difícil descobrir qual é essa verdade?

— A Heather sabe que você é gay? — pergunto.

— Sabe, mas só ela, mais ninguém.

Me viro de lado e fico olhando para ele.

— Dá pra acreditar em como acabei ficando toda esquisita e você só ficou normal?

— É chocante — diz ele, arrancando uma risada de nós dois. — Só que, na maior parte do tempo, sinto que estou disfarçado.

— Eu também — digo, depois pego um galho e começo a cavar o chão. — Ou vai ver cada pessoa seja feita de várias pessoas. Vai ver a gente esteja o tempo todo acumulando versões novas de nós mesmos. E essas versões aparecem à medida em que tomamos decisões, boas ou ruins, quando erramos, nos defendemos, enlouquecemos, nos encontramos, nos despedaçamos, nos apaixonamos, sofremos, crescemos, fugimos do mundo, mergulhamos no mundo, quando criamos coisas e as quebramos.

Ele sorri.

— Será que cada nova versão vai montando uma no ombro da outra, até a gente virar uns postes de gente balançando pra lá e pra cá?

Eu morro de tanta alegria.

— Isso, exatamente! Somos só uns postes de gente balançando!

O sol está se pondo, o céu repleto de nuvens rosadas e levinhas. A gente tem que voltar para casa. Nosso pai volta hoje. Estou prestes a dizer isso quando Noah interrompe meu raciocínio.

— Aquela pintura no corredor do estúdio dele. Do beijo. Vi só por um segundo, mas acho que foi nossa mãe que pintou.

— Você acha? Eu não sabia que ela pintava.

— Nem eu.

Será que era esse o segredo dela? Outro segredo?

— Que nem você — digo, e de repente algo se encaixa dentro de mim, como se fosse a peça perfeita.

Noah era a *musa* da minha mãe. Tenho certeza disso e, inacreditavelmente sem nenhuma ponta de ciúme, entendo.

Deito novamente de costas, afundo os dedos na terra lamacenta e imagino minha mãe fazendo aquela pintura incrível, desejando com as mãos, apaixonada daquele jeito. Como é que posso sentir raiva dela por isso? Por ter encontrado sua cara-metade e ter tido vontade de ficar com ele? Como Guillermo disse, o coração não escuta a razão. Não segue leis, convenções nem as expectativas dos outros. Pelo menos o coração dela estava pleno ao morrer. Pelo menos ela estava vivendo, rasgando as amarras, deixando os cavalos galoparem, antes de precisar partir.

Só que não.

Foi mal.

Tem como ser certo ela ter destruído meu pai daquele jeito? Ter quebrado todas as promessas que fez a ele? Ter arruinado nossa família? Por outro lado, como é que pode ser errado se ela só estava sendo fiel a si mesma? Argh. Foi certo e errado, tudo ao mesmo tempo. O amor faz e desfaz. Persegue, com a mesma intensidade, tanto o amor quanto o sofrimento.

A felicidade dela era a infelicidade dele, e essa é a injustiça da coisa. Mas ele ainda tem vida e tempo para encontrar novas felicidades.

— Noah, você precisa contar pro nosso pai. Imediatamente.

— Contar o quê? — E lá está nosso pai, andando sem deixar pegadas, olhando para a gente. — Que colírio pros meus olhos cansados e doloridos de viagem. Vi vocês correndo de mãos dadas no bosque quando passei de táxi. Foi como se eu tivesse voltado no tempo.

Ele senta com a gente no chão de terra. Eu aperto a mão de Noah.

— O que foi, meu filho? O que precisa me contar? — pergunta nosso pai, e meu coração transborda de tanto amor.

À noite, estou sentada na cadeira enquanto Noah e nosso pai estão ocupados na cozinha, preparando o jantar. Eles não me deixam ajudar, mesmo que eu tenha prometido aposentar a bíblia. Noah e eu combinamos uma coisa: ele vai parar de pular de penhascos se eu largar essa compulsão bíblica e suspender imediatamente todas as pesquisas médicas. Vou fazer uma escultura gigante de mulher voadora de papel com cada trecho da bíblia. A vovó vai amar. É a primeira ideia que anoto no bloquinho de ideias vazio que carrego por aí desde que entrei na EAC. Vou chamar a obra de *A história da sorte*.

Quando Noah contou para nosso pai a verdade sobre a nossa mãe e o Guillermo, horas atrás no bosque, nosso pai disse simplesmente:

— Ok, entendo. Faz mais sentido.

Ele não irrompeu do granito que nem Noah nem teve ondas quebrando dentro dele que nem eu, mas dá para ver que a tempestade em seu rosto se acalmou. Ele é um homem da ciência, e o problema insolúvel se solucionou. As coisas finalmente fazem sentido. E, para ele, sentido é tudo.

Pelo menos foi o que eu imaginei.

— Crianças, estava pensando numa coisa — diz ele enquanto pica tomate. — O que vocês acham de se mudar? Não ir embora de Lost Cove, só mudar de casa. Quer dizer, não pra uma casa qualquer... — Ele abre um sorriso ridículo. Nem imagino o que ele vai dizer. — Uma casa *flutuante* — declara.

Não sei o que é mais incrível: ouvir essas palavras saindo da boca do meu pai ou a expressão na cara dele. Ele parece o doidão do monociclo.

— Acho que a gente precisa de uma aventura — continua. — Nós três, juntos.

— Você quer que a gente more em um barco? — pergunto.

— Ele quer que a gente more numa *arca* — responde Noah, fascinado.

— Quero! — diz meu pai, rindo. — É exatamente isso. Sempre quis.

Sério? Que novidade. Quem é esse homem, hein?

— Dei uma pesquisada e vocês nem vão acreditar no que andam vendendo lá na marina — acrescenta.

Ele tira da pasta umas fotos que deve ter imprimido da internet.

— Ah, uau — digo.

Não é uma canoa. É uma arca *de verdade*.

— Era de uma arquiteta — conta meu pai. — Ela reformou tudo, fez toda a marcenaria e os vitrais sozinha. Incrível, né? Dois andares, três quartos, dois banheiros, cozinha ótima, claraboia, deque nos dois andares. É um paraíso flutuante.

Acho que Noah e eu notamos o nome do paraíso flutuante ao mesmo tempo, porque nós dois soltamos, imitando nossa mãe:

— Aceite o mistério, professor.

O barco se chama *O mistério*.

— Pois é. Achei que vocês não iam notar. E, sim, se eu não fosse eu, se fosse você, Jude, por exemplo, teria certeza de que era um sinal.

— Pois *é* um sinal — digo. — Eu topo, e nem vou mencionar nenhum dos mil riscos de morar num barco que acabaram de passar pela minha cabeça.

— Tenho que fazer jus a Noé — diz Noah para nosso pai.

— Chegou a hora — diz nosso pai, fazendo que sim com a cabeça.

Aí, inacreditavelmente, ele bota jazz para tocar. A empolgação no ambiente é palpável enquanto Noah e ele continuam a cortar e picar ingredientes. Dá para ver que Noah está pintando em pensamento enquanto meu pai discursa sobre mergulhar do barco para nadar e sobre como morar lá seria inspirador, se pelo menos alguém da família tivesse tendências artísticas.

De algum modo, voltamos a ser nós. Com alguns acréscimos pendurados no nosso poste de gente balançando, mas nós. Os impostores foram embora.

Quando voltamos do bosque, eu fui ao escritório do meu pai e contei para ele da inscrição da EAC do Noah. Vamos dizer que eu preferiria passar o resto da vida numa sala de tortura medieval, alternando entre o esmagador de cabeças, o separador de joelhos e o cavalete a ver aquela expressão na cara do meu pai outra vez. Achei que ele não fosse me perdoar nunca, mas, mais ou menos uma hora depois, tendo conversado com Noah, ele me chamou para nadar pela primeira vez em anos. Em algum momento, enquanto nadávamos um ao lado do outro no rastro cintilante do pôr do sol, senti ele apertar meu ombro e, depois de perceber que ele não estava tentando me afogar, entendi que ele queria que eu parasse.

Ali, boiando no meio do mar, ele disse:

— Não tenho estado lá muito presente há...

— Não, pai — interrompi, sem querer que ele se desculpasse por nada.

— Por favor, meu amor, me deixa falar. Perdão por não ter sido melhor. Acho que me perdi um pouco. Por uma década, quem sabe — disse ele, engolindo um pouco de água salgada ao rir. — Acho que às vezes você meio que escapa da própria vida, e é difícil encontrar outra porta de entrada. Mas vocês, meus filhos, são minha porta de entrada. — O sorriso dele estava repleto de tristeza. — Sei como você tem sofrido — continuou. — E o que aconteceu com Noah com relação à EAC... bom, às vezes, boas pessoas tomam decisões ruins.

Foi como uma dádiva.

Como uma porta de entrada.

Porque, mesmo que seja brega, eu quero ser um poste de gente balançando que tenta trazer alegria ao mundo, em vez de tirar alegria do mundo.

Enquanto estávamos boiando ali, eu e meu pai falamos de muitas coisas, coisas difíceis, e depois, nadamos ainda mais em direção ao horizonte.

— Quero ajudar a cozinhar — digo para os *chefs*. — Prometo não acrescentar nada bíblico.

Meu pai olha para Noah.

— O que você acha?

Noah joga uma pimenta para mim.

Mas esse é só o começo e o fim da minha contribuição culinária, porque Oscar entra na cozinha, de jaqueta preta de couro, o cabelo mais desgrenhado do que o normal e o rosto uma tempestade daquelas.

— Desculpa interromper — diz. — Bati na porta, mas ninguém atendeu. E estava aberta...

Estou tendo um déjà vu daquela vez em que Brian apareceu na cozinha quando nossa mãe estava fazendo torta. Olho para Noah e sei que ele está pensando o mesmo. Brian ainda não respondeu. Mas Noah passou a tarde toda navegando no Oráculo. Ele sabe que Brian está em Stanford. Sinto as novidades rodopiarem dentro dele, as possibilidades.

— Tudo bem. A gente nunca escuta a porta — digo para Oscar. Vou até ele e o pego pelo braço. Quando toco nele, ele fica todo tenso. Ou será que é coisa da minha cabeça? — Pai, esse é o Oscar — apresento.

Meu pai olha para ele de cima a baixo; nada sutil nem delicado.

— Boa noite, dr. Sweetwine — diz Oscar, de volta ao estilo de mordomo inglês. — Oscar Ralph.

Ele estende a mão e meu pai aperta, dando um tapinha nas costas dele.

— Olá, rapaz — diz meu pai, como se estivéssemos nos anos 1950. — Ou, melhor dizendo, já um *homem*, né.

Noah ri, mas esconde a boca com a mão e tenta fingir que está tossindo. Ai, ai. Meu pai está de volta. Presente e operante.

— Falando nisso — diz Oscar, e olha para mim. — Será que a gente pode conversar um pouquinho?

Não imaginei que isso fosse acontecer.

Quando chego à porta, dou meia-volta, porque escuto uns barulhos esquisitos e esganiçados. Noah e meu pai estão encolhidos atrás da bancada, tendo uma crise de riso.

— Que foi? — pergunto.

— Você achou o Ralph! — solta Noah, rouco, e volta a gargalhar.

Meu pai está tão engasgado de rir que caiu no chão.

Eu adoraria ficar rindo com meus colegas de arca em vez de escutar o que estou prestes a escutar.

Sigo Oscar, estranhamente soturno, até a frente de casa.

Quero abraçá-lo, mas não tenho coragem. Ele veio se despedir. Dá pra ver pela cara dele. Ele senta na soleira e indica o lugar a seu lado, para eu sentar também. Não quero sentar com ele, não quero ouvir o que ele tem para dizer.

— Vamos sentar lá na ribanceira — digo, porque não quero que meu pai e Noah nos espionem.

Ele me segue para os fundos de casa. A gente senta, mas sem encostar as pernas.

O mar está calmo, as ondas se arrastando sem pressa pela areia.

— Então — começa ele, com um sorriso cauteloso que não lhe cai bem. — Não sei se tudo bem falar disso, então, se quiser, pode me interromper.

Eu concordo, devagar, sem saber o que vem por aí.

— Eu conhecia bem sua mãe. Sentia que ela e o Guillermo...

Ele para de falar e me olha.

— Tudo bem, Oscar — digo. — Eu quero saber.

— Sua mãe estava lá quando eu estava no fundo do poço, o tempo todo na fissura, me escorando nas paredes, com medo de sair do estúdio porque, se saísse, acabaria me drogando, com medo do luto que, sem as drogas e a bebida para mascarar, estava me consumindo. Nessa época, o estúdio era diferente. G. tinha um monte de alunos. Ela pintava lá e eu posava para ela, só pra poder conversar.

Então Noah estava certo. Nossa mãe pintava escondido.

— Ela era aluna do Guillermo?

Ele suspira devagar.

— Não, ela nunca foi aluna dele.

— Eles se conheceram quando ela o entrevistou? — pergunto, e ele confirma, mas fica quieto. — Pode continuar.

— Tem certeza?

— Tenho, por favor.

Aí ele abre um sorriso completamente insano.

— Eu amava ela. Foi ela, mais do que o G., que me fez entrar nessa da fotografia. O estranho é que a gente sentava pra conversar naquela igreja onde te conheci. É por isso que vou tanto lá, porque me lembra dela. — Fico toda arrepiada. — A gente sentava naquele banco e ela falava sem parar dos gêmeos — diz, rindo. — Sério, *não parava* de falar. Principalmente de você.

— Sério?

— Pode acreditar. Eu sei tanta coisa de você, que você nem imagina. Ando tentando conciliar essas duas garotas na minha cabeça. A Jude de que sua mãe falava e a JC por quem eu estava me apaixonando. — O verbo no passado me faz sentir uma dorzinha no coração. — Ela vivia brincando que eu estava proibido de te conhecer até completar três anos sóbrio, no mínimo, e você ter passado dos vinte e cinco, porque ela tinha certeza de que a gente acabaria se apaixonando perdidamente, e aí já era. Ela achava que éramos almas gêmeas.

Ele pega minha mão e a beija, depois a coloca de novo no meu colo.

— Acho que ela estava certa — acrescenta.

— Mas e aí? Porque o *mas* nessa história toda está me matando, Oscar.

Ele desvia o olhar.

— Mas não é hora da gente ficar junto. Ainda não.

— Não — interrompo. — Está na hora da gente ficar junto, sim. Está definitivamente na hora, sem sombra de dúvida. Sei que você sabe. É o Guillermo quem está te obrigando a fazer isso.

— Não, é a *sua mãe.*

— Você não é tão mais velho que eu.

— Sou três anos mais velho que você, o que agora é muito, mas nem sempre vai ser assim.

Penso em como esses três anos entre nós parecem muito menores do que os anos que me separavam de Zephyr aos quatorze. Parece até que eu e Oscar temos a mesma idade.

— Mas você vai se apaixonar por outra pessoa — digo.

— É muito mais provável que você se apaixone.

— Impossível. Você é o cara do retrato.

— E você é a garota da profecia.

— Da profecia da *minha* mãe também, pelo visto — digo, e pego o braço dele.

Penso em como é estranho eu ter dado a Oscar um bilhete que Guillermo escreveu para minha mãe, como se as palavras tivessem atravessado o tempo, vindo deles para a gente. Que nem uma bênção.

— Você ainda está na escola — diz Oscar. — Nem é maior de idade, o que não passou pela minha cabeça até Guillermo me lembrar umas mil vezes ontem. Podemos ser ótimos amigos. Podemos quicar por aí num pula-pula e jogar xadrez e sei lá mais o quê. — A voz dele está hesitante e cheia de frustração, mas ele sorri mesmo assim. — Vou te esperar — acrescenta. — Vou morar numa caverna. Ou passar uns anos no monastério, de túnica e tudo, cabeça raspada, comprometimento total. Sei lá, só preciso muito fazer a coisa certa.

Isso não pode estar acontecendo. Esse é o momento de dar play. Palavras começam a escapar da minha boca.

— E a coisa certa é dar as costas pro que pode ser a maior história de amor da nossa vida? A coisa certa é negar o destino, todas as forças que conspiraram pra nos unir, forças que já trabalham há anos? Mas de jeito nenhum. — Sinto o espírito das duas mulheres Sweetwine que me precederam se erguendo dentro de mim. Escuto o som de cavalos galopando por gerações. Eu continuo: — Minha mãe, que estava prestes a virar a vida do avesso pelo amor, e minha avó, que chama Deus de Clark Gable, não querem que a gente fuja disso, querem que a gente corra de encontro a isso.

Minhas mãos vão se envolvendo no discurso, graças aos ensinamentos de Guillermo.

— Eu acabei com o boicote por você. Abri mão quase do mundo inteiro por você. E, só pra você saber, uma garota de dezesseis anos e um garoto de dezenove provavelmente têm exatamente o mesmo grau de maturidade. Além do mais, Oscar, *não me leve a mal, mas* você é absurdamente imaturo.

Ele ri e, antes de se dar conta do que está acontecendo, eu o derrubo e subo no colo dele, depois seguro as mãos dele para cima, deixando ele sem saída.

— Jude.

— Você sabe meu nome — digo, sorrindo.

— Jude é outro nome pra São Judas Tadeu, meu santo predileto — diz ele. — Padroeiro das causas perdidas. O santo para o qual rezamos quando acaba a esperança. O santo dos milagres.

— Você está de brincadeira — digo, soltando as mãos dele.

— Não estou, não.

Muito melhor do que o outro Judas, o traidor.

— Então é nele que me inspiro agora.

Ele sobe um pouquinho minha regata, e a luz vindo de casa é suficiente para ele ver os querubins. Ele começa a passar os dedos neles. Então sustenta meu olhar, vendo o que seu toque faz comigo, vendo como está me deixando zonza. Estou perdendo o fôlego, e os olhos dele estão marejando de tanto desejo.

— Achei que controlar seus impulsos não fosse o seu forte — murmuro.

— Estou totalmente controlado.

— Ah, é?

Passo as mãos por baixo da camiseta dele, deixo elas se mexerem, sinto ele tremer. Ele fecha os olhos.

— Ai, cara, pelo menos eu tentei.

Ele passa a mão pelas minhas costas e, num segundo, já está se inclinando sobre mim e me beijando, e a alegria que eu sinto, o desejo que eu sinto, o amor que eu sinto e não paro mais de sentir...

— Eu sou louco por você — diz ele, ofegante, a loucura em seu rosto mais intensa do que nunca.

— Eu também — respondo.

— E continuarei sendo louco por você por muito, muito tempo.

— Eu também.

— Vou te contar coisas que tenho medo de contar pra qualquer outra pessoa.

— Eu também.

Ele se estica um pouco para trás, sorri, toca meu nariz.

— Acho que Oscar é o cara mais genial que já conheci, além de gato demais, e senhoras e senhores, que charme ele tem...

— Eu também.

— Onde o Ralph se meteu? — grasna Profeta.

Bem aqui.

Noah e eu estamos na frente do estúdio de Guillermo. Ele quis vir comigo, mas agora está agitado.

— Parece que a gente está traindo o nosso pai.

— A gente perguntou pra ele.

— Eu sei. Mas ainda acho que a gente devia chamar Garcia pra um duelo pela honra do nosso pai.

— Seria engraçado.

Noah sorri e esbarra o ombro no meu.

— Seria mesmo.

Mas dá para entender. O que sinto por Guillermo é um caleidoscópio, e vai desde odiá-lo por ter destruído nossa família, por ter machucado meu pai, por um futuro que nunca vai acontecer — e o que teria acontecido, afinal de contas? Ele ia morar com a gente? Eu ia morar com meu pai? — até adorá-lo como adorei desde o momento em que o vi pela primeira vez, como Igor Pinguço, e ele disse que não estava bem. Não paro de pensar em como é estranho que eu também teria conhecido Guillermo e Oscar se minha mãe estivesse viva. Estávamos todos indo na mesma direção, não tinha como escapar. Talvez algumas pessoas simplesmente estejam destinadas a fazer parte da mesma história.

Guillermo não atende a porta, então Noah e eu entramos e seguimos sozinhos pelo corredor. Percebo que tem alguma coisa diferente, mas só entendo o que é quando entramos na sala de correspondência. O piso foi lavado e, inacreditavelmente, as correspondências foram organizadas. A porta da sala do ciclone está aberta, e lá dentro voltou a ter um escritório. Vou até lá. No centro da sala, o anjo quebrado está de pé, com uma rachadura em ziguezague espetacular nas costas, embaixo das asas. Lembro de Guillermo dizendo que as falhas e rachaduras eram a parte mais interessante do meu portfólio. Talvez a mesma coisa valha para as falhas e rachaduras das pessoas.

Olho para o espaço livre de correspondência e poeira e fico me perguntando se Guillermo vai reabrir o estúdio para alunos. Noah parou na frente da pintura do beijo.

— Foi onde eu vi eles naquele dia — diz, tocando uma sombra escura. — É o Pássaro de Madeira, reparou? Talvez eles fossem muito lá.

— Íamos, sim — diz Guillermo, descendo a escada com a vassoura e a pá.

— Minha mãe pintou isso — diz Noah para ele, como se afirmasse.

— Pintou — responde Guillermo.

— Ela era boa — diz Noah, ainda olhando para a pintura.

Guillermo deixa de lado a vassoura e a pá.

— Era.

— Ela queria ser pintora?

— Queria. Acho que, no fundo, sim.

— Por que ela não contou pra gente? — pergunta Noah, e se vira, com lágrimas nos olhos. — Por que não mostrou nada pra gente?

— Ela ia mostrar. Não estava satisfeita com nada que fazia. Queria mostrar uma coisa, não sei, perfeita, talvez — responde Guillermo e me encara, cruzando os braços. — Talvez seja o mesmo motivo pra você não ter contado a ela das suas mulheres de areia.

— Minhas mulheres de areia?

— Trouxe de casa pra te mostrar.

Ele anda até a mesa, onde está um notebook. Quando clica, uma série de fotos aparece na tela.

Vou até lá. Ali estão elas. Minhas mulheres de areia voadoras, jogadas de volta na praia depois de anos à deriva no mar. Como é que pode? Eu me viro para Guillermo e percebo algo impressionante.

— Foi você. Você mandou as fotos para a EAC?

Ele faz que sim.

— Mandei, anonimamente. Acho que é o que sua mãe queria. Ela estava com tanto medo de você acabar não se inscrevendo. Ela me disse que ia mandar. Então eu mandei — responde ele, e aponta para o computador. — Ela amava muito elas, livres e loucas como são. Eu também.

— Foi ela quem fotografou?

— Não, fui eu. Ela deve ter encontrado na câmera do papai e baixado antes de eu ter deletado tudo — responde Noah, e olha para mim. — Na noite daquela festa da Courtney.

Estou tentando absorver isso tudo. Principalmente o fato de que minha mãe sabia algo sobre mim que eu achei que não soubesse. Volto a me sentir leve, como se não pesasse nada. Olho para baixo. Ainda estou com os pés no chão. Acho que as pessoas morrem, mas a nossa relação com elas, não. Continua e está sempre mudando.

Noto que Guillermo ainda não parou de falar:

— Sua mãe se orgulhava de vocês dois. Nunca vi uma mãe tão orgulhosa.

Olho ao redor, sentindo tanto a presença da minha mãe, certa de que é isso que ela queria. Ela sabia que cada um de nós tinha uma parte essencial da história que precisava ser contada. Ela queria que eu soubesse que ela tinha visto as esculturas, e só Guillermo podia me contar. Queria que Guillermo e meu pai ouvissem a verdade de Noah. Queria que eu contasse da EAC para Noah, e talvez eu não tivesse coragem se não viesse atrás de Guillermo, se não pegasse no cinzel e no martelo. Ela queria que fizéssemos parte da vida de Guillermo, e ele, da nossa, porque somos, uns para os outros, chaves para portas que, de outro modo, ficariam para sempre trancadas.

Penso na imagem mental que me trouxe aqui, para começo de conversa: minha mãe, no leme, nos orientando pelo céu, navegando a embarcação. De algum jeito, ela conseguiu.

— E eu sou o quê, um nada?

É a vovó!

— Lógico que não — digo sem mexer a boca, feliz por ela estar de volta, e de volta ao normal. — Você é supimpa.

— Sou mesmo. E, *só pra constar*, mocinha, *você* não me inventa, menina. Que presunçosa. Não faço a menor ideia de onde você tirou essa característica ingrata.

— Nem eu, vovó.

Mais tarde, depois de preparar as telas e a tinta para Noah — quando Guillermo ofereceu, Noah não resistiu —, Guillermo me encontra no pátio, onde comecei o modelo de argila da escultura da minha mãe.

— Nunca vi ninguém pintar que nem ele — comenta. — É um negócio olímpico. Incrível de ver. Picasso já chegou a pintar quarenta telas em um mês. Acho que Noah pintaria isso em um dia. Parece que as pinturas já estão prontas e que ele só está entregando.

— Meu irmão tem o impulso de êxtase — digo, me lembrando do trabalho de Oscar.

— Acho que seu irmão é *o próprio* impulso de êxtase.

Ele se recosta na mesa.

— Vi umas fotos de vocês dois desse tamanho — continua, indicando a altura com a mão. — E Dianna vivia falando de Jude e do cabelo dela. Nunca adivinharia uma coisa dessa, nunca nem pensaria que você... — Ele balança a cabeça. — Mas agora penso que é lógico que você é filha dela. Noah é igualzinho a ela, chega a doer de olhar, mas você... Você não tem nada, nada dela na aparência, mas é tão, tão igual a ela. Todo mundo tem medo de mim. Sua mãe, não. Você, não. Vocês duas só mergulharam — continua, levando a mão ao peito. — Você fez eu me sentir melhor desde o instante em que apareceu na saída de emergência e falou do tijolo voador.

Ele cobre a testa com a mão e, quando levanta o rosto, está com os olhos vermelhos.

— Mas entendo se... — hesita, o rosto nebuloso de emoção. — Quero muito que você continue a trabalhar comigo, Jude, mas entendo se não quiser ou se seu pai não quiser.

— Você teria sido meu padrasto, Guillermo — respondo. — E eu teria feito da sua vida um in-fer-no.

Ele joga a cabeça para trás e dá uma gargalhada.

— É, eu imagino. Você tocaria o terror.

Eu sorrio. Nossa conexão ainda é tão natural, ainda que agora, para mim, tenha um toque de culpa por causa do meu pai. Volto para meu modelo de argila, ainda acariciando e moldando o ombro da minha mãe, o braço.

— É como se parte de mim soubesse — digo, formando a curva do cotovelo. — Não sei o que sabia, mas sabia que meu lugar era aqui. Você também fez eu me sentir melhor. Muito melhor. Eu estava tão travada.

— Eu acho o seguinte. Acho que Dianna quebrou suas tigelas só pra você ir atrás de um escultor de pedra.

Olho para ele.

— É — respondo, ficando arrepiada. — Também acho.

Porque quem sabe? Quem sabe de qualquer coisa? Quem sabe quem mexe os fios da vida? Ou o quê? Ou como? Quem sabe se o destino é só como a gente conta a história da nossa vida? Outro filho talvez não entendesse as últimas palavras da mãe como uma profecia, e, sim, como uma confusão induzida pelos remédios, e logo esqueceria. Outra garota talvez não contasse para si mesma uma história de amor sobre um desenho feito pelo irmão. Quem sabe se a vovó achava mesmo que os primeiros narcisos da primavera davam sorte, ou se só queria passear comigo no bosque? Quem sabe se ela acreditava na bíblia ou se só preferia um mundo em que esperança, criatividade e fé fossem maiores que a razão? Quem sabe se fantasmas existem (foi mal, vovó) ou se são só as lembranças vivas e intensas das pessoas que amamos dentro de nós, falando com a gente, tentando chamar nossa atenção de qualquer jeito? Quem sabe onde o Ralph se meteu? (Foi mal, Oscar.) Não dá para saber.

Então enfrentamos os mistérios, cada um do seu jeito.

E alguns de nós podem flutuar num mistério e chamá-lo de lar. Hoje cedo visitamos *O mistério* e meu pai se deu bem com a proprietária, Melanie — se deu bem *mesmo*. Marcaram de tomar um drink no convés da arca mais tarde. Segundo ele, tentando disfarçar o sorriso, é só para discutir os detalhes da venda.

Limpo as mãos numa toalha e tiro da bolsa o exemplar de Guillermo do livro da minha mãe sobre Michelangelo.

— Eu roubei. Não sei por quê. Desculpa.

Ele pega o livro de mim e olha para a foto dela.

— Ela me ligou do carro naquele dia. Estava tão chateada, tão abalada. Ela disse que precisava me ver, que precisava conversar. Então quando Noah veio e me falou aquilo... Tive certeza que era o que ela ia me dizer: que tinha mudado de ideia.

Na saída, passo pela anja e faço meu último pedido. Por Noah e Brian.

Quem não arrisca não petisca, meu bem.

Já se passaram duas semanas e é quinta-feira; eu e meu pai estamos na porta de casa, tirando as roupas de mergulho. Ele nadou e eu surfei, ou melhor, levei caldo de todas as ondas — foi maravilhoso. Enquanto me seco, fico de olho na trilha do outro lado da rua, porque tenho quase certeza de que o ponto de encontro das cinco da tarde é no bosque, onde Noah e Brian passaram aquele verão inteiro.

Noah me disse que encontrou o endereço de Brian e mandou para ele uma série de desenhos que fez — sem parar, que nem um maluco — chamada *O museu invisível*. Uns dias depois, apareceu uma resposta no post do Conexões Perdidas. Dizia assim: *Estarei lá.*

Semana passada, Noah foi convidado para entrar na EAC, com base nas fotos que tirei do mural. Falei para Sandy que, se fosse preciso, eu abriria mão da minha vaga. Mas não foi preciso. Noah ainda não decidiu o que vai fazer.

Quando Noah e Brian saem do bosque, de mãos dadas, o pôr do sol transformou o céu num carnaval de cores. Brian é o primeiro a ver que estou ali com meu pai, e solta a mão dele, mas na mesma hora Noah a pega outra vez. Ao sentir isso, Brian estreita os olhos e abre um sorriso esmagador. Noah, como sempre quando está Brian, mal consegue segurar a cabeça no pescoço de tanta felicidade.

— Ah — diz meu pai. — Ah, entendi. Ok. Eu não sabia. Achei que, né, a Heather? Mas isso faz mais sentido.

— Faz, sim — respondo, e noto que uma joaninha acabou de pousar na minha mão.

Rápido, faz um pedido.

Uma (segunda ou terceira ou quarta) chance.

Recrie o mundo.

AGRADECIMENTOS

Escrever este romance tomou muito tempo, tempo demais longe das pessoas que mais adoro. Meu agradecimento mais profundo vai para elas — da última vez, listei nomes; desta vez são exatamente os mesmos, então direi apenas: meus amigos, minha família, meu dd — obrigada a todos vocês por moldarem os dias, as semanas e os anos com alegria, por se espremerem comigo debaixo do guarda-chuva na tempestade, por entenderem quando estou trancada para escrever e comemorarem comigo quando não estou. Como diz Jude: talvez algumas pessoas só estejam fadadas a participar da mesma história. Fico muito feliz por estar na mesma história que vocês, pessoas maravilhosas.

Pelas primeiras leituras quando eu ainda estava na Vermont College of Fine Arts e essa história não passava de um início bagunçado cheio de primeiras páginas soltas num pacote, obrigada a meus maravilhosos mentores: Julie Larios e Tim Wynne Jones. Pela troca tão envolvente, próxima e brilhante que teve comigo e com este trabalho durante meu semestre de pós na VCFA, um muito obrigada a Louise Hawes. Por leituras iniciais que devem ter sido como caminhar no meio da selva, muito obrigada a Brent Hartinger, Margaret Bechard, Patricia Nelson, Emily Rubin, minha mãe incrível, Edie Block, que é meu coração e minha âncora, e, por leituras posteriores, a Larry Dwyer e Marianna Baer. Por todas as ligações e e-mails sobre os perrengues de escrita e comemorações, obrigada eternamente a Marianna. Por me ensinar a esculpir, obrigada ao excelente escultor em pedra Barry Baldwin.

Por me ajudar com o surfe, obrigada, Melanie Sliwka. Pelas dúvidas científicas, obrigada a meu irmão cientista maluco Bruce. Por Paris, *merci beaucoup*, Monica. Pelo apoio constante e pelas conversas diárias enquanto escrevia este livro, um agradecimento especial a meu irmão Bobby, minha mãe, Annie, e, especialmente, a meu querido Paul. Eu inventei quase toda a bíblia de Jude, mas alguns trechos talvez tenham sido compostos com base na fantástica *Encyclopedia of Superstitions, Folklore and the Occult Sciences of the World*, organizada por Cora Linn Daniels e C. M. Stevens em 1903.

É muita sorte ter Holly McGhee, da Pippin Properties, como agente literária. Agradeço todo dia pela genialidade, pela experiência, pelo apoio, pelo humor e por sua devoção apaixonada à arte e à escrita. Pela alegria. Ela ofereceu comentários profundos e inteligentes sobre esta história, sem contar o enorme entusiasmo. Honestamente, na maior parte do tempo ela me faz flutuar de empolgação! Eternos agradecimentos também à equipe da Pippin: Elena Giovinazzo (por tantas coisas) e Courtney Stevenson (que também leu o manuscrito e fez comentários excelentes e muito mais). Tenho uma dívida imensa com minha editora Jessica Garrison, da Dial, que teve um faro perfeito e afiado sobre esta história, e cujos supercomentários foram precisos, reveladores e inestimáveis. Além do mais, ela ainda é paciente, engraçada e gentil: puro prazer. Agradeço profundamente a todo mundo da Dial e da Penguin Young Readers Group, em especial a Lauri Hornik, Heather Alexander, a preparadora Regina Castillo, a designer Jenny Kelly e Theresa Evangelista, responsável por essa capa maneira que eu adoro. Também agradeço muito à editora britânica da Walker Books, Annalie Grainger, por me ajudar a fazer Oscar soar que nem um inglês de verdade, e por muito mais. Finalmente, sou muito agradecida a meus agentes estrangeiros, Alex Webb, Allison Hellegers, Alexandra Devlin, Harim Yim e Rachel Richardson, da Rights People no Reino Unido, além do meu agente cinematográfico, Jason Dravis, da Monteiro Rose Dravis Agency. Livro se faz em equipe, e a minha é extraordinária!

Minha amiga querida, a ousada, graciosa, linda, ridiculamente genial e talentosa poeta Stacy Doris faleceu enquanto eu escrevia este livro. Esta história sobre paixão artística e prazer, sobre o impulso extático e caras-metades é também dedicada a ela.

Este livro foi composto na tipografia Calisto MT,
em corpo 11/16, e impresso em
papel off-white no Sistema Cameron da
Divisão Gráfica da Distribuidora Record.